LA GARE DE WANNSEE

DU MÊME AUTEUR

Chez d'autres éditeurs

LE REGARD DU VOYAGEUR, Stock.
L'ENFANT D'ÉDOUARD, Mercure de France, Prix Médicis 1981.
SÉBASTIEN DORÉ, Mercure de France, Prix Marcel Proust 1986.

FRANÇOIS-OLIVIER ROUSSEAU

LA GARE DE WANNSEE

roman

BERNARD GRASSET
PARIS

A Bernard Minorat.

C'est juin, la Saint-Jean, il est près de neuf heures du soir mais je ne veux pas dormir. Nous habitons une maison jaune dans une rue pavée qui se transforme bientôt en chemin de terre battue pour courir à travers la colline de bouleaux — ce qui fait que la campagne et la ville commencent toutes deux à notre seuil. La ville qui deviendra Oslo s'appelle alors Christiania.

Les cris et les menaces de maman ont réussi à envoyer au lit celui qu'elle proclame *l'enfant le plus indiscipliné de la colonie suédoise !* Par opposition sous-entendue à Nils l'exemplaire, Nils l'irréprochable. Cette comparaison attachée depuis toujours à mes moindres mouvements ne me révolte plus. Je suis habitué à ce qu'elle soit invariablement en ma défaveur, j'en ressens à peine l'injustice et j'ai même fini par donner raison dans mon for intérieur au constant préjugé de culpabilité qui pèse sur moi.

Avec l'assurance renouvelée que je ne vaux décidément pas grand-chose, je me couche. Au bout d'un moment, une face parcheminée s'encadre dans l'entrebâillement de la porte. C'est la servante lapone qui vient tirer les rideaux. Ma chambre en est à peine assombrie.

Dehors, des galopins auxquels on permet de n'avoir pas sommeil font éclater des pétards pour effrayer les chevaux ; des gens dansent autour de grands feux qu'on alimente en y jetant des hardes et des meubles cassés. J'entends leurs clameurs joyeuses monter avec les flammes. Les brasiers et les rondes précipitées par les concerts acides des violonistes amateurs se multiplient de quartiers en quartiers jusqu'aux bords du fjord où se réunit, d'après maman, la pire racaille des matelots et des filles perdues. Le ciel pâle qui efface les ombres change les danseurs en silhouettes sans consistance. La liesse populaire prend un aspect de mirage.

Je fixe le plafond de ma chambre, au paroxysme d'une fureur triste, et je me dis : « Ce sont des heures qui ne reviendront plus, des heures que l'on me vole. » Sans doute n'étaient-ce pas mes mots exacts (j'aurai inventé après coup cette formule pathétique), mais c'était bien mon sentiment.

A Söderköping, je ne me soucie plus des heures perdues. Adolescent lymphatique, je m'applique à perfectionner l'expression d'un grand dégoût de la vie. Je me suis fait une spécialité du suicide raté. Rien que dans l'année 1902, j'en commets plusieurs dont je me vante. La mort volontaire, comme sujet d'étude, me permet de passer auprès de quelques camarades pour l'émule des philosophes nihilistes à la mode. A cette science théorique qui assure mon prestige, mes indolentes tentatives de pendaison ou d'égorgement doivent seulement fournir l'assise de travaux pratiques.

A quinze ans, quand par une ambition d'élégance vous vous voulez désespéré et qu'une ignorance enchantée vous induit à croire que vous serez éternel, l'idée du suicide tempère cette illusion insupportable et compose avec elle une alternative apaisante. Le jeune ilote que nous commençons tous par être dans la vie, soumis aux tyranniques caprices de sa famille et de ses maîtres, y reconnaît son libre arbitre. C'est ce que je m'efforce de faire comprendre à un confident de mon spleen, avec qui je me promène le long du quai, à la sortie du gymnase. Cet Axel Bjorkmann, qui m'écoute bouche bée lui détailler les préparatifs de mon prochain suicide, a su devenir mon ami. Mais, ce jour-là, son sincère désir de se rendre utile lui inspire une suggestion malheureuse :

« Je suis sûr qu'ici, dit-il en désignant l'eau glauque, avec des pierres dans tes poches et les mains liées, tu réussirais. »

Je regarde, peiné, sans rien trouver à lui répondre, celui que j'ai considéré jusqu'alors comme une manière de second et qui, grisé par la confiance que je lui témoigne, s'oublie jusqu'à avoir sur mes projets des vues personnelles. Je renonce à la compagnie de Bjorkmann et bientôt, comme je n'ai plus personne à éblouir, je renonce aussi à me tuer.

A Berlin, un après-midi d'automne, je me suis assoupi sur le sofa de l'atelier en attendant un modèle qui n'est pas venu. Je me réveille dans l'obscurité que traversent par intervalles les lueurs des tramways. J'éprouve un vertige de tristesse d'une violence jusqu'alors inconnue. J'allume vite une lampe et un feu qui ne font pas grand-chose pour mon confort moral. Le modèle attendu est également ma maîtresse, elle me signifie peut-être ainsi qu'elle me quitte. Mais cette rupture, de peu d'importance à mes yeux, n'explique pas mon sentiment de désarroi. Je songe que je viens d'atteindre vingt-six ans et que ce qui tombe sur moi, plus définitivement que la nuit pendant mon sommeil, c'est la limite exacte que j'ai assignée à la jeunesse dans ce qu'elle a d'incommensurable, de futile, d'exquis.

A l'âge de trente ans, de trente-cinq ans, j'ai pu sourire en repensant à ce vertige qui marquait la révolution d'une malheureuse année. Car, vingt-six ans, qu'est-ce donc, sinon la jeunesse ? C'est vrai, mais c'en est la fin et je sais aujourd'hui que mon pressentiment ne m'avait pas trompé.

Plus tard encore, la hantise d'une mort foudroyante m'étant venue avec la maturité, lorsque j'ai achevé un tableau dont je ne suis pas trop mécontent, je reste immobile, le bras levé, comme si j'essayais de piquer dans l'espace, du bout de mon pinceau, cette question vaine à laquelle je reviens sans cesse : combien de tableaux me reste-t-il à peindre ? Ai-je vécu la moitié de ma vie ou déjà les trois quarts ?

D'autres artistes se seront laissés aller à des supputations identiques, ils les auront confiées à quelqu'un ; ainsi aura pris naissance l'absurde hypothèse selon laquelle la création artistique tenterait de faire échec au néant... Pourtant c'est vrai, mes craintes cessaient dès que j'étais au travail. Je me sentais invulnérable, comme si le tableau en cours me garantissait de tout danger. Je me disais : « Il ne m'arrivera rien avant que j'aie terminé cela encore, Dieu ne le permettra pas ! » Le plus drôle, c'est que je n'ai jamais cru en Dieu et que même si j'y avais cru, j'aurais bien dû convenir que le genre de peinture que je pratiquais ne relevait pas de l'intervention divine.

Lorsque j'ai su n'avoir plus rien à préserver qui en valût la peine — et je ne fais pas allusion à une évaluation subjective mais bien à la reconnaissance d'un seuil physiologique universel (même si la plupart des gens préfèrent ne pas le reconnaître) —, ma nature parodoxale m'a fait prendre soin de ma santé. Je me suis ménagé, surveillé. J'y ai gagné de pouvoir assister tout vif à l'espèce d'apothéose qui vient de consacrer les peintres du Wannsee.

De ce mouvement sur lequel se fonde l'art contemporain, Nils et moi sommes les derniers survivants. Mais Nils s'est éloigné de nous trop tôt pour revendiquer dans l'histoire de notre groupe rien de plus qu'un rôle anecdotique.

En inaugurant il y a quelques jours le musée que l'on nous a construit, je savais que je recueillais un legs et que mon seul véritable mérite était d'avoir vécu plus longtemps que les autres. Après le succès immédiat que nous valurent la surprise et le scandale, j'avais traversé patiemment toutes les étapes de notre purgatoire, celle où on nous décriait, celle où on nous oubliait. Quand la réhabilitation est venue, j'étais encore là. Le panthéon m'a happé du même souffle qu'il engloutissait une époque dont j'étais devenu le produit typique et le témoin précieux. La longévité qui m'a permis de profiter de cet appel d'air est d'ailleurs le secret de la majorité des gloires. Lorsqu'on a enterré les concurrents, les détracteurs et jusqu'aux témoins bienveillants de sa jeunesse, aucune voix ne vient plus troubler ou seulement nuancer l'unanimité des louanges. On est *un grand homme* au finish.

Je ne suis pas Mathusalem pourtant, mais deux guerres mondiales m'ont fait gagner des places dans la hiérarchie des survivants. J'ai eu la chance de naître sujet du roi de Suède, c'est-à-dire neutre. Maman me l'affirmait bien qu'être suédois était un privilège, lorsqu'elle m'exhortait à effacer de mon comportement tout indice qui aurait pu trahir la part norvégienne de mon ascendance — jusqu'à m'interdire la lecture des contes folkloriques d'Asbjörnsen, jusqu'à affecter une mine de dégoût quand, au hasard de nos courses dans les magasins de Christiania, elle me surprenait m'adressant à un vendeur sans la pointe d'accent que je cultivais d'ordinaire pour lui faire plaisir.

Au musée, j'étais attendu dans la rotonde centrale vers laquelle convergent les galeries. Quand on m'avait appris que c'était la salle dévolue à mes tableaux, je m'étais insurgé contre l'attribution de cette ridicule *place d'honneur* si peu dans l'esprit du *Wannsee*. La modestie vraie ou fausse n'avait pas de part dans mes protestations, la question n'était pas là, c'était le contresens impliqué par une telle distinction qui me choquait. Je ne prétends pas qu'il ne fallait pas m'y mettre, dans cette rotonde ; il fallait nous y mettre tous. Jusqu'au dernier moment j'avais tenté d'en persuader le conservateur. En vain. Les arguments que m'opposait cet homme borné me rappelaient que nous avons tous tendance à ordonner l'univers et ses manifestations selon le modèle qui nous en est le plus familier. Pour sa part, il s'était fait de l'art moderne une idée nette qui se serait aussi bien appliquée à l'organisation d'un service public : à tout mouvement il fallait un chef de file, comme à chaque bureau d'une administration il faut un chef de bureau. Il voyait en moi le chef du bureau Wannsee et rien ne servait de lui démontrer que cette promotion arbitraire allait à l'encontre de la vérité des faits. « Nous ne possédions pas de génie individuel, lui avais-je expliqué, nous participions à une alchimie collective et nos trouvailles, qui prenaient forme dans la toile que celui-ci ou celui-là était en train de peindre, nous appartenaient en commun... En nous séparant dans une hiérarchie idiote, vous méconnaissez le caractère le plus original de notre création : la nature indivisible de cette puissance qui nous a permis d'inventer l'art de notre temps... Vous nous trahissez tous. »

Une vingtaine de personnes étaient assises sur les banquettes au centre de la rotonde, parlant entre elles avec ces voix atones que l'on prend dans les églises. Elles s'étaient interrompues en me voyant entrer. J'avais deviné qu'elles n'étaient pas certaines que je sois bien celui qu'elles attendaient. Le conservateur avait dissipé leurs doutes en venant à ma rencontre. Il y avait eu un moment de flottement pendant lequel je m'étais immobilisé, indécis, en embrassant les cimaises d'un regard.

Tout était là, au moins pour l'essentiel de chaque période, ils n'avaient pas mal choisi. Je m'étais demandé si la production d'une vie supporterait l'épreuve d'un coup d'œil d'ensemble. Si tout ce que j'avais fait n'allait pas s'effriter sous ce premier regard. Je n'avais pas eu la moindre surprise, chaque chose était bien comme je l'avais jugée en son temps. De ce travail dont la poursuite m'avait dérobé la perspective, j'avais décelé net les lignes directrices et les charnières. Quelques toiles les résumaient. Là, je ne me connaissais pas encore. Là, je m'étais trouvé et là, une puissance dont la source est le seul véritable mystère avait voulu que je me surpasse. Là, j'avais flanché. Mais je n'étais jamais tombé aussi bas que certains peintres admirables pour un moment de leur parcours et honorés depuis en dépit de tous les autres. La première inspiration épuisée, celle qui vous est donnée comme une espèce de beauté du diable du talent, m'étaient restées les habitudes de rigueur. Elles m'avaient gardé de devenir un de ces artistes qui se négligent.

Dimanche sous les tilleuls, le Phare, les Neurasthéniques, la Femme en jaune, ce n'étaient pas ces toiles célèbres qui retenaient mon attention. Je m'en étais détourné pour ne considérer que les saillants. J'appelle *saillants* les tableaux que je ne serais plus capable de peindre et qui témoignent qu'à l'occasion j'ai été supérieur à moi-même. Ils me frappaient comme des énigmes Je ne les avais pourtant pas peints en état second, je savais alors ce que je faisais. Mais à présent ils me semblaient de la main d'un autre qui ne m'avait pas légué ses secrets. Si le jeu de créer consiste à rompre le tracé moyen de ses dons pour laisser deux ou trois œuvres qui bravent l'alignement, j'y avais gagné quelquefois. Avec cet *Autoportrait à la cigarette,* par exemple. Un regret dérisoire mais poignant s'était mêlé soudain à la satisfaction que me donnait la vue de cette toile : fumer m'est interdit depuis des années, mais l'envie ne m'en est jamais passée et l'*Autoportrait à la cigarette* me ramenait de délicieux souvenirs de tabagie.

A tous ces gens qui guettaient des révélations que je n'allais pas leur faire, j'avais tout de même dit quelque chose : « Est-ce que quelqu'un aurait une cigarette ? »

Ils m'avaient regardé, déconcertés, enfin un grand type en imperméable avait tiré de sa poche un paquet fripé. J'avais marché vers lui.

Ce n'était pas ce qu'on attendait de moi comme entrée en matière. Le conservateur attendait que je le félicite. Les autres, historiens de l'art et journalistes conviés à cette inauguration officieuse « en présence de l'artiste », attendaient que je leur parle de Wannsee, de moi. Ils avaient sous les yeux mieux que tout ce que j'aurais pu leur en dire.

Le seul que j'aurais voulu voir ici était absent. Il avait pourtant donné l'assurance qu'il viendrait. Était-ce l'avion de Stockholm qui avait du retard, ou bien Nils, en renonçant à prendre cet avion, avait-il choisi brusquement de manquer à sa parole et à notre rendez-vous ? Dans ce dernier cas, l'intuition que nous nous reverrions un jour, à laquelle je m'étais fié, en se révélant une illusion allait emporter le peu de certitudes que j'avais encore. Je n'aurais pas vécu comme j'avais cru.

A Christiania, l'exil des Rydqvist venus surveiller leurs pêcheries de Norvège avait sympathisé avec celui, moins opulent, de ma mère. Nos deux familles avaient voulu resserrer leurs liens à travers nous ; par un double oukase elles avaient décidé que nous étions, Nils et moi, les meilleurs amis du monde. Cette espèce de mariage forcé, de si peu de conséquences qu'il ait pu sembler alors, aura déterminé une partie de nos vies et je ne sais plus si nous nous sommes aimés cordialement mais, durant des années, comme si nous restions fidèles à d'anciennes recommandations, nous n'aurons pas pu nous passer l'un de l'autre. L'habitude venant tôt ou tard prendre la place que les seuls sentiments ne peuvent plus tenir, peu importe la nature initiale de ces sentiments. Car c'est vrai, en somme, qu'à l'usure nous serons devenus les meilleurs amis du monde.

Quand je repense à Nils, j'évoque d'abord cet enfant dont la belle mine et la robustesse font l'admiration de tout un chacun. Sa force qui contraste avec mon apparence chétive doit quelque chose à la corpulence, mais elle m'en impose quand même. Un point particulier de l'anatomie de mon camarade captive mon attention : sous les jupes écossaises dont on nous affuble, à la lisière des bas de grosse laine que retiennent des jarretières à pompons, les genoux de Nils me fascinent. Ils sont couronnés, comme il convient chez un garçon dont la vitalité trouve son emploi dans les rudes jeux d'équipe, et la chair pleine qui les enveloppe les carre de bourrelets protecteurs. Mais ces boucliers ont leur faille et, au-dessus des rotules, ils se creusent de fossettes où l'on est tenté d'enfoncer le doigt. On retrouve dans la personnalité de Nils ce même contraste du dur et du tendre ; si une assurance un peu lourde en est le trait dominant, on y reconnaît vite des dépressions sensibles par lesquelles Nils est vulnérable. N'importe, je vais longtemps croire, d'une façon quasi mystique, que la supériorité écrasante, tant morale que physique, que Nils possède sur moi, prend sa source dans ses genoux.

Cette supériorité, maman ne se lasse pas de me la vanter. Il serait inexact de dire qu'elle me la désigne comme un exemple à suivre ; elle nourrit trop peu d'illusions sur mes chances de m'égaler à un tel exemple. Elle ne me demande que d'y être attentif à tout hasard, je pourrais y gagner quelque chose, m'améliorer un peu. En bref, elle m'exhorte à la patience vigilante des pauvres qui ne doivent pas espérer partager la fortune de leurs bienfaiteurs, mais seulement s'entraîner à en recueillir les miettes qui tombent à leur portée. Un peu navré du rôle que l'on m'assigne, je le tiens pourtant sans haine ; au moins je ne suis pas un méchant pauvre. Nils désarmerait d'ailleurs les pires sentiments. Il n'y a que lui qui soit capable, à force de gentillesse, de me faire oublier tout ce que je devrais lui envier. Nous nous disputons parfois, mais les torts comme la véhémence sont alors de mon côté. Il ne tend pas la joue gauche. Dieu merci, ce n'est pas un saint. Mais il n'a jamais non plus, à mon égard, de ces mots innocemment ignobles par lesquels les enfants ne dédaignent pas de rappeler leur ascendant à ceux qu'ils savent qu'ils dominent.

Un autre que lui aurait beau jeu de se moquer, par exemple, de l'application avec laquelle, malgré moi, je le singe. S'il apprend le piano avec le professeur le plus distingué de la ville, aux honoraires d'une demi-couronne la leçon, maman, exaltée par la perspective de ce nouveau sacrifice que lui impose mon éducation, déniche aussitôt une vieille fille aveugle, mais sadique, qui me rompt à l'exercice des gammes pour douze ören seulement. Si Mme Rydqvist décide qu'il est temps que son fils porte les cheveux courts, les boucles qui coulent le long de mon dos ne tardent pas à tomber sous les ciseaux du coiffeur.

Cette imitation servile est en pure perte et, lorsque je suis invité chez mon camarade, ce m'est l'occasion de dénombrer à nouveau tous les avantages qui distinguent Nils Rydqvist de Sven Oxenholm. Nils n'habite pas comme moi une maison excentrique au pied de la colline mais, sur la grande avenue qui conduit au palais, une sorte de temple de la peluche et du damas où un valet en veste jaune sert le chocolat des enfants. Il n'est pas à demi norvégien, comme je m'efforce d'oublier que je le suis, et son père n'est pas non plus retenu au loin par la mise en valeur problématique de terres dans l'Idaho. Non, ses parents sont tous deux de pur sang suédois et jouissent d'une fortune solidement établie de ce côté-ci de la mer... Démoralisé par l'appréciation exacte des handicaps avec lesquels il faudra bien que je me résigne à vivre, j'en deviens subitement maladroit ; je casse un bibelot et Nils, qu'inspire une conception chevaleresque de l'hospitalité, s'en accuse à ma place. Je le laisse faire.

Nous pouvions avoir onze ou douze ans, Nils et moi, quand les Rydqvist, ayant trouvé un homme de confiance à mettre à la tête de leurs affaires, retournèrent à Stockholm. L'année suivant celle de leur départ, maman eut enfin la consolation de pouvoir justifier par le port du grand deuil l'absence de mon père qui ne rentrerait plus d'Amérique. La nouvelle de sa mort devait entraîner d'importants changements dans notre existence et, tout d'abord, nous n'avions plus rien à faire à Christiania. La maison au pied de la colline fut vendue et son mobilier dispersé aux enchères. La servante lapone fut congédiée. Le tout avec une précipitation catastrophique que ne commandait pas encore notre situation, mais par laquelle maman exprimait sa hâte rageuse de refermer le chapitre de sa vie qui contenait son désastreux mariage et aussi ma naissance. Nous quittâmes la Norvège, pas pour Stockholm, comme je l'avais espéré. Pour une fois l'exemple des Rydqvist fut sans effet sur la décision de maman et nous nous installâmes à Söderköping.

Ville d'eaux, Söderköping cultivait cette vocation unique jusqu'à l'intolérable. Non seulement elle possédait plusieurs sources diversement thérapeutiques, mais elle était encore traversée par un canal compliqué de bras qui la morcelaient en une collection d'îles minuscules. Faut-il dire enfin qu'il semblait y pleuvoir plus abondamment que nulle part ailleurs en Suède et que ma prime jeunesse, gorgée de tant d'humidité, dans cette « petite Venise scandinave », m'apparaît rétrospectivement comme le pardessus trempé que l'on dépouille avec des gestes de dégoût, sitôt qu'on s'est mis à l'abri, sans savoir où l'accrocher, parce qu'il ruisselle, doutant au fond qu'il sèche jamais.

C'est par économie que maman avait choisi Söderköping plutôt que Stockholm. Je le sais aujourd'hui, mais à l'époque je l'ignorais, car maman s'évertuait à justifier ce choix par toutes sortes de raisons sauf la véritable. L'air de Stockholm, pollué par les nouvelles industries, favorisait, prétendait-elle, la propagation de la tuberculose. A chaque coin de rue le spectacle de la dépravation s'offrait à un adolescent et j'étais bien entendu dépourvu, selon elle, de la force de caractère qui permet de résister à de tels exemples.

A Söderköping, en revanche, les vertus de l'ancienne Suède survivaient en harmonie avec le cadre séculaire de la perle de l'Ostergotland. En outre, la beauté de la ville, son charme romantique et liquide devaient concourir au développement de mon tempérament artiste — puisque je donnais tous les signes d'un tel tempérament. L'église possédait d'ailleurs un tableau de maître-autel par Per Hörberg, que l'on venait admirer de tous les coins du pays. N'avais-je pas dit que je voulais être peintre ? Je pouvais commencer mon apprentissage en méditant devant ce chef-d'œuvre. Enfin la partialité de maman allait jusqu'à lui faire déclarer que les hivers de Söderköping étaient doux. Sa mauvaise foi libérait en moi de véritables bouffées de haine. Sa prédilection affirmée pour ce trou de province m'apparaissait une excentricité de mauvais aloi qu'elle m'imposait de partager par égoïsme pur. Égoïste, c'est moi qui l'étais trop pour pressentir que, sous cette excentricité, maman dissimulait et *se* dissimulait les servitudes d'une pauvreté intolérable. Tant que nous avions vécu à Christiania, elle n'avait rêvé que de retrouver Stockholm, ses amies de jeunesse et une position point trop inférieure à celle qu'elle avait connue autrefois comme fille unique d'un archiviste du royaume. Le résultat de la liquidation des terrains d'Amérique ayant eu raison de cette espérance aussi, elle s'était prise au jeu de dénigrer ce qui lui était inaccessible, jusqu'à finir par se persuader elle-même que notre relégation dans une morne bourgade représentait un privilège enviable. Elle allait avoir le courage plus inutile de ne se dédire jamais et, bien des années plus tard, un incident lamentable me donnerait la mesure exacte du gouffre de malentendu qui m'a toujours séparé de ma mère.

Quand l'aisance m'était venue, puis la richesse, c'est sans scrupules que je l'avais laissée se morfondre seule à Söderköping, convaincu qu'elle s'y plaisait. Il fallut sa maladie nécessitant les soins quasi quotidiens de spécialistes pour que je songe à l'installer à Stockholm. Lorsque je lui fis la surprise du petit appartement que j'avais arrangé pour elle dans un quartier élégant et central, j'observai avec stupéfaction cette femme qui se savait déjà perdue, mais momentanément rajeunie et radieuse, visiter avec un émerveillement enfantin les moindres recoins du logis, ouvrir les fenêtres pour se réjouir des différents points de vue qu'elles offraient. Devant cette joie de maman, j'éprouvai une douloureuse colère à l'idée que j'aurais pu la lui donner plus tôt, si seulement un mot d'elle m'avait laissé imaginer qu'elle fût possible. Se rendait-elle compte qu'en se refusant à me la demander elle nous en avait privés tous les deux? Tandis qu'elle prenait possession de son nouveau domicile avec le juste orgueil d'une femme qui s'est évertuée à gâcher sa vie et constate, alors que celle-ci touche à son terme, qu'elle y a définitivement réussi, je songeais que son silence m'avait fait malgré moi le complice de ce dérisoire triomphe.

Pendant ces années de Söderköping, je n'avais guère pensé à Nils et nous n'avions échangé, sur l'instigation de nos parents, que de rares lettres bien formelles où nous nous présentions les vœux d'usage. Mais maman, qui entretenait avec Mme Rydqvist une correspondance plus suivie, me donnait des nouvelles de mon ancien camarade. J'avais appris ainsi que, tout comme moi, Nils s'était mis à dessiner, révélant des dons prometteurs. J'en avais ressenti un peu d'agacement en songeant que la vocation artistique que je tenais pour ma singularité la plus inaliénable, n'avait été, à mon insu, qu'une manière encore de l'imiter. J'étais loin de soupçonner quelles répercussions cette parité de nos dispositions allait avoir sur l'avenir et que Nils resurgirait inopinément dans ma vie au moment même où, m'apprêtant à échapper à la tutelle de maman, j'espérerais prendre définitivement congé de mon enfance.

Lorsque maman m'apprit qu'elle consentait enfin à me laisser aller en Allemagne, parce que, avec le petit Rydqvist qui y séjournerait aussi, elle serait soulagée du souci de m'y savoir seul, mon premier mouvement fut de renoncer à un projet qui me tenait pourtant à cœur. Je réfléchis ensuite que l'Allemagne était un vaste empire où je pourrais bientôt fausser compagnie au petit Rydqvist. S'il demeurait à Berlin, j'irais à Dresde; s'il venait à Dresde, j'en partirais pour Hambourg. Toutes ces villes avaient leurs académies où professaient des peintres en renom. Nils se lasserait de me poursuivre de l'une à l'autre. Le plus urgent était de saisir une chance qui ne me serait offerte qu'une fois, en acceptant la condition imposée par maman. Je jugeais inutile de protester que la présence auprès de moi d'un compagnon que je n'avais pas choisi me gâcherait le plaisir espéré de ce séjour à l'étranger ; maman l'entendait bien ainsi, elle l'avait prémédité. De même que d'autres redoutent les maladies infectieuses, ma mère craignait pour moi le plaisir. Elle se l'était toujours représenté comme une sorte de mirage maléfique qui vous menait, ébloui, droit au gouffre. Obéissant à une conception pervertie du devoir qui lui commandait de faire violence à sa nature, au fond dénuée de cruauté, elle m'en avait gardé dans la mesure du possible.

A la fin de l'été, nous avions retrouvé les Rydqvist à Malmö d'où nous allions nous embarquer pour Rostock. Nils et sa mère nous attendaient dans le vestibule de leur hôtel, une de ces casernes pour voyageurs de luxe, qu'empestent les relents de poisson mariné d'un buffet froid accessible à toute heure. Installée à un bureau de correspondance, Mme Rydqvist terminait une lettre. Opulente, autrefois, elle s'était changée depuis que nous ne l'avions vue en une de ces matrones qui drapent leurs formes amples dans des vêtements plus amples et semblent escamoter les sièges sur lesquels elles s'asseyent. Nils tenait d'elle par une lourdeur précoce. L'adolescence qui réserve ses grâces ne l'avait pas touché. A dix-huit ans il était une caricature de quadragénaire, la taille épaisse, les membres massifs, le teint naturellement sanguin, en contraste avec ses cheveux pâles, encore avivé par un faux col anglais trop étroit qui lui congestionnait la face. Il avait l'air d'un grand bûcheron triste. En nous apercevant il était venu à notre rencontre et, avec cette componction qui camoufle mal, chez les jeunes gens en fin de croissance, la gaucherie d'un corps tout neuf, il s'était incliné jusqu'à balayer de ses lèvres la main gantée de mitaines de filoselle que lui tendait maman. Bravant l'injonction que je lisais dans les yeux de cette dernière, je n'en fis pas autant à Mme Rydqvist. Le geste de Nils venait de confirmer ma conviction qu'il vaut mieux passer pour cavalier que se rendre ridicule. Dès cette époque d'ailleurs, le rituel du baisemain, qui sent son Orient, me paraissait aussi sale et dégradant pour celle qui le subit que pour celui qui s'en acquitte.

Quand j'évoque cette scène de nos retrouvailles avec les Rydqvist, je m'aperçois que j'en ai moins retenu les gestes et les paroles qu'une collection d'impressions qui ont longtemps défini pour moi la physionomie et l'odeur de la prospérité. Je ne doutais pas, par exemple, que l'obésité de Mme Rydqvist, la lourdeur de Nils fussent en rapport direct avec leur fortune, qu'elles en fussent la mesure la plus sensible. Leur corpulence atavique les portait à transpirer et Nils, bien que l'été suédois ne soit pas des plus torrides, devait fréquemment se tamponner le front avec son mouchoir ; cette moiteur chronique aussi, j'y reconnaissais une des servitudes liées aux possessions matérielles. Par contraste, maman et moi, qui étions pauvres, étions maigres comme de juste et nos fronts restaient secs. Un dernier détail complète dans mon souvenir le ragoût fantasmatique dont se relève la richesse ; c'est, autour des Rydqvist, combattant les relents de *smörgåsbord* qui s'échappent de la salle à manger, l'odeur écœurante de cuir neuf émanant d'une demi-douzaine de malles et de valises frappées des initiales N.R. en brillantes lettres de cuivre.

On ne nous avait pas présentés, Nils et moi ; nous nous connaissions depuis toujours... On voulait ignorer qu'une séparation de cinq années, à notre âge, cela paraissait une vie entière, et que les deux garçons que l'on s'apprêtait à lâcher ensemble pour qu'ils commencent leur apprentissage de l'indépendance dans une grande ville étrangère, en comptant qu'ils sauraient s'y défendre l'un l'autre contre les tentations mauvaises et toutes les folies qui menacent la jeunesse, étaient redevenus des inconnus. Nous nous étions salués sans les transports d'effusion auxquels on avait attendu de nous voir céder. Nous avions échangé quelques propos laborieux et polis. Observant que nous nous disions « vous », Mme Rydqvist et ma mère s'étaient moquées de nos manières cérémonieuses et avaient exigé de nous entendre nous tutoyer sur-le-champ. Leur ordre eut pour effet de nous réduire au silence. Mme Rydqvist avait ensuite fait promettre à son fils qu'il lui télégraphierait aussitôt que parvenu à Berlin.

Après bien des hésitations entre Berlin et Dresde, comme lieu de notre résidence, la découverte par Mme Rydqvist de deux vieilles demoiselles suédoises, qui tenaient pension dans le quartier de Wedding, avait emporté la décision en faveur de la capitale, pour l'assurance que nous y serions, dès notre arrivée, en pays connu.

L'heure d'embarquer approchait et, avant de gagner le port, maman avait prié Nils de bien vouloir garder pour moi une lettre de crédit sur la Disconto-Gesellschaft et les quelques billets qui suffiraient à couvrir mes premières dépenses. Elle l'avertit solennellement de ne faire aucun fonds sur moi car j'égarais tout ce qu'on me confiait. Pendant que Nils rangeait la lettre et l'argent dans son portefeuille, avec ces gestes soigneux et lents qui témoignent d'un naturel ordonné, je m'étais éloigné de quelques pas, faute de savoir quelle contenance prendre devant les humiliantes mises en garde de maman, que rien pourtant dans ma conduite passée ne justifiait.

Ni à cet instant ni plus tard je ne devais trouver le courage de dire à maman qu'en me traitant depuis toujours comme un coupable, au moins comme un suspect, c'était elle-même qui m'avait chassé loin d'elle et que je n'avais tant désiré la fuir que pour cesser enfin de me confondre avec ce fils chargé de tous les péchés, enclin à toutes les maladresses, qu'elle s'obstinait à voir en moi.

Il me semble qu'au moment où nous allions nous séparer pour la première fois de ma vie, maman aurait pu, par une trêve exceptionnelle à ses incessantes critiques, marquer, et la gravité de l'occasion, et la tendresse qu'elle devait me porter malgré tout. Il n'en fut rien. Est-ce par abnégation, afin que le départ me soit plus léger, qu'elle prononça au contraire toutes les paroles les mieux faites pour me la rendre odieuse ? Si je me remémore les détours bizarres que prenait parfois l'expression de sa grandeur d'âme, je dois bien convenir que ce n'est pas impossible... Il me tardait d'être sur le bateau et de regarder disparaître les côtes suédoises. Même flanqué de ce gros crétin aux bagages immaculés, je pourrais alors me sentir une sorte d'homme libre.

Les adieux précipités par la sirène annonçant le départ, la foule qui nous bousculait et surtout la présence de Mme Rydqvist empêchèrent maman de me reprocher, comme elle n'aurait pas manqué de le faire si nous nous étions trouvés seuls, le peu d'émotion que je trahissais en la quittant. C'était vrai que cela ne me faisait aucune peine et que mon indifférence ne s'accompagnait pas non plus du moindre remords. J'ignorais ce qui m'attendait au-delà de notre séparation et si l'Allemagne réaliserait toutes les promesses que je m'en étais faites, je savais seulement que je ne revivrais jamais en Suède et déjà je me jurais que, quoi qu'il puisse m'arriver quand je serais loin de maman, je m'appliquerais par compensation à m'en tenir pour innocent.

Une brusque tempête comme il s'en déclare vers l'automne nous surprit en pleine mer. Elle retarda le bateau et nous fit manquer notre correspondance. En songeant que les demoiselles Weidencrantz nous attendraient vainement pour partager leur dîner, j'avais accueilli avec joie la péripétie de ce train manqué qui nous livrait, Nils et moi, à notre propre initiative. Je soupçonnais que la providence, pour des raisons encore impénétrables, avait machiné ce retard

Nous avions marché à travers la petite ville de Rostock jusqu'à ce que la pluie qui s'était mise à tomber, ruisselant sur nos chapeaux Cronstadt et trempant nos légers costumes, nous force à chercher abri dans une *Gasthaus* décorée par des photographies crasseuses de l'empereur et du duc de Mecklembourg-Schwerin. Une rupture avait été consommée par cette traversée de la mer, elle me laissait désorienté et allègre au sortir d'une fulgurante métamorphose. Ma jeunesse que l'on s'était évertué à me faire prendre en dégoût, que j'avais fini par me représenter comme une espèce de tare, venait subitement de tourner à mon avantage. Je l'avais confondue avec l'état de morne sujétion où m'avait tenu maman ; elle se révélait cet appétit immense d'impressions et d'expériences nouvelles, qui me ferait voir dorénavant, dans tout imprévu, une aubaine. Nils lui-même ne m'apparaissait déjà plus l'importun compagnon dont la pondération devait refréner mes élans aventureux. En dépit de nos natures opposées, je pressentais que la curiosité de notre âge ferait au moins de nous des complices occasionnels.

Et en effet, en arrivant à Berlin vers onze heures du soir, je n'eus pas beaucoup de peine à convaincre Nils qu'il était bien trop tard pour nous présenter chez les demoiselles Weidencrantz. Ces demoiselles se seraient couchées après avoir conclu que nous avions remis notre départ d'un jour. C'était d'ailleurs ce que nous pourrions leur dire demain. Cela nous laissait le reste de la nuit et presque une journée entière.

En sortant de la gare de Stettin où aboutit le chemin de fer de Rostock, nous nous étions immobilisés sous le portique pour recevoir de plein fouet notre première image de la ville inconnue. Des merveilles évidentes ne nous auraient pas plus comblés que la perspective d'Invalidenstrasse encombrée par le trafic des *Gepäckdroschken* chargés de bagages. La pluie qui nous avait escortés tout au long du voyage venait de cesser, laissant l'air radouci saturé d'une humidité qui exaltait l'odeur composite de la grande cité et nimbait d'un halo laiteux les lampes des becs de gaz. La chaussée mouillée luisait devant nous comme la surface obscure d'une pièce d'eau. Une promesse vague transfigurait la laideur anodine de ces abords de gare : les splendeurs que nous ne doutions pas de découvrir bientôt y déléguaient à notre intention une parcelle de leur charme, comme un signe avant-coureur, un appel.

Nils voulut héler un fiacre. Le cocher l'ignora mais un gros *Schutzmann* ayant aperçu son geste lui intima d'approcher et, désignant une longue file de voyageurs qui attendaient des voitures, le réprimanda durement pour sa tentative malhonnête. Les braves gens, alertés du tort qu'on avait voulu leur faire, nous dévisagèrent comme si nous étions des malfaiteurs appréhendés. Leurs regards ne trahissaient ni hostilité ni indignation, comme si leur confiance en la justice, qui punirait notre audace, les dispensait d'en éprouver une émotion quelconque. Assurés par les vociférations du *Schutzmann* que l'ordre triomphait sans équivoque, ils se détournèrent de nous et retombèrent dans l'espèce de torpeur qui semble la forme spécifique de la patience, chez les foules prussiennes. Nils, très rouge, entreprit de se disculper dans un allemand dont le trouble où l'avait jeté l'incident faussait la déclinaison. Il expliqua que nous étions étrangers et sans expérience de l'usage en vigueur. A considérer la mine du *Schutzmann* figé dans son expression de courroux, mi par la bêtise, mi par la jugulaire trop courte du casque à pointe qui sanglait le bas du visage, on devinait que notre qualité d'étrangers ne représentait pas pour lui une circonstance atténuante. Il finit par nous tendre pourtant, en manière d'absolution, un ticket jaune qui nous permettait de prendre notre tour.

Un peu plus tard, nous nous étions fait déposer dans Friedrichstrasse. La foule des spectateurs sortant de l'Opéra-Comique venait grossir, dans la rue illuminée, la cohorte des promeneurs tardifs musardant le long des vitrines des restaurants où l'on servait à souper avec accompagnement de musique tyrolienne ou tzigane. Nous avions laissé nos malles à la consigne de la gare et nous ne portions que de légers sacs de voyage qui n'entravaient pas notre marche. A la recherche d'un hôtel où passer la nuit, nous allions le nez en l'air, essayant de déduire de la taille de l'enseigne et de l'éclairage plus ou moins chiche du vestibule, lequel conviendrait mieux à nos bourses modestes. Nous en avions déjà dépassé trois ou quatre dont la simplicité aurait fait l'affaire, sans autre raison que le plaisir de nous laisser entraîner par le flot paisible des promeneurs, roulant vers le pont de la Sprée et les Tilleuls.

Vis-à-vis l'Admiralspalast, la façade ornementée d'un grand hôtel avait accroché nos regards. Nous ne pouvions pourtant espérer que ce genre d'établissement répondrait à la modicité de nos moyens. Un groom en dolman pervenche gardait l'entrée que flanquaient des statues de bronze brandissant des torches. L'ensemble était un concentré assez vulgaire de ce luxe monumental par lequel s'exprimait dans les nouveaux quartiers la prospérité wilhelminienne. « Ici ! dis-je à Nils comme si une intuition indiscutable venait de m'éclairer. — Tu es fou ! » protesta-t-il avec un sursaut, presque immédiatement suivi du soupir caractéristique qui annonce que l'on se rend. Et son attirance pour cette caverne de marbres et de dorures devait être aussi forte que la mienne car, l'instant d'après, il abandonnait son sac de voyage à un bagagiste et acceptait la chambre avec salle de bains qu'on nous offrait pour le prix, exorbitant alors, de sept marks cinquante.

Quand nous fûmes couchés et que la lampe fut éteinte, je demeurai éveillé, échafaudant pour le lendemain des projets de visites et de promenades. Je ne songeai même pas à consulter Nils. L'ayant vu céder par deux fois dans cette seule journée à mes suggestions déraisonnables, je ne doutais plus de l'amener à faire exactement ce que je voudrais. J'étais en train de réfléchir qu'après avoir vu le musée, nous pourrions déjeuner au Café Bauer, quand je m'avisai de reconnaître dans les étranges ronflements qui me parvenaient du lit voisin des hoquets de sanglots.

« Qu'est-ce que tu as ? » demandai-je, au moment où la violence de ces pleurs ne me permit plus de faire semblant d'y être sourd.

L'embarras, je m'en rendais compte, donnait au ton de ma voix une sécheresse involontaire.

« Ce n'est rien, murmura Nils en reprenant son souffle, je pensais seulement que c'est la première nuit que je passerai loin de la maison... »

Ainsi, chez lui, l'excitation du dépaysement laissait encore de la place pour un regret ; la perspective d'être dorénavant le maître de sa fantaisie ne suffisait pas à lui faire oublier l'existence douillette qu'il avait dû quitter. Peut-être allait-il jusqu'à maudire en cet instant l'importune vocation qui l'avait soustrait à un destin réglé d'avance en l'empêchant de devenir, à la suite de son père, un bourgeois sédentaire, sans dispositions pour les arts ou les lettres, uniquement préoccupé du bien-être de sa famille et de la gestion de ses affaires ; un bourgeois haïssant la spéculation sous toutes ses formes et plaçant ses idéaux comme sa fortune dans des entreprises sûres. La tentation de l'évasion et celle d'une vie ordonnée et douce se combattant en lui, peut-être doutait-il d'avoir fait le bon choix. Pour moi à qui ce choix n'avait jamais été offert et qui n'avais pas eu non plus à m'arracher aux délices de Capoue d'une jeunesse enchantée, je pouvais m'endormir sans larmes. Quant au chagrin dont j'étais témoin, je le prenais à la légère, il ne m'impressionnait pas. Nils, me disais-je, se mettrait vite à aimer la liberté plus que le confort, il s'habituerait à une vie prodigue d'imprévus et de hasards, jusqu'à n'en plus vouloir d'autre. Ou bien il ne s'y habituerait pas et, sa nostalgie le tenaillant toujours, il rentrerait au bercail, riche d'une expérience qui lui aurait ouvert les yeux sur ses goûts véritables.

Je me trompais en croyant les choses si simples. Déchiré par ses inconciliables aspirations, Nils ne se résoudrait jamais nettement à aucun parti. Toujours il oscillerait d'une tentation à l'autre et toujours quelque chose lui manquerait cruellement. Il ne s'habituerait en fin de compte qu'à ce tourment ; il ne se mettrait à aimer, comme la plupart des éternels insatisfaits, que son malheur.

Le lendemain nous avions décidé d'aller à pied à la Galerie Nationale pour voir les Boecklin. C'était un de ces matins qui s'évertuent à prolonger l'été au-delà de ses dates. La lumière resplendissante, l'air onctueux furent à l'origine d'une impression à laquelle mon expérience ultérieure de la Prusse et de son climat ne m'aura pas fait renoncer. Si je dis qu'en souvenir de cette radieuse matinée, le nom de Berlin reste associé dans mon esprit à l'idée de canicule et de Sud, on ne me comprendra sûrement pas. Il faut y être arrivé, la première fois, de Suède ou de Finlande, pour trouver à cette ville un rien de méridional. Mais si l'on veut bien songer que le Midi est une affaire de porte, on s'étonnera moins que j'aie décelé dans la jovialité des manières prussiennes un indice du tempérament extraverti que favorisent les terres de soleil, que j'aie cru respirer dans la capitale de Guillaume II un air ineffablement alangui où je sentais comme une prémonition de Naples et de Grenade ; que pour Nils et moi enfin, l'Allemagne du Nord ait été tout à la fois l'Italie et l'Espagne du pauvre — des pauvres Scandinaves que nous étions. Un détail dans la physionomie de la ville renforçait mon impression : tout au long de Friedrichstrasse, nous avancions à l'ombre du dais hétéroclite que formaient les vélums des boutiques et, aux fenêtres des grands immeubles bordant les Linden, des stores initialement beiges, mais que les intempéries avaient distingués de nuances variées, tendaient contre le soleil sans force un camaïeu d'écrans qui suggéraient une chaleur accablante.

Au carrefour de Friedrichstrasse et des Linden, un *Schutzmann* à cheval ordonnait le flux alternant des passants et des voitures ;

sur son signal, une automobile Benz, rareté réservée aux beaux quartiers, s'immobilisait parfois entre deux *Droschken* conduits par des cochers crasseux. Incertains de la direction à prendre, nous avions fait halte au bord de la perspective que délimitaient la Porte de Brandebourg et la statue de Frédéric le Grand. Une foule compacte s'épanchait dans l'avenue par toutes les rues adjacentes et s'étirait sur les trottoirs entre les rangées de tilleuls. Les badauds dérivaient lentement de vitrine en vitrine, se réjouissant les yeux de l'étalage d'abondance offert par les commerces au luxe tapageur, dont les enseignes inscrites en anglais, en italien, en russe, aussi bien qu'en allemand, proclamaient la vocation cosmopolite. Prompts à se laisser fasciner, ils témoignaient d'un émerveillement puéril à la vue des gigantesques cartes maritimes qu'exposaient le Norddeutscher Lloyd et la Hamburg-Amerika et ils s'arrêtaient pour déchiffrer, comme le réseau sanguin d'un grand organisme dont le cœur eût été Brême, le parcours tracé à l'encre rouge des navires allemands à travers le monde. Avec la même curiosité, ils s'attroupaient quelques mètres plus loin à la devanture d'une confiserie qui proposait à l'admiration du promeneur un chef-d'œuvre de pièce montée figurant un casque dardant une pointe de nougat, sur la face duquel une aigle impériale déployait des ailes d'angélique.

Par le laisser-aller de son apparence, cette foule berlinoise détonnait curieusement avec le décor flambant neuf de l'avenue où s'affirmait une volonté d'apparat. Se détachant sur la perspective que dominait le Quadrige de la Victoire couronnant les Propylées, les couples qu'on voyait s'acheminer d'un pas bonhomme vers Pariserplatz évoquaient d'anciens métayers qu'une fortune subite vient de rendre les maîtres du château. Les faces des hommes retenaient l'attention par toute une variété de favoris et de moustaches hirsutes ; nombre d'entre eux portaient encore le gilet à l'allemande boutonné jusqu'au col, sous des redingotes que leurs couleurs indéfinissables apparentaient à des cache-poussière. Quant aux femmes qui marchaient à leurs bras, elles arboraient d'inénarrables chapeaux rappelant, par une profusion de fruits et de fleurs qui s'étageaient sur leurs têtes comme en couches sédimentaires, le plateau d'une charrette de marchand à la criée, bouleversé à la suite d'une collision. De jeunes officiers de cavalerie, allant par bandes et d'un pas plus énergique, fendaient cette presse débraillée. La casquette à visière enfoncée sur le front, les pans de la cape rejetés sur les épaules pour découvrir les parements de la tunique et la garde fourbie du grand sabre qui leur battait les jambes, ils avançaient sans paraître voir la plèbe qu'ils côtoyaient. Seul le sourcil crispé, assurant la position du monocle, donnait au visage impassible de certains d'entre eux un semblant d'expression. Une caractéristique fondamentale de Berlin nous était révélée d'emblée par ce contraste : l'élégance civile n'y était pas recherchée, elle n'y avait pas cours. A l'instar des sociétés arriérées où l'on passe de l'aristocratie au bas peuple sans observer de transition bourgeoise, Berlin n'offrait pas de moyen terme entre l'accoutrement, plus ou moins propre, plus ou moins cossu, et l'*allure,* qui était le monopole des militaires.

Nous retrouvions la même sensation éprouvée la veille lorsque, cherchant un hôtel, nous nous étions laissé emporter au rythme de la foule nocturne de Friedrichstrasse. A nouveau, nous accordions notre pas à son pas. C'était le prétexte d'une autre révélation encore. Dans toutes les villes du monde, on marche seul; à Berlin en revanche, sur les larges avenues dessinées pour la flânerie, la déambulation était un exercice d'ensemble, on y avait des partenaires et l'on était traversé de l'intuition que très loin, en tête, quelque ordonnateur commandait les zigzags du branle nonchalant dans lequel on était engagé malgré soi. On goûtait comme une insidieuse volupté à se fondre dans ce grand mouvement, à s'en remettre à lui du choix de sa destination. Insouciant, dispensé pour un instant de l'effort d'exercer sa volonté, on se laissait gagner par une atmosphère de contentement unanime, par une allégresse pure de toute hystérie de démonstration, voire même un peu lourde, car chez les peuples simples le plaisir est volontiers une chose grave... Plus tard, j'allais visiter Rome, une main posée sur la poche qui contenait mon portefeuille; de même, j'allais découvrir Paris dans l'anxiété constante d'être renversé par une voiture ou éborgné par le fouet d'un cocher malgracieux. Il n'y a qu'au milieu de la foule de Berlin que je me serai senti à l'aise, protégé. C'est par le contact de cette foule, à la fois respectueux et cordial, que la ville m'aura fait savoir qu'elle m'accueillait.

Au musée, une déception m'attendait à la découverte des Boecklin. Avec la précipitation que l'on met dans la jeunesse à se composer un panthéon qui, par son assemblage bizarre, témoigne du goût audacieux et expert dont on se flatte, j'avais décidé que Boecklin était, après Rembrandt, « le plus grand peintre ». L'admiration que j'avais professée pour lui m'avait aussi servi à convaincre ma mère de la nécessité de m'envoyer en Allemagne afin que je m'y forme à l'exemple de génies comme la Suède n'en produisait pas. Mon admiration, hélas, ne se fondait que sur de mauvaises reproductions photographiques et, devant le *Portrait de l'artiste avec un squelette jouant du violon,* il ne me fallut qu'un instant pour comprendre de quelle fausse monnaie je m'étais payé. Si peu assurés que fussent encore mon jugement et mes goûts, je savais pourtant reconnaître, dans un tableau, à quelle sorte d'impulsion le peintre avait obéi. Chez Boecklin, je m'étais attendu à découvrir une violence sœur de la violence que je commençais à deviner en moi. Mais cette composition léchée, d'un macabre symbolique, n'en portait pas trace. L'effet qu'elle m'avait produit, où j'avais voulu voir l'affirmation sublime du génie, se révélait une mise en scène sans âme et sans souffle.

J'en détournai les yeux avec dégoût, avec ressentiment, comme si, par sa machination habile de la lumière et des couleurs, l'artiste avait cherché à m'abuser tout personnellement. Avec plus de sévérité qu'ils n'en méritaient peut-être, je considérai ensuite *le Centaure et la Nymphe, les Champs-Élysées, la Descente de croix,* ces toiles témoignaient toutes du même péché d'inconsistance. L'image de la volupté comme celle de la mort, drapées dans les plis des mythologies, ne reflétaient que la monotonie morbide d'une inspiration sans tourment véritable. L'imposture de Boecklin entachait d'un soupçon tout ce sur quoi j'arrêtais les yeux. Le *Saint Georges* d'Hans de Marées ne résista pas à l'examen et, devant la *Médée* hagarde de Feuerbach, il ne me fallut qu'un peu d'attention pour voir réapparaître, sous le maquillage superficiel de l'effroi tel qu'on le mime dans les mélodrames de cinéma, les traits empreints de placidité de la complaisante concierge qui avait rendu au peintre le service de prendre la pose. La grandiloquence n'épargnait pas non plus les paysages ; portant présage des cruelles destinées humaines, les éléments s'y débridaient en tourbillons de rafales tordant les arbres, en éclairs, comme des lames, éventrant des ciels qui saignaient. C'était donc cela, l'art allemand ? Ce tumulte de sons creux, cette veine romantique dégénérée et poussive qui ressassait comme un leitmotiv un vieux cliché de fatalité implacable, dont une débauche de feu et de sang ne parvenait pas à relever la fadeur.

Soudain, je ne voulus plus rien voir. Ce musée m'apparut tout entier un temple élevé à la sensibilité factice. L'écœurement m'en chassait. Il ne contenait pas la révélation que j'avais espérée et, au-delà de ma déconvenue, j'étais en deuil de cet espoir même.

Mon indignation pourtant était moins pure qu'il ne semble et mon désir d'admirer, douloureusement en peine d'un objet qui fixe sa ferveur, n'était pas désintéressé non plus. Sans me l'avouer, j'étais en quête d'un maître à imiter, d'un créateur prodigieux qui m'ouvrirait l'univers de son génie et m'en affermerait une parcelle minuscule pour que je la cultive. Au moindre doute alors, il me suffirait de lever les yeux vers le phare de son inspiration éblouissante, il éclairerait pour moi la direction à suivre. Mais je n'avais trouvé personne. Libre des mouvements de mon imagination, de mon avenir d'artiste, je restais désemparé, comme au carrefour du labyrinthe où le fil casse, où le chemin s'efface, où l'on ne doit plus compter que sur l'intuition et la chance pour choisir la bonne piste... Au bout se trouvait l'art moderne qu'il faudrait bien pourtant que quelqu'un découvre, mais je n'entrevoyais même pas sa forme.

Des années auront passé avant que je comprenne à quel dérisoire destin la providence m'a soustrait ce jour-là. Depuis, j'ai souvent revu le *Squelette jouant du violon,* qui n'est pas une si mauvaise toile, et ma première impression n'a peut-être tenu qu'à un instant où la lumière lui était défavorable, qu'à une disposition critique de mon humeur d'alors, qu'à la crainte sourde d'être déçu et qui appelait la déception. En aurait-il été autrement et un rayon propice, allié à ma conviction plus ferme, m'eût-il fait reconnaître en Boecklin celui que je cherchais, qu'indifférent aux révolutions esthétiques du siècle, j'aurais sans doute passé ma vie à peindre, avec une adresse aiguisée par la répétition, des ermites dans des cahutes, contemplant des crânes.

C'est seulement en apparence, d'ailleurs, que l'œuvre que je laisserai est plus originale et, à y regarder d'un peu près, on s'apercevrait que tout ce que j'ai créé dans ma vie le fut en souvenir d'un modèle. Mon talent s'est nourri des formes nouvelles que je voyais naître autour de moi. J'ai emprunté le génie de mes contemporains alors qu'il n'était encore qu'une étincelle, et j'en ai fait mon feu. A défaut d'un maître unique, je m'en suis donné plusieurs. Je leur prodiguais les marques de mon enthousiasme juvénile et ils payaient l'hommage que je leur rendais par des conseils dont s'enrichissait mon savoir-faire ; sans se douter qu'ils étaient déjà engagés avec moi dans une compétition secrète et que je ne les admirais qu'en attendant de les dépasser. A chacun d'eux j'aurai pris quelque chose. Mais, à la différence de Nils qui se laissait fasciner au hasard et restituait littéralement dans ses tableaux les influences qu'il subissait, j'aurai su marier savamment celles auxquelles je choisissais de m'exposer, jusqu'à remplir cette déformante chambre d'échos que je ne crains pas d'appeler mon inspiration singulière.

Si je n'ai rien tenté d'inventer par moi-même, c'est pour ne m'être jamais trompé sur la nature profonde de mes dons. De ceux que je me reconnaissais, j'aurai fait le meilleur usage en devenant le suiveur hors pair dont le pas ne marque qu'un retard presque imperceptible sur le pas de celui qu'il imite — au point qu'à les voir cheminer ensemble, si proches, on peut se demander un instant lequel conduit l'autre... Jadis, comme un baryton se désespérerait de n'être pas ténor, je me désolais de ces dispositions qui procédaient, croyais-je, d'une essence inférieure. Je ne me désole plus. On ne décide pas de son registre, on n'en change pas, si obstinément qu'on s'évertue à en forcer l'amplitude, et, dans celui que m'imposait la conformation particulière de mon talent, je sais ce que j'ai accompli. Suiveur, imitateur ou opportuniste visionnaire plutôt, trafiquant sans scrupule des inspirations que j'attrapais autour de moi, encore informes, pour les façonner, les échanger, les brasser, j'en aurai perfectionné l'expression et je les aurai répandues. J'aurai servi l'art plus sûrement que bien des créateurs absolus qui le dévastent autant qu'ils le renouvellent et dont les magnifiques découvertes auraient bientôt sur lui un effet fatal, si ceux de ma sorte n'étaient pas là pour en diviser le choc.

« Où allons-nous ? » avait demandé Nils en consultant sa montre.

Il était déjà deux heures de l'après-midi comme nous sortions du musée ; à quatre, au plus tard, nous devions sonner à la porte des demoiselles Weidencrantz, si nous ne voulions pas qu'un télégramme affolé alerte Mme Rydqvist et ma mère de notre disparition. Le ciel vermeil de la matinée avait viré au plomb et menaçait d'une averse, la Prusse n'était plus l'Italie. Il nous restait trop peu de temps pour visiter la ville et, comme des soldats attendant un train, qui tuent les dernières heures de leur permission en errant dans les parages des gares, nous avions résolu de marcher sans but en évitant de nous éloigner du quartier des Linden.

Attirés par ce tunnel qu'illuminaient des globes jaunes, nous nous étions engagés dans la Kaisergalerie. D'échoppe en échoppe, une bimbeloterie d'éventails peints, de broches en similor et de caniches de porcelaine, y voisinaient avec des portraits du jeune *Kronprinz* en uniforme de colonel des uhlans, aussi bien qu'avec des cartes postales burlesques de la plus basse veine scatologique. Au fond du passage, un pharaon en cire, tenant des rouleaux de papyrus dans son poing, et une effigie de Jack l'éventreur qui lui faisait pendant, signalaient l'entrée du Panoptikum. Des familles traînant une marmaille énervée se pressaient à l'intérieur pour admirer le sacre de Guillaume Ier dans la Galerie des glaces et des tableaux de la guerre de Trente Ans inspirés de l'*Histoire* de Schiller. En face, la porte battante d'un café laissait passer d'intermittentes bouffées de musique où l'on reconnaissait l'air d'*Ach! Du lieber Augustin,* moulu par un pianola.

La vulgarité et le mauvais goût, d'une telle outrance qu'ils n'auraient pas osé s'étaler au grand jour de la rue, étaient la vocation commune à tous les commerces de ce bazar. Comme si, entre Unter den Linden et Behrenstrasse, on avait voulu offrir une diversion récréative au promeneur dont l'œil, las des perspectives grandioses et des monuments ostentatoires, aspirait à se reposer dans la contemplation d'horreurs sans prétention. Je me laissais volontiers aller à l'espèce d'encanaillement des sens auquel invitaient cette musique lourde et ces images criardes. Par contraste avec ce que nous venions de voir au musée, je trouvais dans leur mixture affreuse quelque chose de vivifiant. J'aurais dû comprendre le message que me transmettait mon impression. Si un carcan de préjugés esthétiques absurdes ne m'avait pas empêché de saisir l'intuition qui passait, c'est cette réalité-là que j'aurais essayé de peindre dès cette époque. Malheureusement, une mystique du sujet noble me détournait des scènes spontanées de la rue. Elles relevaient, dans mon idée, du seul genre naturaliste, que je méprisais. Comme spectateur, la laideur et la vulgarité du quotidien pouvaient me captiver, mais comme peintre je n'imaginais pas qu'il fût possible d'en tirer autre chose qu'un effet de laideur et de vulgarité, précisément.

Nous avions descendu Wilhelmstrasse bordée de palais princiers et de ministères où l'influence architecturale de la Grèce s'affrontait à celle de la Renaissance. Puis, dans Vosstrasse, nous avions obliqué en direction de l'ouest de la ville pour rejoindre le Tiergarten.

Je veux voir un avertissement encore dans le hasard qui nous dérouta et nous mena, au terme d'un itinéraire confus, devant la vitrine du marchand Cassirer. Des passants s'y arrêtaient en ricanant à la vue d'un étrange tableau qui représentait des baigneurs au bord d'une rivière. En dépit d'une stylisation presque grossière des éléments du paysage et des silhouettes, l'ensemble frappait par une rare indécence. Ces hommes nus dans la nature, brossés à larges touches de couleur, indiqués plutôt que dessinés, n'auraient pas choqué davantage si leur nudité avait été restituée par la photographie. Le peintre avait délibérément omis de les draper de l'aura claire-obscure qui fait office de cache-sexe de convention dans la représentation des académies ; il avait négligé de la même manière cette autre précaution de bienséance qui consiste à imprimer aux lignes de force des corps une harmonie factice, imitée de la statuaire classique, et suggestive d'une évanescence essentielle. Les baigneurs n'étaient pas des demi-dieux modelés dans l'albâtre, mais des ouvriers crasseux qui dépouillaient leurs hardes pour s'offrir tout entiers à la brûlure du soleil ; leurs mouvements ne visaient ni à la grâce ni à la modestie et rien ne tempérait l'impudeur de leurs anatomies ingrates.

« C'est beau », constata Nils. Je crus un instant qu'il plaisantait, mais son expression pénétrée d'admiration démentit ce soupçon. Sans rien répondre, je m'absorbais, perplexe, dans la contemplation du tableau.

Le rappel de cet épisode confirme mon sentiment qu'il n'a sans doute manqué à Nils, pour être un très grand peintre, que la volonté obsédante de le devenir — sur laquelle s'est fondée ma propre carrière. La rare prescience dont son goût faisait preuve est en effet une composante non négligeable du talent artistique et l'on se prend à songer à ce qu'aurait pu réaliser un garçon de dix-huit ans, dénué d'expérience comme de théorie et cependant capable de percevoir du premier coup d'œil la beauté révolutionnaire d'un Cézanne — où, pour ma part, je ne voyais encore qu'une provocation pure —, si, à ses dons, s'était ajouté ce rien d'hystérie qui gâche chaque seconde de votre existence, mais vous permet en contrepartie d'aller jusqu'au bout du destin d'exception que vous avez choisi d'accomplir.

Dans Boyenstrasse, les demoiselles Weidencrantz habitaient le troisième étage d'un immeuble de rapport d'une catégorie incertaine. C'était une de ces constructions typiques des *Gründerjahre* durant lesquelles Berlin, baromètre de l'économie prussienne fraîchement renflouée par les milliards-or de l'indemnité de guerre, s'était développé en tous sens, dévorant ses banlieues et lançant des avenues colossales à la conquête des plaines désolées du Brandebourg. Mais, en dépit des promesses de cet essor irrésistible, le quartier de Wedding, pris en tenaille entre un réseau de voies ferrées et le canal nord de la Sprée, notable seulement pour le nombre de ses cimetières, était demeuré à l'écart du centre et du courant de la mode qui entraînait vers l'ouest la population élégante. Faute de trouver la clientèle à laquelle il avait été initialement destiné, l'immeuble de Boyenstrasse en avait rabattu d'autant sur ses prétentions, comme l'indiquait son aspect d'abandon et d'inachèvement contrastant avec ses proportions nobles. Le large escalier s'annonçait par une première volée de marches en pierre dont chacune était munie de crochets à tringles. Pourtant, à l'instar des locataires opulents qu'on attendait, ni les tringles ni le tapis n'étaient venus et des mégots de cigarettes, des tickets de tramway déchirés jonchaient le sol où retentissaient désagréablement les pas. A partir du second, l'escalier était en bois et la flamme de gaz éclairant le palier brûlait à nu, le globe ayant été cassé et jamais remplacé ou, même, jamais posé.

Une fille rougeaude, avec des cheveux en désordre qui lui balayaient la face, vint nous ouvrir. Nils lui demanda poliment à parler à l'une ou l'autre des demoiselles Weidencrantz. Tout en essuyant ses mains savonneuses contre son ventre, elle nous indiqua d'un mouvement de la tête une forme menue, tassée dans un fauteuil, à l'autre extrémité du vestibule obscur, puis elle disparut dans la cuisine dont elle fit claquer la porte.

Nos chapeaux à la main, nous avançâmes vers Mlle Weidencrantz qui demeurait, à notre approche, si immobile et si muette que l'idée qu'elle était peut-être morte me traversa l'esprit. Le regard de transe que je lui découvris me rassura paradoxalement sur l'état de sa santé. Mlle Clara Weidencrantz — nous allions apprendre son nom un peu plus tard — était une vieille poupée hagarde dont les grands yeux de porcelaine couleur vif-argent semblaient toujours, lorsque vous vous teniez devant elle, fascinés par une vision horrifiante surgie dans votre dos. Sa chevelure de noyée, d'un blanc-bleu, coulait jusqu'à sa taille, sa bouche peinte en cœur s'ourlait d'un trait de crayon à la mode des artistes de music-hall ; deux touches de rouge posaient sur son minois ratatiné, plus haut que n'aurait osé les situer la nature et quasiment aux coins des yeux, des pommettes luisantes. Par sa coiffure et son maquillage insolite, on comprenait que cette manière d'Ophélie jivaro espérait, sinon retenir, du moins rappeler le souvenir de la beauté éminemment poétique qui avait été la sienne sous le règne de Charles XV.

« Je suis Nils Rydqvist, dit Nils en s'inclinant devant elle, et voici mon ami Sven Oxenholm... »

Sans daigner lui répondre, Mlle Weidencrantz se mit soudain à tourner la tête de tous côtés, comme une personne qui chercherait du secours.

« Je sais que vous nous attendiez hier, poursuivit Nils, mais... »

Avant qu'il ait pu fournir l'explication de notre retard, Mlle Weidencrantz, dans un effort qui semblait chez elle surhumain, se dressait hors de son fauteuil pour lancer comme un cri douloureux : « Gertrude ! », puis elle se laissa retomber, épuisée, inerte. Une porte s'ouvrit et apparut, dans une effusion soudaine de lumière du jour, l'autre demoiselle Weidencrantz. Grande, énergique, sans apprêts, Gertrude Weidencrantz était l'opposé exact de sa sœur Clara.

« Vous voilà enfin ! s'exclama-t-elle en nous apercevant. Je commençais à me demander où vous étiez passés. »

Surpris par le ton de familiarité abrupte de cette entrée en matière, considérant d'autre part l'allure d'autorité de Mlle Gertrude qui s'encadrait dans le rectangle de clarté formé par la porte ouverte sur la pièce voisine, j'eus l'intuition qu'elle allait être une logeuse redoutable et qu'il me fallait, sans perdre un moment, travailler à persuader Nils de la nécessité de déménager. Je me trompais ; Mlle Gertrude se révélerait bientôt moins despotique que vive et, au demeurant, une brave femme.

« Le bateau de Suède avait du retard, s'excusa Nils, nous avons manqué notre train à Rostock. Nous avons été obligés d'attendre le suivant.

— Et vous n'êtes arrivés qu'aujourd'hui ? s'étonna Mlle Weidencrantz.

— Non... admit Nils, incapable de se résoudre à mentir, en dépit de mes recommandations. Nous sommes arrivés hier soir très tard et pour ne pas vous déranger en pleine nuit, nous avons décidé d'aller à l'hôtel.

— Vous ne nous auriez pas dérangées, affirma Mlle Weidencrantz, ma sœur qui souffre d'insomnie fait ses patiences et moi-même je suis habituée à ne dormir que d'un œil. »

Elle s'enquit ensuite du nom de l'hôtel où nous avions couché. Quand Nils qui ne pouvait rien dissimuler le lui eut livré aussi, elle remarqua, avec un soupçon d'amertume car elle songeait sans doute que nous avions dépensé en une seule nuit ce qui aurait suffi à payer une semaine de notre pension chez elle : « Vous en avez de l'argent à gaspiller ! » Néanmoins, l'aveu de cette munificence eut, j'en suis convaincu, quelque chose à voir avec le traitement de faveur discret dont nous devions bénéficier durant notre séjour chez les demoiselles

Weidencrantz. Voyant en nous des fils de millionnaires, libres, sur un caprice, d'aller porter ailleurs le prestige que conférait leur clientèle, Mlle Gertrude n'imagina jamais de nous rationner l'eau chaude ni le charbon qu'elle dispensait avec parcimonie à ses pensionnaires plus modestes. Elle toléra aussi, ayant en cela le sentiment de prêter à des riches, qu'un retard régulier s'installe dans le règlement de nos notes mensuelles.

Pendant qu'un dénommé Waldemar qui faisait fonction de concierge et d'homme de peine était requis pour aller chercher nos malles à la consigne de la gare, Mlle Gertrude nous montra les commodités de la maison. Les repas, nous avertit-elle, étaient servis à huit heures du matin et à sept heures du soir, là même où nous nous trouvions. Cette pièce qui m'avait d'abord semblé un large vestibule, car elle ne possédait, pour toute fenêtre, qu'un œil-de-beuf prenant le jour lugubre du palier, était en réalité la *Berlinerzimmer* qui concentre la vie domestique de la petite-bourgeoisie prussienne. Sa proximité avec la cuisine en fait une salle à manger pratique ; elle est aussi, l'hiver, le salon du pauvre où l'on s'agglutine autour du poêle de faïence. Dès que les rigueurs de la saison commanderaient d'allumer ce poêle, nous informa encore Mlle Weidencrantz, nous trouverions toujours, placé dessus, un pot de café chaud dont nous pourrions nous servir à volonté ; « *Blümchenkaffee* », crut-elle devoir préciser, entendant par là qu'il ne s'agirait pas bien sûr d'onctueux moka, mais de ce breuvage insipide, vaguement brunâtre, dont la transparence laisse voir les fleurettes qui décorent le fond de la tasse. Mlle Weidencrantz nous entraîna ensuite à la découverte d'un réduit en soupente, pris sur le volume de la cuisine, et auquel on accédait par une sorte d'échelle. Comme il était meublé d'un tub pliant, d'un arrosoir et d'un porte-serviettes, Mlle Weidencrantz ne craignait pas de lui donner le nom pompeux de salle de bains. Enfin, poussant une porte au fond d'un corridor, elle nous fit voir nos « quartiers ».

La chambre que nous allions occuper avait été un salon, jadis. Elle retenait des signes de son ancienne vocation en l'espèce d'une collection de bibelots ébréchés, encombrant la tablette de la cheminée et le dessus du piano droit. Le canapé et les fauteuils en bois de bouleau se serraient au milieu de la pièce, dégageant assez d'espace autour pour une table de toilette posée sur un carré de linoléum et pour deux lits de fonte. Entre les lits, sur le mur de chevet, un gazomètre permettait d'alimenter les lampes au moyen de *groschen* — dont nous serions bien avisés de constituer des provisions, si nous ne voulions pas nous coucher dans l'obscurité faute de la monnaie adéquate. Cet appareil mercenaire était flanqué de gravures sombres représentant des scènes bibliques. Nils pourrait reposer sous l'enseigne du sacrifice d'Abraham tandis qu'il me suffirait de renverser légèrement la tête, au moment de m'endormir, pour puiser dans la contemplation de Joseph vendu par ses frères de quoi nourrir mes rêves d'une carrière aventureuse et glorieuse. Je ne saurais dire si le portrait du roi Oscar et de la reine Sophie, qui ornait également la pièce, témoignait seulement d'une contamination du goût allemand pour ce genre d'imagerie ou si Mlle Weidencrantz entendait ainsi honorer des compatriotes ; en revanche, le bouquet de fleurs qu'elle avait disposé près de la fenêtre était clairement un signe de bienvenue à notre intention. C'étaient trois brins de freezia malingres qui embaumaient extraordinairement.

Les années mortes s'apparient, dans la mémoire, à une odeur qui leur est spécifique et qui les restitue comme par magie. 1906-1907 a l'odeur des freezias que Mlle Gertrude rapportait le dimanche matin du marché de Wedding, roulés dans une page du *Berlinertageblatt,* pour en fleurir notre chambre. Il me semble que cette odeur s'exhale encore des aquarelles que j'ai peintes là, devant la fenêtre ouverte sur les derniers beaux jours de l'automne puis sur les prémices du printemps. De la même manière, elle imprègne le souvenir de mes lectures d'alors, jusqu'à devenir le parfum particulier d'une héroïne de Tourguéniev, dont j'étais parfois brutalement séparé, au milieu de la nuit, par une panne du gazomètre ayant englouti mes derniers *groschen.* Enfin elle me ramène intacte l'ambiance de la pension Weidencrantz, marquée par les personnalités détonnantes de Mlle Gertrude et de Mlle Clara.

Le contraste, qui nous avait d'abord frappés, entre les deux sœurs, jusqu'à nous faire douter de leur parenté, allait s'avérer, lorsque nous les connaîtrions mieux, la conséquence même de l'étroitesse de leurs liens. Les demoiselles Weidencrantz n'étant en réalité qu'une seule personne en deux corps, un principe d'économie — à rapprocher de celui qui préside à l'évolution des espèces et les débarrasse, par atrophie progressive, des éléments devenus inutiles à leur survie — les avait conduites à se défaire des traits qui assuraient leur ressemblance mais, par là même, faisaient double emploi.

Si Mlle Gertrude avait eu autrefois le souci de son apparence, elle s'en était peu à peu déchargée sur sa sœur Clara qui se plâtrait la face pour deux et, aujourd'hui, avec sa peau couperosée qui ne connaissait que le gros savon, avec son ombre de moustache et ses cheveux tirés, elle évoquait assez la sœur tourière en civil. De même, à mesure que Clara devenait cet avorton éthéré qui vous priait parfois, tant elle se sentait peu de force dans les poignets, de brasser pour elle le jeu de cartes de ses patiences, Gertrude s'exerçait espièglement à retourner les matelas d'une seule main et ne détestait pas de vous prendre à témoin de ces performances ni de vous entendre convenir qu'elle n'était pas une mauviette. Vigoureuse et pratique, Mlle Gertrude dirigeait le travail de la bonne, veillait à ce que les pensionnaires respectent les horaires des repas, réglait, en un mot, l'existence pratique de la maison dont Mlle Clara, plongée par l'effet du gâtisme dans d'intermittents accès de torpeur qui pouvaient passer pour des extases de contemplation, était l'âme languissante et le charme suranné. Mlle Gertrude se montrait cordiale avec tous ceux qui vivaient sous son toit. Mlle Clara affectait le plus souvent de ne remarquer personne et ne prenait conscience de votre présence dans la pièce où elle se trouvait que lorsqu'elle avait un service à vous demander, comme d'aller lui chercher un verre de sirop, de remonter le contrepoids de la suspension d'opaline ou de ramasser le valet de trèfle qu'elle avait laissé choir à ses pieds sur le tapis. Ces attitudes opposées donnaient surtout une note d'étrangeté aux repas qu'hôtesses et pensionnaires prenaient en commun.

Alors que Mlle Gertrude participait à toutes les conversations et vous interrogeait volontiers sur vos activités de la journée, Mlle Clara se bornait à jeter autour d'elle des regards incrédules de belle au bois dormant qui viendrait de se réveiller au milieu de la presse d'un compartiment de troisième classe. Il lui arrivait d'ailleurs, dans des moments de demi-lucidité nostalgique, d'interrompre ces conversations qu'elle n'écoutait pas, pour raconter tout à trac des histoires de princes charmants. Il s'agissait d'implorantes demandes en mariage que Mlle Clara avait déclinées sur un coup de tête, au mépris des fortunes et des hautes positions que mettaient à ses pieds des prétendants beaux comme le jour. Son refus avait été fatal à ces derniers. Certains avaient sombré dans l'ivrognerie et la neurasthénie après avoir épousé sans amour des femmes épouvantables ; d'autres avaient jeté tous leurs millions sur une table de roulette à Bad-Ems ; d'autres encore avaient chargé à la tête de leur régiment, en offrant aux balles ennemies la cible de leur poitrine où ne battait plus qu'un cœur navré. Ayant achevé son récit par l'évocation puissante de cette hécatombe, celle qui avait été cruelle à tous ces cadavres, un demi-sourire réjoui sur sa face, retournait à ses rêveries silencieuses.

« Ma sœur n'a pas eu la vie gaie ! » concluait alors Gertrude Weidencrantz, remuée par ces histoires comme si elle les entendait pour la première fois, et les pensionnaires, qui avaient profité de cette distraction de leur hôtesse pour se resservir de chou farci, opinaient poliment, la bouche pleine.

Ces pensionnaires étaient au nombre de trois. Dieter, un étudiant en médecine, aux sombres yeux chafouins, pouvait avoir vingt-quatre ou vingt-cinq ans. Herr Ploetz, qui déclina, avec empressement et un évident contentement d'amour-propre, sa qualité de chef de rang au restaurant Rheingold, était un gros homme placide, entre deux âges. Enfin Fräulein Dorothea Meissner, une employée des magasins Tietz, toujours vêtue d'une robe noire à col blanc et coiffée de bandeaux pommadés qui ressemblaient si fort à des écheveaux de soie floche que nous ne pûmes jamais décider s'ils étaient sa chevelure naturelle ou une perruque, incarnait à la perfection le type de la vieille fille à ulcère. Dire que ces gens nous accueillirent avec affabilité serait encore en dessous de la vérité. Conscients de l'espèce d'enjeu que représentait, dans leurs querelles intestines, l'apparition de deux nouveaux venus, ils s'évertuèrent chacun à faire notre conquête, avec l'espoir de nous engager ainsi à épouser au plus vite les ressentiments qu'ils remâchaient les uns à l'égard des autres.

Entendant que l'étudiant en médecine nous invitait à venir, après le dîner, boire un verre de *Mampe* dans sa chambre, Herr Ploetz nous entraîna aussitôt dans la sienne pour nous faire admirer le point de vue qu'on y avait, du balcon, sur l'Exerzier Platz où les artilleurs faisaient la manœuvre. Il avait imaginé ce prétexte pour nous mettre en garde contre les dangers d'une association inconsidérée avec Dieter. Ce n'était pas que ce dernier fût au fond un mauvais bougre, concéda Herr Ploetz, mais c'était une tête brûlée. Comme la plupart des étudiants d'aujourd'hui, il ne pensait qu'à s'enivrer et à faire du scandale dans les cafés, au point qu'il lui était arrivé déjà de se fourrer dans des mauvais cas et d'avoir maille à partir avec la police impériale. Herr Ploetz comprenait la jeunesse et il n'avait rien par principe contre le fait de boire et de s'amuser ; lui-même aimait la bonne vie, il était un sybarite. Seulement, en toutes choses, l'excès est nuisible. C'était justement ce que Dieter, malgré ses diplômes, ne paraissait pas savoir et que lui, Herr

Ploetz, homme sans instruction mais à qui son métier avait fourni l'occasion d'observer et de réfléchir — s'autorisant de son âge qui lui aurait permis d'être notre père —, tenait à nous dire. D'ailleurs, conclut-il, plutôt que de nous laisser entraîner dans des beuveries idiotes, nous ferions mieux de garder nos sous pour nous offrir un bon repas dans le cadre féerique du restaurant Rheingold ; Herr Ploetz nous donnait sa parole qu'il veillerait en personne à ce que nous y recevions le meilleur traitement.

Lorsque nous avions accepté comme une corvée de politesse l'invitation de l'étudiant en médecine, nous n'imaginions aucunement faire un pas décisif sur la voie de la perdition, ni que le couloir qui menait à sa chambre dût être semé de tant d'avertissements. Au milieu de ce couloir étroit, Fräulein Meissner se tenait adossée à l'encadrement de sa porte, l'air de rien, comme si elle y avait pris le frais. Nous la saluâmes d'un sourire auquel elle répondit par un autre plus enjoué.

« Si je vous ai peu parlé pendant le dîner, attaqua-t-elle de but en blanc, ce n'était pas par manque de cordialité, croyez-le bien. Simplement, je suis discrète, intuitive, je voyais bien que les autres vous fatiguaient avec leurs questions et que vous étiez trop courtois pour les envoyer au diable... »

La même courtoisie nous fit protester qu'il n'en avait rien été, mais Fräulein Meissner ne voulut pas nous entendre et poursuivit :

« Je suis une vieille Berlinoise, la seule dans cette maison, en vérité. Je ne dis pas cela pour me mettre en avant, mais c'est un fait que je connais la ville et ses ressources comme ma poche... Aussi, quand vous aurez besoin d'un renseignement, vous savez à qui vous adresser. Vous serez surpris de voir comme je peux être de bon conseil pour un tas de petites choses pratiques. »

Nous remerciâmes Fräulein Meissner, mais comme nous n'avions encore aucun conseil à solliciter, la conversation allait s'arrêter là.

« Vous allez chez lui ? dit alors Fräulein Meissner avec consternation, en désignant du menton la porte de l'étudiant en médecine. Il n'a pas perdu de temps pour jeter son grappin sur vous... Mais méfiez-vous ! C'est Dora Meissner qui vous le dit ! »

Jugeant que le caractère de gravité des révélations qu'elle avait à nous faire commandait le huis clos, elle nous attira à l'intérieur de la pièce dont elle ferma la porte.

« C'est un monstre, une bête malfaisante ! lâcha Fräulein Meissner dans un chuchotement au débit hystérique. Avec vous, pour le moment, il est tout miel. Mais attendez de le connaître mieux et vous m'en direz des nouvelles... Sa grande joie, poursuivit-elle avec un rictus douloureux, c'est d'humilier, de faire souffrir. Comme je suis seule et sans défense, comme je n'ai pas non plus l'heur d'être appréciée de ces demoiselles, il a fait de moi sa tête de Turc... Vous aurez remarqué qu'il n'a pas pris la peine de me saluer. Oh, ce n'est pas sa grossièreté qui me dérange ! S'il n'y avait que cela, ça me serait bien égal. Mais il s'amuse à me persécuter. J'ai le sommeil léger, je suis sensible au moindre bruit, il le sait. Vous constatez d'autre part que bien qu'étant la plus ancienne pensionnaire de la maison, c'est moi qui ai la plus mauvaise chambre, celle qui n'est séparée du petit endroit que par un mur en papier à cigarette. Eh bien, il a imaginé exprès de choisir le milieu de la nuit pour venir s'y isoler. Et il tire trois ou quatre fois la chaîne de façon à être bien sûr de me réveiller. »

Devinant que cet original supplice de la chasse d'eau, auquel elle était soumise, nous laissait rêveurs et peut-être incrédules, Fräulein Meissner se reprit :

« Je ne sais pas pourquoi je vous raconte tout ça, vous n'y pouvez rien. Mais, tout de même, s'il vous embête aussi, venez me le dire. Nous serons alors trois à nous plaindre et ces demoiselles se décideront peut-être à prendre des mesures. Ne comptez pas sur le soutien de Ploetz, c'est un imbécile qui rase tout le monde avec ses histoires de restaurant, il ne sait pas vous parler d'autre chose... Moi qui ne suis pourtant qu'une simple femme, j'ai des préoccupations plus élevées en tête : la musique, l'art, la philosophie, tout m'intéresse ! Quand le cœur vous en dira, n'hésitez pas à venir frapper à ma porte ; je suis toujours dans mon trou comme une petite souris. Bien sûr, moi je n'ai pas d'alcool à vous offrir, mais je vous ferai une bonne tasse de thé sur mon réchaud à méthane et nous causerons. Et puis, si vous aimez lire, je vous prêterai des romans, j'ai tous ceux de Clara Viebig dans ma petite bibliothèque... Alors, interrogea-t-elle d'une voix si vibrante d'anxiété et d'espoir que son personnage ridicule s'en trouva haussé jusqu'à la dimension du pathétique, est-ce que nous serons amis ? »

Et, comme elle nous tendait la main pour sceller un pacte tacite, nous fûmes touchés par l'expression de petite fille seule au monde, qui s'attardait sur son vieux visage.

« La vieille boîte vous a interceptés au passage pour vous dire du mal de moi ? demanda Dieter en nous accueillant. Ne me dites pas que non, je connais bien sa façon de faire. »

Nous apprîmes ainsi qu'en allemand le terme de « vieille boîte » désigne les femmes qui ont passé l'âge de prétendre séduire, et que Fräulein Meissner, à l'encontre de ce que nous aurions pu croire, ne nous avait pas honorés d'une marque particulière de sa confiance en nous livrant ses doléances.

Nul plus que Dieter lui-même, les premiers temps de son installation à la pension Weidencrantz, n'avait été en butte aux assiduités plaintives de la vieille boîte ; lasse de l'attendre aux coins des couloirs, elle s'était enhardie parfois jusqu'à glisser des billets doux sous sa porte. Maintenant, elle le haïssait et manigançait son expulsion. La cause en était le mal qu'il s'était refusé à lui faire, allégua-t-il avec un clin d'œil entendu. Non pas qu'il aurait eu la moindre difficulté à la contenter, précisa-t-il pour lever toute équivoque sur son infaillible virilité, car la nuit, n'est-ce pas ? tous les chats sont gris... Mais il avait mieux pour occuper ses loisirs. Au sourire vain qui s'épanouit sur sa figure, nous comprîmes que la relation de ses bonnes fortunes n'allait pas nous être épargnée. C'était le véritable sujet qu'il cherchait à amener depuis le début et les allusions scabreuses dont Fräulein Meissner faisait les frais lui avaient servi de préambule.

A Berlin, nous assura Dieter, un homme vigoureux n'était pas en peine de se satisfaire. On liait connaissance dans les brasseries et dans les lieux de spectacle. Il y avait aussi les nourrices qui poussaient des voitures d'enfant dans les allées du Tiergarten et qui se laissaient volontiers aborder. C'étaient pour la plupart de pauvres paysannes idiotes, désorientées par la grande ville, qui gobaient n'importe quelle blague et dont on obtenait tout ce qu'on voulait. Nous pourrions nous en donner à cœur joie dès que nous saurions comment nous y prendre. Il nous faudrait pourtant observer quelques précautions d'hygiène avant de nous embarquer avec la première venue. Par chance, Dieter était là pour nous indiquer la méthode. Il alla pêcher dans un tiroir fermé à clef un petit sachet de papier qu'il déchira pour en extraire une sorte de tuyau de caoutchouc jaunâtre.

« Voilà, fit-il en nous exhibant cette chose, j'en ai toujours en provision dans ma poche ; je ne laisse pas le petit chaperon rouge baguenauder sans sa capuche. Avec ça, je me gare de la syphilis et l'on n'essaye pas non plus de me faire endosser les bourdes commises par le voisin. »

A cet instant, mon regard croisa celui de Nils et j'y lus le reflet du dégoût que j'éprouvais moi-même. Si Dieter avait voulu persuader les puceaux que nous étions encore, de le demeurer, il n'y aurait pas mieux réussi. L'évocation du spectre vénérien et des risques d'engrossement, jointe à l'étalage de l'accessoire grotesque qui rendait le plaisir sans danger, plaidait en faveur d'une stricte chasteté. Je ne crois même pas qu'il se soit amusé à nous choquer. Le cynisme dont témoignait sa conception de l'amour lui était si naturel qu'il n'en avait pas conscience. Pas plus qu'il n'avait conscience, semblait-il, de la gêne, puis de l'écœurement suscités en nous par ses propos crus.

Comme ceux-là nous laissaient effarés et sans réactions, Dieter ne doutait pas, au contraire, que nous buvions ses paroles. Bien entendu, poursuivit-il, dans nos entreprises de séduction nous nous heurterions à la concurrence des militaires qui ont pour eux l'avantage de l'uniforme. Dieter s'était ingénié pour sa part à compenser le handicap de la condition de civil en cultivant un port raide qui concourait, avec ses cheveux tondus, à donner à sa tournure quelque chose de martial. Et puis, il avait sa balafre, elle le distinguait suffisamment du tout-venant des philistins. Un de ces duels au sabre, où les étudiants allemands recherchent un certificat de bravoure, avait en effet laissé sur sa joue droite une hideuse estafilade violâtre qui courait de la tempe à la commissure des lèvres. Dieter nous raconta comment l'entaille avait été suturée à la va-vite — de façon à laisser une cicatrice bien apparente — sur le terrain même et sans autre anesthésique qu'un verre de schnaps. Pour s'empêcher de hurler, il avait mordu de toutes ses forces le ceinturon de gros cuir auquel était accrochée sa rapière. Son stoïcisme sous la torture lui avait valu l'estime accrue des compagnons de sa confrérie.

Dieter s'honorait d'appartenir à la confrérie d'étudiants très exclusive des *Vandales*. Nous n'en étions pas surpris. Tout en déplorant avec une perceptible condescendance que notre qualité d'étrangers et d'artistes nous interdise d'être reçus dans cette glorieuse association, Dieter nous en décrivit longuement les hauts faits. Ils consistaient principalement à se saouler en bande, pendant des soirées entières, en observant l'étiquette compliquée des toasts, à briser à coups de cailloux les vitres des réverbères, de préférence au nez et à la barbe d'un polype (policier), et aussi — mais ces exploits-ci qui relevaient d'une inspiration patriotique plus subtile étaient facultatifs — à cerner dans un coin pour leur casser la gueule les étudiants que l'on soupçonnait d'être juifs ou catholiques. Dieter, à ce propos, s'inquiéta de savoir si nous étions l'un ou l'autre. Rassuré, il nous promit pour le dimanche suivant d'arranger une sortie avec des femmes dont il se vanta d'avoir éprouvé la complaisance.

L'aversion profonde que j'avais éprouvée immédiatement pour Dieter se révéla assez vite n'être pas exempte d'une fascination ambiguë qui me fit quelquefois rechercher sa compagnie. L'attrait qu'exerçait sur moi cet individu sordide ne s'expliquait pas par la découverte en lui de qualités inespérées. Il n'en existait pas au monde d'assez miraculeuses pour racheter sa tournure d'esprit ignoble. L'abjection de Dieter me captivait au contraire par sa plénitude même, par sa cohérence parfaite qui en faisait une manière d'œuvre d'art en soi et qui m'inspirait le même mélange de répulsion et de révérence qu'on ressent à examiner à la loupe la conformation délicate d'un insecte qui vit d'ordure.

En cachette de Nils incapable de comprendre la perversité à laquelle j'obéissais, j'allais chez Dieter pour me faire raconter encore les lamentables exploits des *Vandales*, je l'interrogeais sur les bonnes d'enfants qu'il avait séduites et plantées là. L'attention faussement admirative que je lui prêtais, et qu'il prenait pour argent comptant, l'incitait à se livrer comme un paon fait la roue. Il développait pour mon édification de monstrueuses théories sociales dont il entendait me faire l'émule, ou bien il cédait à cette fatuité de corps de garde, qui nous avait tant choqués le premier soir, jusqu'à me raconter dans le détail et dans un style imagé, qui me tenait entre le ravissement et la nausée, les prouesses sexuelles qu'il accomplissait, à l'entendre, quotidiennement. Ses confidences révulsantes me laissaient avec la sensation d'être souillé, mais à cela aussi je prenais un malin plaisir. Le plus drôle — je m'en avise à présent mais ma naïveté d'alors m'empêchait de m'en rendre compte —, c'est qu'il entrait dans la composition du personnage de Dieter une note trop extrême pour ne pas être forcée, et qu'un rien de perspicacité m'aurait sans doute permis de deviner, se dissimulant sous sa goujaterie exemplaire ce qu'on est convenu d'appeler « une petite nature ».

Un jour que je sortais de chez lui, je croisai Fraulein Meissner. Non seulement elle ne répondit pas à mon salut, mais elle me toisa avec une expression d'indignation et, par la suite, ne m'adressa plus jamais la parole. Je cherchai quel manquement de ma part avait pu provoquer une telle attitude. Ceci m'amena à prendre conscience d'un trait de mon comportement dont la révélation n'aurait pas étonné maman. Par ses accusations contre l'étudiant en médecine, assorties de ses offres de thé, de romans à trois sous, d'amitié, Fraulein Meissner nous avait mis en demeure de faire un choix qui ne devait pas reposer uniquement sur des affinités de tempérament, mais qui devait avoir aussi, à ses yeux — et peut-être n'avait-elle pas tort d'envisager les choses de cette manière —, des implications morales. Ce choix, je m'apercevais que je l'avais fait et sans imaginer un instant qu'il puisse le moins du monde engager ma conscience.

Comme s'il s'était agi d'assister à une pièce de théâtre et que je me sois laissé tenter par un drame naturaliste plutôt que par une tragi-comédie larmoyante, j'avais préféré à Fraulein Meissner et aux effusions de sa sensibilité mesquine la complicité crapuleuse que m'offrait Dieter. J'avais choisi l'ignominie contre la médiocrité, pour ses seules qualités spectaculaires qui parlaient mieux à mon imagination. Plus tard, à d'autres occasions dans ma vie, sans songer davantage à m'en sentir coupable, je referais un choix comparable et je voudrais toujours ignorer que la neutralité fascinée, même pleine de réprobation secrète, que j'observerais devant les manifestations du mal, serait une façon d'y prendre part.

La partie de campagne évoquée par Dieter eut lieu et nous ne trouvâmes, Nils et moi, aucun prétexte plausible pour nous y dérober. Par un des derniers beaux dimanches de l'automne, nous nous étions embarqués pour Wannsee. Sur le quai de la gare, devant le train de Potsdam, nous avions retrouvé les demoiselles qu'il nous avait promises. C'étaient trois grosses filles communes et saines. Elles portaient toutes trois le même chapeau de paille de riz à large bord, la même blouse à rayures bayadères blanches et bleues — les rayures bayadères faisaient fureur cette année-là —, et elles riaient de bon cœur de cette coïncidence qui leur donnait l'air d'être échappées d'un pensionnat. Il fallut vite monter en voiture ; une foule populaire proprette partait à l'assaut des places assises, bourrait les filets de parasols, de couvertures à carreaux, de paniers d'osier débordant de victuailles, et, à peine installée, commençait à déboucher des bouteilles de bière blanche.

J'étais assis en face de Mlle Hedwige qui allait être ma cavalière. Le train se mit en marche avant que nous ayons pu échanger deux paroles, l'atmosphère du compartiment où s'entassaient des familles avec leurs enfants et leurs chiens ne se prêtait pas aux conversations intimes. Dans le tunnel de Friedenau, mon genou rencontra son genou sans que je l'aie prémédité. Je fus heureux de ce que l'obscurité empêchait de voir que je rougissais. Je murmurai d'une voix oppressée : « Excusez-moi », et celle d'Hedwige répondit avec une placidité amène : « Il n'y a pas de mal. » On entendit un sifflement strident, comme le train sortait du tunnel, et le soleil reparu tomba droit sur Mlle Hedwige, enflammant ses cheveux que j'aurais crus blonds. Je n'avais pas encore osé la regarder bien. Elle n'était pas laide ; elle avait une peau très fine, semée de pâles taches de son, et des yeux vaguement mauves, aux coins desquels la pleine lumière faisait distinguer de ces petites rides, délicates comme les nervures d'une feuille nouvelle, de ces petites rides qui sont à la jeunesse ce que les colchiques sont à l'été. Elle ne devait pas avoir loin de trente ans en effet, ce qui me paraissait à juste titre un grand âge puisque je n'en avais moi-même que dix-huit. Son expression trahissait aussi comme une douce lassitude. Mlle Hedwige était une habituée de la ligne ; j'en découvrais pour la première fois les stations.

Comme je la dévisageais sans même en avoir conscience, elle me sourit gentiment. Il n'y avait aucune coquetterie dans ce sourire qui semblait deviner mon trac et le prendre en pitié. J'en fus réconforté. J'ignorais ce qu'Hedwige était disposée à me faire connaître de l'amour, mais soudain la perspective de cette initiation ne m'effraya plus autant. Je me fiai à cette brave grosse fille, je m'en remis à son autorité experte pour dissiper mes appréhensions. Mlle Hedwige, me guidant hors de l'innocence, serait un peu comme les vieilles infirmières qui ont vu toutes les peurs et savent s'y prendre avec les anxieux, jusqu'à les convaincre, par la seule magie d'un timbre de voix apaisant, que la piqûre tant redoutée ne leur fera pas mal.

A Wannsee, de l'hôtel de ville d'un moyenâgeux flambant neuf, jusqu'aux bords du lac, ce n'était qu'une succession de guinguettes aux volets verts, aux minuscules terrasses délimitées par de courtes haies de thuyas. La station se construisait rapidement sur les décombres d'un village prussien traditionnel dont il restait encore quelques ruelles bordées par des maisons basses aux murs épais crépis en jaune, où de vieilles enseignes de tôle peinte signalaient de petits commerces. Ces reliques contrastaient avec les constructions nouvelles : villas blanches, ceintes de jardins pimpants, qui n'étaient d'aucun style, mais dont la confortable lourdeur se parait de réminiscences exotiques ou antiques. La plage était noire de monde, une foule débraillée et gaie se vautrait dans le sable grisâtre autour des nappes de pique-nique. Des matrones dégrafées jusqu'au corset exposaient au soleil leurs épaules grasses, tout en surveillant le remue-ménage d'une ribambelle d'enfants tournoyant alentour comme des mouches. Les hommes, en gilet de corps et bretelles, roulaient leur pantalon pour patauger à mi-mollets dans l'eau trouble où l'on rinçait aussi des fruits, où on mettait des bouteilles à rafraîchir, où on lavait des chiens. Des jeunes gens plus hardis se baignaient complètement. Ils ne portaient pas ces costumes de bain, d'usage sur les plages plus élégantes de la Baltique, ils entraient dans l'eau vêtus de leur caleçon de pilou et certains même, sans doute parce que c'était plus commode pour nager, s'arrangeaient un genre de pagne au moyen de deux mouchoirs noués ensemble sur les hanches. Lorsqu'ils émergeaient, ruisselants, le tissu diaphane plaqué contre leurs fesses et contre leur sexe, ils étaient comme nus. Personne ne s'en offusquait, personne ne semblait y prêter attention ; pur des préjugés hypocrites des bourgeois, le petit peuple qui s'ébattait dans cet éden jonché de papiers gras et de boîtes de conserve retrouvait l'innocence de la nature.

Des airs de musique avec des tonnerres de grosse caisse et des explosions de cymbales déferlaient par instants sur le bourdonnement de la cohue. Ils venaient du Kaiserpavillon, à flanc de colline. Là, dans les jardins qui coulaient en pente douce vers la berge, un orchestre jouait des polkas et l'on voyait des fantassins qui s'inclinaient devant des filles de magasin, en arrondissant le bras et en claquant des talons comme à un bal de la cour, pour solliciter l'honneur de les entraîner sur la piste. Ici ou là, tranquillement impudique ou bien cérémonieuse à l'extrême, c'était la même foule simple qui apportait aux diverses circonstances de son plaisir une égale ferveur.

Nous avions suivi la rive, empruntant un chemin qui serpentait en direction de Freibad, entre le lac et la forêt. Parfois, la voie s'élargissait, formant une sorte de clairière avec quelques maisons et un Biergarten entouré de bosquets, où l'on servait des bocks, des saucisses blanches et de la friture. C'est dans une de ces auberges que nous avions déjeuné. Ensuite, nous nous étions enfoncés dans les bois, deux par deux en nous tenant par la main. Hedwige marchait lentement et comme à contrecœur, nous nous laissâmes distancer par les autres. Quand ils eurent disparu dans les fourrés et que nous n'entendîmes plus leurs voix, elle s'assit ou plutôt se laissa tomber, sous un grand pin.

« Continuez si vous voulez, fit-elle en ôtant son chapeau dont elle se mit à arranger le ruban, moi je m'arrête ici. Le dimanche est mon seul jour de repos, je ne veux pas le passer à faire de la course à pied... »

Je m'installai aussi près d'elle que le permettait sa jupe déployée et j'essayai de reprendre sa main qui se déroba sans impatience.

« Moi non plus, protestai-je, je n'ai pas envie de marcher, j'aime mieux rester avec vous. »

Comme elle se taisait et que son silence n'était pas de ceux qui invitent à passer des paroles aux caresses, ne sachant trop que lui dire, je l'interrogeai sur son travail. Elle habillait des abat-jour et, confinée toute la semaine dans un atelier qui donnait sur une cour étroite, elle profitait de ses dimanches pour prendre l'air de la campagne. Grâce à cette habitude d'hygiène, m'assura-t-elle, elle se préservait de la phtisie dont sont menacées les ouvrières en chambre ; en même temps, elle voyait de la compagnie. Non pas que la compagnie fût indispensable à sa distraction, déclara-t-elle avec une note d'indépendante fierté — qu'elle corrigea aussitôt par un *Sans offense !* en se rappelant que cette compagnie, pour le moment, c'était moi —, mais, m'expliqua-t-elle encore, il y avait des choses toutes bêtes qu'une femme seule ne pouvait pas faire, entre autres s'oxygéner dans les bois de Wannsee sans rien demander à personne. Car, alors, de quoi aurait-elle eu l'air ? D'une faunesse ! Je devinai au ton d'opprobre dont elle lâchait ce mot qu'elle n'était pas bien au fait de son sens mythologique. Un de ses cavaliers, frotté d'humanités, l'avait sans doute plaisamment mise en garde, jadis, contre le risque qu'elle courrait, solitaire dans les bois, de passer pour une faunesse ; et Hedwige y aurait reconnu un terme savant pour désigner des créatures rien moins que fabuleuses, avec lesquelles elle n'avait pas envie d'être confondue... Je devinai aussi que le tour pris par notre conversation était peu propice aux effusions sentimentales qui auraient dû suivre. Au lieu de la capiteuse séductrice à laquelle je m'étais attendu, je me retrouvai près d'une brave fille soucieuse de sa santé et de sa réputation, qui s'en entretenait à cœur ouvert avec moi comme si j'avais été une de ses camarades d'atelier. Quand, poursuivant sur le même ton de franchise sans apprêt, Hedwige me livra des confidences plus intimes, j'eus l'occasion d'apprécier le gouffre d'expérience qui nous séparait. Le plus clair de sa vie amoureuse avait tenu dans ces escapades dominicales dont la répétition avait rassasié sa curiosité. Ses cavaliers avaient changé souvent mais, la variété des types humains n'étant pas illimitée, elle avait fini par voir revenir les mêmes. En l'écoutant, je ne pus m'empêcher d'évoquer la longue théorie d'hommes, plus ou moins séduisants, plus ou moins entreprenants, à laquelle je venais de me joindre. Était-ce même seulement moi qu'Hedwige voyait assis dans l'herbe à côté d'elle ? N'était-ce pas plutôt un autre, par un dimanche semblable, il y avait des années, et que ce « petit dernier » que je figurais lui remémorait vaguement ? Quoi qu'il en fût, même si un instant d'abandon pouvait encore nous rapprocher, je prévoyais déjà que je ne laisserais pas une grande impression à cette fille blasée d'aventures. Bientôt, le souvenir flou d'un garçon timide, qui s'exprimait avec un drôle d'accent, irait grossir le tas de cendres sentimentales en quoi s'étaient changées tant de ses idylles d'un jour, dont l'odeur de suie des trains, mêlée à celle qu'exhale l'herbe clairsemée des banlieues de plaisance, à celle aussi du vent tiède frisant la surface bleue du Wannsee, aurait composé le parfum générique.

Certaines de ces idylles avaient pourtant connu des développements, puisque Hedwige m'apprit qu'elle avait failli se marier à deux reprises. La première fois, les choses ne s'étaient pas faites faute de posséder assez d'argent pour monter un ménage convenable. La seconde, cela n'avait pas marché non plus, parce qu'à force de vivre seule on finit par s'en trouver bien et qu'on ne renonce pas à sa liberté comme cela. A ce propos Hedwige m'exhorta, si j'avais l'intention de fonder une famille, à ne pas attendre de m'être endurci dans le célibat. Encore que pour un homme, admit-elle, les choses étaient différentes puisqu'on ne cessait jamais tout à fait d'être son propre maître. S'avisant soudain que celui à qui elle adressait de tels conseils n'était guère plus qu'un adolescent, elle crut sans doute bien faire en en tempérant l'urgence par un *D'ailleurs vous avez du temps devant vous... Vous êtes si jeune,* qui me désespéra.

Le soleil descendait rapidement sur le lac. Me rendant compte que dans un moment il nous faudrait rentrer et que *rien* ne s'était encore passé entre nous, j'éprouvai une sorte de panique que je m'appliquai à prendre pour un élan de désir. Je me précipitai contre la jeune femme, nos fronts s'entre-heurtèrent et j'écrasai ma bouche sur la sienne. Elle répondit si peu à ma fougue que ce fut comme si j'avais embrassé une statue. Je pris conscience de ma brutalité et j'en eus honte. Je rejetai la tête en arrière, fermant les yeux, sûr que j'allais recevoir une gifle. Au bout d'un instant, je me risquai à regarder Hedwige à nouveau. Je devais avoir une expression éperdument désolée qui la frappa et força sa pitié ; elle y répondit par un sourire qui pardonnait. Pressentant que j'étais sur le point de fondre en larmes, dans un mouvement délicat pour m'apaiser, elle saisit ma main qu'elle caressa. « *Du Frivolör !* » déclara-t-elle avec une inflexion de gravité tendre. Cette épithète me laissa rêveur ; plus tard, je devais vainement chercher son sens exact dans mon dictionnaire allemand-suédois... Hedwige se leva et secoua les aiguilles de pin tombées sur sa jupe de tussor. Tout était fini.

Comme nous marchions à travers la forêt pour retrouver le chemin du bord du lac, j'aperçus à distance un couple enlacé dans une niche de feuillage. La fille était à demi renversée contre le tronc incliné d'un vieil arbre, son compagnon la couvrait tout entière de sa masse. Leur groupe se serait fondu dans la pénombre de la verdure, n'était, dans le dos du garçon, un pan de chemise flottant en bannière et qui faisait une tache blanche. On les aurait dit soudés l'un à l'autre tandis qu'un laborieux spasme parcourait à l'unisson leurs deux corps. J'appréciai l'ironie cruelle du hasard qui faisait surgir cette apparition pour relancer l'amertume que je concevais de mon pitoyable fiasco. Ces deux-là étaient *heureux,* comme on dit lorsqu'on cultive une pudibonde rhétorique sentimentale, et cela se voyait. Mais si je m'attardais indiscrètement à ce spectacle, ce n'était pas par une inspiration de curiosité masochiste. Ces inconnus illustraient d'évidence un mystère qu'il ne me serait jamais donné de percer tout à fait. Leur étreinte faisait pressentir une si parfaite communion d'ardeurs que je pouvais bien m'en repaître les yeux un instant, car quelque chose en moi m'avertissait que je ne m'en approcherais jamais davantage, que je n'en saurais rien de plus que ce que l'exemple de ces amants, surpris au détour d'un sous-bois, me permettait d'en deviner. En cela je ne me trompais pas. Il y a un nombre d'or de la volupté que je n'ai jamais découvert, un chapitre de l'amour qui sera toujours resté pour moi de l'hébreu. Une certaine extase se sera dérobée obstinément et je n'ai jamais eu la sensation de toucher vraiment personne. J'ai appris à feindre, mais mes faux-semblants passionnés n'auront abusé que celles qui voulaient l'être.

Alors que j'allais me détourner, un détail dont j'avais peut-être refusé de prendre conscience jusque-là retint mon attention une seconde encore. Mon regard s'arrêta sur un bras passé autour d'une épaule, et qu'habillait une manche bouffante à rayures blanches et bleues. Je regardai mieux l'homme, il ne m'apparaissait que de dos. Mais ces cheveux blond paille, sur cette nuque rouge, et ce grand corps lourd aux épaules un peu tombantes, comment avais-je pu ne pas les reconnaître ?

Nils révélait pour la première fois cet indomptable tempérament amoureux, source de quelques-uns de ses déboires futurs.

Se peut-il, Nils, qu'en me faisant faux bond tu aies prémédité de me laisser m'exposer seul aux questions ineptes de ces gens ? J'aurais dû flairer le piège lorsque le conservateur du musée m'avait averti de la présence de quelques spécialistes de l'art moderne. Quand je me suis trouvé devant eux, il était trop tard pour empêcher la prolifération des malentendus à laquelle une telle confrontation ne pouvait que donner lieu. Peu importait l'attitude que j'allais adopter, fût-ce celle d'un rigoureux silence, ces spécialistes en concluraient toujours quelque chose. Si, à l'inverse, je parlais, ils ne retiendraient de mes propos que ce qui leur permettrait d'en infléchir le sens jusqu'à le faire coïncider avec le message qu'ils avaient résolu d'entendre.

Il s'agissait de pratiquer une politique du moindre engagement, de parler tout en restant insaisissable. Surtout, ne rien leur dire qui puisse enflammer leur imagination et les lancer sur des pistes inédites. D'un mot malheureux on a tôt fait de susciter une plus désolante théorie. Ne pas oublier que parmi ces anonymes *paparazzi* de l'art se cachait peut-être déjà, comme Ankarström sous le domino du bal masqué, le biographe en puissance dont viendrait le coup fatal. C'est en pensant à lui que je m'appliquais à être évasif, sibyllin, que j'observais entre chaque mot un silence qui finissait par obscurcir le sens des phrases les plus limpides, que je faisais semblant de ne pas me souvenir.

Le conservateur, dont l'attitude à mon égard était à la fois obséquieuse et protectrice — selon qu'il s'adressait au *grand peintre* qu'il avait décidé que j'étais ou au vieillard sénile qu'il me croyait devenu —, en profitait pour me souffler quelques dates, pour me rappeler certains tournants capitaux de ma carrière et de ma vie, dont j'étais bien excusable de n'avoir pas pris conscience puisque après tout je les avais vécus, ce qui me privait par définition du recul propice au jugement et de l'intime connaissance livresque sur lesquels cet imbécile — qui passe pour l'expert du *Wannsee* — avait fondé son appréciation éclairée. Je prenais plaisir à démentir, sur des points d'ailleurs invérifiables, cet homme qui ne doutait pas de savoir mieux que moi tout ce que j'avais pensé et accompli, quasiment depuis le berceau. Cela l'humiliait et c'était ce que je cherchais. Mais je me gardais de pousser le jeu trop loin, il aurait risqué de me rendre odieux et de provoquer les représailles de l'assistance solidaire. J'en avais déjà vu de semblables, dont l'humeur change aussi vite que la direction du vent, se liguer pour punir le méchant qu'elles encensaient à la minute précédente. Dans mon cas, ce châtiment de la foule aurait pris la forme d'inquisitions agressives visant une certaine période de ma vie qui coïncide avec des événements historiques de triste mémoire. En effet, ma gloire n'est pas sans tache et bien que je sois blanchi, je trouve régulièrement sur mon chemin, depuis quinze ans, un accusateur public bénévole, empressé à me rappeler que je suis au nombre des artistes qui ont fauté.

Mais il ne s'agissait pas de cela et les questions observaient un enchaînement chronologique sagement scolaire, où ne transparaissait aucune mauvaise intention. Nous n'en étions qu'aux années 10 — les années innocentes —, et à cette phase de l'histoire du groupe qu'ils appellent la *genèse.*

Le seul nom de *la Gare de Wannsee,* dont nous avions imaginé de baptiser notre association, leur fournissait déjà prétexte à des divagations éblouissantes, telles que même *le Cavalier bleu,* pourtant plus ésotérique, n'en a jamais inspiré de si aventureuses.

Quelqu'un m'assurait que c'était dans le but d'affirmer notre vocation essentielle de peintres de la ville, que nous nous étions placés sous l'emblème, par excellence urbain, d'une gare de chemin de fer. Un autre, qui ne réfutait pas absolument cette thèse mais tenait à la perfectionner d'une intuition de son cru, voyait dans le choix de la gare de Wannsee, plutôt que de celle d'Anhalt ou de celle de Leipzig, une allusion détournée à notre héritage impressionniste... A propos de nos premiers tableaux en effet, avant de les regrouper sous l'étiquette approximative d'expressionnistes, n'avait-on pas parlé d'*impressionnisme monumental ?* Et le grand Cassirer lui-même n'avait-il pas souscrit à la définition ? Ces réflexions magistrales, en dépit du tour interrogatif qu'elles affectaient, ne sollicitaient pas vraiment mon imprimatur. J'avais deviné, au subtil sourire de leur auteur — sûr présage des énormités qu'il allait dire —, que cet exégète convaincu ne se laisserait pas interrompre avant d'avoir débrouillé tous les fils d'un écheveau d'affinités sous-jacentes qui rapprochaient Riedler de Sisley, Hornig de Caillebotte, et dressaient en parallèle Argenteuil et Wannsee, la Grenouillère et le Kaiserpavillon.

Ce que ce garçon s'évertuait à me démontrer, en définitive, c'est que si nous étions des *expressionnistes,* nous n'en étions pas moins, au fond, des *impressionnistes,* et que si nous nous affirmions essentiellement comme des peintres de la ville, nous nous affirmions dans la même mesure comme des peintres de la nature. C'est cette dualité de notre inspiration, avait-il conclu, ressentie par nous comme un vertige schizoïde, dont nous avions voulu dénoncer et conjurer le malaise en rapprochant, dans un mouvement qui évoquait le travail contrapuntique de la fugue, le potentiel de connotation contenu dans le mot *gare*, de celui contenu dans le nom *Wannsee...*

J'ai subi d'innombrables débats plus ou moins identiques à celui-ci. Autrefois je réagissais violemment aux insanités qui s'y disaient. J'avais tort et j'ai cessé de le faire quand j'ai compris que ces gens, qui fondent leur raisonnement sur le postulat d'une vérité inverse à l'évidence, voyaient un aveu dans mes protestations. Aujourd'hui, je ne bronche plus et ils ont tout loisir de percevoir dans mon attitude impassible, comme absente, l'acquiescement qu'ils désirent. J'ai consenti au *vertige schizoïde,* je n'ai opposé aucun démenti à l'accusation d'impressionnisme. Il était inutile d'objecter en effet que les impressionnistes ne nous inspiraient que de la méfiance et que leurs compositions les plus brillantes nous semblaient être passées à côté de cette qualité dramatique de la réalité dont nous entendions faire notre sujet. Il aurait été tout aussi dérisoire de rappeler que lorsque nous avions vingt ans, l'impressionnisme, qui en avait dix de plus, s'était usé jusqu'au système et que la mollesse ampoulée qui caractérisait les œuvres de la seconde génération nous le faisait considérer, à travers les empâtements frisés de Valtat, les hachures de Loiseau, le tremblé *artiste* du pinceau de Lebourg, comme une maladie qu'il valait mieux ne pas attraper...

Quand on a redécouvert le Wannsee et que des spécialistes tels que ceux-ci ont commencé à se pencher sur son histoire, j'ai cru avoir mon mot à dire et, candide, je l'ai dit; sans m'aviser qu'il allait le plus souvent à l'encontre d'une vérité toute faite et déjà trop fermement établie pour que je puisse espérer la combattre avec succès. En outre, lorsqu'on me questionnait sur l'aventure du Wannsee, lorsqu'on me pressait de définir les conceptions qui avaient guidé notre recherche, comme je ne me doutais pas que j'étais en train de subir un examen, j'essayais, tout en restituant les faits tels qu'ils me revenaient, de faire passer dans chacune de mes réponses une nuance nouvelle qui donnait de la fraîcheur et de la variété à mon discours. Je croyais bien faire en ne répétant pas aux uns les mêmes phrases qu'avaient déjà entendues les autres.

A force de voir repartir, déçus, ceux qui auraient dû se réjouir au contraire d'emporter des révélations, j'ai fini par réaliser mon erreur et que mon attitude me valait la réputation d'être, quoique acteur et témoin, une source peu fiable. Les gens n'ont aucun goût pour les révélations, qu'ils sont d'ailleurs rarement capables de reconnaître. Aux intuitions inédites que je leur offrais, ils préféraient de solides clichés. Ils n'écoutaient avec intérêt que ce qu'ils croyaient savoir et si je manquais à le leur redire, ils se sentaient floués. Depuis que j'ai compris cela, tout malaise est dissipé. Je ne cherche plus à contrôler leurs spéculations ni à changer quoi que ce soit à l'idée qu'ils se sont faite de nous et dont ils détiennent le copyright.

Ainsi, je laisse se développer quelque chose qui ressemble à une légende. Je dois admettre que la légende a ses bons côtés ; l'image qu'elle me renvoie du passé est d'une autre trempe que celle qu'en conservait ma mémoire, elle a une autre allure. Ma propre existence y prend une élégante rigueur que je ne me souviens pas de lui avoir donnée. Bien sûr, ces qualités dont elle se pare me causent toujours un rien de stupeur et lorsque je parcours dans un récent dictionnaire de la peinture la notice biographique qui m'est consacrée, je ne peux me défendre du réflexe qui consiste à vérifier que je n'ai pas sauté une page et que c'est bien mon nom qui est écrit en haut de la colonne. Car la légende dont cette littérature est le reflet, me flatte de l'illusion que je n'ai rien laissé au hasard, que je ne me suis jamais trompé, que je n'ai fait que des rencontres décisives, que les moindres instants de ma vie furent empreints d'une signification profonde et qu'ils se sont enchaînés sans heurts, sans temps morts, comme au cinéma... Dans la légende, je n'ai pas quitté la Suède afin d'échapper en voyageant à la domination d'une mère abusive ; j'ai suivi l'exemple des grands peintres scandinaves, mes aînés, pour lesquels l'Allemagne représentait déjà l'étape initiatique majeure, celle où il était donné à leur inspiration nordique d'aller rejoindre le courant plus vaste de l'art européen, de s'y mêler et de s'en enrichir. Les errements, les déceptions de mes deux premières années à Berlin, les très mauvais tableaux que j'ai commencé par y peindre, la solitude que j'y ai connue, qui n'était pas la solitude du génie ; la légende n'en rend pas compte. Et cette misère, morale autant que matérielle, qui n'était pas la misère charmante de la bohème et qui marque si fort, dans mon souvenir, le lugubre hiver de 1908 ; cela n'a pas existé non plus.

C'est que la légende, à sa manière, est une espèce de peintre. Elle choisit son motif et ne retient que les images dont elle pressent qu'elle pourra tirer quelque chose. Aussi elle m'évoque de préférence au Café des Westens, sous la lumière éclatante des globes à gaz, au milieu d'une assemblée animée que composent des peintres, des poètes et un dramaturge auréolé de la gloire des créateurs maudits, depuis que le préfet de police Jagow a interdit la représentation d'une de ses pièces. Cette scène est typique de tous les cénacles de toutes les avant-gardes ; le sujet dont nous débattons, dans un nuage de fumée de cigarettes, ne l'est pas moins, qui pourrait s'intituler « la liberté de l'art contre la morale bourgeoise ». Ce thème que nous croyons neuf nous permet les références d'usage à Nietzsche et à Walt Whitman, références qui prennent volontiers la forme de citations déclamées de *Zarathoustra* et de *Feuilles d'herbe* dont nous connaissons tous des pages entières par cœur... Est-il besoin de dire qu'à des titres divers chacun d'entre nous deviendra célèbre, que nous posons déjà sans le savoir pour le portrait de famille de *la génération expressionniste,* et que si par hasard, dans le groupe en puissance illustre que nous formons autour de cette table de café, nous avons laissé se glisser quelqu'un qui ne se réclame d'aucun don particulier ni d'un destin assez original pour tenter la postérité, il sera expulsé du tableau dans sa version définitive, la légende n'a que faire des figurants.

Elle néglige ainsi, pour leur apparente insignifiance qui décourage ses soins, certains personnages et certains événements à défaut desquels pourtant les origines de *la Gare de Wannsee* demeurent obscures. Mais comme la légende ne cesse d'étendre ses conquêtes, gagnant toujours de nouvelles figures et de nouveaux lieux au répertoire de la mythologie, je ne doute pas qu'elle remonte ultimement jusqu'à l'atelier poussiéreux de Courbierestrasse, où le maître Carl Fackelmann distrayait parfois quelques moments d'une existence partagée entre l'ivrognerie et l'amertume, pour nous enseigner les rudiments de la peinture. S'emparant de ce pittoresque taudis qui est le cadre de notre première rencontre avec Schnabel, Hornig et Libbenow, la légende n'hésitera pas à en faire l'un des laboratoires clandestins où s'ourdissait la réaction à l'académisme. Peut-être même finira-t-elle par pressentir en Carl Fackelmann lui-même — qui n'en aurait pas été peu étonné — l'instigateur de notre révolte.

Les liens les plus certains de Fackelmann avec l'art moderne étaient en quelque sorte rétrospectifs puisqu'ils consistaient seulement en une ancienne relation de camaraderie avec Max Liebermann devenu depuis le chef de file de la première *Sécession.* Jeunes gens, ils avaient accompli ensemble, trente ans plus tôt, un voyage en France. Ils y avaient rencontré Manet, visité l'atelier où Courbet peignait la toile au mètre pour payer les traites de la colonne Vendôme, mais surtout, à Barbizon, ils avaient fait la connaissance de Millet qui les avait convertis à l'école du réalisme champêtre et, un instant, ils n'avaient pas douté que l'avenir de l'art se trouvât dans la glèbe avec les fanes de pommes de terre.

Ils étaient rentrés en Allemagne à travers la Belgique et la Hollande, en partie à pied, à l'imitation des compagnons du Moyen Age, et chaque fois qu'ils apercevaient un paysan bien crasseux dans son champ, ravis, ils s'arrêtaient pour le dessiner. Cédant à cette fascination pour le spectacle du *vrai travail* qu'éprouvent souvent les artistes — lesquels sont bien conscients de n'être que d'éternels oisifs et, lorsqu'ils travaillent, tout au plus des oisifs tourmentés —, ils mirent, au long de leur périple, une application de nomenclateurs à saisir dans l'attitude laborieuse qui lui est particulière le moindre corps de métier du monde rural. Ils tirèrent de cet exercice de reportage une satisfaction profonde, sans mesure avec la qualité de leurs œuvres, laquelle leur semblait garantie par le postulat mystique que tout est grand qui peint l'homme à la tâche. D'ailleurs, cette satisfaction transcenda bientôt la vanité artistique pour se rapprocher de l'extase de bonne conscience que procure l'accomplissement d'une action pie. Ils commencèrent à voir dans leur art l'instrument d'une manière de miséricorde laïque. Alors, à l'instar de saint Vincent que la misère exaltait d'autant plus qu'elle était répugnante, ils se blasèrent des modèles bien portants et il fallut, pour fouetter leur inspiration quasi missionnaire, des éclopés et des malades. Ils excellèrent à rendre les taies glauques sur les yeux, le galbe des goitres, le détail des escarres et des scrofules. Ils poursuivirent pour le *croquer* un mendiant infirme qui ne leur demandait rien et qui s'effraya, croyant voir dans ces gaillards barbus, coiffés de feutres mousquetaires, des romanichels qui en voulaient à sa sébile. Ils débusquèrent dans une masure un agonisant à la face rongée par la petite vérole. Pour quelques gulden, la famille éplorée le leur laissa peindre.

Fackelmann conservait dans son atelier plusieurs échantillons de cette manière qu'il qualifiait lui-même de *réalisme pathétique*. Il nous offrait en exemple *les Équarrisseurs de Saint-Trond* et *l'Hospice des vieux à Beverloo*, non pour que nous les imitions, mais pour qu'en les comparant à ses œuvres plus récentes, nous méditions de quelles hauteurs un artiste est toujours en danger de tomber. Il en était un autre encore qu'il désignait comme son chef-d'œuvre : un petit tableau noirci par la fumée du poêle et qui représentait une vachère borgne au milieu des polders. « Quand j'ai fait cela, Herr Oxenholm, me déclarait-il gravement, j'étais un peintre. » J'entendais bien la mise en garde implicite, mais le ton de cette constatation désabusée trahissait en outre une si perceptible satisfaction et s'accompagnait d'un sourire d'une telle ambiguïté, que je me demandais parfois si sa déchéance complaisamment admise, plutôt que son ancien talent, n'était pas le véritable sujet de fierté d'un homme qui n'avait jamais laissé la consommation de ses échecs à la discrétion du hasard.

Ses premières œuvres exposées avaient valu à Fackelmann un succès d'estime où ce maniaque de la persécution s'était empressé de voir une torture raffinée, inventée par le public à son intention, et qui consistait à le mettre en demeure de persévérer dans sa veine tout en lui en refusant les moyens. Aussi, vers 1880, faute de trouver à monnayer autrement la réputation que lui avait acquise son intégrité artistique, cédant d'autre part aux harassantes récriminations de Frau Fackelmann qui, disait-il, dévorait chaque jour un peu de son âme au petit déjeuner, il s'était résigné à prostituer son talent dans le genre du portrait mondain.

Sa nature exaltée, dédaigneuse des demi-mesures, et surtout un goût de destruction — encore secret mais qui allait bientôt s'affirmer au grand jour — interdirent à Fackelmann de voir dans ce recours une concession momentanée ou partielle. Il se brouilla avec Liebermann et ses autres amis peintres en les priant de le considérer désormais comme un renégat. Il ne travailla plus que sur commande. Il conservait de sa première manière une palette aux tonalités trop austères pour séduire la nouvelle bourgeoisie éprise d'harmonies sucrées, en revanche elle lui gagna une clientèle dans la noblesse de province. Il peignit des *junkers* rébarbatifs revenant de la chasse, des procureurs d'Oberlandesgericht, des douairières blafardes, une main posée sur la Bible. Il fut célèbre en Poméranie et en Silésie où on se l'arrachait de château en château. Frau Fackelmann allait pouvoir se flatter d'être la femme d'un artiste arrivé, quand un incident scandaleux vint compromettre cette carrière lucrative.

Fackelmann était connu pour sa manière peu urbaine de traiter ses modèles, pour son ton d'impatience autoritaire. On tolérait ce comportement comme la moindre des bizarreries de la part d'un artiste et, dans un milieu où l'on était familier de la rudesse militaire, il ne choquait pas tant non plus qu'il aurait choqué ailleurs. Mais Fackelmann passa les bornes. Un jour qu'il peignait l'épouse d'un conseiller aulique, exaspéré parce qu'elle bougeait sans cesse, il s'oublia jusqu'à la gifler. Ce geste, à l'évidence, le payait de trop de rancœurs pour lui avoir été inspiré par une fureur passagère. Le public qui ne l'avait pas aimé, Frau Fackelmann dont les harcèlements sans merci l'avaient conduit au point où il en était, la vie qui se faisait un malin plaisir de résister à ses projets et de décevoir ses espérances, c'est tout cela qu'une impulsion fulgurante lui commanda de châtier à travers ce modèle incapable de tenir la pose. Il n'y mit pas d'intention plus personnelle et c'est presque par coïncidence qu'un élan de vengeance qui venait de très loin rencontra la joue innocente de la conseillère aulique. Après, il pleura, non de remords mais de soulagement car son geste l'avait libéré. Depuis quelque temps déjà, Fackelmann pressentait qu'il aurait à commettre un acte insensé de ce genre, et qu'il pourrait ensuite laisser aux conséquences le soin de décider à sa place de ce qui lui restait d'avenir. C'était fait. Un instant auparavant, il ne se serait pas cru prêt encore et il s'émerveilla de ce que les forces catastrophiques, au travail en lui, étaient arrivées à maturation plus vite qu'il ne s'y attendait. Il présenta des excuses, mais avec une désinvolture ironique qui ne fit qu'aggraver son cas. Le portrait de la conseillère ne fut jamais achevé et, la nouvelle se répandant que Fackelmann était un fou dangereux, on ne lui offrit plus l'occasion d'en peindre d'autres.

C'est alors qu'il décida d'ouvrir son école. Il ne répondait pas à l'appel d'une vocation pédagogique, il n'était même pas vraiment contraint par la nécessité matérielle, simplement ses infortunes successives et, à son sens, exemplaires, avaient développé chez lui un goût de la confession lamentable qui requérait un auditoire. Cet être enclin à toutes les aberrations ne se trompait pas pourtant sur ce qu'il avait accompli et, considérant à juste titre que son propre malheur constituait son œuvre d'art la plus formellement indiscutable, c'est cela qu'il nous enseigna. Comme le martyr se doublait d'un pitre empressé à se tourner lui-même en dérision et habile à rompre, par des effets comiques inattendus, le sentiment de monotonie que risquaient de produire ses jérémiades, nous y prenions souvent plaisir.

Nous nous étions retrouvés une demi-douzaine, un matin d'octobre, au numéro 20 de la Courbierestrasse. Herr Fackelmann n'était pas prêt à nous recevoir. Il reposait encore, nous avertit une grosse femme accorte, qu'à son tablier à carreaux nous prîmes pour la bonne et qui se révélerait n'être autre que Frau Fackelmann elle-même, couramment désignée par son mari comme *la mangeuse d'âme*. Elle nous fit pénétrer dans l'atelier et nous engagea, en attendant, à y installer nos affaires. La pièce était un vaste caravansérail qui suggérait toutes sortes de destinations. On aurait pu imaginer, entre autres choses, se trouver dans l'arrière-boutique d'un taxidermiste car la lumière blanchâtre, filtrée par les vitres opaques de la verrière, tombait d'aplomb sur une incroyable collection de trophées de chasse, jadis offerts au maître lorsque avec son chevalet il faisait la tournée des châteaux. Une chouette déployait ses ailes poudreuses pour s'envoler du sommet d'une armoire à glace. Une tête d'aurochs aux tristes yeux de calcédoine tendait son mufle pour qu'on y suspende des chapeaux. Toute une population mitée de renardeaux, de marcassins, de furets, de genettes, figés dans des attitudes menaçantes ou fourbes, s'égaillaient parmi les meubles au rebut, les empilements de châssis démantibulés et les pots de térébenthine. Un objet bien plus macabre encore arrêtait l'attention. C'était, dans un coin sombre, sur une étagère, un grand bocal qu'à première vue on aurait cru rempli d'eau trouble. En s'en approchant, on découvrait à l'intérieur un fœtus parfaitement constitué. Le ventre s'était déchiré et le cordon ombilical avait entraîné un morceau d'intestin qui flottait dans le bain de formol. L'horreur que m'inspira cette chose devait me retenir d'interroger Fackelmann sur la raison de sa présence et j'allais d'abord supposer naïvement que, comme certains peintres étudient les règles des proportions sur un écorché ou un squelette, il avait imaginé, sous le coup d'une fantaisie morbide, de les observer à partir d'un fœtus. Par la suite, chaque fois que le bocal se trouverait dans mon champ de vision, je m'arrangerais pour le recouvrir d'un linge.

Une estrade meublée d'une chaise et d'un guéridon supportant un compotier de cristal, occupait l'autre extrémité de la pièce. Le mur auquel elle s'appuyait disparaissait derrière de vieilles tentures de velours groseille qui cachaient une porte faisant communiquer l'atelier avec le vestibule des Fackelmann. C'est ce passage dérobé que le maître choisit d'emprunter pour nous surprendre par une entrée théâtrale. Fackelmann était un grand homme maigre et voûté, d'une soixantaine d'années. Son visage s'encadrait d'une barbe en éventail et de longs cheveux gris fer qu'il laissait pendre en copeaux bouclés sur ses épaules, à la mode des rapins romantiques. Il était vêtu d'une lévite de toile bise, inspirée de la blouse des peintres en bâtiment et maculée de toutes sortes de taches de couleur où prédominaient d'épaisses traînées de vermillon évoquant des traces d'hémorragie. En guise de cravate, il portait une lavallière de taffetas, luisante d'usure, dont le désordre suggérait également qu'il sortait d'un affrontement tragique : quelque combat avec l'ange, à l'issue duquel — on n'en doutait pas quand on considérait sa mine —, il avait tué l'ange. En chancelant un peu, il s'avança jusqu'au bord de l'estrade. Là, prenant sur lui, il se redressa soudain et, dans l'attitude de Marc Antoine aux marches du sénat, étendit les bras comme pour contenir des clameurs. Ce geste était bien inutile car son apparition hagarde nous avait médusés. « Je n'ai rien à vous apprendre ! nous lança-t-il d'un ton plein d'hostilité. Allez donc au café... » Puis il se laissa tomber sur la chaise et prit sa tête dans ses mains avec une expression d'indicible souffrance, pas totalement feinte puisque les affres de la gueule de bois y avaient quelque part. La mise en scène dont nous n'étions pas avertis aurait voulu sans doute qu'un à un nous quittions la pièce en silence. Mais nous n'osions rien faire d'aussi définitif et nous continuions à dévisager avec ébahissement cette allégorie de la douleur. Voyant que nous ne lui obéissions pas et sentant qu'à s'attarder trop dans sa pose celle-ci perdrait toute signification, Fackelmann, pressé d'improviser une nouvelle attitude, n'en imagina pas d'autre que la fuite. D'un seul élan il se leva et se jeta vers la porte dérobée. C'était à l'instant précis où Frau Fackelmann, alertée par le silence qui régnait dans l'atelier et lui faisait appréhender une catastrophe, la franchissait de son côté. Dissimulés l'un à l'autre par le rideau groseille, les époux se heurtèrent violemment. Il s'ensuivit l'inévitable pantomime burlesque de deux formes empêtrées et aveugles qui cherchent à s'esquiver et rebondissent l'une contre l'autre, cependant que la tenture tiraillée par leurs gesticulations menace de se décrocher et dégage des tourbillons de poussière. Frau Fackelmann parvint à se libérer la première et entraîna son mari en le saisissant par la manche. Le reste de la scène se joua en coulisse, on entendit des éclats de voix, des imprécations inintelligibles, puis le bruit de la porte qui se refermait en claquant et nous privait de la conclusion de cette querelle domestique. Un moment plus tard, Frau Fackelmann reparut seule, souriante et digne. Elle nous pria d'excuser son mari qui se sentait trop souffrant pour nous donner notre leçon, mais elle nous assura qu'il serait remis le lendemain. Craignant alors que l'incident auquel nous avions assisté ne dissuadât certains de revenir, elle proposa de mettre à profit le temps qui restait pour expédier les questions de secrétariat dont elle était chargée. Par *questions de secrétariat,* elle entendait le règlement de nos cotisations pour le trimestre.

Dûment chapitré, sans doute, après son incartade du premier jour, Fackelmann ne nous conseilla plus de préférer le café à son enseignement et il devait nous dispenser celui-ci sans faillir, quel que soit son état d'humeur ou son degré d'intoxication. Frau Fackelmann qui nous ouvrait la porte et nous conduisait dans l'atelier en profitait pour nous livrer une sorte de bulletin de santé codé qui nous prévenait de la disposition du maître. Si elle disait : « Aujourd'hui, il est gai ! » nous devions nous attendre à le trouver dans cette phase de l'ébriété où l'esprit, quoique débarrassé des inhibitions de l'état normal, retient encore toute sa fluidité. Ces accès de *gaieté* se traduisaient chez Fackelmann par un brio de verve dérisoire toujours savoureux, si quelquefois cruel. Ces jours-là, son impatience l'empêchait de rester une seconde en place. Il arpentait l'atelier en se frottant les mains, en étouffant des ricanements mystérieux, et sa contenance fébrile indiquait qu'il était possédé par une sorte d'espièglerie satanique. Lui qui d'ordinaire ne livrait que des critiques abstraites, se mettait en tête d'examiner et de commenter nos travaux. Il se promenait parmi nous, allant de l'un à l'autre et observant les dessins que nous étions en train de faire. Il finissait par en sélectionner un sur lequel il attirait l'attention générale et dont il félicitait d'abord l'auteur avec tant d'enthousiasme que ce dernier en était plutôt embarrassé que flatté. Mais à mesure que ses éloges suivaient une courbe hyperbolique, elles se faisaient plus ambiguës, jusqu'à la conclusion, où l'ironie contenue tout au long de ce commentaire laudatif éclatait en un verdict lapidaire prononcé sur le même ton de compliment. Fackelmann savait, par cet exercice, provoquer à coup sûr les rires de tous ceux qui n'en étaient pas la victime.

Certaines autres fois, en revanche, Frau Fackelmann nous recevait avec une componction lugubre et la nouvelle que le maître était bien fatigué. Nous devions comprendre par là qu'il était extrêmement ivre et qu'ayant le vin réminiscent et hargneux, il ferait de la leçon du jour le prétexte d'une diatribe contre les philistins et autres suppôts de coteries qui l'avaient assassiné jadis. Pour épancher plus commodément sa rancœur, il affecterait alors de nous confondre avec des gens dont il avait eu à souffrir avant notre naissance, il reconnaîtrait en nous tel marchand de tableaux qui l'avait floué et tel critique qui l'avait traîné dans la boue vers 1875. Nous devrions essuyer par procuration les injures qu'ils n'étaient plus là pour recevoir.

On peut s'interroger sur les raisons qui nous faisaient supporter sans broncher les humeurs pittoresques du maître et les avanies variées qu'elles lui inspiraient de nous infliger. La première de ces raisons est la curiosité aventureuse de la jeunesse pour tout ce qui échappe à la mesure ordinaire. Les extravagances de Fackelmann étaient bien faites pour captiver la nôtre et son personnage forcené, si odieux qu'il pouvait quelquefois se révéler, nous paraissait incarner mieux *l'éternel artiste* que ne l'eût fait un de ces maîtres dont l'enseignement rigoureux et impersonnel tend à assimiler le travail de la composition à une science exacte. Mais il savait aussi, quel que soit son apparent état d'irresponsabilité, se garder de nous pousser tout à fait à bout.

Quand, excédés de servir de cible à ses sarcasmes et à ses injures, nous allions nous promettre de déserter un atelier où l'on dédaignait superbement de nous apprendre rien de l'indispensable technique, un sixième sens procédant de l'instinct de survie avertissait Fackelmann qu'il courait le danger de perdre ses souffre-douleur. Par une pirouette dont il avait le secret, il sauvait alors la situation en retournant contre lui ses propres flèches. Devançant nos représailles, il se punissait de nous avoir humiliés en s'humiliant sous nos yeux davantage. Au terme de ces performances, nous nous retrouvions étourdis et comblés, comme au sortir d'une pièce de théâtre où un comédien exceptionnel, qui vous a fait traverser toute la gamme des émotions, vous laisse au bout du compte avec la seule certitude d'en avoir eu pour votre argent.

Mon assiduité aux cours de Fackelmann avait en outre un

motif secret. D'emblée la figure du maître avait séduit mon imagination. Ce vieux débris pervers et vindicatif me semblait appartenir à l'univers des romans russes que je découvrais avec passion cette année-là ; ses emportements mêmes me fascinaient en ranimant le préjugé romantique qui fait du génie le corollaire probable de la démence. Voulant ignorer qu'il est des prouesses impossibles, je m'étais assigné le but de me faire reconnaître par lui, de gagner son affection, en bref, de le séduire à mon tour. On se souviendra que j'étais en déficit d'un père. Pressentant peut-être entre son tempérament et le mien des affinités confuses, mais guidé surtout par un goût inconscient de l'échec sentimental, proche de celui qui prédestine certaines femmes à s'enflammer pour des impuissants, j'avais élu comme substitut paternel l'individu le moins apte et le moins disposé à tenir ce rôle.

Fackelmann, pour avoir longtemps souffert de ce qu'il n'était pas aimé, ne voulait plus consentir à l'être. Il avait atteint cette maturité de l'amertume où l'ancien sensible, incapable d'indifférence sereine, mais croyant prévenir de futures causes de déboires en réprimant en lui la moindre tentation de former des attachements nouveaux, ne s'autorise à éprouver désormais que des sentiments négatifs ou rétrospectifs, d'autant plus violents qu'il y investit toutes ses ressources d'émotion. De cette manière, les offenses subies jadis demeurent aussi cuisantes qu'au premier jour, les vieilles blessures saignent encore et il n'est pas de baume pour les guérir car le cœur, cultivant l'obsession que ce qui lui a été refusé dans le passé est perdu pour toujours, s'enferme dans un regret suranné qui le rend inaccessible aux consolations du présent. La révérence que nous lui témoignions imperturbablement, la confiance méritoire que nous avions en lui, malgré lui, pour la seule raison qu'il était notre maître et parce que notre jeunesse nous inclinait à la confiance a priori, tout cela qui ne pouvait rivaliser avec ses hantises, Fackelmann ne se souciait pas d'y répondre. Comparé à l'inexhaustible saveur des griefs qu'il remâchait depuis trente ans, l'hommage de notre respect lui paraissait bien fade. C'est ce qu'il cherchait sans doute à nous dire lorsque, dans ses pires accès d'ivrognerie, il nous réduisait à l'emploi de truchement et se donnait à travers nous l'illusion d'accabler encore de ses invectives des ennemis depuis longtemps disparus, mais que sa haine intacte douait pourtant de plus de présence que ne nous en conféreraient jamais nos bonnes dispositions à son égard.

Tant que dura mon engouement pour lui, tant que je m'évertuai à capter son attention, je ne devais pas obtenir de Fackelmann, qui m'avait très vite deviné, un seul signe m'indiquant que j'existais le moins du monde à ses yeux. Quand enfin je me lassai, il le sentit et m'en voulut de ma désaffection qui réveillait le souvenir d'autres abandons. Il s'avisa alors de mon existence, mais uniquement pour me tourmenter. J'eus la candeur de m'étonner de cette attitude contradictoire et je mis quelque temps à comprendre qu'en cessant de quémander son affection, je privais Fackelmann du plaisir exquis de me la refuser, qu'il aurait, pour sa part, volontiers prolongé indéfiniment.

A ce stade de mes souvenirs, il me faut anticiper d'une dizaine d'années pour livrer un événement qui servira d'épilogue à mes relations ambiguës avec le maître. Après la dissolution du groupe de Wannsee, de l'accord unanime de ses membres qui estimaient n'avoir plus rien à apprendre les uns des autres ni d'idéal commun à défendre depuis que celui qui avait suscité leur association triomphait auprès du public, je fus parmi ceux qui accédèrent à une célébrité individuelle subite, bientôt consacrée par ma première exposition particulière chez Cassirer. C'était au début de juin 1914, à cette époque la galerie Cassirer occupait encore la villa de la Victoriastrasse. Le soir du vernissage, les salons du rez-de-chaussée, illuminés a giorno, regroupaient une trentaine de mes toiles. A l'entrée de ces salons, dans le vestibule de palissandre que décorait un grand Delacroix rouge et bleu montrant *Othello en train d'assassiner Desdémone,* Paul Cassirer accueillait les visiteurs.

Je me laissais captiver par le spectacle de cette foule chatoyante où je reconnaissais, mieux que dans les articles élogieux dont j'étais l'objet, mieux que dans l'argent que je commençais à gagner, la marque du succès. Les Berlinois m'avaient frappé jadis par leur aspect fruste, même dans l'opulence. Je constatais à quel point ils avaient changé. De la tourmente *Jugendstil* était née une nouvelle société sophistiquée et élégante dont la clientèle de Cassirer, qui mêlait la grande bourgeoisie libérale, les vedettes du théâtre ou du demi-monde et l'aristocratie de la finance juive, constituait un échantillon somptueux. On nous avait en outre annoncé la venue incognito d'une altesse impériale de l'espèce la plus rare, puisqu'elle était férue de peinture moderne et désirait me commander son portrait. J'ignorais à quoi elle pouvait ressembler, aussi, dans ce foisonnement de jolies femmes — toutes uniformément enveloppées des dépouilles de renards sibériens et coiffées de panaches d'aigrette —, je m'efforçais de discerner, par élimination des voix trop mondaines, des cheveux d'un blond improbable et des délicats profils sémites, la nouvelle Princesse au Pois dont la faveur m'apporterait comme un signe avant-coureur de la reconnaissance officielle.

Mon exaltation m'avait fait vider machinalement plusieurs coupes de champagne et mon discernement commençait à en être amoindri, ce qui fit que je ne remarquai pas tout de suite un couple de vieillards perdus dans l'affluence. Une grosse femme, du type de la cuisinière endimanchée, avançait au bras d'une sorte de matamore chenu dont elle étayait de sa masse la longue silhouette fragile. L'homme était affublé d'une pèlerine de berger dont l'échancrure dégageait un col *à la parricide* noué d'un chiffon de soie rouge. Dans toute manifestation du genre de celle-ci, on peut s'attendre à ce que se soit glissé quelque vieil anarchiste de province, venu avec l'intention de taper l'artiste d'un dessin pour illustrer la revue de poésie qu'il fait paraître les années bissextiles. Ce fâcheux a la candeur de se signaler de loin par un accoutrement dont l'anticonformisme a fixé une fois pour toutes les canons, sans imaginer que, du même coup qu'il attire votre attention, il vous offre une chance de l'esquiver. C'est ce que je m'apprêtais à faire quand je vis le couple se diriger vers moi.

« Vous ne me reconnaissez pas ? » lança le vieux en comprenant que j'allais lui échapper.

A cet instant précis je le reconnus. Les gens qui surgissent, comme un diable d'une boîte, du fin fond du passé où on les avait laissés, en ne doutant pas que la surprise vous sera agréable, ignorent qu'ils ne sont pas seuls lorsqu'ils reviennent vers vous. L'ombre de quelqu'un que l'on a cessé d'être depuis autant d'années qu'on ne les a vus, les accompagne. C'est lui qu'on dévisage avec incrédulité, en les regardant, et c'est à lui aussi qu'on affirme : « Vous n'avez pas changé ! » en pensant strictement le contraire. Les retrouvailles avec ce fantôme sont toujours problématiques. Fackelmann me ramenait soudain le jeune homme qui avait souffert sous sa férule capricieuse et que j'avais cru mort en moi dès longtemps. Curieusement, à l'instar du maître, c'est par la seule force de la rancune qu'il survivait lui aussi. Il me dicta malgré moi ma conduite lorsque, affectant de ne pas savoir à qui j'avais affaire, je rendis à Fackelmann la monnaie des humiliations d'autrefois en lui infligeant celle d'avoir à se présenter. Il ne s'en formalisa pas et sembla au contraire vouloir prévenir mes excuses :

« Je sais, dit-il, je suis méconnaissable depuis ma maladie. J'ai perdu dix kilos et, tenez, regardez mes mains ! »

Il exhiba une sorte de pince desquamée aux doigts recroquevillés et tordus.

« Plus question de dessiner ni de peindre, je peux à peine m'habiller seul... Ils appellent ça le mal de Charcot. C'est assez rare et il n'y a pas de cure, conclut-il d'un ton qui trahissait qu'après la ruine de sa carrière, Fackelmann avait trouvé dans la détérioration de sa santé une nouvelle source de fierté qui ne pouvait lui donner — jusqu'au bout, celle-là — que des causes toujours croissantes de satisfaction. Malgré mon état, poursuivit-il, ma femme et moi n'avons pas voulu manquer votre vernissage... C'est beau ! déclara-t-il en désignant les cimaises d'un geste circulaire. D'ailleurs, cela ne me surprend pas, je l'avais bien pressenti que vous étiez mon élève le plus doué... »

Me souvenant qu'il se plaisait à vous complimenter d'abord pour vous faire choir ensuite plus durement du piédestal où ses louanges vous avaient assis, j'attendis qu'il se déjuge et me jette, *in cauda venenum*, la véritable opinion qu'il avait eue de moi à mes débuts. Mais rien ne vint. Le maître appuyait ces paroles d'une expression de conviction indéniable où je ne pouvais que m'émerveiller des transformations que le temps a l'art de faire subir à la réalité. En entendant ce compliment qui me laissait de glace, je songeai encore que s'il avait pu échapper à Fackelmann dix ans plus tôt, il ne me serait pas venu un seul instant à l'esprit d'en questionner la sincérité ni le bien-fondé, tant il m'aurait rendu heureux. Si je l'avais reçue alors, cette approbation du maître que mes moindres actes s'efforçaient de mériter, elle m'aurait inspiré, en mobilisant toute la ferveur dont j'étais capable, de faire pour lui des chefs-d'œuvre. Et même si je n'y étais pas absolument parvenu, mon zèle, décuplé par la marque de sa reconnaissance, m'aurait au moins aidé à mieux peindre.

Au lieu de cela, ma ferveur ne trouvant pas son emploi et mon zèle demeurant méconnu s'étaient évanouis, suivant ainsi le destin ordinaire de beaucoup d'autres excellents sentiments dont la jeunesse est prodigue et dont la lente et lamentable déperdition se confond avec le cours de la vie.

Peu à peu, notre existence s'était organisée selon l'axe vertical nord-sud, quotidiennement parcouru, qui joignait la pension Weidencrantz à l'atelier de Fackelmann. Entre ces deux points, il n'existait pas de moyen de transport direct et nous avions pris l'habitude, Nils et moi, de sauter dans le premier omnibus qui semblait emprunter notre direction, confiant à la providence le soin de nous mener à bon port. Elle n'y faillissait pas, mais nous arrivions en retard à l'atelier et, le soir, nous manquions souvent le dîner sur la ponctualité duquel Mlle Gertrude, malgré toute sa bonhomie, se montrait inflexible. N'importe, de cette manière nous visitions la ville.

Durant nos périples, il nous arrivait aussi de nous endormir. Les romans que nous dévorions l'un et l'autre avec fièvre et qui nous tenaient parfois éveillés jusqu'au point du jour, étaient cause que le reste du temps nous devions lutter sans relâche contre un sommeil insidieux. Les cahots de l'omnibus hippomobile nous aidaient à garder un semblant de conscience, mais la dérive sans heurts du tramway électrique avait un effet hypnotique fatal : nous nous laissions aller à fermer les yeux, nos têtes cherchant un point d'appui basculaient l'une contre l'autre, nous perdions connaissance. Dans mon rêve, je ne cessais pas tout à fait d'être Sven Oxenholm, mais mon identité — débarrassée des limites que lui imposait l'état de veille — se fondait avec celles des personnages de mes lectures, qui m'offraient des destins de rechange. J'étais un peu Michel Dolgorouki, un peu Stavroguine ; les quelques pfennigs que j'avais abandonnés au receveur pour payer mon transport devenaient les trois mille roubles volés par Dimitri Karamazov à Catherine Ivanovna et dissipés en débauches. Je réfléchissais alors, sans émoi excessif, qu'il serait bon que je me brûle la cervelle pour éviter un procès scandaleux... Au même instant, j'entendais une voix lointaine qui semblait m'exhorter dans un incompréhensible *Plattdeutsch;* une main secouait vigoureusement mon épaule : le wattman nous engageait à quitter son véhicule qui rentrait au dépôt. Nous jetions autour de nous un regard encore brouillé par le sommeil et nous découvrions un quartier inconnu, hésitant entre la banlieue ouvrière et la campagne, ponctué de maisons neuves qu'espaçaient des jardins potagers et dont les toits rouges se détachaient sur un fond de paysage plat et nu, jusqu'à l'horizon. Nous demandions au wattman comment s'appelait ce bout du monde. Apitoyé par notre jeunesse et notre air égaré, il nous livrait d'une voix radoucie le nom de l'une ou de l'autre des agglomérations qui formaient la grande ceinture : Weissensee, Reinickendorf, Fürstenbrunnen...

Un soir de décembre, le dernier tramway nous avait emmenés tout endormis jusqu'à Pankow, à des kilomètres du centre de la ville. Il nous avait fallu rentrer à pied à Wedding. En relevant les cols de nos manteaux contre la neige qui s'était mise à tomber, nous avions suivi une large voie déserte, moitié route, moitié avenue, que bordaient des terrains vagues et des chantiers de construction derrière des palissades. J'avais imaginé de marcher au bord de la chaussée où s'entassait une neige vierge, plus douce à fouler. En même temps, grisé par la quiétude ouatée de la nuit, je hurlais des insanités et j'avançais en imitant la déambulation zigzagante de l'ivrogne. Je ne vis ni n'entendis une automobile qui venait dans mon dos. Le mugissement de la corne déchira le silence et soudain je fus pris dans le halo des phares, ébloui par la chute tourbillonnante des flocons illuminés qui brillaient devant mes yeux comme des myriades de particules de nacre. Nils se jeta vers moi et, m'agrippant par la manche, me tira violemment de côté, m'évitant de justesse d'être écrasé. Nous nous retrouvâmes pétrifiés de frayeur sur le bord du trottoir, tandis qu'une giclée de neige molle soulevée par les pneus de la voiture, nous éclaboussait le visage.

« Tu m'as sauvé la vie ! » déclarai-je bouffonnement en affectant une emphase de mélodrame.

Puis mon émotion rétrospective se libéra en un fou rire nerveux.

« Imbécile ! » cria Nils, furieux d'avoir eu peur et plus furieux de se sentir gagné par la même hilarité sans cause qui nous pliait en deux et finit par nous faire tomber assis dans la neige, hors d'haleine et secoués de quintes incoercibles.

Dans chaque mémoire, quelques points brillent d'un feu inexplicable — souvenirs qui nous accompagnent depuis très longtemps, qui nous accompagneront sans doute jusqu'au bout, bien qu'ils ne rapportent, à première vue, aucun événement capital de la vie. Quand j'évoque la jeunesse, notre insouciance d'alors et, avec elles, une certaine expérience de la joie de vivre, je ne sais pas pourquoi l'image de cette randonnée dans la nuit glacée est parmi les premières qui me viennent à l'esprit.

Des années plus tard, Nils, rappelant ces errances dont j'étais l'instigateur, allait me reprocher de lui avoir fait perdre ainsi des heures qu'il lui aurait mieux valu consacrer à l'étude de la peinture. Je ne relèverais pas la mauvaise foi de son accusation, je ne lui objecterais même pas que la notion de temps perdu est une notion relative et qu'au regard de ce que nous apprenions chez Fackelmann, le nôtre avait été aussi bien employé dans ces traversées de la ville, d'un terminus de tramway à l'autre. Le reproche de Nils me peinerait seulement en ce qu'il attenterait à une part, infiniment précieuse à mes yeux, de notre mémoire commune : au souvenir d'un Berlin créé de toutes les impressions que nous recueillions au cours de nos dérives entre veille et sommeil, et qui n'appartenait qu'à nous.

Cette vision idéale de la ville, une connaissance précise de la physionomie de ses quartiers et de ses rues, la connaissance machinale de l'habitude, a pu l'estomper un moment, mais elle n'a jamais disparu tout à fait et, après que Berlin a cessé d'exister, cette très vieille vision a retrouvé toute sa présence. Comme si les bombardements qui jetèrent tout à bas, en la délivrant de la concurrence de la ville réelle, avaient rendu à la ville rêvée la place de s'épanouir à nouveau.

Quand, au bout de quelques mois, notre enthousiasme pour les transports publics fut calmé, je pris prétexte de la distance séparant la pension de l'atelier de Fackelmann pour convaincre Nils de déménager.

J'avais vite cessé de trouver le moindre intérêt à la compagnie de Dieter. Sa bêtise même et son manque d'imagination imposaient leurs limites au registre de son ignominie et le récit de ses exploits au sein de la confrérie des Vandales confinait au radotage. Ayant épuisé l'élan de curiosité malsaine que le personnage avait d'abord éveillé chez moi, le sens moral reprit ses droits et je pus m'offrir le luxe d'une indignation aussi vertueuse que tardive, qui m'inspira d'éviter Dieter et d'éluder désormais ses persistantes avances d'amitié.

Mon changement d'attitude envers l'étudiant en médecine n'entraîna pas, par bonheur, de renversement d'alliances et Fraulein Meissner continua à me battre froid. Quant à Herr Ploetz, qui désespérait de notre visite au restaurant Rheingold, il avait opté vis-à-vis de nous pour une contenance cérémonieuse et boudeuse.

Par notre manque d'assiduité aux dîners, par nos horaires fantaisistes qui nous inclinaient à vivre aux heures où tout le monde dort, par le fait surtout que nous nous suffisions l'un à l'autre, nous nous étions mis nous-mêmes au ban du petit phalanstère haineux qu'abritait la pension Weidencrantz. Nous ne nous en avisâmes tout à fait que lorsque les autres pensionnaires imaginèrent de répondre à notre urbanité distante par une hostilité sournoise. Nous comprîmes alors que nous ne faisions que recueillir les fruits de la détermination de neutralité qui guidait notre comportement face à leurs différends domestiques. La détestation qu'ils se vouaient mutuellement était le ciment d'une complicité qui, d'une manière très paradoxale, leur faisait passagèrement oublier leurs griefs afin de se liguer contre des étrangers qui ne leur avaient fait aucun tort, mais dont l'indifférence à leurs querelles, le refus obstiné de prendre parti, leur semblaient le plus intolérable des affronts.

Ces braves gens nous auraient bientôt rendu la vie impossible si Mlle Gertrude, qui voyait en nous des compatriotes et des hôtes de marque, ne nous avait accordé une protection particulière. Mais cela aussi cessa tout à coup, et à la suite d'un incident bien insignifiant en apparence. Un soir que nous étions rentrés tard, sans avoir dîné et transis de froid, nous n'avions pas cru nous rendre coupables d'un crime en nous emparant du pot de *Blümchenkaffee* qui mijotait sur le poêle, pour l'emporter dans notre chambre où nous avions trompé notre faim en humectant des biscuits secs dans le jus brunâtre. Or, nous méconnaissions le rôle tutélaire de l'ustensile que nous empruntions avec désinvolture et, de ce fait, la portée symbolique de notre acte nous échappait. Autant aurait valu, dans la Rome antique, tordre le cou aux oies du Capitole, jeter un seau d'eau sur le feu de Vesta, que subtiliser un seul instant la cafetière communautaire, emblème de la douceur de vivre à la pension Weidencrantz.

Le lendemain matin, avant l'heure à laquelle elle nous éveillait d'habitude, Mlle Gertrude fit irruption dans notre chambre sans même avoir frappé. D'un coup d'œil, elle inspecta la pièce et découvrit la cafetière vide abandonnée sur un coin de la table de toilette. Elle s'en saisit d'un geste brusque, sans un mot. Nous la regardions faire, encore étourdis de sommeil. Au moment de sortir, elle se retourna vers nous et nous toisa avec une expression de courroux, puis elle disparut en faisant claquer la porte derrière elle.

On aurait pu imaginer que l'incident était clos. Mais un peu plus tard, quand nous nous présentâmes pour le petit déjeuner, un silence lourd accueillit notre entrée. Mlle Gertrude s'appliqua à nous ignorer. Nous croisâmes le regard de Herr Ploetz qui se déroba ; pas assez vite cependant pour que nous n'ayons le temps d'y lire la consternation que lui inspirait notre forfait, mêlée à cette pointe de compassion que les bonnes âmes ne peuvent s'empêcher d'éprouver pour les grands criminels, en songeant à quel sort ils sont promis. Dieter, au contraire, par un air réjoui, témoignait du plaisir que lui donnait notre disgrâce. Fräulein Meissner que Mlle Gertrude, pour des raisons que nous ignorions, entourait d'égards inaccoutumés, buvait son thé à petites gorgées et s'interrompait pour lâcher de profonds soupirs qui ressemblaient à des sanglots. Comme elle affectait de ne vouloir toucher à rien, Mlle Gertrude l'exhorta à manger au moins une biscotte qu'elle eut l'exceptionnelle obligeance de lui beurrer elle-même. La vieille fille consentit à y mordre, mais elle la reposa aussitôt en déclarant, la bouche pleine de miettes molles et les yeux embués de larmes, que rien ne passait.

« Fräulein Meissner, dit Mlle Gertrude, d'une voix où l'impatience commençait à poindre, remettez-vous, je vous en prie ! Le malentendu est dissipé et je vous ai déjà présenté mes excuses que je vous renouvelle bien volontiers ! »

La vieille fille hocha la tête avec accablement : de même que tous les parfums de l'Arabie n'effaceraient pas le sang de Duncan sur la main de lady Macbeth, de même, semblait signifier son expression navrée, il n'était pas d'excuses au monde pour réparer le tort qu'elle avait souffert et dont Nils et moi ne devinions pas encore la nature.

« Comment avez-vous pu croire que je me serais permis de faire une chose pareille ? gémit-elle. D'ailleurs, depuis plus de dix ans que je loge chez vous, vous devriez savoir que le café me donne des brûlures d'estomac, que je ne bois que du thé... et la coupe d'amertume, ajouta-t-elle avec une ironie pathétique, mais celle-là, jusqu'à la lie ! »

Nous finîmes par comprendre qu'à la découverte de la disparition de la cafetière, les soupçons de Mlle Gertrude s'étaient d'abord injustement portés sur Fräulein Meissner. Il en était résulté, entre les deux femmes, une scène à laquelle toute la maisonnée, ameutée par Fräulein Meissner qui protestait de son innocence avec des bêlements d'agneau qu'on égorge, avait assisté. Mlle Gertrude aurait espéré y mettre un point final en faisant des excuses à la vieille fille, mais Fraulein Meissner, à qui une aussi belle occasion de rendre son martyre public n'était pas donnée tous les jours, entendait l'exploiter.

« Moi qui suis la discrétion même ! Moi qui m'évertue à me faire toute petite ! continua-t-elle à geindre.

— C'est bien là votre erreur ! intervint Dieter. Il faut vous affirmer au contraire. La vie est une lutte incessante et tout le monde n'a pas votre discrétion... » conclut-il en laissant son regard errer, comme au hasard, de notre côté.

Fräulein Meissner, répugnant à agréer le soutien d'un ennemi contre d'autres ennemis, ne répondit rien, mais Herr Ploetz, qui n'avait peut-être pas compris que nous étions visés, opina gravement et reprit pour lui-même : « La vie est une lutte incessante... » en savourant en philosophe la force et l'originalité de cette maxime.

Plus stupéfait encore que révolté, je les regardai qui se délectaient de ce drame infime, s'efforçant d'un commun accord de le faire durer, pour l'étincelle d'excitation qu'il mettait dans leurs existences mornes. Ils m'apparurent repoussants, suintant de bêtise. Brusquement je trouvai l'air de la pension Weidencrantz irrespirable et dangereux, tout saturé qu'il était du virus de la mesquinerie, dont rien ne me garantissait qu'il ne s'attrapait pas comme celui de la grippe. J'eus peur de leur ressembler un jour, de finir, à leur exemple, par voir dans quelque mystère de pantoufles égarées une affaire d'État, de fonder des haines inexpiables sur un retard qu'aurait mis mon voisin à me passer la carafe. Je voulais fuir avant d'être contaminé et je me levai avec la tentation de jeter ma serviette à la tête de l'étudiant en médecine ou à celle de Fräulein Meissner ; l'un et l'autre, chacun dans son genre, me dégoûtaient également. Si je n'en fis rien, c'est pour avoir senti sur moi le regard implorant de Nils qui m'avait deviné et qui détestait les esclandres.

Notre purgatoire se manifesta par des riens. Les freezias dominicaux ne vinrent plus si régulièrement fleurir notre chambre où Mlle Gertrude remplaça par d'affreux rideaux de cretonne ceux de damas, décolorés, qui garnissaient la fenêtre, sous le prétexte que la fumée de nos cigarettes en imprégnait l'étoffe. Quand nous rentrions, nous trouvions sur la tablette de la cheminée de brefs messages rédigés d'une écriture ronde sur des lamelles de bristol ; ils nous priaient, à l'avenir, d'éviter d'asperger le plancher quand nous faisions nos ablutions, de ne pas laisser traîner de tubes de couleur débouchés sur les tables, de ne pas ranger nos bottines humides dans l'armoire, etc. Par ces incessants rappels à l'ordre, Mlle Gertrude ne s'ingéniait pas à nous contraindre à quitter son toit, simplement, revenant de l'indulgence coupable qui lui avait fait d'abord fermer les yeux sur notre désordre et notre vie irrégulière, elle avait imaginé de nous mettre au pas. Sans le savoir, elle se faisait l'alliée de mes projets de déménagement. Car si ces minuscules brimades nous laissaient par elles-mêmes indifférents, l'esprit de rétorsion qui les inspirait chagrinait Nils et la disgrâce où nous étions tombés l'affectait plus qu'elle ne m'affectait.

A Schöneberg, dans la Hauptstrasse, entre le Lindenpark et le jardin botanique, je connaissais une autre pension, délicieuse celle-là, où régnait le confort anglais. Le vestibule et le *lounge* s'y habillaient des enroulements de convolvuli et de jalap d'un papier peint William Morris à fond tendre ; une moquette à ramages y étouffait les pas. Quand cinq heures sonnaient au carillon Westminster, on y servait le thé — avec un nuage de lait —, dans des tasses commémoratives du couronnement d'Édouard VII. C'est en y raccompagnant miss Arabella Stewart, une condisciple de l'atelier, que j'avais découvert la pension Atkins et que j'avais été aussitôt séduit par son ambiance exotique. Mrs Atkins, une quadragénaire affable et férue de *small talk*, s'était ingéniée à faire tenir entre les quatre murs de son établissement tout son patriotisme et toutes ses nostalgies. Elle avait ainsi créé un de ces havres pour exilés inacclimatables, véritables petites enclaves du pays d'origine en terre étrangère, comme il en existe, insoupçonnées, dans chaque capitale du monde. La pension Atkins me proposait un coin secret de Londres dans Berlin et le dépaysement imaginaire dans le dépaysement réel. Par extension, le quartier de Schöneberg alentour, aéré et verdoyant, m'évoquait celui de Kensington que je ne connaissais pas. Cette confusion géographique flattait en moi une disposition ambiguë dont j'ai souvent vérifié depuis la permanence, et qui veut que même dans les villes où je suis le plus heureux de me trouver, je ne déteste pas de me donner l'illusion que je suis ailleurs encore.

La perspective de devenir, avec un peu de chance, le voisin d'étage de miss Stewart, était pour quelque chose aussi dans mon enthousiasme : je brûlais pour elle d'une flamme chaste, Arabella ne m'autorisant même pas à prendre sa main.

Dès la première visite d'Arabella à l'atelier Fackelmann, j'avais été subjugué par son port élancé et flexible, par l'ovale de son visage à la Burne-Jones qu'encadraient des ondes mordorées de cheveux, par l'élégance de sa mise, remarquable à force d'être simple. Toutes choses qui la distinguaient des fraîches et frustes demoiselles allemandes, comme une rose de concours dans un buisson d'églantines.

C'est un jeudi matin qu'elle avait frappé à la porte du taudis. Si je m'en souviens, c'est que le jeudi était jour de nu. Les modèles au rabais dont on proposait les anatomies à notre étude, gênés de dépouiller leurs hardes douteuses dans l'atelier qui ne possédait même pas de paravent à cet effet, avaient pris l'habitude de se déshabiller dans le vestibule des Fackelmann, parmi les parapluies et les snow-boots, pour surgir, d'entre les plis du rideau groseille, tout nus sur l'estrade. L'apparition d'Arabella, enveloppée dans des vapeurs de chypre, coïncida avec l'entrée en scène d'un terrassier velu tenant à la main une assiette à soupe distraite du service de Frau Fackelmann — accessoire dont la pertinence nous fut révélée quand le modèle prit la pose du discobole. La nouvelle venue s'était arrêtée sur le seuil de la pièce. Elle transportait un long étui de chevreau qui semblait renfermer un bizarre instrument de musique, quelque flûte gigantesque. Elle le posa à terre et, relevant sa voilette de résille crème, parcourut l'atelier du regard sans parvenir à réprimer une très légère moue de dégoût au spectacle qu'il offrait. Le malheureux discobole y fut sensible ; par un touchant réflexe de pudeur, il rapprocha l'assiette creuse de son bas-ventre, comme pour y recueillir ses attributs virils, mais la jeune fille ne faisait déjà plus attention à lui.

« Je désire parler à Herr Fackelmann... dit-elle dans un allemand appliqué.

— Vous le voyez devant vous ! » confessa le maître, sur le mode de contrition emphatique qu'il affectait régulièrement pour présenter le vivant désastre qu'il se flattait de figurer à l'évidence.

Arabella marcha vers lui et lui tendit la main en se présentant à son tour et en s'excusant de son retard dont un cocher de fiacre néophyte était la cause. Fackelmann la pria de prendre place parmi nous et, comme elle cherchait des yeux une patère où suspendre son chapeau, il lui désigna d'un geste grave la tête empaillé de l'aurochs.

Elle tira ensuite de l'étui mystérieux une petite merveille de chevalet portatif constitué de fins tubes de nickel qui s'emboîtaient les uns dans les autres. L'ayant déplié, elle l'installa près de l'estrade, deux pas en avant du cercle que nous avions formé. Le choix malencontreux de cette place suscita des ricanements étouffés parmi les autres étudiants. L'expérience nous avait en effet appris — à une époque où la plupart des gens croyaient sacrifier suffisamment à l'hygiène par un bain hebdomadaire — qu'il valait mieux se tenir à quelque distance des modèles, la chaleur du poêle exaltant leur fumet. Mais ce jour-là, du combat d'effluves dont l'atelier Fackelmann fut le théâtre, ne sortit pas le vainqueur qu'on aurait supposé. Miss Arabella, séraphique et impassible, terrassa aisément le dragon de la puanteur et, bientôt, la pièce tout entière se mit à embaumer le chypre.

La beauté d'Arabella, qui aurait dû lui valoir de devenir aussitôt la coqueluche de l'atelier, parce qu'elle s'alliait à une trop grande froideur, s'avérait au contraire d'un effet pétrifiant. Le dédain que l'on croyait lire dans ce qui n'était peut-être que de la réserve décourageait les avances. Sans doute admirait-on cette fille splendide, mais on l'évitait comme la peste. Je m'enhardis un jour à rompre la quarantaine qui la frappait en offrant à Arabella, sous prétexte de porter son chevalet, de la raccompagner chez elle. Elle accepta, à ma surprise, avec un empressement que j'aurais moins encore présagé.

Durant notre promenade, je constatai combien, en succombant à son charme, j'avais fait preuve de peu d'originalité. Je saisissais les regards qui s'arrêtaient furtivement sur elle et qu'Arabella, sans doute blasée par l'habitude, ne semblait pas remarquer. Ce qu'on y lisait, dans ces regards, ce n'était pas tant la concupiscence qu'une sorte d'étonnement ravi comme à la vue d'un oiseau rare — quelque paradisier éclatant des zones tropicales, que l'on est éberlué de rencontrer sous des climats où il n'est pas censé survivre. Cet hommage de la foule aviva encore ma propre admiration et même l'évidence qui s'imposa à moi, sans que ma compréhension pourtant approximative de l'anglais ait pu longtemps lui faire écran, que miss Stewart était aussi peu intelligente qu'elle était belle, n'y retrancha rien.

Raccompagner Arabella jusqu'à la pension Atkins prit peu à peu force de rituel. Nous empruntions un itinéraire indirect qui nous menait à Schöneberg par Nollendorfplatz et Bülowstrasse. Arabella inspectait les vitrines des magasins de mode pour conclure de cet examen que l'on ne trouvait rien de mettable à acheter à Berlin et qu'il lui faudrait faire venir de Paris une douzaine de paires de gants dont elle commençait à manquer. L'élégance de miss Stewart, je l'ai dit, était incomparable. Il semblait d'ailleurs que l'art de s'habiller avait constitué de tout temps son sujet de préoccupation majeur car lorsqu'elle évoquait un épisode de son enfance, elle n'oubliait pas de préciser comment l'incident drôle ou touchant qu'elle relatait l'avait trouvée vêtue. Pour me donner la mesure de l'intransigeance de son caractère dès le plus jeune âge, elle me confia comment, à huit ans, elle avait entrepris une grève de la faim parce qu'on voulait la coiffer d'un de ces affreux chapeaux Greenaway qui vous donnent l'air de porter une corbeille de fruits sur la tête. En virtuose revenue des prouesses clinquantes et qui voit dans une sobriété sensible la plus haute expression de l'art, miss Stewart jouait sur le dépouillement et la rigueur. Elle était vêtue de tailleurs d'une coupe invariable, mais dont les délicates nuances s'accordaient à celles des saisons. En se fondant ainsi dans la couleur du temps, elle savait exalter ce que sa complexion et sa silhouette lui donnaient d'évanescence. L'automne l'enveloppa de rouille et de bringé. L'hiver la fixa dans l'anthracite et le bleu nuit. J'imaginais que le jonquille, le pervenche et le pêche salueraient l'arrivée du printemps ; il n'en fut rien. Les tussors et les lins qui remplacèrent les souples flanelles ne parcoururent que quelques degrés de la gamme chromatique, du blanc qui ne l'est plus tout à fait, jusqu'au jaune qui ne l'est pas encore. Elle oscilla presque imperceptiblement entre l'ivoire et la vanille.

Quand nous allions nous séparer avec un cordial shake-hand au seuil de la pension Atkins, Mrs Atkins qui venait ouvrir la porte me retenait fréquemment pour le thé, ce à quoi Arabella elle-même ne songeait jamais. Mrs Atkins nous entraînait vers le *lounge*. La théière s'y gardait chaude sous sa housse de satin capitonné, des scones et des sandwichs au cresson y étaient disposés sur des plateaux. La conversation prenait d'emblée un tour météorologique qui permettait à la logeuse d'opposer dans un contraste lourd d'implications nostalgiques le climat rigoureux de la Prusse et celui, exquis, du Somerset dont elle était originaire. Je me surprenais à me délecter de ces propos de convention auxquels la pétulance de Mrs Atkins conférait des inflexions sensationnelles. L'accueil que me faisait cette brave femme témoignait d'une affectueuse chaleur qui me touchait. A voir combien j'étais dans ses bonnes grâces, je me faisais l'effet de ces soupirants qui, à défaut de séduire l'objet de leur flamme, gagnent à leur cause la mère ou la duègne. C'est de Mrs Atkins, me disais-je, que j'aurais dû tomber amoureux, si j'avais été raisonnable. Pendant ce temps, Arabella ne disait mot et, visiblement, ne nous écoutait même pas. Par cette attitude lointaine, elle ne cherchait pas à afficher son dédain pour les banalités que nous échangions avec enjouement. Eussions-nous débattu du génie de Michel-Ange ou de la politique des Balkans, qu'elle n'y aurait pas prêté davantage attention. Non parce que ces questions lui auraient semblé pour le coup trop ardues, mais simplement parce que dès qu'elle n'était plus le sujet d'une conversation, on aurait dit que celle-là se déroulait dans une langue qui lui était inconnue. Si je l'observais alors à la dérobée, elle présentait un visage impénétrable où errait l'incertain sourire de la Vierge au rocher. Elle rentrait en elle-même et je savais qu'elle nous échappait, car la bêtise est un univers étanche et c'est en vain que l'on se demande à quoi rêvent les idiotes.

Au cours de nos trajets quotidiens entre l'atelier et la pension, Arabella m'avait expliqué comment, orpheline et dotée d'une confortable fortune qui garantissait son indépendance, elle avait vu dans un séjour à l'étranger le moyen d'éluder une demande en mariage que ses tuteurs la pressaient d'accepter. Si elle n'avait pas voulu du prétendant qu'on lui proposait, ce n'était pas pour le motif romantique qu'elle en aimait un autre, ce n'était pas parce qu'elle craignait d'être épousée pour son argent, ni parce qu'elle éprouvait à l'égard du jeune homme en question une antipathie qui tenait à son physique ou à son caractère. Elle convenait volontiers au contraire qu'il présentait les plus désirables qualités morales et que, pour l'apparence, il lui plaisait assez. Ce n'était pas non plus en raison d'un dégoût a priori pour l'état conjugal, ni qu'elle se gardât libre dans l'espoir qu'une passion viendrait un jour la surprendre, à laquelle elle se laisserait aller tout entière. Elle possédait trop de sens pratique pour seulement envisager une telle éventualité. Arabella se montrait d'autant inébranlable dans sa décision que, justement, son refus ne se fondait sur rien ou, plutôt, qu'il était à lui-même sa propre motivation : un refus tautologique, en quelque sorte. Elle y persistait et — conforme en cela à la tendance des gens bornés qui n'aiment rien tant que de s'affirmer par la négative — elle s'en régalait comme de l'expression incontestable du triomphe de sa volonté.

Ce qu'elle m'apprenait là des péripéties sentimentales de sa vie m'aurait semblé, venant d'une autre qu'elle, des confidences comme on n'en fait qu'à ses amis les plus proches ; par quoi on leur témoigne sa confiance et son affection. Mais j'avais vite compris que je ne devais pas voir dans ce babillage indiscret la marque d'une telle faveur. Si Arabella me découvrait ainsi sa vie privée, c'était qu'elle ne savait pas parler d'autre chose que d'elle-même et que, sur ce sujet, son narcissisme, allié à sa sottise, l'empêchait de faire le départ entre ce que l'on peut livrer de soi dans la conversation courante à un interlocuteur qui ne vous est rien, et ce qui relève d'un registre intime.

Malgré mon assiduité, malgré les heures que nous passions ensemble, il ne s'était noué entre Arabella et moi, je le sentais bien, aucun lien dont mon amour-propre pût s'enorgueillir. Elle agréait ma compagnie, elle me laissait porter son chevalet et ses paquets et il lui était commode de m'avoir sous la main pour lui servir d'interprète dans les boutiques où elle s'enquérait d'articles introuvables. Pourtant, ces menues obligeances ne faisaient même pas de moi un chevalier servant, je devinais que le rôle qu'elle m'assignait dans sa vie était plus humble encore. Il n'existait pas de nom pour définir mon emploi qui combinait les offices du portefaix et du drogman.

Un après-midi, j'emmenai Nils prendre le thé à Schöneberg. Depuis quelque temps, quand j'évoquais l'éventualité de notre déménagement, il n'en contestait plus le principe et je comptais sur cette visite à la pension Atkins pour emporter enfin sa décision. Je doutais si peu d'y réussir que, tout le long du chemin, je commis l'erreur de lui vanter les nombreux avantages qu'offriraient notre nouveau domicile et notre nouveau quartier, comme si son accord était déjà une affaire entendue. Or, les choses se passèrent différemment de ce que j'avais imaginé. Il répondit à l'affabilité volubile de Mrs Atkins par une politesse cérémonieuse qui me mit mal à l'aise et, dès que ce fut possible, je donnai de moi-même le signal du départ. Nous prîmes congé sans avoir fixé de date pour notre installation. Quand nous nous retrouvâmes dans la rue, je revins à la charge. Mais alors, Nils que je sentais soudain vibrant d'exaspération, objecta à mes représentations un refus catégorique.

Mon affection pour lui était vraiment née lorsque je l'avais vu céder sans difficulté au premier caprice que j'avais exprimé. J'avais pressenti qu'il ne tiendrait qu'à moi, dans l'avenir, de faire de lui ce que je voudrais et, comme il est permis d'imaginer que David fut saisi de pitié en considérant le cadavre de Goliath qui n'était au fond qu'une pauvre brute, j'avais éprouvé, devant le peu de résistance de ce grand garçon disposant pourtant de tous les moyens de faire triompher sa propre volonté, un mouvement de compassion qui s'était mué peu à peu en une sorte de tendresse. Depuis que nous vivions ensemble, j'exerçais sans retenue l'ascendant que je m'étais découvert sur lui et, quand parfois il faisait mine de s'opposer d'abord à l'un des projets que j'échafaudais pour nous deux, il ne me fallait qu'un peu de patience et d'adresse pour contourner l'obstacle. Ma seule arme était un don de fasciner sa volonté par un timbre émouvant, au service d'une éloquence spécieuse, qui finissait par le gagner malgré lui à mes vues. J'avais bien conscience d'abuser de mon influence, mais je m'absolvais très vite en me disant que si j'exploitais, avec tous les égards que commandait mon amitié pour lui, la mollesse de son caractère, je le protégeais par là même de devenir la victime plus malheureuse d'un autre qui n'aurait pas eu mes scrupules.

A ce que la force de persuasion me permettait d'obtenir de Nils, s'ajoutait une satisfaction dont je ne cherchais pas trop à définir la nature ni l'origine — bien que j'aie su d'instinct qu'elle constituait le plus clair des délices de la victoire. C'était cette volupté particulière que procure la domination et dont j'ai honte aujourd'hui d'avoir fait l'expérience aux dépens de celui qui reste mon plus ancien ami. Dominé, asservi, je l'avais été trop longtemps moi-même par la sévérité de maman ; tout le mal venait de là. La lutte sans merci qu'avait menée cette sainte femme contre les mauvaises tendances qu'elle croyait déceler en moi ne lui avait pas laissé le loisir de m'enseigner la conciliation, ni de me transmettre par son exemple le respect que l'on doit aux aspirations de ceux qui partagent votre vie. A la manière de ces médecins qui, s'il le faut, sacrifient le malade au remède et acceptent de voir mourir leur patient pourvu qu'il meure guéri, maman n'avait pas craint, en forçant par principe ma volonté à plier toujours devant la sienne, de m'anéantir avec mes démons. La seule leçon que m'avait inculquée sa tyrannie tenait en un modèle des rapports humains fondés sur la force, auquel je m'étais conformé en inversant les rôles. Pour me donner l'impression que j'existais enfin sans contestation possible, j'avais eu besoin de dominer à mon tour et c'était Nils qui faisait les frais de mon accession symbolique à l'existence.

Pourtant, en une occasion au moins, ce jour-là, mon art fut sans effet contre la détermination dont il fit preuve et dont je n'aurais pas soupçonné qu'il était capable. Je compris rapidement que je ne le ferais pas changer d'avis, qu'il mettrait à contrarier mes plans toute l'énergie qu'il avait réservée dans chacune des circonstances où, laissant le champ libre à ma fantaisie, il s'était rendu sans rien dire. Je me trouvais devant la dernière ligne de défense, celle qui tient bon. J'abandonnai avec une apparente bonne grâce et, durant quelques jours, je me retins de soulever à nouveau la question.

C'est Nils qui en reparla. Il me fit valoir que, puisque notre but était d'acquérir une plus grande liberté, il serait absurde de quitter une pension de famille pour une autre, si attrayante qu'elle fût, il en convenait, mais où nous serions assujettis à des contraintes domestiques du même ordre que celles auxquelles nous voulions échapper. Quant à mon Anglaise, constata-t-il sans transition, pour ce qu'elle semblait disposée à faire de moi, je n'aurais rien à gagner à vivre sous le même toit qu'elle. A moins, fit-il encore, d'un ton détaché qui rendait sa réflexion plus blessante, à moins que je ne veuille aussi lui éviter d'avoir à cirer elle-même ses bottines...

J'avais été persuadé, jusqu'à cet instant, que la nécessité de me démontrer — et peut-être aussi de se le prouver à lui-même — qu'il était à l'occasion capable de résister à mes volontés, avait motivé le refus de Nils d'aller loger chez Mrs Atkins. Je devinais que ce refus pouvait avoir un mobile supplémentaire : la jalousie sourde qu'il éprouvait à l'égard d'Arabella depuis que je le délaissais pour elle — une jalousie que sa cruelle petite phrase me faisait entrevoir pour la première fois.

Puisque notre séjour à la pension Weidencrantz était devenu invivable, reprit Nils, et que, pas plus que moi, il n'avait envie de le prolonger, il n'envisageait qu'une seule solution qu'il avait, dit-il, mûrement réfléchie. Ce préambule et son air grave me firent craindre un instant que la solution annoncée ne soit notre retour en Suède ; plutôt que d'en arriver là, j'aurais préféré la fuite ou le suicide. Mais le dessein de Nils était tout autre et, parce que je n'aurais pas osé y rêver moi-même, je reconnus qu'il procédait de cette audace exceptionnelle dont les grands timides vous réservent quelquefois la surprise. Ce qu'il nous fallait, poursuivit-il, c'était un appartement à nous, avec assez d'espace pour que nous puissions y peindre à notre aise, où nous jouirions d'une liberté totale, où nous recevrions qui bon nous semblerait. Restait à découvrir comment nos familles accueilleraient cette manière de déclaration d'indépendance. Je suggérai aussitôt qu'elles n'auraient pas à en être averties, qu'il nous suffisait, sous un prétexte de courrier égaré, par exemple, de nous faire écrire désormais poste restante. Mon goût du secret pour le secret m'avait inspiré ce pauvre subterfuge dont les multiples failles m'apparurent en même temps que je le formulais. Mais Nils, à l'inverse de moi, ne se plaisait que dans les situations claires et il eut une autre idée. Par une lettre circonstanciée à ses parents, il se faisait fort d'obtenir qu'ils consentent à notre établissement ; il ne doutait pas que sa mère parviendrait à convaincre la mienne d'y consentir également. C'est ce qui se passa. Une démarche que j'avais imaginée facilita sans doute encore la tâche de Mme Rydqvist qui n'eut guère à plaider auprès de maman. En effet, je lui avais déjà écrit pour la mettre au courant des projets de Nils, auxquels je la suppliais de ne pas me forcer à m'associer car, disais-je, je me trouvais bien chez les demoiselles Weidencrantz. Je savais qu'une telle protestation représentait le plus sûr moyen de discréditer ces demoiselles aux yeux de ma mère. Le résultat escompté ne se fit pas attendre longtemps : par retour du courrier, quelques lignes comminatoires m'enjoignirent de suivre Nils, où qu'il décidât de s'installer.

Nous nous étions mis en quête d'un logement meublé qui convienne à nos projets d'indépendance et de travail. De Berlin, nous ne connaissions encore que l'aspect extérieur, modelé selon un idéal de rectitude et de propreté, que marquait lourdement par place la volonté de splendeur de la dynastie. Nos recherches nous offraient l'occasion de découvrir à leur tour les traits caractéristiques de sa physionomie intime. Le choix et la disposition du mobilier, la couleur des tentures d'un appartement banal, comme il en existe dix mille autres à peu près semblables, vous font mieux entrevoir l'âme d'une ville étrangère et celle de son peuple que le style artificiel des monuments qui ne servent que le prestige. Dans les quartiers neufs, nous explorions des deux-pièces-cuisine laborieusement coquets, enlaidis par la présence de quelque bibelot viennois trônant sur la table du salon. Le propriétaire qui nous faisait visiter les lieux ne manquait pas de se planter avec un air satisfait devant la Victoire de bronze sonnant du cor ou les dauphins en faïence qui soutenaient la coupe à fruits. En même temps que, du geste, il offrait ces horreurs à notre admiration, il prononçait une petite phrase à laquelle la répétition finissait par conférer une nécessité rituelle : « *Gemütlich, nicht wahr ?* » Il faut sans doute être né allemand pour saisir le sens de ce mot de *gemütlich.* C'est là une notion hétérogène qui participe à égalité de l'ambiance et de l'humeur, du confortable et du sentimental ; il y entre aussi du soigné, de l'intime et de l'enjoué à la fois —

toutes vertus dont je m'efforçais vainement de discerner la présence dans cet intérieur miteux. J'éprouvais alors une très fugitive tristesse en songeant qu'il n'existait pas de dictionnaire capable de me faire partager le secret de la *Gemütlichkeit,* faute de quoi, un élément capital me manquerait toujours pour comprendre à fond ce pays que j'aimais.

Mon regard errait un instant sur le panorama de la rue, tout au moins sur ce qu'en laissaient apercevoir d'épais rideaux de macramé. En vis-à-vis, évoquant des plantes grimpantes sur un espalier de treillage, les ramures vert-gris des acacias se découpaient contre les croisillons métalliques des arceaux du *Stadtbahn* dont la voie aérienne barrait le cadre de la fenêtre. Cette ligne horizontale qui divisait la perspective rejoignait exactement l'angle supérieur d'un petit piano Pfaffe appuyé contre le mur et surmonté de l'inévitable *Makart-Bukett* de fleurs de taffetas. Si un train passait alors, dans un bruit de tonnerre qui faisait vibrer le plancher et s'entrechoquer les pendeloques bordant le globe de la suspension, le propriétaire s'en excusait d'un sourire et d'un mot magique : le progrès !

Découragés par le mauvais goût qui caractérisait l'habitat de la classe moyenne, nous avions eu une inspiration dont nous nous étions congratulés l'un l'autre avec enthousiasme, parce que nous y voyions la preuve éclatante du non-conformisme social qui va de pair avec la sensibilité artistique. En décidant de borner désormais nos recherches aux cités ouvrières, nous ne soupçonnions pas un instant que nous cédions, d'une manière fort peu originale, à ce snobisme des bas-fonds qui motive le plus souvent les fils de la bourgeoisie lorsqu'ils imaginent d'aller vers le peuple, c'est-à-dire vers l'exotisme.

Nous visitâmes d'autres appartements où ces meubles Bendix qui se vendaient en pièces détachées remplaçaient la chambre à coucher en style coquillage et le salon de peluche verte, où une machine à coudre occupait, au centre de la *Wohnstube,* la place réservée au piano, dans les appartements de la catégorie supérieure. Ce n'était pas ainsi que nous nous étions représenté la condition ouvrière et nous fûmes déçus par ces façades qui n'étaient pas lépreuses, par ces couloirs dont les murs ne suintaient pas une humidité malsaine, par la pauvreté ni colorée ni sordide, mais aseptisée, au contraire, et parfois même pimpante, des intérieurs que l'on nous montrait. Embarrassés par une pointe de mauvaise conscience, nous nous excusions du dérangement que nous avions causé ; ce n'était pas ce que nous cherchions. Mais que cherchions-nous, au juste ?

J'en eus la révélation un jour que nous visitions un logement à louer dans le fameux Mayershof, bastion par excellence du prolétariat berlinois et ville dans la ville. Le Mayershof, c'étaient cinq ou six énormes bâtisses parallèles, en brique jaune, espacées par des cours rectangulaires. Des escaliers à claire-voie, qui s'enroulaient de part et d'autre de chaque immeuble, commandaient un étagement de terrasses couvertes sur lesquelles donnaient tous les appartements. Celui qu'on nous proposait était simple et spacieux, largement aéré, et le loyer n'en était que de quarante marks. La ménagère qui attirait notre attention sur ces divers avantages était une jeune femme d'environ vingt-cinq ans, dont le mari, comme beaucoup d'autres locataires du Mayershof, travaillait aux usines Siemens. Avec ses manières urbaines, sa voix douce et le tablier immaculé qu'elle avait sans doute mis exprès pour nous recevoir, elle répondait fort peu au type de la *femme du peuple* que nous nous représentions idéalement sous les traits de la Vagabonde Courage. Elle ouvrit la porte sur la terrasse dont elle nous fit apprécier l'impeccable ordonnance ; sous peine d'amende, précisa-t-elle, il était interdit d'y faire sécher du linge. En effet, rien n'atténuait la rectitude de cette longue perspective grise et désolée. Les locataires y faisaient pourtant assaut de décoration florale, mais un manque d'imagination affligeant — à moins que le choix des plantations n'ait été lui aussi soumis à une stricte législation prévoyant une amende — leur avait inspiré à tous de faire pousser les mêmes géraniums écarlates dans les mêmes caisses peintes en vert. Ce que cette terrasse préfigurait, je m'en rends compte à présent, c'est l'allée principale d'un de ces cimetières militaires comme on en verrait tant après la Grande Guerre, où, les jours de cérémonie commémorative, des centaines de bouquets semblables fleuriraient des centaines de tombes identiques. Un bambin aux cheveux filasse animait un peu ce paysage prémonitoire. Chevauchant un tricycle, il tournait en rond sur le terre-plein. je lui trouvai aussitôt un air lugubre d'orphelin. Avec cette voix caressante que l'on prend pour apprivoiser un animal farouche, la ménagère l'appela par son nom et l'encouragea à venir nous dire bonjour ; c'était son fils. L'enfant faisait semblant de ne pas entendre et continuait sa ronde. Je remarquai que son jeu consistait à écraser sous les roues du tricycle un grand polichinelle de son qui gisait sur son passage et cet innocent simulacre de meurtre suscita en moi un léger malaise. Quant à la jeune femme, tout à la satisfaction d'habiter un immeuble parfaitement tenu et d'avoir engendré un marmot qui savait s'amuser tout seul, elle ne se rendait pas compte du manège. D'un même regard de fierté, elle embrassait les géraniums rectilignes et le sage petit assassin. Devant cette scène de félicité domestique, l'idée qui me venait spontanément à l'esprit, c'était que je n'en aurais pas tiré le sujet d'un tableau. Je pris conscience de la nature véritable de notre quête : nous ne cherchions pas tant un appartement commode qu'un motif à peindre.

En traversant le Schlossbrücke, à l'extrémité des Tilleuls, puis en longeant le quai de la Sprée, vers la pointe orientale de l'île des musées, on entrait dans le vieux Berlin. Les rues y étaient moins larges que dans les autres quartiers, mais également uniformes et elles ne présentaient rien de ce cachet moyenâgeux que nous avions espéré. Or Berlin, et plus particulièrement le vieux Berlin, était une ville cachée. Ses rues n'étaient que la façade d'une vaste cité dérobée à la vue du passant et constituée par une multitude de cours, de venelles, de passages voûtés, formant un dédale tortueux et qui donnait l'impression d'être infini. Un panneau signalant un local à louer nous avait fait nous arrêter par hasard devant un immeuble anonyme de la Fischerstrasse. Nous en avions poussé la porte et nous avions découvert la ville secrète. Le Berlin archaïque et populaire dont nous avions rêvé, et dont nous nous étions pris à douter qu'il existât ailleurs que dans les romans de Wilhelm Raabe, commençait là.

Dans ces jaunes obscurs des primitifs flamands, évoquant des nuances de cidre et de bière, c'était un pêle-mêle de masures bancroches, soutenues çà et là par des étançons, et dont le tassement séculaire avait bombé les façades qui saillaient comme des panses. L'enfilade de leurs pignons aux colombages vermoulus, flanqués de cheminées obliques, formait d'ondulantes dents de scie contre le ciel qui lui aussi paraissait jaune. Dans la ruelle, des poules fouillaient la vase d'un caniveau médian qui serpentait entre les pavés. Une charrette à bras, chargée de cerceaux de barriques, s'appuyait contre la tige d'un bec de gaz et, non loin, un cordonnier en tablier de cuir, attiré dehors par le soleil, travaillait à l'air devant son échoppe dont on n'apercevait qu'un trou noir comme le fond d'un puits.

Le local qu'annonçait la pancarte n'était pas un logement à proprement parler, il s'agissait d'une ancienne teinturerie et, dans les premiers temps de notre installation, il nous semblerait y respirer encore une vague odeur d'essence. On entrait dans une maison délabrée à souhait et sur laquelle des paquets de mousse roussâtre colmataient le plâtre écaillé par les intempéries. On grimpait ensuite un escalier en vis, en s'accrochant à une rudimentaire rampe de fer qui courait le long de la muraille nue. Au troisième étage, on poussait une porte basse au-delà de laquelle on gravissait encore cinq ou six marches serrées dans un goulot. Elles menaient à une large galerie qui traversait l'immeuble dans sa profondeur, d'est en ouest. La charpente apparente du toit, avec ses travées de cœur de chêne, disposées en arcs-boutants, lui donnaient des allures de nef. Elle s'éclairait à chaque extrémité par deux grandes baies en forme de triangle isocèle, si hautes qu'on ne pouvait les atteindre qu'à l'aide d'une échelle. De cette manière, on n'avait vu que sur le ciel vide, comme dans les prisons, et même par le temps le plus pur, le grand jour vous semblait un éther inaccessible qui flottait en nappe au-dessus de votre tête. Notre enthousiasme immédiat pour cet endroit bizarre nous rendit aveugles à tous les défauts qu'il présentait ou, plutôt, ceux-là nous parurent insignifiants. Nous ne voulûmes pas songer que le petit poêle de fonte, planté au beau milieu de cette énorme pièce, ne suffirait pas à nous empêcher de grelotter en hiver, ni que l'absence de la moindre cloison nous rendrait, Nils et moi, encore plus tributaires l'un de l'autre, en nous contraignant à dormir et à travailler aux mêmes heures dans l'espace unique que nous partagerions.

Pourtant, ces incommodités qui auraient découragé quiconque dans son bon sens, nous avons été bien inspirés de ne pas nous y arrêter, car le charme de la vie à *la teinturerie,* tel que je me le remémore, tenait justement à elles. Pour remédier à l'impossibilité de s'isoler, nous fabriquâmes des paravents de toile peinte qui délimitaient des coins d'intimité. Comme nous changions sans cesse la disposition de ces paravents, la pièce ressemblait tantôt à un labyrinthe, tantôt à un camp fortifié, tantôt elle évoquait un couloir de wagon-lit ; ces métamorphoses répondaient moins à la nécessité pratique de l'instant qu'à notre humeur, nous n'en avions pas tout à fait fini avec les jeux de faux-semblants de l'enfance... Quant au froid glacial qui s'insinuait dès octobre dans ce palais des courants d'air, il aura donné leur cachet bizarre à ces soirées que nous appelions entre nous les bivouacs et durant lesquelles, en compagnie d'Hornig, de Libbenow et de Schnabel, qui avaient pris l'habitude de nous rendre visite à n'importe quel moment du jour ou de la nuit, nous nous installions en cercle autour du poêle, étendus à même le plancher, enroulés dans des couvertures et les pieds appuyés au fourneau brûlant, poursuivant de tortueux débats sur le sujet de l'esthétique. Pour nous réchauffer, nous buvions d'une invraisemblable mixture dans la composition de laquelle il entrait, si je m'en souviens bien, de l'eau bouillante, de la vodka, du citron, un peu de miel et de la poudre de cannelle. C'était à la fois amer et écœurant, traîtreusement enivrant, au point que nous tombions parfois tous ensemble dans une somnolence agitée de roulis.

A ce propos, je sais que l'on se plaît aujourd'hui à discerner une dénonciation visionnaire du régime stalinien, dans une grande toile de Libbenow intitulée *Délices de Sibérie,* qu'il a peinte au début des années 20. Elle représente des formes humaines gisant à terre, enveloppées dans des sortes de sacs, des gobelets vides posés auprès d'elles. Décevrai-je beaucoup en révélant que *Délices de Sibérie* n'exprime pas la prémonition horrifiante que l'on a décidé d'y voir, que ce tableau n'est rien d'autre qu'un hommage nostalgique, teinté de l'humour de la dérision, à notre jeunesse intempérante et diserte ? Car ces silhouettes transies, couchées sur la dure, ne sont pas celles de prisonniers politiques dans quelque camp de concentration. Ce sont Nils, Hornig, Schnabel, Libbenow et moi-même, bivouaquant dans la teinturerie de la Fischerstrasse. Quant au titre énigmatique de l'œuvre, qui a engendré ce fabuleux contresens, il s'explique très prosaïquement. Nous nous étions mis en tête de trouver un nom pour ce cocktail du pauvre qui constituait notre boisson favorite ; nous avions imaginé de le baptiser *le délice de Sibérie,* pour la seule raison que c'était d'un Russe que nous en tenions la recette.

Nous avons déménagé de Wedding à la fin d'avril 1907. L'annonce que nous allions quitter la pension Weidencrantz avait été accueillie par les autres pensionnaires avec des protestations désolées qui pouvaient bien être sincères après tout, puisqu'en nous soustrayant à leurs mesquines avanies nous les priverions d'une distraction. En revanche, Mlle Gertrude avait reçu la nouvelle avec beaucoup de froideur et, durant la dernière semaine que nous passâmes chez elle, elle prit le parti de nous ignorer comme si nous n'étions déjà plus là. Mais le jour du départ, au moment de monter dans le fiacre où l'on avait chargé nos malles, une fenêtre s'ouvrit brusquement au-dessus de nos têtes et Mlle Gertrude nous cria d'attendre. Elle dut descendre l'escalier quatre à quatre car un instant plus tard elle était près de nous, essoufflée.

« Vous n'avez rien oublié ? Ce ne serait pas grave, enchaînat-elle aussitôt, car j'ai votre adresse et si je retrouve quelque chose je vous le ferai porter. »

Nous la remerciâmes de son obligeance comme de son hospitalité, puis nous fîmes le geste de monter en voiture, mais elle nous retint encore :

« Vous serez bien là-bas, au moins ? Vous saurez vous débrouiller ? Je ne suis pas tranquille... »

Cet aveu d'inquiétude qui nous émut faillit nous gâcher la joie du départ.

« En tout cas, reprit-elle, si vous n'étiez pas bien, il faudrait revenir. Promettez-le-moi ! »

Nous le lui promîmes avec la ferme résolution de n'en rien faire quoi qu'il arrive. Nous étions à l'âge où l'on met un point d'honneur à aller vers le nouveau, vers l'ailleurs inconnu, où revenir sur ses pas vous apparaît une défaite honteuse. Et en effet, nous ne devions jamais revoir la pension Weidencrantz, pas même le temps d'une visite de courtoisie à Mlle Gertrude dont l'excellent cœur, au fond, aurait mérité cet infime tribut.

La sotte vanité juvénile qui nous aurait fait endurer mille rigueurs avant d'envisager un retour en arrière par lequel nous nous serions admis vaincus, a survécu chez moi à la jeunesse, elle a influencé la conduite de ma vie entière ; dans la mesure du possible, j'ai banni de celle-ci les repentirs. Plutôt que de retrouver ce qu'une fois j'avais cru quitter et que je regrettais peut-être, j'ai été de l'avant, toujours, sereinement, vers les désillusions et les catastrophes, vers la solitude. Je pensais faire preuve ainsi de détermination et de courage. En réalité, cette absurde errance ne fut que le moyen d'éluder les quelques choix décisifs qui m'ont été offerts et, tandis que je croyais poursuivre les surprises que me réservait l'avenir, je fuyais.

Au début de l'année 1907, pour la plus grande satisfaction de Frau Fackelmann qui surveillait son effectif à la manière d'un spéculateur la tenue de ses actions en Bourse et réagissait aux moindres fluctuations numériques que celui-là pouvait subir — jusqu'à ressentir toute défection comme un deuil —, trois nouveaux étaient venus grossir la classe. C'est improprement d'ailleurs que je les appelle nouveaux car il s'agissait de renégats ayant déjà suivi les cours de Fackelmann l'année précédente.

A la suite d'un différend qui les opposait au maître, ils avaient tous trois quitté l'atelier avec fracas. Mais après en avoir essayé plusieurs autres, ils s'étaient décidés à retourner chez Fackelmann pour la seule raison, proclamèrent-ils bien haut en arrivant, qu'un atelier où l'on ne vous apprend rien est encore le moindre des maux.

Frau Fackelmann voulut entendre un compliment dans cette déclaration et elle accueillit les revenants, dont le repentir n'avait pas tempéré l'insolence, comme autant de fils prodigues que la providence lui aurait donnés. Avec une précipitation quasi folâtre, elle alla chercher le registre des inscriptions et la boîte à biscuits qui lui tenait lieu de caisse. Elle n'aurait pas su, mieux que par ce geste, témoigner à ces messieurs qu'elle oubliait les offenses du passé. Quant à Fackelmann, qui se souvenait au contraire, avec délices, que les trois jeunes gens l'avaient jadis quitté en le traitant de tous les noms, je surpris dans son regard, lorsqu'il les vit réapparaître, une lueur d'excitation.

Ils s'appelaient Fritz Hornig, Detlev Libbenow et Lothar Schnabel. Bien qu'ils aient formé un petit clan irréductible qui n'avait entretenu d'abord, avec le reste de la classe, que les plus superficiels rapports, ils étaient à première vue, de façon frappante, si dissemblables que l'on s'interrogeait sur le hasard qui les avait réunis.

Hornig était alors un garçon de vingt-deux ans avec de faux airs tziganes. La chevelure de faune finement bouclée qui est demeurée toute sa vie son trait physique le plus marquant, était d'un noir de jais, en 1907. Ce poil sombre et lustré contrastait avec des prunelles d'une rare nuance de bleu que je n'ai retrouvée que sur certains vieux *wedgwood* dont la surface azurée se patine, dans la lumière propice, d'une insaisissable ombre mauve. Les sourcils écarquillés de l'étonnement perpétuel abritaient ces yeux étranges, ce qui faisait que lorsque l'on croisait le regard d'Hornig, on en retirait l'illusion flatteuse d'une surprise, voire d'un ravissement, réciproque. Il possédait aussi des pommettes sculpturales et c'est la raison pour laquelle nous allions fréquemment le prendre comme modèle. Établir les lignes de force de cette drôle de physionomie mi-slave, mi-florentine, relevait d'un secret technique que nous ne devions percer qu'après bien des tentatives. Il s'agissait de laisser courir la pointe du fusain ou de la mine de plomb, du maxillaire jusqu'au lobe de l'oreille, d'une seule lancée hyperboloïde. Si la main hésitait tant soit peu, si le trait se cassait ou déviait, tout était perdu. Je suis incapable aujourd'hui d'évoquer Fritz tel qu'il était à l'époque de notre dernière rencontre. Je m'applique à retrouver un homme d'âge moyen, aux boucles grisonnantes, aux traits amollis, je n'y parviens pas. Le visage de sa jeunesse prend le dessus et ce visage-là, je crois que j'en sais encore par cœur le contour, que je pourrais le dessiner à main levée et presque en fermant les yeux. Le nez busqué qui deviendra crochu, la lèvre pleine qui se fanera pour former une lippe un peu répugnée, le menton clivé d'une minuscule fossette et qui sera un jour boursouflé de graisse, tous ces éléments se mettent en place dans mon souvenir, pour élaborer un de ces types de beauté éminemment périssable, dont l'éclat ne défie qu'un instant avec impunité les canons classiques.

Malheureusement pour Hornig qui en était conscient et en souffrait, son corps n'était pas au diapason de son visage. Comme si la nature, se ravisant de sa générosité, avait voulu retrancher d'un seul coup sur les avantages qu'elle lui avait donnés, elle l'avait privé — on serait tenté de dire *amputé* —, entre la taille et le genou, des quelques centimètres cruciaux qui l'eussent rendu véritablement apollinien, et ce déficit confinait à la disgrâce. Paralysé, cloué dans un fauteuil, Hornig aurait fait un de ces irrésistibles invalides dont la vue suscite, chez les jeunes filles exaltées, de fugitives vocations d'infirmière ; ingambe, on était frappé par sa superbe tête dont on ne pouvait s'empêcher de songer qu'elle était gaspillée sur ce corps rabougri.

Comme si cette dysharmonie n'avait pas suffi à le désigner à l'attention, Hornig, par sa mise et son comportement, s'efforçait, non sans succès, de conjurer le danger qui eût consisté à passer inaperçu. Vers neuf heures du matin, il n'était pas rare de le voir vêtu comme pour aller à un gala à l'Opéra, avec des gants blancs et un gilet de piqué à boutons d'ivoire. Quand la plupart des élèves de l'atelier, trouvant déjà que le melon faisait trop conservateur, lui préféraient la casquette à pont des sportsmen, il se coiffait volontiers d'un gibus à huit reflets et, l'hiver, il apparaissait balayant le sol des pans amples d'une espèce de caftan garni de fourrure. Si l'on ajoute encore aux éléments qui composaient cette élégance douteuse le monocle à verre bleu que retenait un large ruban de satin rouge et le manchon de fourrure assorti aux parements du manteau, on aura une idée approximative de l'émoi provoqué dans les rues. Si Hornig surprenait le regard indigné ou ahuri qu'un passant posait sur lui, il le dévisageait à son tour avec une plus grande insolence et laissait fuser, comme une gifle, un rire de mouette, si sonore qu'il faisait se retourner ceux des badauds qui pouvaient ne l'avoir pas remarqué encore.

Libbenow se voulait aussi effacé qu'Hornig s'évertuait à être voyant. C'était un grand garçon filiforme, aux yeux pâles, aux joues toujours mal rasées, et à qui des épaules tombantes donnaient, lorsqu'il se tenait immobile, un vague air de pierrot neurasthénique. Il ne frappait par aucun trait singulier remarquable, mais par une allure générale qui était à la fois dégingandée, brusque et fuyante. Il parlait le moins possible et, lorsqu'il ne pouvait faire autrement que de vous adresser la parole, c'était d'une voix si basse et dans un débit si précipité, qu'on devinait qu'il ne désirait pas être compris. A ces moments-là, son regard vous évitait et un tic gestuel lui faisait ramener sur sa figure ses cheveux ébouriffés, comme s'il avait voulu se dissimuler derrière cet écran naturel. Au premier abord, j'avais ressenti à son égard une méfiance instinctive. Mais, sans s'occuper de personne, Libbenow travaillait avec une ardeur qui forçait le respect. Devant cette contenance farouche où j'avais vu le signe d'une inspiration que je lui avais aussitôt enviée, mes soupçons du début, qui ne reposaient que sur une intuition, étaient tombés peu à peu. J'allais mettre plusieurs années à découvrir que ma première impression ne m'avait pas trompé.

Schnabel était le plus jeune des trois, puisqu'il n'avait pas vingt ans révolus. Pourtant, on l'aurait cru de plusieurs années l'aîné des deux autres. Cette apparence de maturité tenait à sa carrure massive développée par les travaux de force, à son épiderme épaissi par des cicatrices d'acné, à ces golfes clairsemés qu'on nomme aimablement les encoches du génie et qui se creusaient déjà dans sa chevelure, au-dessus des tempes. Un rictus dont on n'aurait pas bien su dire s'il était sardonique ou seulement douloureux — et qui constituait le seul sourire qu'on lui vît jamais — contribuait encore à le vieillir. Schnabel posait à la brute sans manières : il était incapable de fermer une porte sans la faire claquer derrière lui et il ne vous disait jamais bonjour ni au revoir, estimant que ces conventions de civilité n'étaient qu'une perte de temps. Enfin, la première fois que j'eus l'occasion de dîner en sa compagnie, il s'appliqua à manger salement en portant les aliments à sa bouche sur la pointe de son couteau.

Schnabel n'avait pas toujours étudié la peinture. A l'âge de quinze ans, racontait-il, il s'était enfui de chez lui pour échapper aux mauvais traitements que lui faisait subir un père ivrogne. Au hasard de ses pérégrinations à travers l'Allemagne, il avait subsisté en faisant un peu tous les métiers. Il était descendu dans la mine, il avait conduit un fiacre et, voulant visiter la Nouvelle-Guinée dont il admirait l'art primitif, il s'était engagé comme manœuvre sur un chantier naval de Brême, dans l'attente de trouver passage sur un cargo en partance pour le KaiserWilhelmsland. Auprès des jeunes esthètes que nous étions, ignorant ce que travailler de ses mains veut dire, Schnabel s'autorisait de son passé aventureux pour revendiquer le prestige qui s'attache à l'expérience de la vie dure. En veine de confidences, il ne vous épargnait aucun détail sordide sur le milieu misérable dans lequel il avait grandi. Mais justement, on discernait bientôt, dans l'étalage qu'il faisait, par ses manières et ses discours, de son origine plébéienne, la même ostentation suspecte qui, en sens inverse, vous fait deviner l'imposteur dans le soi-disant gentilhomme qui évoque trop souvent ses ancêtres et ses châteaux. Et, de fait, lorsque, Nils et moi ayant été agrégés au petit clan, nous formerions tous les cinq une bande d'inséparables, une révélation fortuite confirmerait mon intuition. Cela se passerait chez Hornig, dans la villa de Grünewald : je prendrais le soleil sur la terrasse et, soudain, un air connu venu rompre le silence, une valse ancienne exécutée avec une sensibilité charmante, m'attirerait vers l'intérieur de la maison. J'y surprendrais Schnabel qui, croyant être seul, se serait mis à jouer. Si modeste que soit son origine, elle n'était pas assez basse pour l'avoir affranchi de ce pensum des enfances bourgeoises qu'est l'étude du piano.

C'est de Schnabel que je devins familier d'abord. La sympathie qu'il semblait éprouver à mon égard n'était pas encline aux démonstrations et j'en pris seulement conscience au bout de quelque temps en constatant que, les jours de nu ou de nature morte, il plantait volontiers son chevalet près du mien. Tandis que nous travaillions côte à côte, mon style académique lui inspirait des commentaires persifleurs, mais dont je sentais bien qu'ils étaient, au fond, dépourvus de méchanceté. Pourquoi cette camaraderie s'établit-elle entre Schnabel et moi ? En manière de réponse à une question que je continue à me poser, il faut sans doute invoquer l'attirance naturelle des contraires.

J'offrais, en ce temps-là, l'aspect d'un jeune homme lisse et crédule, réservé à l'extrême — non tant par froideur, devinait-on, que par une timidité touchante. Pour l'extérieur, sans aller jusqu'à prétendre à l'élégance, j'étais net. Je changeais de col quotidiennement ; de chemise, un jour sur deux et, lorsqu'il s'agissait d'assortir celle-ci à la cravate que j'allais porter, je subordonnais mon choix aux mêmes règles d'harmonie des couleurs que l'on m'avait apprises à faire régner dans mes compositions. Ainsi, par une combinaison de teintes fondues, discrètes jusqu'à la fadeur, mon plastron évoquait-il ces aquarelles romantiques qui représentent, dans un camaïeu de grisaille, une plage hivernale léchée par les vagues. D'autre part j'avais soin de ne me départir en aucune circonstance — sans m'aviser de ce qu'une telle conduite pouvait avoir d'inopportun et de ridicule, dans un milieu où l'on posait au genre bohème — des façons exquises que m'avait inculquées maman. En bref, malgré moi, je répondais avec assez d'exactitude au modèle du jeune homme de bonne famille tel qu'il est décrit par les manuels de savoir-vivre. Si mon âme n'était déjà plus tout à fait en accord avec cette apparence irréprochable, si l'esprit de la subversion avait déjà commencé à saper les fondements de mon éducation et si le carcan des excellents principes qui avaient présidé à cette dernière crevait parfois sous la poussée d'un élan de crapulerie, tout cela était encore imperceptible de prime abord. C'est ce jeune homme sage comme une image qui plut à Schnabel, c'est lui dont il s'amusait, par ses histoires crues, à choquer la sensibilité bourgeoise.

Ce jeu, entre nous, avait commencé un jour que Schnabel m'avait surpris recouvrant d'un linge, selon l'habitude à laquelle j'ai déjà fait allusion, le bocal où flottait le fœtus. Gêné d'avoir trahi la répulsion que me causait la vue de cet immondice et, par là même, une délicatesse qui pouvait prêter à moquerie, j'avais bafouillé quelque chose à propos de la bizarrerie du maître, lequel allait jusqu'à courir les amphithéâtres pour se procurer des bébés morts. « Il n'a pas eu à aller loin pour se procurer celui-là, avait déclaré Schnabel que ma naïveté réjouissait, c'est une fausse couche de la vieille, qu'ils gardent en souvenir. Comme ils n'en voulaient pas dans leur salle à manger, ils l'ont relégué ici où il a trouvé sa place parmi d'autres œuvres avortées du même auteur », avait-il conclu en désignant les anciennes toiles de Fackelmann accrochées aux murs. Je n'avais rien répondu, mais la stupéfaction et l'horreur mêlées avaient dû se lire sur ma figure. Je n'avais pas un instant songé à mettre en doute l'exactitude de cette révélation, tel que je connaissais désormais Fackelmann, elle ne me paraissait que trop vraisemblable et d'ailleurs, je devais le vérifier par la suite, Schnabel ne mentait jamais.

Si elles me scandalisaient tout autant, les histoires que Lothar Schnabel se plaisait à me raconter ne rappelaient en rien les infâmes vantardises sexuelles de Dieter ; le cynisme de mon nouveau camarade jouait, sur un autre registre, une partition beaucoup plus subtile. Par les discours qu'il me tenait, il visait à m'initier, au moins d'une manière théorique, à la réalité du monde dans ce qu'elle a de plus implacable. Car Schnabel voulait imaginer que les jeunes gens de mon acabit — et il se montrait en cela aussi peu réaliste qu'il m'accusait de l'être moi-même — vivaient, grâce à la protection vigilante de leurs familles, dans une sorte de pays des merveilles de l'inconscience, dont aucun spectacle laid ne ternissait jamais le paysage, ni aucun événement pénible ne troublait l'harmonieuse chronique. C'est de ce territoire enchanté qu'il s'était, semble-t-il, mis en tête de me faire sortir coûte que coûte. Et je ne saurais dire, d'une obscure jalousie sociale ou d'une vocation pédagogique perverse, laquelle avait été le mobile de sa détermination. Les souvenirs de son enfance livrée à elle-même dans les rues populeuses, des scènes dont il avait été le témoin lorsqu'il fréquentait les ports, ce qu'il avait eu le loisir d'observer des mœurs primitives, au cours de son périple au KaiserWilhelmsland, tout cela s'amalgamait et se corroborait pour jeter les bases d'une hallucinante encyclopédie de la cruauté et du vice. J'écoutais Schnabel en m'appliquant à ne laisser transparaître aucun étonnement, à ne pas broncher; mais l'évocation de certains rites nuptiaux des indigènes papous ou le détail cru des causes d'une bagarre entre marins, dans un bouge de Hambourg, avait bientôt raison de mon flegme affecté et, pour le plus grand divertissement de Schnabel, je me sentais devenir rouge jusqu'aux oreilles. Ce n'était pas que je fusse aussi innocent qu'il aimait à le croire; ses récits, censés m'ouvrir les yeux sur l'intrinsèque férocité de la nature humaine et les aberrations dont elle est passible, ne m'apprenaient rien la plupart du temps. Mais ces sujets ne me semblaient pas devoir être abordés dans la conversation. De maman, toujours, je tenais qu'il était des choses convenables à dire, d'autres qu'il fallait taire, et je n'avais pas encore eu la présence d'esprit de remettre cet enseignement en question. Ainsi, Lothar qui se flattait d'effaroucher ma candeur, n'offusquait en fait que mon hypocrisie.

Hornig avait commencé par m'ignorer, comme il ignorait d'ailleurs toute personne étrangère au petit clan, mais l'intérêt que Schnabel me marquait finit par éveiller chez lui un peu de curiosité à mon égard. Un beau jour, sans qu'aucun préambule d'approche m'ait laissé prévoir un mouvement qui dut être commenté par le reste de la classe et qui allait incidemment influencer le cours de ma vie entière, Fritz vint à son tour planter son chevalet à côté du mien. Ce geste me donna à comprendre que, si je n'étais pas tout à fait encore élu membre du clan, on me considérait du moins éligible. Mes voisins — en étaient-ils conscients ? — me faisaient déjà partager le prestige sulfureux qui entourait leur association. Je sentis que j'accédais à l'aristocratie et je me pris à jeter autour de moi, sur tous ces malheureux tâcherons — mes condisciples et mes égaux, un instant auparavant —, qui s'ingéniaient à rendre les ombres d'une insipide nature morte, ce regard de distance et d'aisance, apanage des élites.

Les motifs qui décidèrent Hornig et Schnabel à me faire une place dans le cénacle critique qu'ils constituaient avec Libbenow furent, à n'en pas douter, aussi ambigus que divers. En revanche, je sais bien ce qui m'incita à répondre avec élan à leurs avances. J'aimerais pouvoir dire que je me sentais attiré vers les tenants du petit clan par des affinités puissantes, que les idées qu'ils professaient à propos de l'art moderne étaient aussi les miennes. Ce serait faux. A l'époque, je n'avais pas d'idées sur l'art moderne; quant à l'attirance que j'aurais pu ressentir pour ces garçons brillants et doués, elle était annihilée par le sentiment de malaise, d'effroi, presque, que m'inspiraient leurs façons narquoises. Mais le petit clan exerçait sur le reste de la classe une fascination à la mesure de l'exclusivisme qu'il affichait et j'étais bien conscient de la distinction que représentait le fait d'y être admis. Or j'avais, j'ai toujours eu, soif de distinctions. L'empressement avide avec lequel j'ai saisi l'amitié qui m'était offerte préfigurait celui que j'allais mettre, plus tard, à rechercher les témoignages les plus dérisoires de la reconnaissance officielle. Quand Hornig et Schnabel m'ouvrirent leurs bras, ils ne surent pas que si je m'y précipitai, c'était que j'y voyais le plus sélect des clubs, ni que mon transport, qui dut les toucher, n'était à tout prendre qu'un transport de snobisme.

« Comment dis-tu déjà que s'appelle notre ami ? » demanda Hornig à Schnabel, en me dévisageant.

Au lieu de répondre moi-même, je tournais vers Schnabel un regard interrogateur, comme si je n'étais pas dans le secret de ma propre identité et que j'en attendisse de lui la révélation.

« Sven Oxenholm », déclara Schnabel, tandis que l'habituel rictus, qui voulait peut-être, en la circonstance, figurer un sourire, tordait sa bouche.

Hornig se recula d'un pas et me considéra en plissant les yeux ; si mon nom avait été un nouveau veston, il ne s'y serait pas pris autrement pour juger comment il m'allait.

« Sven Oxenholm, répéta-t-il, puis, ayant observé un silence pensif, il conclut d'un ton de concession : Soit ! »

Ne sachant trop par quelle attitude répondre à cette parodie d'examen, je m'efforçais de continuer à dessiner. Fébrile, je ne posais sur la feuille blanche que des hachures tremblées. J'aurais aimé trouver la matière d'une repartie spirituelle, mais le regard impudent qui m'enveloppait paralysait mes facultés mentales comme il faussait mes gestes et je restais bête tandis que je sentais le feu abhorré de la confusion envahir mon front et mes joues.

Heureusement, ce regard s'était détourné de mon visage ; je ne m'en félicitai qu'une seconde, avant de réaliser que l'esquisse lamentable, jetée par moi sur le papier, captait à présent son attention. J'éprouvai alors cette pure sensation de désastre que doit connaître le voleur passible de relégation perpétuelle, à l'instant où il est pris en flagrant délit une fois de trop. J'en laissai échapper mon fusain qui se brisa par terre. Comme je me baissais pour ramasser les morceaux, Hornig saisit ma main au vol et la retint dans la sienne.

« Mais vous avez froid ! s'écria-t-il. Vous avez les doigts bleus ! »

Ainsi, songeai-je, accablé, je n'étais pas seulement rouge, comme je l'avais cru, j'étais rouge et bleu. Je m'en excusai dans un murmure, en arguant d'une mauvaise circulation du sang, et j'éprouvai le besoin d'ajouter que ce défaut vasculaire me rendait aussi enclin aux fourmis dans les jambes. Mais je m'interrompis dans ma dissertation pathologique car mon désarroi, après avoir atteint un point extrême, cédait la place à une grande lassitude, surgie avec l'évidence que je ne pouvais lutter contre la fatalité qui semblait se plaire à me rendre toujours davantage ridicule.

Hornig, pourtant, écoutait mes explications avec un air partagé entre l'apitoiement et l'indignation, c'est cette dernière qui vibrait dans sa voix lorsqu'il interpella Fackelmann, du même ton qu'il eût fait un garçon de café :

« Maître ! intima-t-il, qu'on active immédiatement le poêle ! Sven Oxenholm est bleu de froid. »

Le maître répondit par un hochement vague et un regard où pouvait se lire, au choix, la consternation ou l'indifférence. En revanche, toute la classe se retourna vers nous avec intérêt et je n'aurais pas détesté rentrer sous terre. C'est l'instant que choisit Hornig pour m'attirer à lui d'un mouvement brusque. Défait comme je l'étais, je n'eus ni la force ni la présence d'esprit de résister et je me laissai basculer pour m'abattre mollement contre son flanc.

« Tenez, mon petit, dit-il de façon à être entendu à la cantonade, tandis qu'il passait un bras autour de ma taille, glissez votre pauvre main gelée dans cette peau de bête, vos doigts y rencontreront une chaufferette. »

Obéissant, dans un état presque second, j'introduisis ma main à l'intérieur du manchon qu'il portait en sautoir au bout d'une cordelette de soie. J'y trouvai la chaufferette promise et j'y rencontrai la main libre d'Hornig qui s'était coulée par l'autre extrémité et qui enserra la mienne — étreinte dont je ne sus, au juste, quoi penser.

« Votre ami le grand Viking nous lance de drôles de regards », ricana Hornig.

En effet, Nils, à l'autre bout de l'atelier, nous considérait avec une expression de stupéfaction qui se pouvait comprendre. Peut-être imaginait-il que j'avais été victime d'un malaise et que si je m'appuyais ainsi sur Hornig, c'était pour ne pas tomber. Je tentai de lui sourire afin de le rassurer, mais comme je ne souhaitais pas que ce sourire fût aperçu d'Hornig, le résultat dut être une fugitive et incertaine grimace.

« Vous semblez très liés, tous les deux, poursuivit Hornig.

— Nous venons du même pays, dis-je, et nos parents se connaissent. »

J'eus aussitôt conscience que cette définition minimale de mes relations avec Nils ne rendait pas tout à fait compte de la réalité et constituait même une espèce de trahison. Toutefois, Hornig ne me laissa pas le loisir de me le reprocher, car il ajouta, du même ton, comme une chose allant de soi :

« Et, bien entendu, vous couchez ensemble ? »

Je fus parcouru d'un haut-le-corps, le contact soyeux de la loutre de l'Hudson devint intolérable et je retirai ma main du manchon. Pourtant, quelque chose en moi se refusait sans doute à admettre qu'une telle monstruosité puisse être proférée d'un ton aussi désinvolte, car je m'étais déjà dégagé de l'étreinte d'Hornig avec horreur, que j'hésitais encore à comprendre tout à fait le sens de sa question. Il fit l'erreur d'avancer le bras vers moi dans un geste qui se voulait d'apaisement ; c'est alors seulement que j'eus la claire conscience de ce qu'il venait de dire.

« Comment pouvez-vous ! balbutiai-je, hors de moi et prêt à le frapper s'il osait me toucher. Comment pouvez-vous ! » répétai-je, incapable d'achever ma phrase.

Hornig avait rejeté la tête en arrière et me considérait, mi-amusé, mi-attendri par mon indignation. Il ne dit rien mais laissa fuser soudain ce rire de mouette, inimitable, ce rire qui deviendrait le signal de ralliement du petit clan, dans les soirées mondaines, et qui, lorsque nous l'entendrions s'élever au-dessus du brouhaha uniforme des conversations, nous renseignerait sur la présence d'Hornig, perdu dans la foule.

Cet incident, singulière entrée en matière à l'amitié qui allait se développer entre Hornig et moi, avait eu lieu en mars. Dès lors, je m'étais fait moins assidu auprès de miss Stewart et je négligeais fréquemment de la raccompagner à Schöneberg, préférant suivre mes nouveaux camarades dans un café où Hornig et Schnabel s'amusaient à m'enivrer. Bien que ma mère, à la veille de mon départ, m'ait fait jurer sur la Bible de ne boire que de l'eau, je ne leur opposais aucune résistance — si je m'autorisais sans remords à faillir au serment que maman m'avait arraché, c'était pour me souvenir que, dans l'instant même où je le prononçais, elle avait cru bon d'exprimer par un soupir son peu de conviction que je le respecte, ce qui équivalait à m'en relever.

N'étant pas accoutumé à boire, j'atteignais vite cet état d'irresponsabilité volubile où l'on est drôle sans prendre la peine de chercher à l'être. Conscient que mon ivresse, à cause du divertissement qu'elle procurait, asseyait ma popularité au sein du clan, je ne mettais aucun frein aux élucubrations qu'elle m'inspirait ; dans un allemand que chaque lampée rendait plus gauche et, partant, plus cocasse, je disais, sûr de mon succès, tout ce qui me passait par la tête. Une ou deux fois, comme je sentais ma verve languir, sans que les vapeurs de l'alcool se soient déjà dissipées pour autant, je voulus lui octroyer un délai de grâce en buvant davantage. Je vis tanguer des percolateurs et des tables. Je fermai les yeux un instant et c'est la salle entière qui chavira : la masse rouge des banquettes de moleskine se fondant avec la surface grisâtre et miroitante des glaces, comme les bandes de couleur au flanc d'une toupie, dans un tourbillon fatal.

Schnabel, par un diagnostic rapide, sauva la situation. Il n'eut que le temps en m'empoignant sous les aisselles de me traîner jusqu'aux lavabos. Je crois bien qu'il m'y tint le front pour m'empêcher de m'affaler dans mes vomissures. Ce sont là des obligeances qui vous lient à quelqu'un. Curieusement, ni sur le moment, ni lorsque, dégrisé, je repensai à ces épisodes peu glorieux, je n'en éprouvai la moindre honte. Au contraire, je m'en félicitais presque car cette scène immonde donnait à mes relations avec Schnabel une teinte de complicité impudique qui leur allait comme un gant et les distinguait de celles, évanescentes, dans leur expression mitigée d'une pointe de coquetterie équivoque, qui s'instaurèrent entre Hornig et moi et qui, à leur tour, contrastaient avec le mode cordial, quoique imperceptiblement distant, adopté vis-à-vis de Libbenow.

Ainsi je pus me flatter d'avoir fondé les rapports que j'entretenais avec chacun des membres du clan en particulier, sur une nuance exclusive, assortie à la couleur des sentiments que je lui portais. Si ceux que j'éprouvais à l'égard de Libbenow se traduisaient par la cordialité que j'ai dite — et par rien d'autre —, c'est sans doute que la reconnaissance de nos tempéraments divergeant au-delà des limites dans lesquelles une conciliation demeure envisageable, nous retint, par un accord tacite, de chercher à donner de ces sentiments une définition plus précise. Au début, j'essayai sans conviction de me lier avec Libbenow ; loyalement, je lui offris mon amitié ou, plutôt, la quote-part lui revenant dans l'amitié qui m'unissait au clan. Mais je la lui présentai de la même manière que l'on tendrait un chèque, en gage de bonne foi, à quelqu'un dont on sait qu'il aura la décence de ne pas l'encaisser. Et, en cela, il ne déçut pas ma confiance, puisqu'il ne songea jamais à exiger la moindre preuve de cette amitié virtuelle que je mettais à sa disposition. Nous eûmes bientôt, pourtant, l'apparence d'être intimes, au point qu'Hornig et Schnabel qui voulaient s'y tromper, s'y trompèrent et ne surent peut-être jamais que ma seule connivence avec Libbenow se résumait au secret partagé que tout nous éloignait l'un de l'autre. Nous étions faits pour ne pas nous comprendre, Detlev et moi, ce qui ne nous empêchait pas de nous deviner et je le soupçonne d'avoir apprécié avec exactitude, lorsque, ivre, je me donnais en spectacle, la part de singerie calculée que je mettais dans mon délire. Les autres l'appréciaient aussi, mais, comprenant que je ne trichais que pour les séduire, ils me faisaient la grâce de m'en aimer davantage alors que Libbenow, je le sentais, méprisait cette tendance racoleuse de ma nature, qui m'aurait inspiré de me déculotter en public, si j'y avais vu le dernier moyen de retenir l'attention.

L'antagonisme de Libbenow ne s'exprimait jamais ouvertement, toutefois un instinct lui faisait trouver des moyens détournés de me déplaire et susciter les circonstances qui devaient m'être défavorables. C'est lui qui eut l'idée de convier Nils à se joindre à nous lorsque nous nous réunissions au café.

Je ne pouvais faire autrement, malgré sa présence, que de me laisser aller à mes déportements coutumiers ; modifier, si peu que ce soit, ma conduite, c'eût été trahir le malaise que cette présence me causait et c'eût été donner à Nils plus d'importance que je ne voulais lui en reconnaître devant les autres. Aussi je me saoulais jusqu'à être en mesure de débiter les insanités qu'on attendait de moi. Si je cherchais parfois à rencontrer le regard de mon camarade, il me le dérobait, par délicatesse sans doute, afin que je n'y lise pas la consternation que mes extravagances lui inspiraient. J'en devenais moins drôle que hagard, dans mon numéro d'enfant prodige de l'ivrognerie. Je sollicitais les effets qui me seraient venus d'eux-mêmes s'il n'avait pas été là et, mon ébriété cachant mal ma détresse, je sentais bien que j'étais pathétique. Je prenais le parti d'ignorer Nils et j'arrangeais ma chaise de manière à lui tourner le dos, pour les mêmes raisons que l'alpiniste sujet au vertige tourne le dos au précipice.

Nils avait eu le loisir de se former de moi une image assez différente de celle que je voulais présenter au clan et dont il savait, mieux que quiconque, ce qu'elle avait de factice. Peut-être devinait-il déjà que la conscience poignante de tout ce qui me manquait et que je m'étais juré d'obtenir de la vie — en enrôlant de force, au service d'une telle conquête, ceux qui croisaient mon chemin — avait pris la forme d'une obsession dont la toute-puissance me gardait des égarements authentiques, fussent-ils passagers et imputables à l'alcool ; que celui auquel il me voyait m'abandonner devait donc avoir, au regard du plan unique qui réglait les moindres variations de mon comportement, une raison d'être, encore plus tortueuse que n'eût imaginé Libbenow, lequel me suspectait seulement de vouloir me rendre intéressant.

Mais je m'aperçois qu'à trop m'attarder à ces pitoyables scènes de beuverie, comme à m'appesantir sur l'antipathie feutrée de Libbenow à mon égard, je donne une idée bien fausse du climat qui présidait à notre association. J'aurais dû rappeler d'abord que nous avions vingt ans et que dans cet âge bête et lumineux il n'est pas de rapprochements tout à fait impossibles, si mal assortis que puissent être les individus entre lesquels le hasard les provoque. Car même ceux qui révéleront, à quelques années de là, les tempéraments les plus sauvages et les plus renfermés, se frottent un instant au monde et, cédant à l'appétit de découvertes qui marque, au même titre que les boutons de jeunesse, une des phases universelles de la croissance, ils s'aventurent de quelques pas hors d'eux-mêmes, au-devant des autres.

Sans doute chacun de nous était-il en puissance, dès cette époque, celui qu'il allait devenir; les lâchetés, les petitesses, les défauts de toutes sortes dont nous nous accuserions plus tard et qui finiraient par nous séparer, nous habitaient déjà. Mais, comme des particules délétères perdent leur virulence dans l'air brassé, les tares de nos caractères respectifs, dont mourrait notre amitié, noyées pour l'heure dans une fièvre de passion, dans une tension de curiosité qu'un rien mettait en alerte, n'empêchaient pas cette amitié de naître.

Nous prîmes l'habitude de travailler ensemble, plus seulement à l'atelier, mais chez l'un ou chez l'autre et même dans la rue où Schnabel nous entraînait avec nos carnets à croquis. La vocation vériste qu'il professait lui faisait rechercher les grouillantes scènes de foule. Nous nous installions derrière les vitres d'un café du Kurfürstendamm ou de l'Alexanderplatz, ou bien encore Zum Nüssbaum, qui devint notre quartier général quand nous habitâmes Fischerstrasse, et dont les vieilles petites croisées découpaient le panorama plus typé d'un quartier misérable et paisible. La foule dérivait sous nos yeux sans nous apercevoir et nous nous appliquions à déceler et à décomposer les deux ou trois mouvements essentiels que son flux reproduisait. Hornig avait baptisé cet exercice *le déchiffrage,* nous nous y astreignions comme à des gammes. Si un passant ou une passante retenait particulièrement notre attention, nous jetions sur le papier l'esquisse de sa silhouette. Nous ne disposions que de quelques brèves secondes, le temps que mettait cette silhouette mouvante pour traverser la manière d'écran cinématographique que formait la vitre du café, avant de disparaître.

Vers cinq heures, les enseignes allumaient contre la nuit opaque leurs slogans gigantesques. Brillant par-dessus les immeubles où elles vantaient des marques de bière et de cirage, les anguleuses capitales gothiques hérissées de crochets répandaient leurs reflets sur l'asphalte humide, découpant la rue en tranches de couleurs contrastées. Les passants qui traversaient ce spectre criard, semblaient en proie à un brutal phénomène de transsubstantiation en chaîne, qui les faisait virer de l'écarlate au jaune soufre, au vert phosphoréen.

Au milieu de ce paysage en perpétuel mouvement, les omnibus immobilisés dans les encombrements formaient parfois des cibles stables. C'étaient vingt-cinq profils qui s'étalaient d'un coup à la merci de notre trait, dans l'éclairage cruel d'une rangée d'ampoules nues déversant d'aplomb leur lumière sur les crânes. Schnabel avait alors le chic pour s'élancer d'un bond au-dehors et, se faufilant dans la presse des voitures, pour se planter avec son carnet et son crayon, juste sous le nez de ces modèles sans défense. Obsédé par l'art de la photographie dont il prédisait qu'il remplacerait bientôt la peinture, Schnabel croyait de bonne foi saisir ainsi la réalité sur le vif. Mais, chez ce désabusé sardonique, une sorte d'incoercible ricanement intérieur faussait le regard. De ce qui s'offrait à lui, il ne captait qu'un reflet déformé, à la fois grotesque et tragique. Dans le meilleur des cas cela pouvait passer pour une caricature ; le plus souvent c'était une vision de cauchemar.

Un jour qu'il me montrait une de ses études, je lui objectai que les passagers du *Grosser Ring* n'avaient pas tous uniment ces têtes de porcs qu'il leur dessinait. Comme il ne me répliqua rien, je craignis sur l'instant de l'avoir fâché. Sa réponse vint une semaine plus tard, en l'espèce d'une petite toile dont il me fit cadeau et qui représentait ces passagers avec des bouquets de persil accrochés à leurs oreilles.

Schnabel nous apprit pourtant à regarder la rue et à la peindre. L'autoritarisme qu'il déploya pour nous y inciter, en imprimant à nos recherches une orientation irréversible, aura davantage influencé le style du Wannsee que ne le fit sa propre peinture. De cette réalité de la grande ville, dont ses œuvres donnent une image effrayante, il sut nous faire percevoir les violentes beautés.

Que la beauté pût être alliée à de la violence, qu'elle pût même en être le résultat, était une idée qui ne m'avait jamais effleuré l'esprit jusque-là, et l'eût-elle fait que je l'aurais sans doute repoussée comme une mauvaise pensée. Les révélations de Schnabel allaient si complètement à l'encontre de mes préjugés apolliniens, quant à ce qui est *beau en soi* et par conséquent *bon à peindre,* que je ne devais me résoudre à en reconnaître la justesse qu'au terme d'un difficile débat intérieur. Comme tous les individus qui se refusent à admettre la part de violence et de désordre sommeillant au fond d'eux-mêmes, j'aspirais à des harmonies impeccables. Le registre du *bon à peindre,* tel que je le définissais, se limitait à quelques bouquets de fleurs rares, à quelques paysages raffinés, à quelques visages de femmes, triés sur le volet pour leur angélisme fade. Ce maigre assortiment de sujets pies s'accordait à ma conviction que le génie créateur ne poussait que sur le versant ensoleillé de l'âme, que l'art ne se nourrissait que des plus nobles qualités, qu'il était enfin le développement de cette étincelle de sainteté dont nul, paraît-il, n'est tout à fait dépourvu — quoiqu'elle soit presque imperceptible et que les ténèbres des mauvais instincts menacent sans cesse de l'étouffer.

On aura compris que je confondais l'idéal esthétique avec la notion chrétienne du Bien idéal, et l'art de peindre avec celui de faire son salut. Le plus étonnant est que je m'obstinais à maintenir cette équivoque, tout en ayant conscience qu'elle commandait, du chef-d'œuvre, une définition telle qu'elle m'interdisait d'espérer en accomplir jamais moi-même, puisqu'il aurait fallu d'abord pour cela me faire meilleur et que — me l'avait-on assez répété ! — c'était justement la chose au monde dont j'étais le moins capable. Longtemps, sans davantage songer à la mettre en doute que les lois avérées de l'univers, je m'étais accommodé de cette croyance qui me représentait les divers modes de la création humaine comme de simples travaux pratiques de la contention morale. Dès que je m'avisai d'en rechercher l'origine, je ne vis que maman pour me l'avoir soufflée. Constatant chez moi l'apparition de dons inattendus, il était bien dans sa manière de les engager aussitôt dans la croisade qu'elle menait contre mes démons. En me persuadant que l'élan qui me poussait à créer devait s'affronter aux détestables tendances de ma nature, je ne puis imaginer qu'elle comptait voir le premier triompher des secondes. Tout au plus espérait-elle, lorsqu'elle m'avait installé ainsi entre les aspirations artistiques et le mal, reproduire ce phénomène de physique élémentaire qui veut que deux forces égales, inversement dirigées, s'annulent l'une l'autre, laissant immobile la masse sur laquelle elles s'exercent.

Lorsque je me liai avec les futurs tenants de *la Gare de Wannsee,* cette conception vertueuse du génie inhibait encore mon inspiration. Les exhortations de Schnabel, l'exemple d'Hornig et de Libbenow, me décidèrent à la reléguer définitivement dans l'espèce de grenier mental où s'empilaient déjà bon nombre des manichéennes chimères qui avaient bercé mon enfance. A l'instar de mes camarades, je me mis à peindre la foule lasse prise dans la réverbération multicolore des enseignes. Pour en faire mon motif, je m'efforçai de discerner dans les fugaces manigances dont la rue était le théâtre, l'amorce, ou seulement le présage, de quelques-uns de ces drames qu'un dénouement absurde promeut parfois à la rubrique des faits divers.

Une telle observation eût pu susciter en moi quelque compassion, m'éveiller à quelque conscience — je crois qu'elle eut raison, au contraire, du peu de cœur que je possédais jusque-là. Ce n'est pas que je m'aguerris au désespérant spectacle de la réalité, c'est plutôt que cette réalité toujours passible d'être ravie par l'art, cessa à mes yeux d'être réelle. Dans le tableau de la misère quotidienne qu'un siècle, des plus imaginatifs en ce domaine, proposerait à mon étude, je m'habituerais à ne voir qu'un tableau, précisément.

Plusieurs fois déjà, Hornig avait évoqué le projet de notre visite à sa *campagne*. Il appelait ainsi la villa de Grünewald où il vivait en compagnie de sa sœur et d'un personnage munificent qui semblait jouer auprès d'eux le rôle de l'oncle d'Amérique. Nous nourrissions une prévention avouée contre les familles et nous nous montrions peu curieux de connaître celle de notre camarade, bien qu'Hornig nous ait peint sa sœur Tissa comme une intéressante jeune fille et nous ait vanté en l'oncle Pribishev, mécène et débauché, une figure de la Renaissance, égarée dans le XXe siècle. En outre, tout aux sortilèges urbains qui nous tenaient de plus en plus sous leurs charmes, nous ne nous éloignions pas volontiers des quartiers du centre. Charlottenburg nous paraissait déjà la province, et la ceinture verte de Berlin, dont une bourgeoisie de parvenus avait fait son jardin d'Éden, un dépaysement intolérable. Pourtant, au début de mai, peu après que nous eûmes emménagé dans la teinturerie de la Fischerstrasse, lorsque Hornig lança son invitation formelle, Nils, Schnabel, Libbenow et moi, nous nous y rendîmes de conserve par le train de Spandau.

C'était un jour de la semaine, quand la forêt de Grunewald est déserte et que l'on ne rencontre, assises solitaires sous les tonnelles des guinguettes, que les quelques vieilles, promenant des chiens, qui y font une halte pour boire du café. La villa, nous avait expliqué Hornig, était un bâtiment moderne dont la terrasse flanquée de bouquets d'arbres dominait la Havel. Nous hésitâmes à la distinguer entre cinq ou six constructions blanchâtres qui jouissaient également de cette position et que caractérisait le même hasardeux mélange de styles. Nous la découvrîmes enfin grâce à la perspicacité de Libbenow. Il s'arrêta devant un curieux portail et, fort de la conviction qu'aux abords de la tanière on reconnaît l'animal, nous le désigna comme ouvrant le domaine d'Hornig.

Le portail en question était une grille métallique en forme d'œuf, que rehaussaient, sur chaque battant, des arabesques de bronze vert rappelant des caducées. Schnabel, qui abhorrait les déliquescences du *Jugendstil,* feignit de croire que nous nous trompions d'entrée, ces emblèmes signalant d'évidence, selon lui, quelque laboratoire pharmaceutique. Nous sonnâmes et nous attendîmes un moment en vain qu'on vienne nous ouvrir. Libbenow poussa alors un des battants qui tourna sur ses gonds et nous nous engageâmes, entre deux haies de labyrinthe, sur une route de sable d'un beau jaune pêche, dont les multiples détours nous dérobaient la vue de la maison.

Une automobile conduite par un mécanicien en blouse de cuir surgit d'un de ces tournants et stoppa soudain, vingt mètres environ devant nous. C'était un engin comme nous n'en avions encore jamais vu, bas, avec un corps cylindrique et des ailes effilées qui s'inspiraient de la morphologie du squale. Nous devions apprendre un peu plus tard qu'il s'agissait d'une Ford modèle A, la première, et peut-être l'unique, qui ait été importée en Allemagne. La voiture ne s'était pas arrêtée si brusquement parce que nous faisions obstacle à sa route, comme nous l'avions cru un instant, mais pour se laisser rattraper par une jeune fille en robe claire, qui courait en retenant d'une main son chapeau de paille sur sa tête, tandis que de l'autre elle faisait de grands signes, à la manière d'une baigneuse qui perd pied. Le passager s'était extrait du véhicule et, à le voir développer toute sa taille, on se demandait comment il avait pu tenir dans l'étroit baquet. C'était un quinquagénaire portant beau, auquel d'abondantes moustaches blondes et de gros yeux fripés faisaient une tête de phoque mélancolique. Il ne devait pas mesurer beaucoup moins de deux mètres et l'étoffe à petites fleurs de son gilet tendait, plutôt qu'elle n'habillait, un énorme ventre pointant comme une tête d'obus. La jeune fille se jeta vers lui, haletante, et quand leurs deux corps se touchèrent, la stature colossale de l'homme la fit paraître minuscule par comparaison.

Elle se plaquait contre lui, l'enlaçant comme le lierre enlace le roc. Il demeurait indécis, lançant des coups d'œil embarrassés dans notre direction, n'osant se décider ni à répondre à cette étreinte, ni à s'en dégager. Il se risqua finalement à caresser le front de la jeune fille, dans un geste tout paternel. Pour se faire plus haute de quelques centimètres, celle-ci imagina alors de grimper sur la pointe des pieds de son amant que chaussaient des bottines à empeignes bicolores et, chavirant la tête, elle lui tendit ses lèvres. Il marqua encore une brève hésitation et il jeta à nouveau vers nous un regard où se pouvait lire un mélange de défi et de honte. Puis il prit cette bouche qui s'offrait. Il y mit tant d'appétit sensuel que, sa ressemblance avec un mammifère pinnipède m'inspirant sans doute ce rapprochement loufoque, j'évoquai la gravure de Tenniel qui illustre, dans *les Aventures d'Alice au pays des merveilles,* la scène où le morse dévore les jeunes huîtres. Je songeai aussi qu'un certain degré d'inconfort devait tempérer pour le gros homme les délices de ce baiser. Car il doit être malaisé de s'abandonner à la volupté tandis qu'on vous piétine les orteils. Mais peut-être ces deux amants se plaisaient-ils, au contraire, à relever ainsi leur extase d'une pointe de douleur. Ils se détachèrent enfin l'un de l'autre, en reprenant leur souffle. L'homme ébaucha un mouvement pour remonter dans l'automobile, cependant la jeune fille le retenait toujours et lui murmurait quelque chose qui semblait être une prière. Il y répondit par un ferme hochement de dénégation. Révélant alors l'autre face de cette nature impudique et extrême qui la faisait passer, sans se soucier de qui l'observait, des déchaînements amoureux aux déchaînements de violence, elle le frappa à toute force du revers de la main. L'homme ne tenta pas d'esquiver la gifle, il la reçut sans broncher. Il souleva seulement son chapeau, d'un geste un peu raide, comme s'il prenait congé de quelque vague connaissance rencontrée par hasard dans la rue. Un instant après, comme la voiture nous dépassait, il répéta à notre intention le même petit salut automatique. Encore médusés, nous n'eûmes pas la présence d'esprit d'y répondre.

Nous nous trouvions maintenant seuls face à la jeune fille qui nous fixait, incertains de l'attitude que nous devions adopter. Elle vit notre perplexité et marcha à notre rencontre. Je jurerais qu'à cet instant l'idée de fuir nous traversa à tous l'esprit. Sous la timidité des très jeunes gens vis-à-vis des femmes, se cache souvent, inavouable, la même sorte d'appréhension que l'on éprouverait devant un animal exotique aux dispositions impénétrables. Celle qui venait à nous et que nous avions vue se laisser aller à diverses fureurs en l'espace d'une minute, avait de quoi réveiller ces craintes obscures. Elle était pourtant redevenue très calme, lorsqu'elle nous adressa la parole :

« Vous avez vu cet homme ? — elle désignait l'auto sur le point de disparaître au bout de la route. Il est mon amant, nous informa-t-elle, car je suis à vendre. »

Constatant que cet aveu ne produisait pas sur nous l'effet de choc qu'elle en avait peut-être escompté, elle crut nécessaire de préciser, d'une voix où l'on sentait affleurer comme un revenez-y de sa fureur de tout à l'heure :

« C'est un abominable porc ! »

Elle nous dévisageait l'un après l'autre, dans l'espoir de capter un signe de réaction que nous nous appliquions toujours à lui refuser.

« Je suis bien malheureuse, conclut-elle, parfois je me dis qu'il serait préférable d'être morte. »

Nous ne songeâmes même pas à protester, ainsi que la plus élémentaire des courtoisies nous aurait prescrit de le faire. Nous nous contentions d'observer un silence prudent et à tout hasard navré, qui en se prolongeant trop nous faisait paraître idiots — c'est qu'il n'est pas facile d'improviser une contenance avantageuse, quand on reçoit tout à trac les confessions d'une folle.

« Mais vous devez être les amis dont m'a parlé Fritz ! » reprit-elle au bout d'un instant, d'un ton soudain primesautier et affable, en si complète opposition avec son attitude précédente qu'il acheva de nous déconcerter.

Mlle Hornig, nous allions nous en rendre compte, était coutumière de telles volte-face, conséquences de sa bizarre conformation mentale. Alors que la conduite de la plupart des gens trace une ligne continue dont les inflexions, plus ou moins soudaines, signalent le passage d'une humeur à une autre, celle de Tissa semblait se composer de séquences formant suite libre. Elle se montrait gaie, furieuse, morose ou aimable, par élans spontanés, et ces états dont on ne devinait pas l'origine se dissipaient aussi sans raison apparente. Il en résultait une impression de confus et d'absurde qui décourageait vite tout effort de compréhension. Lorsque Mlle Hornig nous fit la requête saugrenue qui devait inaugurer une autre saynète de son comportement disparate, elle avait déjà lassé notre étonnement et elle commençait à nous ennuyer.

« Oserai-je vous demander, messieurs, si l'un de vous, par chance, a un morceau de sucre dans sa poche ? Un simple petit morceau de sucre, supplia-t-elle, cela m'obligerait. »

Elle venait de tirer de sous sa ceinture un flacon de verre bleu et elle le brandissait, comme pour en faire jouer dans la lumière les irisations ultramarines.

« C'est que, voyez-vous, poursuivit-elle, volubile, quand je manque de cocaïne, je prends de l'opium, et quand je n'ai plus d'opium, j'avale de l'éther ; j'en verse une larme sur un morceau de sucre. Seulement voilà, il n'y a plus de sucre dans la maison, ou plutôt, on me le cache, sur la consigne de l'abject individu que vous avez eu le désavantage de croiser à l'instant...

— Tissa ! cria la voix d'Hornig qui venait enfin à notre secours, laisse mes amis tranquilles. Ils n'ont pas apporté de sucre pour toi, ils ne s'attendaient pas à visiter un zoo. »

Comme Fritz approchait de nous, un grand sourire cordial épanouissait ses traits et le rajeunissait jusqu'à le faire paraître presque un adolescent. Il était pieds nus, vêtu de pantalons de coutil que constellaient des taches de peinture, et d'une chemise ouverte à laquelle il n'avait pas pris la peine d'attacher un faux col. Une barbe de vingt-quatre heures accusait d'une ombre la découpe nette de son visage et il avait posé, un peu en arrière sur sa tête, un chapeau de soleil au bord déchiqueté, qu'il aurait pu avoir volé à un épouvantail. Bien que cette tenue rustique, contrastant avec les accoutrements par lesquels il se faisait remarquer dans les rues de Berlin n'ait sans doute relevé que d'une autre sorte d'apprêt, il me sembla le découvrir au naturel pour la première fois.

« Je vois que ma sœur s'est présentée elle-même, continua-t-il. Elle ne vous l'avouera pas, mais je lui ai tant chanté vos louanges que vous l'intimidez terriblement. Quand je lui ai annoncé que vous veniez aujourd'hui, elle était dans tous ses états. Elle craignait de ne pas vous faire assez bonne impression. N'est-ce pas, Tissa ? » interrogea-t-il avec une pointe d'affectueuse ironie, en entourant les épaules de la jeune fille d'un bras protecteur.

Elle se dégagea sans violence et remit le flacon d'éther dans les plis de sa ceinture. Elle nous frappa soudain par une nouvelle expression de soumission quiète, presque morne qui s'opposait aux façons sémillantes de son frère. On aurait dit que la seule apparition de ce dernier avait le pouvoir de l'éteindre, comme le courant d'air éteint la chandelle. Tissa et Fritz Hornig, j'aurais tout le loisir de le vérifier lorsque, plus tard, je partagerais pour un temps leur intimité, s'entendaient pour assurer à eux deux une représentation permanente où quelques accents de drame, involontaires et authentiques, étaient noyés dans un pétulant tempo de vaudeville. Mais, de ce divertissement dont on soupçonnait bien qu'il était l'initiateur, Fritz se voulait également la vedette et, sitôt qu'il faisait son entrée sur la scène, Tissa, qui l'avait occupée jusqu'alors, se trouvait ravalée au rang d'utilité. Cette inflexible distribution avait un effet second cruel, dont Fritz, dans le feu de ses improvisations brillantes, ne devait pas s'apercevoir. C'est que sa sœur, dès qu'elle avait cessé de vous étourdir de son babillage délirant — qui lui donnait malgré tout un peu d'éclat —, se changeait en une de ces créatures intrinsèquement insignifiantes et si dénuées de la moindre présence qu'on peut les voir dix fois sans les reconnaître et entendre aussi souvent prononcer leur nom sans envisager jamais qu'il puisse être utile de le retenir. En constatant cette transformation que venait de subir Mlle Hornig, j'eus l'intuition que les démonstrations frénétiques dont elle nous avait régalés un instant auparavant, son déshonneur proclamé et la fiole d'éther qu'elle promenait, contribuaient à son personnage social dans la même mesure, à peu près, que mes exhibitions d'ivrognerie m'aidaient à établir le mien ; qu'elle ne possédait peut-être, de folie réelle et de véritable vice, que ce que son frère lui en avait inspiré, afin qu'elle ne dépare pas son spectacle.

« Vous aurez aussi aperçu notre bon oncle Pribishev, filant dans sa puissante automobile... » dit encore Hornig, tandis qu'il nous entraînait en direction de la villa.

Comme nous acquiescions avec un peu de réticence, il voulut nous mettre à l'aise :

« N'attachez aucune importance à la petite scène dont vous avez été témoins. Il s'en joue souvent de semblables entre ma sœur et lui ; dans le seul but de le distraire car, comme tous les libertins, l'oncle Prib a tendance à s'ennuyer facilement. Celle d'aujourd'hui se devait d'être un peu plus corsée : c'était une scène d'adieu et il convenait de se séparer de l'oncle sur une note amusante, telle qu'elle l'incite à nous revenir bientôt et lui rappelle, entre-temps, de nous envoyer des mandats de Sébastopol. C'est qu'il faut vous dire aussi, qu'après avoir joui longtemps de tout le luxe insolent dont s'entourent les fortunes trop vite faites, Tissa et moi, qui sommes des êtres décoratifs, serions réduits à la mendicité depuis la mort de nos parents sans les roubles que ce providentiel bienfaiteur nous dispense — assez généreusement d'ailleurs, rendons-lui cette justice. »

Schnabel fut curieux de savoir ce que l'oncle Pribishev allait faire en Crimée, à une saison qui n'est pas celle habituelle des villégiatures.

« Il s'agit de la dernière péripétie d'une longue histoire, se mit à expliquer Hornig. Prib, voyez-vous, malgré sa fortune qui est immense et qu'il a volée, n'est pas un homme heureux. Il est miné par une sorte de mal obsessif qui trouverait sa place dans la nomenclature des névroses sous le vocable d'*isthmite.* Il a la manie des isthmes, ou plutôt, celle d'entreprendre de les percer. Le malheur veut que Ferdinand de Lesseps se soit déjà avisé de creuser tous ceux qui pouvaient l'être avec quelque avantage... L'oncle ne s'en remettait pas. Il compulsait les atlas, avec la figure d'un homme à qui la géographie doit réparation. Il avait d'abord débusqué une modeste péninsule au bout de l'Afrique, dans laquelle il s'était mis en tête d'inciser, faute de mieux. Le projet, s'il avait abouti, aurait eu pour résultat de couper la ville du Cap et ses faubourgs du reste du continent. Le président Kruger n'a rien voulu savoir ! Depuis, l'oncle croit avoir trouvé plus intéressant : en Russie, un isthme indiscutable, cela s'appelle l'isthme de Perekop. Il va de ce pas entamer les pourparlers avec le gouverneur de Tauride. Il ne lâchera prise qu'il n'ait emporté l'affaire. Il remontera jusqu'au tsar s'il le faut. Je l'en crois capable. Vous verrez qu'un jour, les bateaux iront d'Odessa à Taganrog dans la mer d'Azov, en empruntant le canal Pribishev. Le susdit s'y sera ruiné et nous n'aurons plus, Tissa et moi, qu'à rassembler nos charmes pour dégoter un nouveau protecteur, conclut Hornig avec un soupir. Quoi qu'il en soit, ajouta-t-il, si la réputation d'inertie de l'administration impériale est fondée, voilà l'oncle absent pour trois ou quatre mois au moins, ce qui fait que la maison est tout à nous ; donc tout à vous, maintenant que vous en connaissez le chemin. »

A l'instant celle-ci nous apparaissait au bout de la route de sable qui n'avait tant tourné sur elle-même, on le devinait, que pour retarder cette espèce de coup de théâtre architectural. Un corps de logis d'un seul niveau, rond comme un tambour et qu'un toit métallique vert cru, ourlé de gouttières à festons, couronnait à la manière d'une énorme feuille de chou, déployait sur toute sa circonférence un carrousel de baies en arc d'ogive, telles qu'on en voit aux façades des palais du Grand Canal. Deux tourelles fluettes et d'un blanc crayeux — sortes de giraldas mal venues, où l'on aurait volontiers imaginé que Mlle Hornig montait le soir pour hurler à la lune comme un muezzin de la vésanie — contenaient de part et d'autre le bâtiment central, lui donnant la silhouette d'un cul-de-jatte rachitique posé entre des béquilles. Je fis halte une seconde pour considérer cet ensemble invraisemblable. Tissa Hornig prit mon saisissement pour de l'admiration et, posant sa main sur mon bras, elle me confia en aparté :

« C'est mon père qui a dessiné les plans lui-même et qui en a surveillé l'exécution. A sa mort, Pribishev s'est approprié la maison dont les plâtres n'étaient pas encore secs — comme il s'est d'ailleurs approprié tout le reste. »

Sans même daigner la regarder, je lui répondis avec un ricanement et un haussement d'épaules. Par cette attitude insolente, j'entendais nous venger de la comédie qu'elle nous avait jouée en manière d'accueil. Elle se tut. Je compris que je l'avais peinée et j'en fus surpris car je n'aurais pas cru Mlle Hornig capable de réactions ou de sentiments qui ne soient pas affectés. Je regrettai d'autant plus ma grossièreté en réalisant que la fierté filiale qui l'animait l'avait fait s'exprimer sur le ton d'une personne à peu près normale, pour la première fois.

Entre tant de journées sensiblement identiques et rétrospectivement radieuses que nous avons passées à la villa de Grünewald, je ne saurais plus dire avec certitude comment se déroula la première. Je crois me souvenir qu'après qu'Hornig nous eut fait boire d'une mixture améthyste où il entrait de la bière et de la liqueur de Curaçao, nous nous laissâmes tomber lourdement sur la pelouse, les jambes étalées, les bras en croix, à l'heure où le soleil qui frappe à la verticale fait tourbillonner sous les paupières closes des nuées d'animalcules de braise. Quand nous nous réveillâmes de cette espèce de sieste, il nous sembla que notre éblouissement se prolongeait, car nous vîmes un cortège d'enfants en toge grecque qui dansaient dans le parc voisin, sur la mélodie aigrelette d'une flûte de Pan. Renseignements pris, il ne s'agissait pas d'un mirage d'Arcadie, au cœur de la Prusse, mais de l'école de danse que venait d'ouvrir miss Isadora Duncan.

Un peu plus tard, Hornig nous promena à travers la maison aux étranges pièces taillées en pointe. S'ordonnant autour d'un vestibule circulaire, elles communiquaient aussi entre elles, et Fritz qui nous précédait, ouvrant toutes grandes les portes, semblait déplier devant nous les boudoirs et les salons comme les feuilles d'un monumental éventail. Dans la chambre de l'oncle Pribishev, quelque chose qui ressemblait à un os de gigot posé sur champ d'azur occupait la moitié supérieure du panneau faisant face au lit. En s'approchant, on y reconnaissait les contours de ce fameux isthme de Perekop que l'oncle, lorsqu'il avait fini d'en rêver dans son sommeil, pouvait continuer à contempler aussitôt qu'il ouvrait les yeux, sur une carte d'état-major que sa main tremblant de démiurgique impatience avait surchargée d'un foisonnement inextricable de fléchettes et d'annotations en écriture cyrillique. Pour le reste, avec la soierie filetée d'or qui tapissait ses murs et les peaux d'ours qui en jonchaient le sol, la pièce reconstituait avec assez de vraisemblance un coin de la tente de Gengis Khan. A un détail près cependant, car l'oncle Pribishev se conformait lui aussi à la mode allemande d'afficher ses souverains. Sans doute était-ce la même fierté patriotique minoritaire dont faisait preuve Mlle Gertrude Weidencrantz, quand elle imaginait de suspendre le portrait du roi Oscar dans la chambre qu'elle destinait à ses hôtes suédois, qui avait suggéré à Pribishev d'exposer dans la sienne, richement encadré de la plus fine écaille de tortue, un portrait de la famille régnante de Russie. Tout au moins de son élément féminin, puisque la photographie représentait Alexandra Feodorovna, la tsarine douairière et les quatre grandes-duchesses, sur le pont d'un bateau qui devait être le yacht impérial, emmitouflées, contre les embruns et l'insolation, dans des flots de cette gaze blanche dont on recouvre aussi les mottes de beurre pour les protéger des mouches.

« Ces femmes vous plaisent ? fit Tissa Hornig, ne me dites pas non. Je vois bien qu'elles vous ont tapé dans l'œil ! »

Et, reprise d'un accès de sa verve absurde, elle ajouta négligemment :

« Ce sont de vieilles danseuses du théâtre Bolshoï, avec lesquelles Pribishev a l'habitude de coucher chaque fois qu'il va en Russie. »

Fritz devait m'assurer par la suite que lorsque sa sœur vous servait des assertions de ce genre, elle n'y mettait aucune intention de moquerie. Car, expliquerait-il, une puissance d'imagination très au-dessus de la moyenne — et qui faisait d'elle une sorte de fée — lui permettait de se convaincre la première des énormités qu'elle affirmait, dans l'instant même où elle les prononçait.

Un réduit sans fenêtre que ménageait l'amorce de l'escalier, dans l'une des tourelles avait été baptisé « la chambre des transformations », parce qu'il abritait des panières remplies de chiffons et d'oripeaux hétéroclites dont se servaient les Hornig pour leurs mascarades. Tissa et Fritz n'attendaient pas pour se déguiser qu'une occasion particulière, comme le carnaval, leur en fournisse un prétexte. Le goût du déguisement était chez eux l'expression d'un besoin vital qu'ils n'hésitaient jamais à assouvir sur l'impulsion du moment. Au cours des nombreuses visites que nous allions faire par la suite à Grünewald, il ne serait pas rare, parfois au plus fort des débats tumultueux, qui nous tiendraient rassemblés sur la terrasse, de voir Fritz s'échapper pour gagner la chambre des transformations. Un peu plus tard, il reviendrait s'asseoir parmi nous et reprendrait le fil de son propos au point où il l'aurait interrompu — dans l'attirail improvisé entre-temps et qui défierait la description. Car le jeu, pour les Hornig, n'était pas de composer une de ces figures tarte à la crème des bals costumés que sont le toréador, le calife ou la chiromancienne tzigane ; il consistait à susciter, au terme du délicat travail d'approche que représentait la sélection de chaque accessoire, une manière de personnalité annexe, sommeillante, mais qui aspirait soudain à émerger et à prendre pour un instant le pas sur l'autre, l'habituelle. Cette opération nécessitait une concentration profonde et un peu de fluide médiumnique : Tissa et Fritz prétendant ne jamais savoir a priori quel Mr. Hyde ils allaient faire naître. Le double qu'ils amenaient au jour et qu'ils promenaient un moment, comme on aérerait un vieux vêtement, était surgi des limbes de ce que Fritz, lecteur passionné de la *Traumdeutung*, nommait, dès cette époque, l'Inconscient.

Quand nous eûmes fini de visiter la maison, Tissa nous entraîna dans la chambre des transformations et imagina de nous y soumettre au révélateur du travestissement. Schnabel l'enchanta en lui déclarant qu'il avait toujours rêvé d'être boucher et qu'il ne voulait rien d'autre qu'un long couteau et un tablier plein de sang. Libbenow, en revanche, refusa de se laisser habiller. Quant à moi, je n'y tenais pas non plus mais j'espérais, en me pliant avec docilité au caprice de Tissa Hornig, racheter un peu l'affront que je lui avais fait un peu plus tôt. Elle en profita pour entasser sur moi, avec un acharnement de malveillance qu'excitait davantage mon inertie, toutes les hardes qui lui tombaient sous la main. L'étrange est qu'elle ne réussissait pas vraiment à me rendre ridicule — de quoi qu'il lui prenne la fantaisie de m'affubler. Si la vanité narcissique qui irradiait des Hornig, et dont une parcelle m'aurait peut-être permis de porter avec un peu d'allure le pantalon du mameluk et la coiffe du scheik, faisait défaut à mon tempérament, mon attitude passive et indifférente qui me rendait comme absent désamorçait par ailleurs l'effet comique que j'aurais dû produire. Lorsqu'on me poussa vers une glace, je m'y vis ni beau ni drôle et, comme Tissa finit par en convenir avec dépit, je ne ressemblais à rien ! Fritz en déduisit que, sous mes dehors ingénus, j'étais un sphinx au psychisme impénétrable. Il prédit encore que lorsque se déchaîneraient les doubles fantasmatiques que je m'évertuais à refouler pour l'instant, on verrait ce qu'on verrait !

« Tissa doit te paraître bien extraordinaire?... » me suggéra Fritz à un moment où nous étions seuls.

Je protestai; *extraordinaire* n'était pas le mot, je n'en pensais pas tant d'elle. Mais par délicatesse je m'abstins d'avouer à Hornig qu'au-delà d'une irritation superficielle, sa sœur ne m'inspirait aucun sentiment.

« Elle existe sur un rythme à part, poursuivit-il. Elle a la prescience qu'elle mourra jeune, c'est ce qui explique ses revirements, ses sautes d'humeur. Mais au fond elle est tout sauf inconséquente. Elle s'applique à ne pas perdre une seconde de sa vie; il faut que des choses se passent, elle les provoque, brutalement quelquefois, c'est que sa hâte lui fait escamoter les transitions. Elle a peur de disparaître avant de s'être suffisamment distraite à son goût. C'est une terreur qu'on peut comprendre.

— Je comprends toutes les terreurs », dis-je, du même ton que le libre penseur déclare respecter toutes les croyances — et Fritz ne put s'empêcher de rire de ces accents sentencieux, que n'animait pas la moindre conviction.

J'ignore si le pressentiment de Tissa Hornig était sincère ou affecté et, dans ce dernier cas, s'il lui avait été soufflé par Fritz, comme la touche de pathétique propre à compléter son personnage. Peut-être l'invention lui en revenait-elle : cette manière de chantage maquillée en intuition du destin est un subterfuge courant de ceux qui ne se sentent pas estimés à leur exacte valeur et s'imaginent ajouter du prix à leur présence, par la menace qu'elle sera fugitive. Quoi qu'il en ait été, elle se trompait et le désordre d'esprit que s'évertuaient à indiquer ses attitudes ne devait pas être de ceux qui entraînent la destruction du corps. Tissa aura trouvé dans la judicieuse combinaison d'une inconscience forcenée et d'un instinct de conservation sans faille la martingale de sa survie. Celle-ci lui aura permis de traverser saine et sauve les temps périlleux que nous avons connus, puisqu'il y a moins d'une semaine j'ai encore aperçu sa photo dans un magazine illustré, prise à l'occasion de je ne sais quelle manifestation artistico-mondaine dont elle était, je crois, l'instigatrice.

L'été venu, l'air pesant se mit à retentir des échos des concerts publics que dispensaient les fanfares des régiments rassemblées sous les kiosques, au Tiergarten, à Belle-Alliance. Dès le matin, un jour plat, un peu jaune, dont on aurait dit qu'il avait traversé le filtre d'une imperceptible poussière de sable, baignait la ville. Et le soir, un crépuscule au ralenti, sans rosée, sans brise, figeait dans le ciel encore clair de la charpie de nuages. Avec Nils, nous nous étendions alors de tout notre long sur le plancher nu de la teinturerie et nous guettions, par la verrière, l'instant où ils tournaient du corail au violet — vers dix heures.

Ensuite, on allumait les premières lampes, on changeait sans raison particulière la disposition des paravents, on descendait dîner. C'était chez Paul Christoph, Zum Nussbaum, au coin de la rue. Abritées par les branches du noyer dont on dit que le feuillage dégage un fluide torpide, derrière une palissade branlante qui les séparait de la chaussée, quatre ou cinq tables serrées formaient un semblant de terrasse. Elle était le plus souvent déserte à cette heure et nous nous installions là, comme à l'intersection de deux vagues de bruit, celle, assourdie, qui venait des quartiers du centre, sur l'autre rive de la Sprée, et celle, immédiate, qui portait les clameurs et les rires des convives d'un banquet, dans la salle du premier étage. Nous aimions cet endroit aéré et clos. Il avait quelque chose de douillet, mais d'un peu inquiétant aussi ; nous nous y sentions comme au cœur d'un fourré profond, au milieu d'une jungle bruissante de l'activité de bêtes invisibles et pourtant proches. La palissade faisait écran à la lumière du bec de gaz voisin et seul un fanal comme on en voit sur les péniches, suspendu à une branche de l'arbre, éclairait la terrasse. Dans cette obscurité presque totale, nous nous étions habitués à manger à l'aveuglette, en prenant garde de poser nos coudes sur la nappe en papier que nous savions pleine d'indiscernables taches de graisse.

Quand nous nous trouvions ainsi seuls, Nils et moi, c'était, par un paradoxe, notre intimité de toujours qui nous retenait de débattre ensemble du sujet que nous abordions au contraire le plus volontiers avec nos relations récentes : celui de notre peinture. Conscients, l'un comme l'autre, que la compétition instaurée entre nous par la poursuite d'une vocation commune n'était que le dernier développement d'un contentieux d'immémorable origine, nous nous accordions pour nous tenir éloignés de ce terrain périlleux où nous risquions de nous heurter à trop de fantômes. Est-ce pour cette même raison que nous ne rappelions jamais non plus le souvenir des jours de Christiania ; que nous ne faisions d'autres allusions à nos familles que celles que commandait la mise au point d'une stratégie solidaire, par laquelle nous entendions déjouer l'éventuel projet de notre retour en Suède, si par malheur il arrivait à ma mère ou à Mme Rydqvist de le concevoir ? Ou bien, ainsi que je serais davantage enclin à le croire, est-ce parce que, éblouis, comme on peut seulement l'être à dix-huit ans, devant l'illusion d'un avenir aussi scintillant de trésors à prendre que la caverne d'Ali Baba, nous en avions oublié tout ce qui appartenait à notre bref passé ?

Si le chapitre de nos recherches personnelles était tabou, la peinture en général fournissait un thème inépuisable à nos discussions d'après-dîner. N'ayant nous-mêmes rien produit encore, la réserve qu'aurait pu nous inspirer un réflexe de comparaison avec nos propres œuvres n'émoussait pas le tranchant de notre critique et nous nous trouvions à l'aise pour juger de tout ce qui s'était accompli avant nous.

Qui nous aurait écouté aurait d'ailleurs pu en conclure que, du quattrocento à l'impressionnisme, la chronique de l'art occidental n'était qu'une succession de tentatives manquées. Depuis que nous étions à Berlin, la fréquentation des musées et des galeries, les sarcasmes de Fackelmann et surtout l'influence de nos nouveaux camarades, nous avaient fait perdre cette candeur aisément ravie des néophytes dont le premier élan vers l'art où ils espèrent s'illustrer se manifeste par un enthousiasme sans discrimination pour tout ce qu'ils en découvrent. Nous étions pour l'instant dans cette phase seconde du dénigrement systématique. Aussi, quand la servante avait débarrassé la table et soufflé la mèche du fanal, en manière d'incitation à vider les lieux, nous nous attardions à fumer de ces longs cigares fluets qui ressemblent à des bâtons de réglisse, en distribuant encore nos mauvaises notes à quelques toiles universellement admirées.

Mon premier mouvement me porte à m'indigner de ce jeu de massacre auquel nous nous livrions avec la présomption arrogante de l'inexpérience. Je crois que j'ai tort et que celle-ci n'était pas si antipathique, ni celui-là si gratuit qu'il y peut paraître. Nous nous faisions le goût par ces critiques vétilleuses, comme le jeune chien se fait les dents à mordre, et notre affectation de ne rien respecter, de ne rien aimer tout à fait, n'était que la forme maladroite et brutale qu'avait prise chez nous l'expression de l'amour de l'art — sentiment ambigu entre tous, qui ignore l'indulgence et que rien ne comble, puisqu'il ne veut pas connaître d'autre absolu que le progrès, toujours, par la réaction, par le renouveau.

Nos conversations nocturnes sous le noyer, quand j'y songe, sont aussi l'indice d'une altération intervenue vers cette époque dans la nature même des liens qui nous unissent. Ces liens ne reflètent plus seulement l'habitude née d'une longue connaissance. L'amour de l'art que j'évoquais et dont nous sommes tous deux pénétrés est en train de remanier nos sentiments et nos vies. Déjà, il n'est aucune de nos pensées qui ne s'en réclame, déjà la foule de ceux qui ne partagent pas notre préoccupation commence à nous apparaître comme une humanité secondaire à laquelle nous n'avons pas grand-chose à dire. La conscience de cet isolement relatif nous rapproche l'un de l'autre dans une complicité faite à mesures égales d'affinité et de défiance ; notre camaraderie d'adolescents se transforme en une amitié de peintres.

Plus tard encore dans la nuit, Schnabel, Hornig et Libbenow venaient souvent nous retrouver à la teinturerie. S'ils nous réveillaient, ils n'imaginaient pas de s'en excuser. Hornig avait lu quelque part qu'en Chine, les mandarins ont coutume de se rendre des visites de politesse entre minuit et l'aube, c'était une mode qu'il prétendait acclimater à la Prusse et nous ne nous donnions plus rendez-vous désormais qu'aux *heures mandarines*. Parfois nous nous mettions à peindre. Nous étalions nos toiles à plat sur le sol, dans le halo projeté par la lampe de la suspension dont nous avions dévissé l'abat-jour. Nous travaillions agenouillés et courbés, dans la position des frotteurs de parquet. C'était en réaction contre tout ce que l'on nous avait enseigné de l'éclairage propice, par défi à ces peintres qui choisissent leur lumière avec un soin de photographe, que nous avions imaginé d'explorer les ressources de cette illumination crue qui pervertissait les couleurs. Elle suscita quelques compositions que Schnabel, lorsqu'il les considérait avec un air de satisfaction mauvaise, qualifiait de *cinglantes*. Quand le petit matin tombait d'aplomb sur nos œuvres de la nuit et révélait leurs vraies nuances, tandis qu'il éclairait sur nos visages le masque de dureté qu'y avait posé l'insomnie, nous nous faisions un peu l'effet de meurtriers rituels groupés autour des dépouilles de leur sacrifice.

Dans le courant de juin, j'avais commencé à peindre la première de mes toiles que j'allais conserver — les quelques-unes que j'avais commises antérieurement ont été détruites par moi vers 1910, dans un souci panique de supprimer, au moment où je devenais vaguement connu, tout indice attestant combien mes débuts avaient été peu prometteurs. Si j'examine aujourd'hui ce rescapé, je n'y vois plus rien de l'audace que j'avais voulu y mettre et que j'ai pu me flatter, un instant, qu'il exprimait. La réticence et l'indétermination, véritables couleurs de mon état d'esprit quand je peignais le tableau, s'y lisent au contraire clairement : il est l'œuvre de quelqu'un qui se cherche, sans grande conviction de se trouver. L'originalité la moins contestable est encore dans le choix du motif dont l'idée m'était venue au cours d'une de mes déambulations. Au coin de Taubenstrasse, un bottier militaire exposait dans sa vitrine, sur deux marches recouvertes de panne olivâtre, les chaussures uniformes des officiers de divers régiments. Leurs tiges cambrées s'étageaient dans un alignement de tuyaux d'orgue. Les cuirs au grain imperceptible variaient du noir de basalte au jaune feuille-morte et au rouge cerise. La ligne continue que formaient les boucles jointes des éperons liserait la perspective d'un feston d'argent. J'avais retenu le sujet moins sur l'incitation d'une inspiration authentique, qu'avec la prescience qu'il répondait assez exactement à ce qu'il fallait faire si je voulais étonner. *Les Bottes* me vaudrait en effet les premiers mots d'estime d'Hornig et de Schnabel.

L'atelier fermait de juillet à septembre, car le maître accompagnait sa femme qui prenait chaque année les eaux à Bad-Sulza. Depuis quelque temps déjà, nous ne faisions plus chez Fackelmann que des apparitions espacées. Nous avions décidé de mettre à profit le loisir de ces vacances pour travailler le nu qui était notre point le plus faible et nous nous cherchions des modèles. Nous ne voulions pas de ces professionnelles comme on nous en présentait à l'atelier, figées par la routine de la pose dans un répertoire de grâces académiques sans vie, et dont les corps rompus à figurer le déhanchement de la porteuse d'amphore ou l'abandon de l'odalisque en retrouvaient les attitudes sitôt qu'elles avaient ôté leur chemise. Il nous fallait des sujets vierges de toute expérience et nous comptions les recruter parmi les serveuses des brasseries où nous commencions à avoir nos habitudes. Mais persuader l'une d'elles de consentir à se déshabiller devant nous se révéla plus difficile que nous n'avions prévu. Certaines même s'imaginèrent outragées par une telle proposition et voulurent nous remettre à notre place d'un mot sec. Aucune ne crut vraiment que nous désirions seulement la peindre ; nous comprîmes ainsi que la mentalité courante associe inévitablement la concupiscence à la nudité.

Puisque les honnêtes filles étaient trop farouches pour se montrer nues, nous envisageâmes d'avoir recours à des prostituées, mais celles-là étaient trop chères.

Un jour que nous débattions de ce dilemme à la terrasse du Nollendorff Casino, nous vîmes passer miss Stewart dans l'une de ses toilettes grèges. Schnabel était en veine de plaisanterie et il affecta d'être traversé d'une illumination : l'Anglaise était le modèle idéal que nous cherchions et, artiste elle-même, elle ne se laisserait pas arrêter par les préjugés auxquels nous nous heurtions chez d'ignorantes filles de salle. Il se souvenait à propos de m'avoir aperçu dans la rue en compagnie de miss Stewart, à l'époque où je portais son chevalet pliable. J'étais le messager tout désigné pour lui présenter notre requête et Lothar m'exhorta à la lui présenter sur-le-champ. Ravis par cette idée absurde, Hornig et Libbenow firent chorus avec lui. Il arrivait encore, à la faveur de moments d'oisiveté où l'ennui nous guettait, que Schnabel, Hornig et Libbenow s'entendent pour imaginer de me soumettre ainsi à ces épreuves par lesquelles les anciens se distraient aux dépens des novices, dans les pensionnats et les casernes. Je m'y étais d'abord prêté avec un parti pris de bonne humeur, puis avec un sentiment d'agacement croissant. Soudain je ne le tolérais plus. Schnabel déclara alors qu'il se chargeait de la mission ; c'était en partie par bravade et aussi pour me montrer qu'il n'avait pas voulu mettre dans son insistance à me la confier autant de malice que je semblais lui en faire grief.

Il s'élança à la poursuite d'Arabella en bousculant quelques tables dans sa précipitation. Je suivais les points mouvants de leurs silhouettes dans la foule. J'étais confiant qu'ils ne se rejoindraient pas et, à l'instant où je m'en faisais la réflexion, je me rendis compte que cette certitude ne reposait pas le moins du monde sur une évaluation objective de la distance qui les séparait ou des obstacles qui pouvaient ralentir Schnabel dans sa course, mais uniquement sur ma foi naïve en une sorte de providence raisonnable qui excluait toute rencontre entre deux êtres que je connaissais pour si incompatibles. Cette providence fut mise en échec tout au bout de Nollendorffplatz, quand la massive silhouette d'Hornig rattrapa celle de miss Stewart, à la seconde où elle allait glisser hors de notre perspective. Schnabel ayant posé la main sur son bras, elle se retourna et lui fit face. Il eut alors le réflexe, très exceptionnel de sa part, de la saluer en soulevant le chapeau de feutre informe qu'il avait sur la tête. Leur premier échange ne dura que quelques secondes, puis ils se remirent à marcher d'un pas accordé. Je n'avais pas prévu la tristesse brusque qui m'étreignit le cœur lorsque je les vis disparaître ensemble au détour de Bülowstrasse, sur ce chemin de la pension Atkins, tellement familier que je pouvais le refaire avec eux de mémoire. Je me refusais encore à admettre que ma tristesse était de la jalousie, et ce n'était pas tant par honte d'en éprouver, que par ce mouvement de réserve superstitieuse qui vous interdit de définir certains sentiments, de crainte, si on les nomme, d'activer en eux un magnétisme maléfique, susceptible de provoquer les événements qui les justifieraient.

Nous nous attardâmes à la terrasse du café, attendant en vain Schnabel qui ne reparut pas ce jour-là. Le lendemain, quand Hornig lui demanda quelle réponse lui avait faite miss Stewart, il nous dit qu'elle l'avait éconduit.

C'est Libbenow qui découvrit les modèles que nous allions peindre. A la galerie Mathilde Rabl, pour le compte de laquelle il effectuait de menus travaux de restauration, on lui communiqua l'adresse de deux femmes qui calligraphiaient les enveloppes des invitations aux vernissages. Réduites aux dernières extrémités, ces femmes voulaient bien aussi poser nues. Il s'agissait de la veuve d'un artiste sur lequel la critique avait fondé quelques espoirs dix ans plus tôt, et de sa fille. L'artiste avait été emporté par une épidémie de diphtérie, au seuil même de cette carrière brillante qu'on lui prédisait, ne laissant aux deux malheureuses que des toiles trop grandes pour le petit appartement d'Oranienstrasse dans lequel elles avaient dû émigrer. Appuyées contre les murs des corridors qu'elles étrécissaient davantage, des scènes champêtres, comme d'une espèce de Monet lugubre, accrochaient la poussière et se craquelaient sous l'effet de l'humidité et des variations de température.

Ma première impression de Lodovica Gieselach fut qu'elle correspondait plus, par quelque chose d'impérieux dans sa physionomie et dans son port, à l'image que je me faisais de la veuve héroïque d'un officier de cavalerie, qu'à celle d'un peintre somme toute obscur. Parce que nous les savions pauvres au-delà de ce que la bienséance permet d'avouer — pauvres de cette sorte de pauvreté qui, certains hivers, condamne à demeurer toujours chez soi pour la raison qu'on a dû engager chez le prêteur jusqu'à son manteau —, nous nous étions attendus à trouver des femmes humbles et volontiers sinistres, comme sont souvent les gens que les circonstances contraignent à faire métier d'être pitoyables. Les dames Gieselach se révélèrent tout à l'opposé de cette anticipation.

Leontine, la fille, qui devait son prénom à l'admiration de feu Josef Gieselach pour l'auteur de *Guerre et paix*, était gaie comme un pinson et fredonnait du matin au soir des airs d'opéra italien. Quant à Lodovica, le dénuement avait exalté sa superbe et l'on concevait qu'à défaut de manteau, elle pouvait se promener enveloppée d'une vieille couverture, en ayant aussi grand air que dans une cape de zibeline. Précipitées par la mort de Gieselach d'une honnête aisance dans des conditions de vie catastrophiques, les deux femmes n'avaient eu que le choix de s'y abîmer ou de cultiver l'indifférence. C'est ce dernier parti qu'elles avaient pris, trouvant la parade aux rigueurs qui continuaient à s'abattre sur elles dans un dédain sincère des choses matérielles et dans l'insouciance d'un avenir qui ne pouvait, à tout prendre, s'avérer pire que le présent. Mais la source secrète, où les dames Gieselach puisaient surtout la force de demeurer sereines au fond d'une misère dont elles avaient l'art de dérober les aspects les plus sordides, était en dernier ressort leur conviction, pour l'une d'avoir été la compagne, et pour l'autre, d'être la fille d'un de ces immenses génies comme tous les siècles n'ont pas le privilège d'en voir naître. Cette certitude radieuse tenait lieu de tout à Lodovica et Leontine Gieselach. Elle les nourrissait, les vêtait, les réchauffait, en même temps qu'elle leur inspirait le genre d'aplomb qu'il faut pour éconduire le propriétaire venu percevoir son terme et pour continuer à se faire servir à crédit par des commerçants qu'on ne règle jamais.

Mme Gieselach nous fit pénétrer dans un salon à peu près

vide, dont les seuls sièges étaient des chaises de cuisine, disposées en cercle autour d'un tabouret de piano faisant office de guéridon. Une autre qu'elle, semblablement réduite aux abois et moins assurée d'être la dépositaire d'un héritage inestimable, se serait peut-être laissée aller à manifester aux jeunes gens qui lui apportaient une manière de salut provisoire un empressement servile qui n'aurait fait que les embarrasser. Elle nous accueillit au contraire dans cette attitude de majesté cordiale et simple, que prennent les personnages considérables pour protester à des inférieurs qu'ils voient en eux des égaux sans vraiment prétendre les en persuader tout à fait. La curiosité qu'elle marqua pour notre travail et nos projets n'était pas non plus l'artifice d'une femme dont la subsistance immédiate dépendait de son aptitude à nous séduire ; elle lui était inspirée par le souvenir du génie disparu qui avait toujours témoigné aux jeunes débutants un intérêt bienveillant. Elle approuva notre intention de nous exercer à peindre des nus en plein air, elle promit de nous faire connaître des coins de nature encore sauvages, bien que dans la proche banlieue, où personne n'allait jamais et où nous pourrions travailler sans qu'on nous y dérange. L'aisance avec laquelle elle conduisit la conversation lors de cette première entrevue, interrogeant et donnant toute son attention, tantôt à l'un, tantôt à l'autre, avec le même impeccable délié qu'un chef d'orchestre suscitant, d'une inflexion de sa baguette, la voix du violon ou l'intervention du triangle, nous intimida à égale mesure qu'elle nous ravit.

Au physique, Lodovica Gieselach était une grande femme, ascétique — comme il est inévitable lorsque l'on se contente, un repas sur deux, de quelques biscottes trempées dans du thé —, aux yeux gris plomb, au front noble que délimitaient d'étranges sourcils horizontaux. Elle était coiffée en pouf et sa chevelure noire se barrait de deux larges bandes blanches, partant des tempes, qui lui donnaient quelque chose de la robe de la civette. Je remarquai qu'elle se fardait outrageusement, sans pour autant que ce maquillage contrasté qui faisait ressortir une bouche écarlate et des sourcils comme deux traits de charbon, dans une carnation de céruse, donnât à son allure rien d'équivoque ; car on devinait qu'il n'avait pas pour ambition de la faire paraître plus jeune ou plus désirable, mais d'accuser le côté masque nô de sa physionomie.

Leontine n'avait pas tant de prestance, mais, dans son apparence et dans son comportement, un charme diaphane, un peu mièvre, qui tenait à sa pâleur, à sa minceur, à cette alternance de poses alanguies, lorsqu'elle se taisait pour vous écouter, et de spontanéité joyeuse lorsque, vaquant dans la maison à diverses besognes ménagères, elle se cambrait parfois soudain, comme un rossignol qui va jeter ses trilles, pour chanter quelques mesures d'un air de Lucia de Lamermoor ou de Manon Lescaut. Elle avait voulu devenir cantatrice, autrefois, mais elle avait dû renoncer au luxe que représentaient les leçons de chant et d'ailleurs la gloire paternelle, qui ne grandissait que dans son imagination, avait éteint en elle, peu à peu, toute velléité d'en conquérir une autre qui lui soit plus personnelle. La musique n'était plus désormais pour elle qu'un compromis entre l'art d'agrément et la nostalgie exquise de ce que l'on aurait pu devenir si seulement on l'avait voulu. A vingt-cinq ans, déjà, Leontine Gieselach était confite dans ces grâces de poupée que retiennent jusqu'à la lisière de l'âge mûr certaines femmes-enfants. On pressentait qu'elle en resterait là quelques années encore, puis qu'elle se flétrirait tout à coup sans s'être jamais épanouie.

Avec la témérité de sa magnifique inconscience, Lodovica Gieselach insista ce premier soir pour nous garder à dîner. Comme nous protestions du dérangement qu'allait lui causer cette invitation impromptue, elle nous rassura fermement : « C'est bien peu de chose, dit-elle, juste quelques sandwichs. »

Bien peu de chose, c'était encore trop dire s'il fallait qualifier ce qu'elle ramena de la cuisine. Elle avait arrangé sur un plateau rond un puzzle de canapés minuscules, de dés plutôt, taillés dans quelques tranches de pain de seigle et diversement surmontés, comme d'une gemme, d'une moitié d'olive, d'une rondelle de cornichon, d'un peu de mousseline d'œuf dur relevée de poudre de paprika, d'un fragment d'anchois sur une lamelle de beurre. En rafraîchissement, elle nous proposa un breuvage qu'elle annonça comme du sirop de fraise, où il n'entrait pas la moindre saveur de fraise, et de sirop, que les quelques gouttes résiduelles déposées au fond du flacon vide que l'on avait dû remplir d'eau du robinet et agiter longuement jusqu'à lui faire prendre ce soupçon de coloration rosée.

Magiciennes de la pénurie, les dames Gieselach savaient pourtant susciter autour d'elles l'illusion du confort et même d'une espèce d'abondance dans l'infiniment petit. A l'exemple de ces canapés qu'elles nous offraient en guise de repas et dont la pittoresque diversité trompait la gourmandise, sinon la faim, elles s'ingéniaient par toutes sortes de rituels raffinés et excentriques à habiller leur misère de fausses perspectives qui trompaient l'œil. Je retrouvai dans la collation qu'elles avaient imaginée un vieux goût d'enfance et d'agapes pour faire semblant, improvisées avec des accessoires dérobés à la cuisine. Leur salon me parut moins vide, on s'y laissait gagner par ce bien-être très spécial qui vient avec l'impression de hanter un lieu en marge, cœur d'un univers clandestin échappant aux lois qui déterminent l'aspect du monde ordinaire. Je le rapprochai en pensée de celui de la maison de Schönberg. Il y avait loin, en apparence, du dépouillement d'Oranienstrasse, dont les huissiers et les prêteurs sur gage étaient à égalité responsables, à l'atmosphère surchargée et douillette de la pension Atkins. Pourtant les deux endroits se recommandaient par le même cachet d'improbable. Le logis des dames Gieselach, lui aussi, participait d'un pays inconnu. Bien plus désirable encore, puisque c'était celui de l'invention artiste, de la vie ardente et spontanée et pure, celui que nous désignions d'un nom que les bourgeois se sont évertués depuis à rendre vulgaire : la bohème.

Si nous avions caressé le rêve banal de devenir un jour célèbres et riches, dès ce soir-là il n'en fut plus question et, les écailles nous étant tombées des yeux, notre égarement passé nous fit rougir. Nous allions communier quelque temps dans la conviction que seul le dénuement de Job permet d'atteindre à ce degré de ferveur et de concentration où la vie d'un artiste trouve son sens, où s'accomplissent les prodiges de sa création.

Après le dîner, nous avions pris congé de Lodovica Gieselach en l'appelant Lodovica, comme elle nous l'ordonnait. Nous avions marché un moment dans les rues, sans échanger encore nos impressions de cette rencontre que nous pressentions capitale, car chacun pour soi continuait à savourer l'enchantement qu'elle lui avait causé. Ensuite, nous avions pris le chemin de Zum Nussbaum où nous étions allés dîner.

Ce n'est pas avec l'idée d'accéder plus vite à l'enviable état de pauvreté absolue, mais simplement dans l'intention d'honorer nos nouveaux modèles, que nous nous étions cotisés pour retenir toute une journée les services de deux fiacres. Si Lodovica fut touchée de cette prévenance, elle en fustigea l'extravagance et décréta qu'à l'avenir, lorsque nous irions travailler à la campagne, nous nous y rendrions comme tout le monde, par le train. Nous nous entassâmes dans les voitures, avec nos chevalets, nos boîtes, nos châssis, et une mallette d'osier qui contenait de quoi déjeuner sur l'herbe. Nous traversâmes la ville en direction de Grünewald. Nous avions choisi un lundi pour cette première expédition, par souci d'éviter les foules qui envahissaient la forêt dès la mi-semaine, maintenant que nous étions aux beaux jours. Notre équipage qui hésitait entre le déménagement de romanichels et le cortège de noce, les conversations que nous poursuivions à voix haute d'un véhicule à l'autre, à la faveur des encombrements qui les immobilisaient côte à côte, ne nous laissaient pas passer inaperçus. Hornig le remarqua et imagina d'exploiter l'effet de sensation que nous produisions et auquel, par son gilet de surah mauve, sa redingote à queue et ses sandales spartiates, il n'était déjà pas tout à fait étranger. Lorsque le fiacre était arrêté à un carrefour, il avait inventé, de connivence avec Leontine, de prendre à partie certains passants dont il surprenait les regards biais. Il se présentait à eux comme l'imprésario d'une cantatrice illustre, qui voyageait incognito à la recherche d'un engagement. Il leur offrait l'exclusivité de la diva pour trente représentations exceptionnelles et ajoutait que pour emporter l'affaire, celle-ci voulait bien leur donner sur-le-champ un échantillon de son talent. Il se tournait alors vers Leontine pour lui intimer : « Chantez, Melba ! » Elle lançait quelques vocalises qui faisaient se retourner les schupos.

Nous voulions installer nos modèles au bord d'un lac pour travailler des effets d'eau en arrière-plan, et nous avions imaginé que le Teuffelssee serait le plus tranquille. Bien que tout proche de Berlin, il était moins fréquenté que le Wannsee et surtout, il y avait au milieu un petit îlot où personne n'accostait jamais. Nous avions aussi retenu les barques pour nous y rendre. Nous en fîmes plusieurs fois le tour avant de décider de l'endroit où nous aborderions. Ce que nous aurions découvert, si lors de notre repérage préalable nous n'avions pas jeté notre dévolu sur cette île en nous contentant de l'évaluer depuis la rive, c'est qu'elle n'offrait, en manière de plage, qu'une bande de gravier large d'un mètre à peine et qu'à moins de nous frayer un chemin vers l'intérieur, entreprise qui se révélait problématique, il faudrait que nos modèles ou nous-mêmes aient les pieds dans l'eau. Schnabel sauta le premier à terre et enroula les deux amarres autour d'un tronc d'arbre. Il n'avait pas plutôt fini qu'un troupeau de cygnes surgit d'entre les fourrés. Agitant leurs ailes et sifflant, les oiseaux le forcèrent à battre en retraite, l'un d'eux le mordit à la cuisse et il n'eut que le temps de sauter à nouveau dans la barque, si précipitamment qu'il manqua nous faire tous chavirer. Nous nous trouvâmes alors dans une situation intéressante : nous ne pouvions ni accoster ni prendre le large, car les cordes nous retenaient attachés à l'arbre et pour les dénouer il aurait fallu d'abord braver les cygnes. Leontine se figura les amadouer en sacrifiant une partie de notre déjeuner qu'elle leur jeta. C'était une initiative maladroite : il en arriva d'autres encore et bientôt nous fûmes encerclés par tous ceux qui nichaient sur l'île et dont la gloutonnerie ne désarmait pas l'hostilité, puisque entre deux becquées ils tendaient le cou pour essayer de nous attraper le bras ou la main.

La digestion dut pourtant diminuer un peu l'ardeur qu'ils mettaient à protéger leur territoire car, quand ils eurent mangé toutes nos provisions, nous parvînmes à les disperser à coups d'aviron.

L'île semblait à nous et nous y prîmes enfin pied. Pendant que nous disposions nos chevalets tant bien que mal, Lodovica et Leontine se déshabillaient déjà. Ne portant ni bas ni chemise, elles furent nues en un instant. Hornig leur indiqua la pose, qu'elles prirent et que Libbenow voulut rectifier aussitôt. Schnabel, qu'ils consultèrent sur leur différend, eut un air pensif et déclara qu'aucune des deux attitudes n'était l'idéal. Il y avait comme un déséquilibre entre les plans ; le groupe que formaient les modèles était trop mince pour contrebalancer de sa masse la perspective sans relief du lac ; il manquait un élément, conclut-il.

« Un troisième personnage ? proposa Hornig. Cela étofferait.

— L'un de nous ? » repartit Libbenow.

Leurs regards se fixèrent sur moi et j'eus la certitude qu'ils avaient prémédité ensemble cette comédie pour me jouer un tour. Il m'aurait été difficile de ne pas m'exécuter de bonne grâce, sauf à faire offense aux dames Gieselach qui s'étaient dévêtues avec beaucoup de naturel. Je me déshabillai à mon tour sans mot dire et je jetai mes vêtements en boule dans un buisson. Leontine et Lodovica s'écartèrent pour me faire place entre elles. Chacune posa son bras sur mon épaule et, par ce contact, nous fûmes liés tous trois, face aux autres, dans une solidarité d'objets d'exposition. J'éprouvai ainsi que la nudité du modèle est une nudité à part, où le corps oublie sa vocation sociale comme sa vocation amoureuse, pour n'être plus qu'une manière de façade, sans secrets que l'on délègue de soi vers ceux qui vous examinent, avec le sentiment de ne leur jeter en pâture qu'une dépouille engourdie par l'indifférence, laquelle n'exclut pas cependant une diffuse exaltation narcissique.

Un incident ridicule devait intervenir un peu plus tard lorsque, profitant d'une pause de détente qu'on nous accorda, je cherchai un endroit où pisser hors la vue. Je commis l'imprudence de m'éloigner des autres et surtout celle d'écarter quelques branches dans la broussaille. J'y débusquai une femelle cygne qui couvait et qui se jeta vers moi, le col hérissé. Je me sauvai en hurlant, ma nudité qui me rendait plus vulnérable était cause de ma panique. Nils, appréciant la situation, retourna son chevalet et, le brandissant comme un trident, en menaça l'oiseau qui se découragea. Hornig me félicita plaisamment d'avoir échappé au sort de Pascal, à moins que ce ne fût à celui de Newton, il ne se souvenait plus exactement lequel des deux avait été châtré par un dindon. Schnabel assura qu'ils l'avaient été tous les deux, ce genre d'accident étant plus fréquent qu'on n'imaginerait et, sans doute, d'un glorieux présage puisqu'il fallait ajouter, selon lui, à la liste de ceux qui en avaient été victimes, Spinoza et Frédéric II, Alcibiade qui avait été émasculé par un chien — à moins que ce ne fût l'inverse —, et le grand Nietzsche lui-même, qui avait laissé ses attributs virils sous la dent d'un écureuil suisse, dans l'Engadine. Il me reprocha de m'être lâchement dérobé à ce sceau augural des destinées hors pair.

J'aurais probablement oublié cet épisode et, tout entière, la journée au cours de laquelle il eut lieu, si une découverte faite il y a quelques mois ne me les avait remis l'un et l'autre en mémoire.

Je fis exprès le voyage de Francfort, quand j'appris que la pinacothèque municipale venait d'y recevoir une partie du legs Libbenow. Je fus d'abord déçu car il s'agissait de peu de choses : quelques toiles tardives ou hâtives et une quantité de dessins et d'esquisses que le musée ne s'était même pas donné la peine d'exposer et que le conservateur me présenta dans des cartons. Je les feuilletai par contenance et sans curiosité véritable, quand mon regard s'arrêta sur une page jaunie et abîmée par des traces de pliures, qu'on avait détachée d'un carnet à spirale. A mi-chemin entre le croquis et la caricature, elle représentait un garçon nu, fuyant éperdument devant un gros volatile qui battait des ailes et ouvrait un bec menaçant. Une banderole tendue en arceau et dont les pans effilés formaient des plis arrondis, comme celles qui surmontent les images pieuses et les diplômes d'honneur des coiffeurs, portait en légende :

Sven poursuivi par un cygne

Au bas de la feuille, juste sous le pied du coureur qui semblait l'effleurer au passage, on lisait l'indication :

Teufelssee, 18 juillet 1907

Il me revint d'abord une bouffée d'air cru et l'odeur aigrelette du lac, puis, je ne dirais pas les voix, ni même l'écho des voix, mais comme le *goût* oublié des voix de mes camarades. Durant une fraction de seconde, je ne sus plus à quel point j'en étais de ma vie, tant ces impressions lointaines dominaient par leur puissance et leur précision celles du présent.

La rencontre avec les Gieselach inaugura une phase seconde dans notre association. Nous étions devenus inséparables, comme on dit. Il en était résulté entre nous une sorte de protocole spontané, à l'imitation de celui qui s'instaure dans les couples unis, où se faisait jour une fierté grégaire. Nous n'avions qu'à nous reposer sur lui pour ordonner l'emploi de notre temps ; il nous permettait de savoir à tout moment en quel lieu nous retrouver sans que nous nous y soyons donné rendez-vous, de reprendre à l'infini les mêmes débats que nous avions tenus la veille et qui nous paraissaient neufs, de nous disputer avec une conviction intacte sur les mêmes sujets et de ne nous fâcher jamais.

Avant, nos rapports n'avaient été que d'une ordinaire camaraderie de jeunes gens ; ils avaient reflété quelques préférences qui rapprochaient plus volontiers Nils le pudique de Libbenow le taciturne, tandis que nous nous rejoignions, Hornig, Schnabel et moi, dans un certain goût de l'exhibition. A présent, sans disparaître absolument, ces affinités s'estompaient devant la claire conscience, en chacun d'entre nous, de participer d'une entité qui était à la fois nous tous ensemble, et un peu plus que cela : le groupe, qui relayait jusqu'à nos prédilections secrètes. Ce n'était pas que nous lui aliénions nos aspirations personnelles, ni le sentiment de notre individualité, mais il était le seul interlocuteur à qui nous voulions confier ces aspirations, en même temps que le cadre dans lequel notre unicité se révélait avec le plus d'éclat, sous la lumière du potentiel génie qu'on lui prêtait et dont même nos faiblesses, même nos travers ridicules, étaient interprétés comme de paradoxaux indices. Nous avions fondé une de ces sociétés d'admiration mutuelle, calfeutrée, étanche, indifférente à tout jugement extérieur, où l'on s'éclabousse soi-même de l'encens qu'on jette aux autres.

Entre nous, nous ne parlions déjà plus la langue de tout le monde, mais un dialecte exclusif que notre complicité avait fabriqué. Il était truffé d'idiomes incompréhensibles aux non-initiés, que nous échangions comme une monnaie vernaculaire sans contre-valeur externe. Il y entrait des expressions toutes faites, littéralement traduites du suédois et du norvégien, qui nous avaient échappé, à Nils ou à moi, et qui avaient été reprises depuis pour leur drôlerie ; des références sibyllines à des expériences communes ; des figures de rhétorique bizarres ; toute une néologie esthétique ; des onomatopées qui en disaient long. Ce jargon qui allait sans cesse en s'affinant, en devenant plus économe, nous permettait de proférer dans les lieux publics, à voix haute et sans que personne sourcille, des énormités.

J'ignore encore aujourd'hui si l'apparition de Lodovica et Leontine Gieselach n'eut avec le nouveau développement de notre relation qu'un rapport de coïncidence ou si elle fut au contraire, par une mystérieuse chimie des présences, le catalyseur d'une amitié comme on en connaît rarement passé l'adolescence, d'une de ces amitiés-idées fixes, qui suffisent à occuper si complètement une vie qu'elles sont une menace à son équilibre car elles n'y laissent de place pour aucun autre accomplissement... Le plus étrange, chez nous qui faisions volontiers étalage à tout propos d'un cynisme ricanant, était d'ailleurs notre certitude tranquille que cette amitié avait trouvé sa forme définitive et qu'elle allait durer toujours.

Tôt le matin, nous nous rendions à Oranienstrasse où Lodovica et Leontine, déjà prêtes à partir, nous attendaient. Nous allions rarement plus de deux jours de suite peindre au même endroit. Une fringale de motifs variés nous faisait explorer tour à tour les environs de Tegel, la forêt de Potsdam, les rives de la Havel vers le nord, au-delà de Spandau où la campagne est toute plate. L'espèce de promiscuité créatrice dans laquelle nous nous complaisions, partageant les mêmes sujets et critiquant réciproquement notre travail, eut un premier effet, prévisible, mais auquel nous n'avions pas songé pourtant. Si nous affirmions déjà une *manière,* elle nous était commune et nos progrès allaient dans le sens du mimétisme. Nous ne nous en inquiétions pas, voulant y voir, au contraire, une unité d'inspiration.

Les dimanches, quand il n'était pas dans tous les environs de Berlin un seul périmètre de campagne qui ne soit investi par des bandes de plaisanciers bruyants, nous nous réfugions à Grünewald, chez les Hornig, où nous peignions dans le jardin. Mais Tissa, jalouse de ce que Lodovica et Leontine accaparaient l'attention à son détriment, s'ingéniait à inventer tous les prétextes pour perturber notre travail. Tantôt, comme elle aurait décoré des mannequins de vitrine, elle dérangeait les deux femmes dans leur pose pour les parer de colifichets tirés de la chambre des transformations ; si elles exprimaient le désir de se rafraîchir, Tissa voulait les persuader de verser quelques gouttes d'éther dans leur orangeade. Rabrouée sans égards par son frère, elle boudait un moment, puis élaborait une nouvelle tactique consistant en un jeu d'humbles prévenances, plus harassant encore. On devinait que le sentiment de son exclusion était la source d'une vraie souffrance, mais elle donnait à cette souffrance un ton si peu respectable et ses manigances étaient d'un effet si exaspérant, que nous nous laissions aller à traiter Tissa comme un chien.

Un jour, n'y tenant plus, elle imagina un dernier subterfuge. Elle apparut nue sur la pelouse et vint sans un mot se joindre aux femmes qui posaient. La passion égocentriste, chez Tissa Hornig, devait parler plus fort que la coquetterie, ou bien elle avait le pouvoir de l'aveugler, car avec ses cheveux défaits qui tombaient dans son dos en mèches pauvres, sa carnation moins laiteuse que livide, quelque chose de flapi et de malingre dans son anatomie, elle s'imposait comme le faire-valoir des Gieselach élancées et mates. Fritz, absorbé dans l'examen de sa toile, n'avait pas remarqué l'arrivée subreptice de sa sœur. Quand il leva à nouveau les yeux et qu'il la vit, il changea de visage. Deux petites rides en forme de hachures pincèrent son front au-dessus du nez, ce qui était chez lui l'indice d'une grande colère. Il jeta son pinceau dans l'herbe, repoussa son chevalet qui s'écroula, et marcha vers Tissa comme pour la battre, en lui hurlant d'aller se rhabiller. Elle perçut le danger et s'enfuit en courant, dans un clapotement de chair émue. L'épisode ne fut pas commenté, mais il laissa une impression pénible. Nous y gagnâmes pourtant d'être débarrassés de Tissa qui ne se remontra pas de la journée. L'attitude d'Hornig en cette circonstance me laissait rêveur. Je ne me serais pas attendu, de la part d'un garçon qui revendiquait bien haut tous les vices, comme autant de sophistications intellectuelles, et qui allait jusqu'à se vanter des complaisances au moyen desquelles sa sœur et lui s'assuraient, simultanément — s'il fallait l'en croire —, la protection de l'oncle Pribishev, à cette soudaine explosion de jalousie primitive, à ce réflexe de mâle sicilien, provoqué par ce qui n'était qu'une vétille au regard des stupres qu'il étalait. Hornig se conformait en cela à une loi que j'ignorais encore et dont l'avenir allait me proposer bien d'autres exemples ; même chez les êtres les plus faisandés, l'étendue de la dépravation contourne, un peu comme ces jardins secrets qui fleurissent paraît-il les âmes endurcies, d'irréductibles poches de pudibonderie et de rigorisme, qui forment avec elle un contraste déconcertant.

L'incident, qui nous dissuadait de retourner peindre à Grünewald, précipita une décision que nous mûrissions, celle de quitter Berlin pour tout le restant d'août. Un mois plus tôt, nous jurions de bonne foi ne pas pouvoir nous éloigner de nos cafés habituels et des rues aux enseignes lumineuses, sans risquer de nous consumer de langueur. Mais nos équipées quotidiennes en compagnie des Gieselach avaient éveillé en nous, peu à peu, un appétit de grand air et de nature que les banlieues verdoyantes, où nous errions parfois pendant des heures avant d'y découvrir un havre exigu et toujours provisoire, ne suffisaient déjà plus à assouvir. Nous étions dégoûtés des lacs trop calmes et des forêts pas assez profondes, nous nous étions pris à rêver de solitudes plus vastes et plus sauvages, mangées de sel et de soleil, battues par de vraies vagues.

Ce à quoi la nouvelle ardeur de notre amitié nous faisait aspirer surtout, c'était à l'expérience d'un paroxysme d'intimité dans le dépaysement ; à quelque chose qui représenterait pour notre camaraderie débutante l'équivalent de ce sceau et de cette épreuve de la vie en commun qu'est le voyage de noces aux premiers temps de la conjugalité.

Schnabel nous avait parlé de plages désertes sur la Baltique, à l'extrême nord du Mecklembourg, de hameaux de pêcheurs tapis au fond d'une crique et qu'aucune route carrossable ne desservait. Rien ne nous retenait en ville, rien n'y retenait non plus les Gieselach, toujours heureuses d'une occasion d'échapper pour un moment aux créanciers qui les harcelaient. Schnabel, Libbenow et moi n'avions pas les premiers sous pour payer notre voyage, mais Nils et Hornig proposaient de se charger des billets de chemin de fer et, une fois que nous serions au bord de la mer, nous y vivrions comme des robinsons.

Un matin, nous nous retrouvâmes à la gare de Stettin et nous montâmes dans le train de Rostock, nous apprêtant, Nils et moi, à refaire le même trajet que nous avions parcouru en sens inverse, il y avait déjà presque un an. Dans l'aube, nous traversâmes des banlieues qu'à la faveur de nos récentes excursions j'avais aperçues vingt fois par les fenêtres de l'omnibus de ceinture. J'hésitais pourtant à les reconnaître car quelque chose les changeait : rompant le rythme indolent et familier du *Ringbahn,* la grande allure du train express donnait au paysage une précipitation dramatique. La plainte en syncope de la machine parlait d'arrachements, de séparations fatales, et je n'avais pas l'impression de quitter Berlin, mais que c'était Berlin qui me quittait. En m'éloignant de cette ville où j'avais eu pour la première fois la sensation de me mettre à vivre, je crus pouvoir évaluer dans quelle mesure elle m'avait transformé ; en même temps que je pris conscience de tout ce qu'elle me donnait au jour le jour, de tout ce que ma nouvelle assurance devait à sa présence protectrice et stimulante — au point que je fus incertain de celui que j'allais être hors de cette présence. Puis je songeai à des gens que j'avais connus durant mon séjour, ou seulement approchés le temps d'un bref échange : j'évoquai Fraulein Meissner et l'étudiant en médecine, que le rituel petit déjeuner devait réunir à cet instant précis dans un quant-à-soi maussade, à la table des demoiselles Weidencrantz. Je pensai à Hedwige des bois de Wannsee, occupée à confectionner ses abat-jour dans l'atmosphère confinée de l'atelier de Moabit, tandis qu'elle laissait son esprit errer et vivre par anticipation le déroulement de sa prochaine sortie avec un nouveau cavalier. Je me rappelai le *Schutzmann* irascible par lequel nous avions été si sévèrement tancés le soir de notre arrivée. Son souvenir fit lever par contraste la figure bienveillante de ce wattman du tramway électrique, qui nous avait tirés de notre sommeil, une nuit d'hiver, au terminus de Pankow. La ville, pour moi, s'incarnait dans leurs visages et leurs silhouettes qui défilaient, hallucinantes et évasives à la fois.

Car si j'essayais de me représenter ces gens dans l'accomplissement des faits et gestes que je leur prêtais, je n'y parvenais pas et la puissance fantasmatique avec laquelle leurs images s'imposaient à moi, m'amenait à douter qu'ils aient jamais été plus que des illusions. Leurs existences qui avaient croisé la mienne, infimes palpitations concourant au splendide maelström d'une journée ordinaire de Berlin, retournaient, avec la ville elle-même, à la demi-réalité des choses déjà lointaines.

Tels qu'ils m'apparaissaient, pâles et tassés par le contrecoup d'une nuit de préparatifs fébriles, hésitant encore à émerger tout à fait de leur sommeil trop court, silencieux, je fus traversé du fugitif soupçon que les compagnons qui m'entouraient pouvaient bien être eux aussi un mirage engendré par la ville, auquel j'avais imprudemment lié mon sort. J'eus un moment la crainte que ce mirage se dissipe à mesure que nous prenions de la distance, me laissant seul face à des étrangers.

A Rostock, dans l'après-midi, nous n'eûmes que le temps d'attraper le petit train de Stralsund. Nous changeâmes encore à Velgast où attendait un convoi composé de trois ou quatre coupés vétustes, peints en jaune vif et qui ressemblaient à des wagonnets de montagnes russes, perchés sur de hautes et graciles roues de landau. A considérer ce tortillard échappé à la réforme, nous nous demandâmes s'il fallait vraiment croire qu'il allait se mettre en marche ou s'il ne constituait pas plutôt, rangé au fond de cette gare perdue de campagne, un embryon de musée ferroviaire. Pourtant, peu d'instants après, il s'ébranlait et filait en sifflant, à travers une plaine herbue comme une savane, semée de maisons de planches vernies en blanc à la manière des coques de bateau. De quelque côté qu'on se tournât pour regarder, une mer d'acier miroitant s'étalait devant vous. Nous roulâmes ainsi une dizaine de kilomètres puis, à l'heure d'entre chien et loup, nous vîmes la côte s'échancrer et les toits de tuiles rouge cerise de la petite ville de Barth, que nous avions choisie comme première étape, cerner l'extrémité d'une baie qui s'ouvrait vers le large en forme de corne d'abondance.

L'hôtel Sonne était tenu par un ménage de Polonais de Kovno, dont l'attitude combinait, avec cette sombre et menaçante brusquerie qu'inspire le vin mauvais, d'inattendus élans d'obséquiosité mélodramatique. Ils nous servirent à dîner une sorte de bortsch réchauffé dont les choux avaient comme un arrière-goût d'algue. Nous n'eûmes ni l'audace ni d'ailleurs l'occasion de nous en plaindre, car après avoir posé le plat sur la table, nos hôtes disparurent dans la cuisine d'où nous parvinrent les éclats d'une dispute violente et des bruits sourds de coups échangés. Schnabel conclut de cet accueil que, si le génie était tellement répandu parmi les Polonais, c'était sans doute parce qu'il ne fallait pas moins que du génie pour les rendre passables — ceux qui s'en trouvaient dénués n'ayant vraiment rien pour eux.

Nous montâmes nous coucher avec des lampes à huile, le confort du gaz annoncé par une plaque à l'entrée se limitant au rez-de-chaussée de l'établissement. Dans la chambre que nous partagions, Nils et moi, la lueur de veilleuse que projetaient ces lampes ne nous permit pas de remarquer aussitôt les petites taches de sang séché qu'avaient laissées sur le mur de chevet les punaises écrasées par les précédents occupants. Nous nous couchâmes de confiance pour nous endormir instantanément. Au bout d'une heure à peine, les démangeaisons des morsures nous réveillèrent et pendant le reste de la nuit, la chambre fut le théâtre d'un combat inégal contre les hordes de la vermine. Enfin, le morceau de ciel ténébreux qui s'encadrait dans la fenêtre se filigrana de ces traînées de nacre grise qui sont, dans les pays du Nord, comme le reflet atténué de l'aurore boréale. Alors, soit que les punaises fussent rassasiées de notre sang, soit que la fatigue extrême agissant comme un anesthésique eût fini par rendre notre épiderme insensible à leurs attaques, nous retombâmes pour quelques heures dans un sommeil de plomb.

Au matin, quand nous descendîmes, nous trouvâmes Lodovica déjà habillée et attablée dans la salle du restaurant, devant un bol de café chaud que lui avait préparé la Polonaise. Dessoulée et en mal de compagnie, cette dernière s'attardait auprès d'elle sous prétexte de la servir. Quand elle nous aperçut, devinant à nos seules mines quel genre de nuit nous avions passé, l'hôtelière eut assez de ruse pour ne pas nous accorder le temps de prononcer un mot. Se précipitant vers nous, elle nous demanda d'un ton de commisération lamentable, dont elle ne s'avisa pas qu'il trahissait sa mauvaise foi, si nous avions nous aussi eu à souffrir des moustiques. Derrière son dos, Lodovica nous adressa un clin d'œil amusé. J'admirai sa sérénité et son allant imperturbable. Depuis que je la connaissais mieux, l'espèce de hauteur qui m'avait d'abord frappé chez elle s'était dissipée, révélant une gaieté foncière et cette sorte d'insouciance égale qui n'est donnée qu'à ceux qui ont tout perdu et les rend inaccessibles aux vicissitudes mesquines. Les insectes ne l'avaient pas épargnée non plus pourtant, et quand la Polonaise nous eut laissés seuls, elle tendit à la lumière ses deux bras nus — dans un mouvement de Véronique enchaînée au rocher — pour nous montrer les traces de piqûres qui criblaient sa peau de petites cloques. Elle rit de nos airs déprimés. Elle en avait vu bien d'autres, déclara-t-elle, au cours d'un lointain voyage que Gieselach et elle avaient fait en Italie. Un jour qu'ils avaient été surpris par un orage épouvantable au milieu de la campagne toscane, ils s'étaient réfugiés dans la première auberge venue, en dépit de son apparence peu engageante. Au moment de se coucher, ils avaient trouvé un gros rat tapi sous la courtepointe. Comme elle parlait, ce n'était pas au rat que je pensais, ni à la chambre d'auberge sordide, mais à un champ d'oliviers bleus tordus par la bourrasque et, au loin, coiffant le sommet d'une colline, à un village tout en ocres, semblable à ces Bethléem de fantaisie que les maîtres italiens d'avant l'invention de la perspective posaient, minuscules, dans un coin des fuites en Égypte. Lodovica possédait le secret, qui ne tenait qu'à d'ineffables inflexions de sa voix lorsqu'elle racontait, de magnifier les souvenirs les plus triviaux. Le charme qu'elle exerçait sur nous tous devait quelque chose à ces réminiscences, par lesquelles seules elle s'autorisait à rappeler qu'elle avait vécu plus que nous.

Souvent, au long de notre voyage, un détail ou un autre entraînant son esprit à un rapprochement spontané, Lodovica évoquerait les péripéties d'itinéraires anciens, jusqu'à nous communiquer l'impression que nous en avions également la mémoire. Elle nous ferait ainsi cadeau d'une dimension qui manquait à notre jeunesse : un peu d'un passé flou comme un songe. Ces nostalgies d'emprunt, en s'associant aux promesses de l'avenir, nous enfermeraient dans l'illusion d'une éternité de Hollandais volant, où chacune de nos découvertes, que nous imaginerions vouées à d'infinis retours, brillerait par ailleurs de la douce usure du déjà vu.

Dans cette illusion, nous nous rejoindrions par-delà nos expériences individuelles, tous immensément vieux de choses que nous n'aurions pas vraiment vécues, tous inaltérablement jeunes.

Sur les portraits que nous ferions d'elle pendant notre séjour au bord de la mer, Lodovica Gieselach découvrirait d'ailleurs un visage transitoire et éphémère auquel l'absence nouvelle de maquillage ôterait le caractère hiératique et un peu malsain qu'il avait d'habitude. Elle se révélerait plus vulnérable, mais aussi plus douce et plus vivante. Elle serait vêtue d'un caraco blanc, d'une jupe blanche qui n'était peut-être qu'un jupon, et d'un châle dont le rouge éclatant ferait contraste à sa peau mate et à ses yeux de lignite polie... Quand je les revois, j'ai du mal à concevoir que cette jeune bohémienne qu'ils représentent avait l'âge d'être ma mère. Cet âge, Lodovica allait le retrouver au retour de nos vacances, mais l'été lui en ferait grâce et, tant qu'il durerait, elle paraîtrait n'avoir tout au plus que le nôtre.

Dans la matinée, nous nous étions mis en route, marchant vers l'ouest en direction de la baie de Ribnitz dont nous voulions suivre la rive. Le soleil était déjà haut, mais la brise marine empêchait la chaleur de s'appesantir et agitait devant nos yeux les pans du châle rouge que Lodovica avait jeté sur ses épaules. En prévision de grandes étapes à pied le long des côtes, nous nous étions équipés le plus légèrement possible. Notre linge de rechange et tout notre matériel de travail tenaient dans quatre sacs à dos. Nous n'avions pas emporté nos chevalets, seulement quelques toiles enroulées que nous comptions peindre sans châssis, en les étalant par terre. Ce que nous méditions de ramener de ce périple, c'était surtout des dessins et des aquarelles témoins dont nous reprendrions plus tard les motifs en atelier.

De Barth, nous étions partis à l'aventure, sans prévoir où nous nous arrêterions pour coucher. Une carte sommaire que nous avions consultée ne mentionnait que les bourgs de quelque importance. Nous espérions rencontrer en chemin de petits villages qu'elle n'indiquait pas. Dans le cas contraire, la perspective d'une nuit à la belle étoile n'était pas pour nous effrayer.

Pour notre déjeuner, nous avions fait provision de pêches, de raisins et aussi d'une demi-douzaine d'œufs durs que la Polonaise avait eu l'obligeance de cuire pour nous. Comme nous n'avions pas pensé à nous munir d'un peu de sel, Leontine eut l'idée de les tremper dans l'eau de mer ; ils n'y prirent qu'un goût de vase qui les rendit immangeables.

L'après-midi, nous fîmes halte dans une crique et l'envie nous vint de nous baigner. Il n'y avait pas âme qui vive dans les environs, nous pouvions nous mettre nus. Nous nous déshabillâmes d'un même élan, garçons et filles, arrachant nos vêtements dans une hâte fébrile de retourner à la nature, qui voulait aussi, par ses manifestations ostentatoires, fouler au pied les convenances bourgeoises. Nous n'éprouvions pas la moindre gêne devant les deux femmes. Nous vivions avec elles dans un état de familiarité physique très pur. Leurs corps nous semblaient ce qu'elles avaient de moins secret. Elles avaient eu le loisir de découvrir les nôtres car, depuis le jour où je m'étais improvisé modèle dans l'île du Teuffelsee, nous avions fait de l'académie *mixte* un de nos motifs de prédilection et nous nous relayions pour poser chacun à notre tour. L'habitude nous avait amenés à ne plus voir dans nos nudités respectives que des *sujets* dont nous discutions les qualités plastiques particulières, en fonction des canons grecs. Schnabel avait la hanche courte et rentrée, typique de la morphologie dionysiaque. Les genoux carrés de Nils et les bourrelets durs qui les surmontaient faisaient désormais l'admiration de tous, confirmant l'espèce de révérence qu'ils m'inspiraient déjà du temps où nous portions des kilts et des bas écossais. Libbenow, qui paraissait fluet lorsqu'il était habillé, révélait au naturel une constitution mi-athlétique, mi-nerveuse, dont le point d'orgue était des muscles lombaires admirablement moulés, qui formaient deux pyramides nettes au bas de son dos. Le commentaire de l'examen, indiscret autant qu'innocent, auquel nous nous soumettions réciproquement ne s'arrêtait à l'obstacle d'aucun tabou. Nous revendiquions l'exercice de cette indécence verbale qui nommait sans détour les traits les plus intimes de l'anatomie, comme une des prérogatives de notre condition d'artistes.

La marée montait à l'assaut de la crique, nous nous précipitâmes tous ensemble vers les rouleaux et nous reçûmes en pleine poitrine le choc révulsif de l'écume acide et glacée. Le soleil parut chavirer, l'iode brûla nos yeux et piqua nos narines. Puis le flot nous rejeta comme des épaves sur le sable couleur de pâte à pain et, rattrapant notre sommeil imparfait de la nuit précédente, nous nous endormîmes sans nous en apercevoir. Quand nous reprîmes conscience, nous avions froid et soif, nos vêtements que nous avions dispersés autour de nous étaient humides d'avoir été éclaboussés par les vagues. Nous nous remîmes en marche avec moins d'entrain.

Au soir, nous n'avions pas encore rencontré un seul village, rien que des cabanes de pêcheurs, de place en place, et qui semblaient abandonnées. Nous étions fourbus et frissonnants et le sentiment de notre imprévoyance avait eu raison de notre enthousiasme du matin. Quand nous avions envisagé les délices d'une nuit à la belle étoile, nous voulions ignorer que l'air devenait si frais dès le soleil couché. Nous ne nous doutions pas non plus que nous devrions nous passer de dîner, ni que nous serions torturés par la soif faute d'avoir prévu d'emporter des gourdes d'eau douce. Le paysage alentour, dont la sauvagerie nous avait enchantés un moment plus tôt, commença à nous apparaître un désert effrayant où il ne manquait à notre inconfort que les jappements des chacals.

Le salut vint inopinément. Mais pourquoi fallait-il qu'il fût, d'une certaine manière, pire que la détresse ?

D'un bois de pins au fond de la plage, nous arrivèrent les échos confus d'une séraphique chorale et nous imaginâmes une hallucination collective due à la fatigue et au froid. Mais bientôt des voix mâles se mêlèrent aux autres pour reprendre un refrain en *forte* et l'on distingua aussi une musique de guitare accompagnant les chants. Puis on entrevit des lanternes berçant régulièrement leurs lueurs derrière un rideau d'arbres. Un cortège apparut enfin à la lisière du bois. C'était une vingtaine de personnes, proprement alignées sur deux rangs, comme des orphelins à la promenade. Elles se turent en nous apercevant et, durant quelques secondes, elles restèrent ainsi interdites, nous considérant à distance, aussi étonnées que nous-mêmes, devinait-on. L'une d'elles se décida à venir à notre rencontre. Sa silhouette se détacha de la tête de la cohorte et traversa la plage. D'abord, la nuit tombante nous dérobait ses traits, mais quand elle fut à mi-chemin, nous vîmes qu'il s'agissait d'un tout jeune homme, portant comme nous un sac tyrolien accroché à ses épaules. Parvenu près de nous, il sourit et nous tendit sa main dans un ample mouvement balancé. Sa paume s'enclencha tour à tour dans les nôtres avec un bruit de claque, en une sorte de shake-hand de maquignon, qui devait avoir quelque signification rituelle.

« Vous aussi, vous avez pris la route ? » interrogea-t-il avec une cordialité complice.

Nous acquiesçâmes sans être sûrs de bien comprendre ce qu'il entendait par là.

« Nous venons de Dortmund, annonça-t-il, nous marchons depuis trois semaines... A l'exception de deux compagnons qui nous ont abandonnés dans les premiers jours, nous tenons tous bon. Nous espérons être au Danemark avant la fin du mois. »

Il observa encore un temps — à quoi nous perçûmes que notre attitude incertaine et nos airs égarés lui inspiraient une légère hésitation —, avant de nous proposer :

« Nous pourrions camper ici tous ensemble, il y a largement la place... »

Il interpréta notre absence de réponse comme la manière d'assentiment qu'elle était bien et il ajouta :

« En traversant la forêt, nous avons ramassé du bois pour faire le feu. »

Nous avions entendu parler de ces *Wandervögel* dont les bandes migrantes commençaient à proliférer dès cette époque, il ne nous avait pourtant jamais été donné encore d'en rencontrer. Une multitude de rumeurs contradictoires couraient à leur propos. On disait qu'ils subsistaient de rapines et que leurs femmes se prostituaient à l'occasion ; qu'ils se livraient entre eux à des orgies monstres en rase campagne. Le pacifisme, indigne de jeunes Allemands, qu'ils affichaient en accord avec leur doctrine de fraternité universelle, les faisait aussi taxer de dégénérés et l'on affirmait que certaines de leurs sectes n'étaient que des associations de pédérastes. Leur mouvement, d'abord unitaire, s'était développé par schismes successifs, donnant naissance à un éparpillement de factions et de sous-ensembles qui s'excommuniaient allégrement les uns les autres. De temps en temps, quelque grand prêtre ému de la mauvaise réputation qu'on leur faisait, élevait sa voix par-dessus les dissensions intestines, pour protester de la pureté de l'élan romantique qui rassemblait tous les *Wandervögel* sous l'enseigne du retour à la nature et aux sources de l'esprit. Nous tenions cette dernière vocation pour moins odieuse, mais à peine moins ridicule cependant, que celle de l'idéal pangermaniste et viril qui présidait à la formation des confréries de duellistes.

Quand toute équivoque fut dissipée et que les *Wandervögel* comprirent que nous n'étions pas des leurs, loin de nous en faire grief, ils redoublèrent de cordialité à notre égard. Nous leur avions expliqué dans quelle situation nous nous trouvions et notre incurie d'amateurs mettait en joie ces professionnels du vagabondage, empressés à nous démontrer par leur sollicitude efficace que l'entraide n'était pas un vain mot dans la société parallèle qu'ils prétendaient édifier. Des jeunes filles couronnées de tresses de fleurs des champs, et qui portaient roulée sur leur bras, comme une serviette de garçon de café, la bande d'étoffe dont elles rallongeaient leur courte jupe de marche chaque fois que la troupe s'apprêtait à traverser une ville, nous offrirent à boire dans le gobelet de la communauté. En un tournemain les hommes bâtirent un feu et nous nous blottîmes autour de ce brasier de bivouac, avec une avidité frileuse de citadins saisis par la nostalgie des grands poêles ronflants. Puis, on nous donna à manger.

Tant de bontés pourtant ne réussissaient pas à nous rendre sympathiques les *Wandervögel* qui nous dispensaient, avec leur hospitalité, un cours théorique visant à nous éclairer sur la nature véritable de leur quête et déguisant mal un réflexe de prosélytisme. Or, tout ce qui nous eût rapprochés en apparence nous séparait en réalité. Si leur dénonciation d'un monde moderne cynique et matérialiste pouvait rencontrer quelque écho dans nos convictions, nous nous apercevions vite que ce qu'ils en détestaient surtout était ce par quoi, au contraire, ce monde trouvait grâce à nos yeux : la promiscuité délicieusement étouffante des grandes villes, leur brassement continuel de foules anonymes. Si la fantasmatique méduse de l'*ordre établi*, dont toute jeunesse qui se respecte fait son repoussoir, nous inspirait également de l'aversion, notre antagonisme ne se mesurait qu'à la hauteur de notre mépris ; le leur se voulait réaction. Nous nous désolidarisions de cet ordre d'une manière aristocratique et inoffensive ; ils imaginaient le combattre en lui en opposant un autre, plus inflexible encore, qui les faisait vagabonder à marches forcées et reproduire dans leur vie errante les contraintes de la caserne, jusqu'à creuser gaiement des feuillées aux étapes.

Toute réaction à l'ordre est en danger de sombrer dans ce piège de la réglementation mesquine, de l'impératif d'usage d'autant plus intolérable qu'il est trop neuf encore pour que la force de l'habitude ait fait oublier un peu ce qu'il a d'arbitraire ; elle est vouée à n'être, en définitive, que la réplique inverse, et plus absurde, de ce qu'elle prétendait remplacer. La condition de *Wandervögel* proscrivait rigoureusement cette calamité de la civilisation qu'étaient les vêtements boutonnés et commandait qu'on se couronnât de fleurs cueillies aux buissons, tout comme la condition d'employé de l'administration exige qu'on porte un col dur et une cravate; qu'on se laissât aller dans un élan ponctuel aux joies de l'amour libre, telles qu'elles étaient définies par une étiquette implicite condamnant à la fois la jalousie et l'infidélité ; qu'à l'heure enfin où les petits-bourgeois du modèle courant, réunis dans les tavernes, se prenaient par les coudes pour se balancer ensemble au rythme de la danse assise en entonnant des chansons à boire, on fît la même chose, en plein air et en cercle autour d'un grand feu, en substituant toutefois la guitare à l'accordéon et, aux scies du répertoire bachique, les mièvres complaintes du *Zupfgeigenhansl*.

Engourdis par la chaleur du feu et bercés par ces chansons, nous nous endormîmes sur un accord grave de la guitare, qui sembla s'étirer indéfiniment dans la nuit.

« Nous allons traverser Ribnitz, puis nous suivrons la côte jusqu'au Holstein par les chemins creux, nous dit le lendemain le chef des *Wandervögel*. Vous ne venez pas avec nous, n'est-ce pas ? — c'était plus le ton d'une constatation que celui d'une question. Cela vaut sans doute mieux, approuva-t-il, dans les petites agglomérations nous n'avons pas à craindre d'être arrêtés par la police comme dans les villes, mais quelquefois les gens nous menacent avec des fourches et des pierres. Il faut être habitué... »

Il eut, pour évoquer ces manifestations haineuses, un sourire plein d'indulgence, où se lisait encore la fierté du bouc émissaire qui voit dans l'opprobre et les mauvais traitements la confirmation de sa supériorité essentielle de victime.

Nous le laissâmes rejoindre les autres sans protester, nous

n'avions aucune disposition pour le martyre. Il donna le signal et la colonne s'ébranla, ceux qui fermaient la marche se retournèrent en agitant le bras pour nous dire adieu. Quand le dernier sac à dos eut disparu du paysage, au détour du bois de pins, il se fit un de ces grands silences presque inquiétants. Comme si, par un prodige de cruauté et d'ironie, la nature, à l'imitation des orchidées des tropiques qui gobent les mouches posées sur leurs pétales, avait englouti la théorie de jeunes gens qui aspiraient si fort à vivre en communion avec elle. Un moment après, nous les entendîmes qui s'étaient remis à chanter.

Cette rencontre avec les *Wandervögel* eut une conséquence immédiate : l'aperçu qu'elle nous avait donné des servitudes de la vie sauvage et communautaire nous fit renoncer sur-le-champ à nos chimères de robinsonnade. Ce n'était pas tant l'inconfort d'une telle vie qui nous rebutait, à présent que nous y avions goûté, c'était sa monotonie et son inimaginable fadeur. Mais ce qui nous en détourna plus encore fut l'intuition qu'à nous retrancher, ne serait-ce que quelques semaines, de la civilisation, sujet de notre observation critique, nous nous priverions du même coup du liant indispensable à notre association. Le jeu de la provocation ambiguë, auquel nous nous livrions ensemble et qui nous paraissait avoir un effet si salutaire sur notre développement artistique, ne pouvait se passer de la présence d'un public innocent. Dans l'isolement absolu, nous risquions de perdre conscience de cette délicate affinité qui nous unissait face à la société des gens que nous qualifiions d'ordinaires, de l'échanger pour cette morne cohésion dans l'anticonformisme, dont les *Wandervögel* nous avaient offert l'exemple et qui caractérise les troupes trop délibérément dissidentes. Aux yeux du monde, nous nous voulions collection d'excentriques, objets de curiosité, voire de scandale, mais non pas objets interchangeables. Il ne nous suffisait pas de nous distinguer de tous, il nous fallait encore nous différencier les uns des autres par l'interprétation que chacun de nous donnait d'un thème commun de la rébellion contre les conventions bourgeoises. Nous nous voulions bohémiens chatoyants et divers, non pas parias que l'on confond dans l'ostracisme et qui finissent par s'y confondre eux-mêmes.

Ce danger de perte d'identité dans l'uniformisation, qui n'était rien moins qu'imminent alors, en faisait induire un autre dont nous avions pour la première fois la prescience : le danger d'étouffement inhérent aux complicités trop parfaites et qui nous menaçait tous à long terme, dans notre être et dans notre œuvre. Comment trouver le juste équilibre entre ce que sa vocation singulière exigeait de chacun de nous et ce que nous savions devoir à la survie de notre groupe ? Comment concilier, dans la recherche et dans l'attitude, le tropisme d'une inspiration exclusive et les signes d'appartenance, lorsque ceux-là cessent de jaillir naturellement et qu'on en est à les solliciter ? Comment mûrir dans l'indépendance de son talent sans manquer à la solidarité ? C'étaient autant de questions que l'avenir nous représenterait, non plus sous la forme qu'elles prenaient ce jour-là, d'une inquiétude prématurée et pour ainsi dire hypothétique, mais en l'espèce de dilemmes dévastateurs qui surgiraient à une fréquence sans cesse accrue avec le temps. C'est faute de pouvoir les résoudre qu'au bout d'inutiles louvoiements, confrontés au seul choix de trahir l'idéal qui nous avait rapprochés ou de nous renier nous-mêmes, nous devions finir par nous séparer.

Le soir, nous atteignîmes un village au bout d'une presqu'île, c'étaient deux douzaines de maisons de pierre blanche, disposées côte à côte sur un retour de colline dominant la grève, et dont l'alignement rejoignant le point de fuite que posait dans le paysage l'entaille nette d'un petit golfe, formait comme une haie de séparation entre la mer et la campagne. Cela s'appelait Prerov, nous dit-on. Une illusion de perspective enchevêtrait comme les bâtonnets d'un jeu de mikado les mâts dévergués des caboteurs et des chalutiers échoués sur le flanc dans la vase du golfe ; longeant les maisons, un embryon de promenade, qui faisait aussi fonction de grand-rue, se raccordait au bout de quelques dizaines de mètres à un chemin étroit de terre battue. Stationnant au milieu de cette promenade, un véhicule insolite, char à banc surmonté d'un baldaquin de toile dont les grosses rayures rouges et blanches rappelaient une enseigne de barbier, attendait que la fantaisie des estivants fût à parcourir la campagne.

Dans la physionomie encore à demi austère de ce qui n'était, moins de trois ans auparavant, qu'un modeste village de pêcheurs aux façades délavées par les intempéries, quelque chose de coquet, de rudimentairement hospitalier, qui tenait aux volets peints à neuf, à l'ornement de lanternes de fantaisie surmontant les portes basses, à la présence du fiacre bizarre, trahissait une ambition nouvelle de rivaliser avec les villégiatures voisines de Ribnitz et de Zingst. Promu station balnéaire de la Baltique, Prerov n'était pour l'instant, par bonheur, que la plus secrète et, à l'enseigne du Strandhotel qui rebaptisait une ancienne Maison Schmidt, les rares visiteurs que l'esprit d'aventure ou un souci d'économie avait attirés sur ce coin de la côte logeaient au large dans les cretonnes passées imitant l'indécise couleur des brumes marines.

La plus grande des chambres fut dévolue aux Gieselach, elle allait nous servir d'atelier. Car l'ironie voulut qu'aussitôt arrivés à Prerov et découvrant enfin, avec la plage de sable qui s'étendait déserte à perte de vue, cet espace et cette paix dont nous n'avions jamais joui qu'au prix de mille tribulations dans la banlieue berlinoise, nous éprouvions l'envie subite de peindre en intérieur.

Deux monumentales armoires à glace encombraient la pièce, nous eûmes l'idée de les écarter du mur pour les disposer en vis-à-vis. En entrebâillant leurs portes, la réflexion des glaces ouvrait une perspective infinie dont nous nous amusions à orienter l'hyperbole par d'infimes rotations imprimées aux pentures. Lodovica et Leontine se glissaient tour à tour entre ces accolades de miroirs qui les faisaient légions.

Le nu d'intérieur, en tant que genre, ne nous avait inspiré jusqu'alors qu'une méfiance mêlée de dégoût. La lumière sans gloire du gaz ou d'un jour filtré, avec ses effets de contrastes dramatiques, le cadre étriqué d'une chambre et la proximité d'accessoires triviaux, avilissaient le corps, pensions-nous, aussi sûrement que le plein air le sublimait. Conquête des impressionnistes, le nu dit *réaliste,* à cette époque, était en train de sombrer dans le crapuleux de convention, de virer au cliché et le premier venu des rapins qui, trente ans plus tôt, se fût fait la main en copiant sagement *la Fornarina* de Sebastiano Del Piombo au Kaiser-Friedrich-Museum, gagné par la frénésie naturaliste, préférait désormais planter son chevalet au bordel pour y saisir une vieille putain à sa toilette. Même chez Degas, même chez Lautrec, peintres dont quelques tableaux vus à la faveur d'expositions itinérantes nous avaient fait reconnaître la puissance, le misérable trophée hygiénique des brocs, des tubs et des cuvettes qui envahissaient les compositions, nous soulevait le cœur. Une autre école imaginait de substituer à cet attirail sordide un dépotoir exotique et instrumental brassant le fonds du luthier et le rebut de bazar. Celle-là campait des nudités crémeuses de houris, qu'environnait toute une bimbeloterie de l'ailleurs poétique aux remugles d'ambre et d'épices, aux mélodies étranges. C'étaient des Liselotte à la mandoline, macérant, pensives, dans la pénombre mordorée d'un capharnaüm de chinoiseries; des odalisques à la balalaïka, vautrées sur des châles de Manille, comme des bébés sur des peaux d'ours. L'une et l'autre manière nous répugnait.

Autour de nos modèles, nous fîmes place nette, repoussant dans un coin de la pièce le lit et la coiffeuse, roulant le hideux tapis, entassant dans le couloir le trop-plein du mobilier. Frau Schmidt, notre logeuse, assistait sereine à ces bouleversements, une perspicacité instinctive lui faisait voir en nous d'inoffensifs déments. Elle supportait nos fantaisies et nous traitait même avec ce respect superstitieux que les gens simples témoignent aux illuminés. Sur son instigation, les domestiques et le reste de la clientèle — un petit fonctionnaire de Lübeck, son épouse et une ribambelle de fillettes albinoïdes dressées à faire la révérence d'aussi loin qu'elles vous apercevaient — ne s'adressaient à nous que sur ce ton apaisant et grave que l'on est convenu de prendre avec les somnambules et les fous.

Quand nous eûmes épuré notre motif en expulsant du décor toutes les traces anecdotiques de la vie courante; quand il ne resta plus dans notre champ de vision que le plancher nu, un pan de mur tendu d'un drap qui en masquait le papier à fleurs, et la fuite infinie des miroirs, nous commençâmes à travailler ce que nous avions inventé d'appeler *le nu en abîme*.

Je me souviens qu'un jour où nous nous étions attardés à peindre jusqu'à la tombée du soir, Lodovica qui posait pour nous, surprise par la fraîcheur, nous demanda la permission de se couvrir les épaules de son châle. Quelques instants après, on entendit sonner la cloche annonçant le repas et nous nous interrompîmes. Comme elle enfilait sa chemise, Lodovica laissa le châle glisser à ses pieds où il prit la forme d'un oiseau mort. Elle ébaucha le geste de le ramasser, mais un cri de protestation échappé à Libbenow arrêta son mouvement. Detlev fixait le chiffon d'étoffe, comme ébloui par la traînée rouge que propageait dans les miroirs son reflet démultiplié. Déjà, il déroulait une toile vierge qu'il étendait par terre et qu'il commençait à couvrir de lignes. Il ne leva les yeux vers nous qu'une seconde, pour nous recommander d'aller dîner sans l'attendre.

Deux heures plus tard, nous l'avions retrouvé toujours agenouillé devant la toile à peu près achevée. En notre absence, il était allé dans nos chambres pour y réquisitionner les lampes et les bougeoirs. Il les avait disposés autour de son motif, l'enfermant dans une couronne de lumière éclatante. Les flammes des chandelles, placées de manière à illuminer les miroirs sans s'y réfléchir, animaient la surface du tain de lueurs portées simulant la liquidité du mercure.

Penchés au-dessus de Libbenow qui ne prenait pas garde à nous et continuait à peindre avec cette rapidité infaillible qu'une absolue concentration imprime aux gestes, nous examinions le tableau. Au premier plan, la tache rouge du châle se détachait avec une netteté qui donnait l'impression du relief. Des grisailles cassées de jaune rendaient la surface des glaces. Libbenow, à la suite d'un court passage dans l'atelier de Corinth, avait hérité de cet artiste versatile une tendance à *patiner* ses fonds, c'était là le seul reproche que notre goût nous inspirait de faire à sa technique. Dans la fuite de la perspective, à mesure que les contrastes se faisaient plus flous, les couleurs et les formes se dissolvaient dans un miroitement étale, sorte de vide essentiel où d'infimes touches de couleurs pures indiquaient les variations d'intensité du spectre.

« Eh bien voilà », fit simplement Schnabel, d'un ton sans surprise ni chaleur qui aurait tout aussi bien exprimé la satisfaction arithmétique du comptable dont l'addition reprise tombe juste. Nous acquiesçâmes en hochant la tête quelque peu gravement. Si nous ne marquions pas cette fois l'enthousiasme que nous manifestions d'ordinaire pour bien moins, c'est sans doute parce que l'évidence, brutale et catégorique, inhibe les démonstrations frivoles. Or ce que nous regardions était à l'évidence un chef-d'œuvre. Non pas dans l'acception d'épithète vague et galvaudé que les critiques se plaisent à donner à ce mot, mais dans son sens initial, artisanal, où il désigne la preuve tangible qu'une étape d'initiation est achevée. Le but vers lequel nos efforts communs tendaient depuis un mois ou deux, cette vision *moderne* que nous élaborions ensemble et dont nous dégagions lentement la forme sans être tout à fait parvenus encore à la fixer, ce tableau que nous sentions au bout de nos pinceaux, obsédant et insaisissable à la manière d'un nom oublié qu'on a sur le bout de la langue, l'un de nous l'avait peint, il était réalisé. Libbenow n'était que l'instrument de cet accomplissement, il se révélait le médium d'une inspiration unanime et son œuvre appartenait à nous tous. Pourtant, c'est lui qui l'avait peinte et nous étions partagés entre la gratitude, parce qu'il nous la donnait, et la rancune, parce qu'il nous l'avait volée.

Un peu de mélancolie, l'intuition poignante d'un vide, d'une dépossession, se mêle sans doute toujours à la joie de l'explorateur lorsqu'il trouve et qu'il ne peut s'empêcher de se demander si les satisfactions de la découverte valaient bien qu'on échange contre elles les exaltations de la quête. Notre gravité, à cet instant, devait aussi quelque chose à une telle intuition et à une telle question. Une phase était conclue, une page était tournée. Il allait nous falloir faire autre chose, chercher ailleurs, envisager d'autres conquêtes.

De retour à Berlin, nous devions tous presser Libbenow de porter le tableau à Cassirer. Une timidité excessive, ou plutôt une crainte orgueilleuse de s'exposer à un jugement public qui pouvait contredire les éloges que nous lui avions dispensés, le ferait hésiter encore. Nous déciderions de l'accompagner pour lui prêter notre assistance morale dans cette épreuve, puisque aussi bien, à travers le verdict que Libbenow entendrait prononcer, c'est nous tous qui serions jugés. L'éventualité bien improbable — mais que notre présomption nous dissuadait pourtant d'exclure tout à fait — d'une exposition collective que Cassirer, à la seule vue du tableau de Libbenow, s'offrirait à organiser pour nous, aurait peut-être quelque part dans l'impulsion de solidarité qui nous commanderait de faire face tous ensemble aux outrages ou au triomphe. Car nous n'imaginerions pas de moyen terme ; nous ne voudrions envisager qu'une reconnaissance complète, immédiate, ou bien alors l'incompréhension haineuse du béotien heurté dans ses préjugés esthétiques. Les événements tels qu'ils se déroulèrent en réalité devaient pourtant trahir et l'un et l'autre de ces scénarios.

Une jeune femme élégante et parfumée que nous prendrions d'abord pour une cliente de la galerie, bien qu'elle soit sans chapeau, nous accueillerait avec cette amabilité feutrée qui caractérise le personnel des commerces de luxe. Quand nous l'aurions renseignée sur le motif de notre visite, elle nous ferait pénétrer dans un petit salon où des boiseries et des fauteuils de cuir composeraient une ambiance havane évoquant le lounge d'un paquebot transatlantique. Nous nous serrerions tous sur un canapé, le tableau posé en équilibre devant nous, imitant ainsi l'attitude de ces groupes de pêcheurs qu'on voit sur les photographies, agenouillés entre des bittes d'amarrage autour du trophée d'un espadon gigantesque. La jeune femme reparaîtrait au bout d'une dizaine de minutes, non pas pour nous conduire à Cassirer, comme nous l'aurions espéré, mais pour emporter le tableau. Elle reviendrait à nouveau, au bout d'un instant et demanderait, sans s'adresser précisément à personne, car elle aurait déjà oublié lequel d'entre nous était le peintre : « Combien en demandez-vous ? » Or, de tous les détails possibles de notre démarche, ce serait là le seul que nous n'aurions pas songé à prévoir. Constatant l'espèce de perplexité panique où nous aurait jetés sa question, la jeune femme y couperait court en s'éclipsant derechef, après nous avoir rassurés d'un sourire qui dirait l'expérience qu'elle avait de situations identiques. Peu après, elle nous gratifierait d'une dernière apparition, mais alors elle ne prendrait pas la peine de s'avancer jusqu'à nous ; elle entrouvrirait seulement la porte pour annoncer, de ce ton absent et suave, accompagné de l'invariable sourire qui éclairerait son expression avec la régularité d'une enseigne clignotante : « M. Cassirer vous en offre trois cents marks. » Quand Libbenow, secouant une demi-torpeur, aurait acquiescé à ces conditions, elle lui indiquerait où trouver le caissier chargé d'effectuer les payements.

Comme nous retraverserions le vestibule, nous y croiserions trois hommes qui se dirigeraient vers un bureau contigu, tout en poursuivant une discussion pleine de chiffres. Deux d'entre eux seraient vêtus de leurs manteaux et tiendraient leurs chapeaux à la main. Le troisième, en veston, les précéderait de ce pas énergique dont on ne définit pas bien si son allure répond à la volonté de stimuler des traînards ou de semer des fâcheux. Nous comprendrions que ces messieurs débattaient des clauses d'un contrat d'assurance. L'homme pressé qui ne semblerait voir personne, s'immobiliserait pourtant brusquement devant Schnabel : « Herr Libbenow ? » s'enquerrait-il. Schnabel, avec un hochement de dénégation, s'escamoterait d'un pas de côté, révélant Libbenow en retrait derrière lui. Grâce à ce preste remaniement de l'espace, l'homme pressé pourrait s'adresser au bon interlocuteur sans même avoir eu à tourner la tête et je ne me défendrais pas tout à fait du sentiment romanesque que son autorité impatiente le douait du pouvoir de faire surgir instantanément devant lui ceux qu'il voulait y voir, aussi bien que d'effacer de sa vue, par enchantement, les gens auxquels il n'avait rien à dire. Paul Cassirer me frapperait encore par l'espèce de courtoisie tranchante dont il se servait comme d'un outil pratique pour régler ses rapports avec autrui, au plus juste coût de son temps et de ses émotions.

« Quand vous aurez autre chose de la même veine, dirait-il à Libbenow, montrez-le-moi à l'occasion... Merci ! »

Libbenow bredouillerait quelque chose que Cassirer n'écouterait pas car il se serait déjà éloigné. Avant qu'une petite porte sertie de lettres de cuivre formant le mot *privé* ne retombe sur les trois hommes, nous saisirions encore :

« Pour ce qui regarde les dégâts des eaux, vos confrères de la Lloyd ont toujours eu l'élégance... »

Notre visite s'achèverait sur ces hypothèses de sinistres et les flots de l'inondation évoquée emporteraient nos espoirs d'une exposition collective pour l'avenir proche.

Ce jour-là, Paul Cassirer me déplut. Rien ne me ferait revenir sur cette impression initiale. La méfiance et l'antipathie que je ne devais pas cesser d'éprouver envers lui — sans que rien dans sa conduite à mon égard les justifie jamais — n'eurent, je crois, pas d'autre origine que ce premier contact où il me vit sans me voir. Loin de lutter contre de pareils sentiments, j'allais les étendre peu à peu à l'engeance tout entière des négociants en art et, dans les années 20, lorsque le dernier cri du lieu commun happy-few élaboré par la futilité des intelligentsias amalgamerait à la sous-culture du jazz et à l'idéal constructiviste des treuils et des pistons quelques rudiments de doctrine marxiste, je me ferais une spécialité de déclarer dans les cercles à la mode que le marchand de tableaux est « l'ennemi de classe » de l'artiste. D'excellentes âmes s'empresseraient de rapporter mes propos à Cassirer et ce dernier, qui serait alors devenu mon marchand attitré, mais se flatterait d'être aussi mon ami, en prendrait offense. Car il n'imaginerait pas, bien sûr, que mon intransigeante analyse de nos rapports vengerait le souvenir de ce jour lointain où il ne m'avait même pas fait l'honneur de me prendre pour Libbenow.

Quant à Libbenow, après *le Châle rouge,* nous conviendrions tous qu'il était le plus prometteur d'entre nous et, l'intérêt que lui avait marqué Cassirer lui donnant un prestige considérable au sein du groupe, nous verrions en lui, un moment, notre chef de file. Que se passa-t-il ensuite ? S'endormit-il sur ces minces lauriers ? Son succès prématuré l'encouragea-t-il à retenir, comme des singularités précieuses de sa palette, quelques défauts dont il avait été sur le point de se débarrasser ? *Le Châle rouge* sembla avoir épuisé d'un coup, chez Libbenow, cet élan dont nous avions admiré l'aisance et la sûreté. Certes son talent, à force de travail, allait continuer à mûrir et à progresser, mais non pas dans la mesure ni au rythme que cet exploit inaugural avait donnés à espérer. Le prodige de la chambre aux miroirs ne devait plus se reproduire. Ou plutôt si, car au fil de notre histoire commune, quelques toiles qui, comme *le Châle rouge,* donnent tout à coup forme à des découvertes longuement pressenties, marquent les points culminants de nos manières successives, en même temps que la conclusion, chaque fois, d'une phase de notre évolution. Mais ces œuvres dominantes, où apparaît réalisée la somme de mois de tâtonnements et d'ébauches, ne sont plus du seul Libbenow. Schnabel en signe une ou deux, Hornig peut se flatter d'un bonheur comparable, et moi-même aussi... puisque le don passager des dieux, ou plus précisément ce fonds indivis d'inspiration créatrice qui nous unissait, se sera exprimé en chacun de nous tour à tour.

Durant la dernière semaine de notre séjour à Prerov, la vision du *Châle rouge* ayant bouleversé nos dispositions, nous cessâmes de peindre. Les toiles que nous abandonnions inachevées nous semblaient périmées par cette révélation, et l'inflexion nouvelle qu'elle allait imprimer à notre travail ne nous apparaissait pas encore. Souvent ainsi, une fois dépassé le but que l'on poursuivait, on n'a plus devant soi qu'un horizon indéchiffrable. Pour tuer le temps, nous partions en promenade dans le char à banc, ou bien nous arpentions la plage en ramassant du bois d'épave amolli par l'humidité et que nous sculptions au couteau. L'été tournait, à l'approche de l'équinoxe les marées devenaient tempétueuses et parfois, comme nous avancions dans des passes de sable humide, à couvert derrière une crête de rochers, les vagues qui se brisaient à hauteur de nos têtes nous vaporisaient d'écume. Il arrivait que nous nous sentions gagnés par une gravité proche de la tristesse. Cela tenait à la saison finissante et à la perspective de rentrer à Berlin où, si proches que nous demeurerions les uns des autres, notre intimité ne serait plus si parfaite. Afin de combattre ces mélancolies, nous formions déjà des projets pour l'été suivant. Nous reviendrions à Prerov, nous envisagions même les moyens de rassembler assez d'argent pour y acheter tous ensemble une cabane de pêcheurs dont nous peindrions les murs chaulés de fresques dans le goût égyptien, où nous coucherions dans des hamacs, où nous nous éclairerions à la chandelle.

Ce devait être notre dernière œuvre de l'été, ce rêve casanier que nous ne cessâmes de perfectionner pendant quelques jours. À force de le reprendre dans ses détails, de l'enrichir de nouvelles inventions, le séjour qu'il décrivait finissait par nous apparaître déjà familier, et cette maison qui ne devait jamais exister se sera fixée dans notre esprit avec assez de précision pour que je la revoie encore. Il est regrettable que nous ne l'ayons jamais possédée autrement qu'en imagination ; notre maison de Prerov offrirait aujourd'hui un intéressant spécimen du style de décoration expressionniste, tel qu'il s'ébauchait en ce début de siècle.

Il y eut encore quelques belles nuits, quand le vent tombé

laissait soudain à découvert un croissant de lune aussi aigu qu'une faucille et un ciel scintillant, comme fourbi par les nuages qui y avaient roulé. Après le dîner, ces soirs-là, nous prenions tantôt la direction de la campagne et tantôt le chemin de la plage. En cohorte serrée, balançant devant nous une lampe tempête dont le lumignon entamait à peine l'obscurité, nous nous enfoncions dans la nuit noire et nous savourions cette pointe d'effroi instinctif que provoquent toujours les ténèbres, même les plus paisibles.

Au cours d'une de ces randonnées tardives, Nils et Leontine, sous le prétexte de se défier à la course, quittèrent la troupe et partirent en avant. Ne les voyant pas revenir, j'en éprouvai d'abord de l'agacement puis, presque aussitôt, une inquiétude hors de proportion avec l'incident. Depuis le début de ces vacances et même, à vrai dire, depuis que nous avions fait la connaissance des Gieselach, j'appréhendais quelque chose de semblable. Sachant le tempérament de Nils prompt à s'enflammer, je n'avais pas cessé de craindre qu'il n'imagine s'éprendre de Leontine. Leur liaison, je le prévoyais, aurait tôt fait de venir à bout du climat d'harmonie qui régnait entre nous et tenait à la nature d'une camaraderie ignorante des sexes. Jusqu'à cet instant, je n'avais rien surpris qui dût vérifier mes craintes et, peu à peu, elles s'étaient endormies, en même temps que se relâchait ma vigilance. Elles se réveillèrent d'un coup. Si j'ai jamais haï Nils, ce fut à cette minute-là. Je l'ai haï d'attenter à la pureté de notre amitié, de polluer l'air d'affinité parfaite que nous respirions. J'entendis, ou je crus entendre, fuser de l'ombre un rire énervé, sitôt tu, qui rappelait le gloussement de la gelinotte. J'aurais dû simuler l'ignorance ou du moins l'indifférence, mais ce fut au-dessus de mes forces. Je ne pus me retenir d'appeler Nils et je m'aperçus avec horreur que ma voix qui faisait claquer son nom rendait dans leurs exactes proportions ma fureur et ma détresse. Il aurait fallu qu'une hilarité spontanée, sanctionnant mon glapissement ridicule, vienne détendre l'atmosphère et m'entraîne moi aussi à me moquer de moi-même. Mais personne n'osa rire et dans le silence embarrassé qui suivit, il me sembla que cet appel péremptoire et lamentable continuait à résonner en échos. Lodovica qui marchait près de moi posa sa main sur mon bras pour me murmurer des paroles qui ne cherchaient peut-être qu'à m'apaiser, mais où je voulus déceler une infinité de sous-entendus sarcastiques : « Laissez-les tranquilles, conseilla-t-elle, elle ne le mangera pas... »

A quelques jours de là, nous faisions nos adieux à Frau Schmidt. Elle demanda la permission de nous embrasser et essuya une larme d'émotion dont elle s'excusa en déclarant : « Ce ne sera plus pareil sans vous. » Et elle ajouta en désignant du geste ce coin de plage où nous avions eu coutume de nous promener et que recouvrait pour l'instant une marée houleuse : « D'ailleurs, la saison est terminée. » Sans doute, en dépit de tous les embarras que nous avions occasionnés par nos déménagements et par nos horaires extragavants — ou peut-être à cause de ceux-là mêmes —, Frau Schmidt nous regrettait-elle déjà comme le luxe que représente, dans une existence trop paisible, un souffle brusque de fantaisie. Lorsque nous l'avions avertie de la date prochaine de notre départ, elle nous avait surpris par une initiative bizarre et touchante. Un photographe ambulant traversait alors le pays ; elle l'avait fait chercher et nous avait priés de poser pour lui devant l'hôtel. Nous nous étions récriés que les autres clients, les membres du personnel et surtout Frau Schmidt elle-même, devaient être de la photo. Elle y avait consenti et les demoiselles de Lübeck, parées pour la circonstance de nœuds raides de boîte à bonbons, s'étaient assises en tailleur au premier plan, tandis qu'avec le fonctionnaire et sa femme nous formions la deuxième ligne et que, derrière nous, juchés sur un banc invisible, la cuisinière, les bonnes et le garçon d'étage complétaient ce portrait de groupe. Cédant à nos instances, Frau Schmidt s'était installée sur un pliant à la place de la maîtresse d'école. Nous ne doutions pas de pouvoir admirer, à notre retour l'année suivante, la photographie encadrée ornant la salle à manger.

Le char à banc nous conduisit à la gare de Ribnitz. Comme nous regardions s'amenuiser au loin la silhouette du Strandhotel, puis disparaître le village tout entier, notre certitude de les revoir bientôt, inchangés, tempérait pour nous la tristesse des départs. Nous avions en effet la conviction d'avoir découvert, avec Prerov, ce point tellurique du monde où nous n'aurions qu'à jeter nos racines pour que, par notre inspiration, la révolution esthétique du XXe siècle s'accomplisse. Les romantiques avaient peint les solitudes estompées de brumes des lacs suisses et italiens. Nous avions inventé à notre tour la mer froide, les pâles étendues de sable et cette lumière septentrionale, dure comme du givre, qui embrasait sans nuances des perspectives ouvertes à l'infini. La sensibilité de l'ère nouvelle se refléterait un jour dans ces paysages que nous venions de verser au patrimoine de l'art. Un peu partout ailleurs — mais nous ne le savions pas —, une illusion grandiose identique à la nôtre guidait quelques artistes qui ne doutaient pas non plus d'inventer l'avenir. A Collioure, à Gosol, à Murnau, Matisse fauve, Picasso encore presque inconnu, Kandinsky traversant pour la première fois ce petit village de Bavière où il a l'intuition qu'il devra revenir, témoignent en même temps que nous de cette aberration particulière au créateur, qui lui fait identifier subitement la vérité essentielle du monde au fragment infime qu'en transfigure son regard.

Le hasard voudrait que nous ne retournions jamais à Prerov. A l'approche des vacances, pendant quelques années, nous en caresserions le projet. Mais chaque fois, à la dernière minute, un événement ou un autre nous ferait remettre à l'été suivant ce qui, à mesure que le temps passerait, prendrait les couleurs d'un pèlerinage. Or on apprécie mal, dans la jeunesse, la frontière ténue qui sépare plus tard de jamais plus.

A Berlin, tant que la saison le permettait encore, nous reprîmes nos stations à la terrasse du Casino d'où nous pouvions suivre le roussissement progressif des arbres de Nollendorffplatz. Nous retrouvâmes aussi nos habitudes à l'atelier. La cure de Bad-Sulza avait été bénéfique à Frau Fackelmann qui en paraissait rassérénée et rajeunie. Une coquetterie inédite lui avait même fait reléguer son ordinaire tablier à carreaux et elle étrennait avec l'automne une robe de taffetas prune dont la masse modelée de plis rebondis, rutilante et bruissante, contribuait à lui donner, lorsqu'elle était installée derrière le petit bureau du vestibule où elle enregistrait les inscriptions, cette allure tout à la fois majestueuse, efficace et accorte, dont le secret n'appartient qu'aux caissières des plus florissantes maisons de commerce. En effet, un afflux inexplicable de nouveaux élèves n'était pas étranger à sa disposition pimpante et elle nous avertit avec une gravité modeste que si les choses continuaient de ce train, l'atelier Fackelmann se trouverait bientôt en rivalité directe avec celui de von Stück, à Munich, pour l'heure le plus couru de toute l'Allemagne. Il nous sembla que Frau Fackelmann tirait des conclusions un peu hâtives d'une conjoncture accidentellement faste et sans doute passagère. Quant à Fackelmann lui-même, son comportement amer et intempérant comme à l'accoutumée ne faisait pas la moindre concession à ce renouveau inespéré de faveur. Les deux mois de villégiature à Bad-Sulza, pendant lesquels il avait dû ronger son frein sous peine qu'une manifestation trop éclatante de son mauvais esprit ne le fasse exclure de la table d'hôte où le vin était à discrétion, avaient renforcé sa misanthropie et aiguisé le tranchant de ses sarcasmes. Mais ceux-là ne s'exerçaient plus contre nous qui en étions blasés ; ils ne visaient désormais que la troupe fraîche des nouvelles recrues dont la candeur encore intacte pouvait aisément être choquée. Cette discrimination évidente me donnait pour la première fois la sensation, un peu triste, d'être un ancien.

Au nombre des autres anciens — nous étions bien peu —, j'eus l'heureuse surprise de compter miss Stewart dont je m'étais dit qu'elle serait rentrée en Angleterre. Cette persévérance me la fit considérer avec un regain de curiosité qu'accompagnait un mouvement nouveau de sympathie. La sympathie était un sentiment que je n'avais encore jamais éprouvé pour elle, elle naissait avec l'intuition qu'un point commun insoupçonné existait entre nous. Jusqu'alors j'avais vu en miss Stewart une touriste car, dans la perspective du temps, un séjour d'un an à l'étranger n'est qu'une longue villégiature. Il faut plus que la parenthèse d'une année d'absence pour détourner une vie de son cours. Mais pas beaucoup plus et, à se prolonger sans raison au-delà de cette limite que miss Stewart avait franchie, l'absence — ma propre expérience me le faisait deviner — affirmait un choix irréversible ; elle prenait aussi un nom différent, chargé pour l'imagination de prestiges mélancoliques, elle s'appelait l'exil. Or l'exil devient une patrie en soi et la condition d'étranger, une manière de nationalité supérieure que l'on ne renie plus lorsqu'on a goûté aux privilèges qu'elle comporte. Le premier d'entre eux est cette qualité d'opacité, ce cachet énigmatique que vous confère, dans vos rapports avec les gens d'une autre culture, la part en vous d'un héritage intraduisible. Elle s'exprime à travers des riens qui frappent et qui déroutent, comme une façon particulière de se présenter, de saluer ; une tournure de langage, non pas tout à fait fautive, mais cocasse ; une interjection de surprise ou de douleur qui vous échappe et qui semble n'être pas seulement le jaillissement spontané d'une autre langue, mais l'indice, presque inquiétant, d'une nature radicalement différente. Les menus malentendus, les infimes flottements qui en résultent, déploient autour de vous comme un écran peint aux couleurs de l'exotisme, à l'abri duquel la personnalité crue se dérobe. Cette protection n'est qu'un obstacle, pour ceux qui se plaisent à entretenir avec le monde ambiant des relations sans détours. Mais à certains au contraire, soit qu'ils ne sachent pas bien qui ils sont eux-mêmes, soit qu'ils veuillent en camoufler quelque chose, elle va comme un gant, ou plutôt, comme un masque. Peu à peu ils se laissent prendre à leur propre aura d'étrangeté, elle les définit plus sûrement à leurs yeux que cette identité originelle composée de traits point tout à fait aussi indélébiles qu'on se plaît à les dire et, en tout cas, bientôt noyés dans la multitude des réflexes acquis avec l'exil : faux-semblants d'adaptation, simulacres de familiarité, ruses de voyage.

Au temps de notre intimité passagère, les confidences que j'avais reçues de miss Stewart ne m'avaient pas laissé imaginer qu'elle pût appartenir, comme moi, à cette race fugitive. Des événements que j'ignorais étaient-ils responsables de ce changement en elle, ou bien l'avais-je mal observée ? C'est avec l'arrière-pensée de le découvrir que je me remis à lui faire des avances. Elle les accueillit froidement, mais la froideur étant son attitude naturelle, je ne m'en formalisai pas et je ne voulus rien en déduire non plus.

« Je suis bien heureux de vous revoir, lui dis-je, vous n'êtes donc pas rentrée en Angleterre, après tout ?

— En Angleterre ! s'exclama-t-elle en me toisant comme si j'avais proféré une énormité, pourquoi pensiez-vous que je retournerais en Angleterre ! Je connais à peine ce pays-ci et je n'ai encore rien vu du continent ! »

En même temps qu'elle parlait, d'un geste impatient de la main elle désignait autour de nous le continent évoqué et elle semblait aussi vouloir balayer ma présence, comme si celle-ci lui barrait le passage. Je compris qu'on ne la retiendrait plus, et sur ce geste qui me la révélait dans la perspective d'une errance infinie, je me pris à conjecturer quelle pourrait être, dans les prochaines années, l'existence de cette fille riche et oisive, sans contraintes comme sans vocation autre que celle de l'exil pour l'exil. Je supputais qu'elle ne demeurerait pas très longtemps à Berlin où, croyais-je, elle n'avait lié aucune connaissance. Elle essayerait une autre ville, Munich, à moins qu'elle ne préfère Heidelberg pour son cadre romantique. Puis ce serait Vienne, un temps. Ensuite, je me la représentais continuant vers l'est, faisant ses séjours successifs des différentes stations de l'Orient-Express : Budapest, Sofia, Athènes, Constantinople, peut-être. Il n'était pas impossible qu'elle aille jusqu'en Égypte, jusqu'en Perse, car il se trouvait sans doute à Ismaïlia et à Chiraz, pour accueillir les particuliers aisés qui ont contracté le virus de la migration perpétuelle, des établissements comparables à la pension Atkins et tenus eux aussi par des dames anglaises.

Au long de son périple, miss Stewart ne manquerait pas d'attacher à son char des cœurs émus par sa splendeur inaccessible, elle déclinerait encore quelques demandes en mariage, elle admirerait consciencieusement, du château de

Schönbrunn à la Mosquée Bleue, quelques-uns des monuments que l'on est convenu d'admirer, sans toutefois que ces péripéties sentimentales ni la découverte de sites pittoresques ou grandioses viennent par une influence quelconque troubler l'ordre de sa vision du monde. Et je devinais que jusque dans les tumultes de contrastes de l'Orient, retenant cette fraîcheur du teint et de l'âme qui ne tient qu'à l'ignorance de la passion, elle continuerait à peindre pour son plaisir des roses dont les pétales auraient l'air faits de pâte d'amande, et des chatons dans des paniers, avec des rubans autour de leurs cous. Car curieusement, pour cette fille dont l'élégance témoignait d'un goût si subtil et si sélectif qu'on aurait présumé qu'il s'exerçait au-delà du seul registre vestimentaire, l'idéal artistique était incarné par des chromos de nursery.

En sortant de l'atelier, quand je lui proposai comme autrefois de la raccompagner à sa pension, afin d'y présenter mes respects à Mrs Atkins que je n'avais pas vue depuis plusieurs mois, miss Stewart m'informa qu'elle avait quitté la maison de Schöneberg pour un appartement meublé proche du Tiergarten, parce qu'elle ne supportait plus, dit-elle, de se sentir sans cesse épiée par cette vieille chouette. Ces mots me firent un effet désagréable ; Arabella, telle que j'avais appris à la connaître, ne se distinguait peut-être pas par une bienveillance particulière, mais son égocentrisme qui lui faisait considérer les gens de son entourage comme des objets, en fonction de leur commodité, la retenait d'ordinaire d'éprouver à leur égard des sentiments relevant d'une expression aussi tranchée. Le qualificatif de vieille chouette que ne méritait certainement pas l'affable Mrs Atkins aurait dû me mettre sur la voie ; Arabella ne l'avait pas inventé elle-même, quelqu'un le lui avait soufflé.

Parmi les menus événements de cet automne, où tant de choses se tramaient autour de moi, auxquelles je m'appliquais à être en partie aveugle, il y eut les mornes soirées commémoratives que les Gieselach se mirent en devoir d'organiser dans leur taudis d'Oranienstrasse. De telles réunions prétendaient perpétuer et peut-être même resserrer nos liens de l'été ; elles auraient l'effet exactement contraire. J'imaginai de les baptiser plaisamment *nos soirées commémoratives* — sachant chagriner Nils par ce trait d'ironie —, puisque aussi bien nous n'y célébrions plus que la mémoire des moments rares que nous avions vécus ensemble et dont l'incident de notre dernière randonnée nocturne sur la plage de Prerov avait marqué le terme à mes yeux.

Le soupçon conçu alors et bientôt devenu certitude avait changé mes sentiments envers les Gieselach. Il n'avait pas fallu longtemps pour que cette modification radicale se trahisse dans mon attitude vis-à-vis d'elles. Je leur manifestai désormais une politesse distante, suffisamment équivoque, dans son expression, pour qu'on la mette au compte d'une reprise inexplicable de ma timidité. Cette attitude ne fut sans doute pas étrangère, à la longue, au climat, lourd de réticence et d'affectation, qui caractérisait les soirées commémoratives. Pour combattre cette ambiance de malaise sécrétée par ma présence, Lodovica et Leontine déployèrent en vain des efforts qui, à eux seuls, m'auraient touché en d'autres circonstances. Elles continuaient à mimer cette gaieté rebelle au malheur, qui leur avait été naturelle et qui nous avait tant séduits. Mais leur entrain sonnait faux et, tout au fond, on les sentait désemparées, inquiètes pour la première fois. Était-ce parce que pour la première fois depuis des années elles avaient de nouveau quelque chose à perdre ? Et je ne parle pas seulement de notre amitié. Il semblait en effet que leur situation matérielle s'était mystérieusement améliorée, qu'elles n'étaient plus si misérables que nous les avions connues. Je soupçonnai la générosité de Nils de jouer un rôle dans leur modeste retour de splendeur qu'attestaient la réapparition de quelques meubles convenables et, lorsque nous étions invités pour dîner, la présence dans nos assiettes, non plus de minuscules et quasi symboliques sandwichs, mais de nourriture substantielle. Ces signes de munificence — qui ne me semblaient tels que relativement au dénuement absolu dans lequel j'étais habitué à voir vivre les deux femmes — suffirent à me faire supposer que les Gieselach avaient entrepris de dépouiller Nils de sa fortune. A la lumière de cette présomption, je reconsidérai l'incident de Prerov. Dans son premier mouvement, j'en avais fait porter à mon camarade la responsabilité entière ; il commença à m'apparaître le résultat des menées de deux aventurières lasses de vivre d'expédients à court terme et qui, dans l'espoir de s'assurer une situation, s'étaient donné le mot pour envoûter un nigaud richissime dont elles avaient tout de suite pressenti que l'exigeante sensualité était le point faible. Je ne discerne toujours pas clairement, aujourd'hui, par quelle aberration j'ai pu accomplir en si peu de temps et sans me fonder sur aucune preuve cette manière de pirouette sentimentale qui consistait à passer, à l'égard des Gieselach, de l'affection et de la confiance à cette suspicion haineuse qui me les faisait soudain créditer des plus sombres complots. Parfois, attendri par un souvenir qui me revenait, des jours de notre amitié, je me disais que je ferais mieux de cesser tout commerce avec Lodovica et Leontine, plutôt que de me rendre à leurs invitations et de jouer les éteignoirs. Mais quand j'en arrivai à ce stade où des soupçons, à force d'être ressassés, se transforment en convictions, je balayai mes scrupules et je me persuadai qu'il était de mon devoir de me montrer chez les Gieselach aussi souvent que possible pour y saisir les occasions de contrarier leurs manœuvres, au moins pour en tempérer la hardiesse par ma présence, pour protéger Nils enfin. J'en profitai pour exprimer aux deux femmes un peu de l'hostilité qu'elles m'inspiraient désormais, sur ce mode imparable, parce que infiniment ambigu, dont j'avais acquis la maîtrise. J'inventais, par exemple, d'entourer Lodovica du genre de prévenances que l'on ne doit qu'aux très vieilles personnes, afin de rappeler la différence de nos âges qu'elle s'évertuait à faire oublier.

J'ai honte de l'avouer, mais j'éprouvais une âcre délectation à tomber dans ces puériles mesquineries. C'était d'ailleurs le seul bénéfice que j'en retirais, car si un tel comportement de ma part réussissait à empoisonner l'ambiance de réunions qui auraient pu être chaleureuses et gaies, il demeurait sans aucune incidence sur l'essentiel. J'avais beau faire, je ne parvenais pas à contraindre les Gieselach à lâcher leur proie, encore moins à ouvrir les yeux de Nils sur leurs intentions véritables. Quelque tortueux stratagème que j'élabore dans l'espoir de l'éloigner de Leontine — que le triomphe dont elle se croyait assurée rendait resplendissante —, mon ingéniosité malveillante butait contre les limites d'une zone inexpugnable. J'identifiais cet obstacle à l'aura mystérieuse, d'une densité et d'une composition ignorées de la chimie, mais résistante à toute corrosion, à toute atteinte extérieure en général, que projettent autour d'elles, paraît-il, les passions comblées. Enfermés dans cet orbe immatériel qui garantit leur protection et les retranche du monde, les amants, unis dans les félicités de la chair, y respirent une atmosphère qui n'est qu'à eux, toute saturée de leurs délires. Nils m'échappait dans ce bonheur égoïste et stupide. Mon hostilité, qu'il devinait mieux que quiconque à ses plus infimes manifestations, l'irritait bien un peu, mais il s'agissait d'une irritation si superficielle, si négligeable au regard de l'illusion dont il se berçait, d'aimer et d'être aimé en retour, qu'il ne m'en tenait même pas rigueur et qu'il excusait bientôt cet antagonisme perfide, en le mettant au compte de mon ignorance d'un bonheur semblable au sien.

Un soir, Lodovica nous accueillit avec l'annonce que nous allions fêter une grande nouvelle. Je supposai aussitôt qu'il serait question de fiançailles officielles entre Nils et Leontine, et la satisfaction qui dut se peindre sur ma figure émut Lodovica qui se risqua à m'embrasser. Sans doute imagina-t-elle, à cet instant, qu'en dépit de mon attitude des derniers temps, j'éprouvais après tout, pour elle et pour Leontine, une affection intacte puisque je prenais tant de part à ce qui les touchait. La satisfaction que je laissais paraître n'était d'ailleurs pas feinte, mais elle avait un tout autre sens. J'entrevoyais que si les Gieselach avaient persuadé Nils de franchir ce pas décisif, elles ne tarderaient pas à s'en repentir. Car il ne faudrait pas longtemps pour que Mme Rydqvist, venue de Stockholm afin de remettre de l'ordre dans la vie de son fils, déjoue ses projets de mariage avec une intrigante qui posait nue.

Mais ce n'était pas de fiançailles qu'il devait s'agir finalement. Quand Lodovica nous fit pénétrer dans le salon, nous y découvrîmes Leontine installée devant un petit piano qui n'était pas là la veille. Une partition était disposée sur le chevalet, on avait allumé les chandelles qui garnissaient les bougeoirs de bronze et cette illumination suggérait une ambiance de festivité passablement miteuse. Immobile dans ce halo fumeux et tremblotant, Leontine, en rose pâle, était assise de biais sur le tabouret à vis, comme prête à attaquer sur la première injonction la plus romantique des valses. « Voilà ! fit Lodovica, les yeux brillants, en désignant cette fade composition que formaient la musicienne et son instrument. C'est décidé ; Leontine reprend le chant... Et ce n'est pas tout, poursuivit-elle d'un ton plus grave, j'ai vendu *l'Étang aux saules* — *l'Étang aux saules* n'était pas un bien foncier, comme on aurait pu supposer, mais une des toiles maîtresses de feu Gieselach, celle, je crois, qui encombrait depuis des mois le couloir. J'ai hésité longtemps, vous vous en doutez bien, reprit-elle, mais au fond les grandes œuvres appartiennent au public, n'est-ce pas ? Elles sont faites pour aller dans les musées. La fondation Kestner de Hanovre me pressait de lui céder celle-là, je me suis dit qu'il serait égoïste de garder un tel tableau pour moi toute seule, et comme on m'en offrait un bon prix, je me suis laissé tenter. J'ai fait ce que Joseph aurait souhaité, j'en suis sûre. » Là-dessus, elle déboucha une bouteille de vrai champagne pour que nous buvions ensemble à toutes ces bonnes nouvelles. J'étais partagé entre l'indignation et une pitié véritable : les mensonges de Lodovica étaient à l'aune de mes menues méchancetés. Qui donc la pauvre femme croyait-elle abuser en inventant cette invraisemblable histoire d'achat, pour dissimuler que Nils, non content de les entretenir sur un pied à posséder un piano, avait résolu de payer des leçons de chant à sa maîtresse ?

Ce soir-là, Leontine nous interpréta des lieder de Schubert en s'accompagnant elle-même. Nils tournait les pages de la partition. Schnabel, Hornig, Libbenow et moi qui faisions semblant d'écouter, communiions en réalité dans la détresse d'un ennui insondable. Schnabel regarda sa montre à la dérobée ; s'apercevant que j'avais surpris son geste, il m'adressa un haussement de sourcils accablé. La scène à laquelle nous assistions aurait pu prêter à rire pourtant — car Leontine figurant les jeunes filles accomplies dans les arts de société, et Nils qui faisait pivoter les feuillets avec recueillement, frôlaient la parodie —, si elle n'avait consacré une métamorphose dramatique. En rapprochant cette soirée de celles que nous avions connues à l'époque où les Gieselach opposaient à toutes les rigueurs du sort un bouclier d'indifférence et de gaieté, je me demandais si, plus encore que Nils, lequel n'avait à y perdre que quelques illusions, les deux femmes n'étaient pas les véritables dupes de la triste intrigue qui s'était nouée entre eux. Le bien-être nouveau qu'elles devaient à la générosité de Nils, si précaire qu'il fût, avait déjà corrompu leur bon goût, anéanti chez elles jusqu'au sens du ridicule qui, deux mois plus tôt, les aurait fait se divertir les premières de la pompe dérisoire de ce récital. Ce semblant de prospérité qui les rendait à la condition bourgeoise leur en faisait aussi retrouver les conventions, elles s'évertuaient à en singer l'apparat. Elles avaient perdu l'insouciance qui constituait leur charme inimitable ; le sens des réalités leur était revenu, avec toutes les craintes qu'il implique et toutes les minuscules bassesses que celles-ci conduisent à commettre. Elles avaient échangé l'absolu, dans le dénuement et dans l'idéal, contre un confort relatif et des aspirations auxquelles on aurait fait trop d'honneur en les qualifiant de sordides, tant elles étaient, au fond, ordinaires. A l'avenir, Lodovica et Leontine n'étonneraient ni ne séduiraient plus personne comme elles nous avaient dès l'abord étonnés et séduits. La grosse Mme Rydqvist pouvait arriver de Stockholm pour arracher son fils à leurs griffes, elle ne se sentirait pas trop dépaysée par les Gieselach nouvelle manière : à la place des bohémiennes de jadis, dont l'altière incurie aurait décontenancé ses préjugés et en aurait peut-être imposé malgré elle à son étroit matérialisme, elle n'aurait plus affaire qu'à des petites bourgeoises dévergondées et cupides, pour qui un sou était un sou et les convenances, les convenances. Ce langage qu'elles découvriraient posséder en commun faciliterait leurs éventuelles tractations.

A partir de là je me désintéressai — du moins le pensai-je — de Nils et de ce que je nommai, à part moi, *sa belle-famille*. Je me fis rare à Oranienstrasse, puis je n'y allai plus du tout. Ainsi ma rupture avec Lodovica et Leontine s'accomplit-elle progressivement — ce qui l'eût rendue presque insensible si l'égarement de la colère ne m'avait inspiré, un peu plus tard, de compromettre cette mort douce, en ajoutant à l'histoire de nos relations un épilogue aussi inutile que navrant.

Schnabel, Hornig et Libbenow m'imitèrent; je n'avais pas osé espérer qu'ils le feraient. Leur désaffection n'avait pas, comme la mienne, le motif de griefs particuliers, simplement le nouveau ton inauguré avec les soirées musicales avait peu à peu découragé leur assiduité. Malgré cela, ils affirmaient conserver pour les deux femmes une amitié toujours aussi vive. C'était vrai sans doute, mais ce sentiment, sans varier en intensité, avait pourtant changé en quelque chose : désincarné, il ne requérait plus, semblait-il, la présence de celles qui en étaient l'objet. Je remarquai également que désormais, lorsqu'ils évoquaient les jours de Prerov, nos équipées du printemps dernier dans les banlieues berlinoises, c'était déjà sur ce mode ému où l'on sent poindre aussi comme une vague incrédulité rétrospective, qui convient aux souvenirs très lointains.

C'est ainsi que nous nous retrouvâmes tous les quatre, plus unis qu'auparavant par une fringale d'expériences et de rencontres nouvelles. La conclusion de l'épisode Gieselach nous apportait la preuve que rien ni personne ne suffirait longtemps à satisfaire cette frénésie de découvrir et d'embrasser qui nous possédait; à l'avenir elle nous ferait sans cesse diversifier le champ de notre observation, remanier le cercle de nos connaissances. La défection de Nils n'entraîna aucune modification profonde dans la nature du groupe; art de peindre et de vivre, entité, Cause, celui-ci n'était pas fonction de notre nombre. Nils absent ne lui manqua pas, partant Nils nous manqua à peine et lorsque nous faisions encore allusion à lui, en déplorant que son attachement ne lui laisse plus que très rarement le loisir de se joindre à nos équipées, c'était sans véritables regrets, sans rancune non plus. Nous n'éprouvions qu'un peu de pitié à son égard, une pitié comparable à celle qu'inspirerait une bête jadis sauvage, mais dont l'instinct prédateur a cédé sans gloire à la domestication. Car l'ardente curiosité qui nous animait nous semblait être, dans la nature artiste, la correspondance exacte d'un tel instinct.

Schnabel nous conduisit un dimanche après-midi au vélodrome de Steglitz. Une course se disputait sur l'anneau d'asphalte bordé de grands panneaux de réclame Liebig. A la semblance de la pâte de guimauve qu'on roule et qu'on étire, le peloton compact que formaient les coureurs en ligne droite se désagrégeait dans les virages et, couchés sur leurs guidons, avec leurs éclatantes casaques de satin, on les voyait filer en ruban de *S* multicolores, talonnés par les huées et les hourras qui fusaient de la masse mouvante des spectateurs. Le vainqueur passait la ligne en jetant tout à coup les deux bras au ciel, comme pour commander l'ovation. On se ruait pour le cueillir sur sa selle et l'enlever en triomphe, c'était dans une atmosphère lourde, acide, faite de relents de sueur et de graisse de saucisse grillée.

Nous avions jusqu'alors étudié les couleurs et les formes, ce jour-là nous découvrîmes le mouvement et nous perçûmes la qualité d'intensité dramatique que l'on pouvait tirer de la représentation de l'effort physique et de la vitesse. A la suite de cette révélation, nous commençâmes à hanter pour un temps les gymnases et les hippodromes, les baraques de lutteurs de foire et les rings de boxe, rares à cette époque, autant qu'excentriques et mal famés. Nous étions à l'affût de toutes les prouesses du corps, même les plus brutales. Même les plus sanglantes et, à la boxe, lorsque nous parvenions à nous assurer des places au premier rang afin de saisir de tout près les combattants qui chancelaient d'épuisement et paraissaient ne devoir leur fragile équilibre qu'à l'élan, avec lequel ils portaient leurs coups, nous inclinions légèrement nos carnets à croquis dans leur direction pour qu'une fine pluie de sang, jaillie de quelque arcade sourcilière écrasée, vienne asperger le dessin, scellant et attestant ainsi son authenticité documentaire...

Mais c'est dans le spectacle du cirque, synthèse artistement élaborée de toutes les performances athlétiques, que nous devions trouver une incessante source d'inspiration. Au cirque, les mêmes exploits qui s'offraient ailleurs sans apprêts, s'enveloppaient, pour notre régal, d'un théâtralisme grossier dont nous recensions avec émerveillement les figures. Il y avait une componction propre au risque, un port et une gestuelle particuliers à la bravoure, une emphase gratuite de l'adresse. Ces attitudes figées dans une convention mécanique contrastaient avec les circonstances dont elles cherchaient à souligner le sensationnel, comme avec les vertus dont elles prétendaient rehausser l'expression. Ainsi, le recueillement du voltigeur concentrant ses facultés et ses forces avant le saut périlleux, gonflant les pectoraux et bandant la cuisse à l'instant où, dans un roulement de tambour, il empoignait la barre du trapèze, avait-il quelque chose de lascif qui plaçait son numéro dans le double éclairage du sublime et du ridicule. Il en allait de même pour le dompteur en dolman chamarré promenant dans la cage aux fauves la fière cambrure et les moustaches d'une manière de comique troupier parodiant l'allure d'un adjudant des hussards à la revue ; de même pour les équilibristes, chargeant leurs tours aériens d'inutiles suspens et de mimiques racoleuses, mêlant de la sorte aux purs prodiges de l'agilité les manigances éculées des bateleurs. Loin d'en être irrités, nous savions gré à ces gens qui risquaient leurs vies pour notre divertissement de s'abaisser à ces artifices vulgaires. Nous sentions bien que le cabotinage était le masque pudique sous lequel ils dissimulaient l'héroïsme nécessaire à leurs accomplissements et dont le spectacle cru eût été insoutenable.

Au cirque Busch où nous allions au moins un soir sur deux, nous avions soin d'arriver assez tôt pour applaudir le numéro de la mulâtresse Fritzie, la reine de La Havane. En tunique pailletée et bottes rouges, la cuisse nerveuse moulée par un collant de soie couleur chair, elle faisait caracoler dans un fin halo de poussière de sciure un vilain cheval tricolore et pommelé, de l'espèce rare des apalousas. Le cheval avait un collier à grelots et l'entrée de Fritzie au bruit de leur frais carillon m'évoquait l'attaque d'un mouvement de la *Symphonie pastorale*. Je ne sais ce qui nous rendit d'emblée cette écuyère irrésistible, jusqu'à susciter en nous à son égard le même genre d'idolâtrie que les amateurs d'opéra vouent à certaines grandes cantatrices. Était-ce la bouffée d'exotisme caraïbe que nous affirmions qu'elle répandait et qui la rendait digne, à nos yeux, du titre étrange de reine de La Havane ? Était-ce l'espèce de fluide électrique qui semblait se dégager de l'acrobatique brusquerie du moindre de ses gestes, geste auquel prenait part tout son corps ? Car, pour le physique, elle n'était pas belle, ingrate même, avec un col trop court pour son torse râblé, une croupe de Hottentot et un faciès chiffonné aux paupières charnues et tombantes, qu'encadraient des vagues de cheveux crêpelés dont on aurait dit qu'ils poussaient à l'horizontale. Au second tour de piste, Fritzie se mettait debout sur la selle et s'y tenait un instant en équilibre sur un pied, puis elle sautait dans un cerceau de feu. Le saut accompli, en même temps qu'elle se recevait à califourchon, elle aplatissait des deux mains la masse de sa toison hirsute pour y éteindre d'éventuelles flammèches et souvent, en effet, une âcre odeur de poil roussi se mêlait à celle de la sciure et au fumet des animaux échauffés pour composer un remugle écœurant et troublant à la fois, proche, imaginais-je, de celui qui traîne dans une chambre confinée après des ébats amoureux.

Fritzie voulut bien nous accueillir dans sa loge où flottait le même parfum. En entrant, nous la trouvâmes abandonnée, les bras ballant par-dessus les accoudoirs, dans un vieux fauteuil d'éclisses au tressage rompu par endroits. Ses pieds débottés reposaient sur la tablette qui lui servait de coiffeuse et que surmontait un mauvais miroir pendu à un clou. Nous la félicitâmes puis nous nous mîmes à causer de choses et d'autres et, tout en lui parlant, il nous fallait faire effort pour ne pas nous laisser aller à fixer ses jambes croisées en long et luisantes dans leurs gaines de soie, vers lesquelles nos regards revenaient malgré nous. Elle s'exprimait avec un fort accent dans un allemand rudimentaire dont elle confondait les genres. Lorsque nous nous hasardâmes à lui demander d'où elle venait, elle ne fit aucune difficulté pour satisfaire notre curiosité dans le détail. Il en résulta une histoire à dormir debout, selon laquelle la reine de La Havane était née des amours furtives d'un hidalgo et d'une princesse indienne d'ancienne race. Après bien des péripéties qui combinaient des meurtres, des suicides et des spoliations, on l'avait mariée de force, à l'âge de quinze ans, avec un Polonais émigré aux Amériques à la suite de sa participation à un complot manqué, et qui y avait embrassé la profession de courtier en tabac. Tous les trois ans, il entreprenait un voyage transatlantique pour visiter sa firme établie à Hambourg. Fritzie avait obtenu de l'accompagner. Elle avait l'intention de le planter là, sitôt à quai, pour visiter toute seule l'Europe. Elle n'en avait pas eu le loisir car la veille même de l'arrivée, comme on était déjà dans l'embouchure de l'Elbe et qu'on apercevait à travers le hublot de la cabine les lumières de Cuxhaven, le Polonais qui la « gavait d'amour comme une oie », nous confia-t-elle, était mort sur elle, dans les circonstances qu'on imagine. Et c'est presque en vue de l'Ellerholzhaven que, conformément à la coutume maritime, on avait jeté sa dépouille aux flots. Abandonnée sans ressources dans un pays où elle ne connaissait personne, dont elle ne savait pas la langue, il lui était venu l'idée de s'embaucher comme écuyère de cirque, car s'il était une chose au monde dont elle était familière, c'était des chevaux. Il y en avait des centaines qui vivaient à l'état demi-sauvage et qu'elle avait coutume de chevaucher à cru, en s'accrochant à leur crinière, dans l'hacienda de son père l'hidalgo. Fritzie émaillait son récit tumultueux de ces quelques mots d'espagnol dont tout le monde saisit le sens : *hidalgo, muchacha, hacienda*... Joints aux *carambas!* vibrants qu'elle lâchait à tort et à travers, ils concouraient à un pauvre effet de couleur locale dont on sentait bien la préméditation. Hors ces vocables d'un folklore élémentaire, elle paraissait avoir tout oublié de sa langue natale. Aussi, une quinzaine d'années plus tard, quand je la retrouverais par hasard, non plus écuyère de cirque, mais initiant dans une boîte de nuit des spéculateurs ventrus à la vogue nouvelle du ragtime, je ne serais pas trop surpris de l'entendre m'avouer qu'elle était née dans le quartier nègre de Savannah, Georgie, et qu'elle s'appelait pour l'état civil Opale Smith.

Mais, pour l'instant, ses affabulations grossières ajoutaient à son charme, et d'ailleurs je ne les écoutai que d'une oreille. J'avais repéré une échelle dans ses bas, à la hauteur du jarret, qui laissait entrevoir sa peau. Alors que son visage était d'une teinte café au lait, encore éclaircie par la poudre de riz, ce rectangle de chair apparaissait d'un pigment plus sombre, d'un brun touché d'indigo. Je l'imaginai nue et son corps n'était pas d'une nuance uniforme comme l'est celui des femmes blanches; la couleur y jouait en dégradé, il se moirait par endroits de ténus reflets violâtres, de ces insaisissables éclats bleus qui allument la carapace du scarabée, de nacrescences grèges aux poignets, aux aisselles, à la saignée du bras. Ces touches fondues l'enfermaient dans un réseau d'ombres qui en soulignait les reliefs.

Bientôt il me fallut convenir que si je n'aimais pas Fritzie, si sa présence ne provoquait pas chez moi cette espèce d'émotion triste et délicieuse que me procurait la seule vue de miss Stewart à l'époque où j'étais épris d'elle, le trouble plus terre à terre où cette présence me jetait s'appelait le désir. J'accueillis d'abord une telle révélation de la même manière que celle d'une grave maladie. C'était donc là le misérable secret de ma vertu obstinée, de ce sommeil des sens dont je me félicitais parce qu'il m'avait permis de ne rien divertir d'une énergie tout entière consacrée aux spéculations cérébrales qui guidaient mon travail. Je m'étais flatté d'être inaccessible aux tentations de la chair, je ne les avais tout simplement pas rencontrées auparavant. Tandis que les plus séduisantes Prussiennes me laissaient de glace, que l'évocation d'Arabella Stewart elle-même n'entamait pas le calme de mes nuits, le feu couvait sous la cendre et, par la chimie des contraires qui s'attirent, une indigène noire comme le péché, sans beauté, plus de la première jeunesse — je lui donnais dans les vingt-huit ans —, avait libéré dans cette pâle constitution de Viking dégénéré des ardeurs dont je ne soupçonnais pas l'existence. Je ne me dégelais que pour m'embraser. Il me fallait l'admettre, j'aimais les négresses, exclusivement, c'était ma fatalité.

Dans le même temps où je me désolais de ce penchant, il me semblait tout à fait vain de chercher à lutter contre et j'échafaudais des plans compliqués pour coucher avec Fritzie. Je m'en ouvris à Schnabel que mon projet enchanta. Une pareille expérience, affirma-t-il, ne pouvait avoir sur la maturation de mon talent que des effets bénéfiques et il me cita en exemple la Tahitienne au perroquet qui avait partagé les dernières années de la vie de Gauguin, le trompant, le volant, l'abandonnant, pour finir, malade et sans un sou, mais après lui avoir inspiré sa période la plus intense et la plus féconde. Lui-même, me livra-t-il, avait connu une femme de couleur, c'était dans un port, une prostituée venue des Antilles hollandaises et qui répondait au drôle de nom d'Orange. Je voulus lui arracher des détails. C'était moins par curiosité perverse que par précaution car, dans mon ignorance immense, je n'excluais pas que l'anatomie des noires, en quelques parties secrètes, pût différer de celle des femmes blanches et je ne voulais pas me trouver pris au dépourvu. Schnabel, qui avait dû pressentir à travers mes questions la nature véritable de mon inquiétude, se fit un malin plaisir de me laisser dans le doute sur ce point. Alors qu'en des circonstances similaires il avait coutume de se montrer explicite, volontiers jusqu'à l'obscénité, il me confia seulement, en adoptant un air mystérieux et rêveur : « C'était le Congo ! » Je compris à son attitude qu'il fallait me résigner à n'en rien tirer de plus édifiant que cette métaphore et je pris le parti de hocher la tête avec gravité, comme quelqu'un qui s'estima renseigné au-delà de ses espérances.

Un événement qu'a priori on pourrait croire sans rapport avec le débat qui m'occupait allait précipiter les choses en m'insufflant ce rien d'audace du désespoir qui m'avait manqué jusque-là pour faire à Fritzie des avances nettes. Je reçus une lettre de maman, entre les pages de laquelle je trouvai glissés des billets de train et de bateau pour la Suède. On approchait de Noël et ma mère m'apprenait que Nils allait rentrer passer les fêtes dans sa famille. Je remarquai à part moi, avec un peu d'amertume, que mon camarade n'avait même pas jugé nécessaire de m'avertir de ce projet ; il est vrai que nous avions si peu l'occasion de nous parler désormais... Encore que les frais d'un tel voyage, insignifiants aux yeux de gens aussi fortunés que les Rydqvist, représentassent pour maman un sacrifice supplémentaire, elle avait décidé de me faire venir également. Elle concevait, déclarait-elle, que la perspective de passer deux semaines entières en sa compagnie devait m'apparaître de bien peu d'attrait. Elle s'excusait cependant de m'imposer cette corvée en arguant de sa santé qui n'était pas bonne. Oh, rien de grave ! Du moins rien de précis, que je ne m'inquiète pas... Simplement, elle se faisait vieille, elle déclinait ; elle voulait me revoir cette fois encore. Et qui pouvait dire avec certitude que ce ne serait pas la dernière ? Que je veuille bien la pardonner d'évoquer cette possibilité dont elle avait d'ailleurs la conviction qu'elle me laissait indifférent, mais à son âge et dans son état ces choses vous venaient malgré vous à l'esprit et sous la plume. Elle m'assurait, pour finir, de son affection à l'épreuve de toutes les déceptions que je lui avais causées et qui ne se leurrait pas d'être payée de retour.

Au moyen de cette seule lettre où sa cruauté empruntait le détour du sentimentalisme, maman me faisait retomber sous son emprise, laquelle se confondait avec le poids immense de mes péchés. Grâce au travail de persuasion qu'elle avait accompli sur moi, je n'aurai jamais connu la sensation — exaltante j'imagine — d'être tout à fait innocent de quelque chose que ce soit. J'aurai acquiescé spontanément à une part de responsabilité dans toutes les misères dont j'aurai été témoin et même des désastres qui allaient frapper l'humanité au cours de ma vie, et même des catastrophes naturelles lointaines, dont j'entendrais parler, je devais me sentir, contre toute raison, un peu le complice involontaire. Comme la plus petite particule de braise, au même titre que le soleil lui-même participe de l élément feu, la négligeable entité que je représentais dans un univers écartelé entre les forces du bien et les forces du mal, participait de ces dernières et collaborait avec elles dans une impondérable mesure. De cela, maman m'avait convaincu. La conscience lancinante que j'avais de cette vocation infâme et innée ne m'aura pas exhorté à me conduire, du moins à essayer de me conduire, mieux que les autres. Au contraire, dans la position où j'étais, d'une espèce d'amnésique qui ne saurait plus quels étaient ses crimes, tout en en conservant le remords, j'accueillais parfois comme un soulagement l'occasion de m'accuser d'une faute précise, dont je m'exonérais presque aussitôt d'ailleurs, en la mettant sur le compte de la prédestination. Paradoxalement, c'est cette prédestination elle-même que je ne me pardonnais pas.

Maman se rendait-elle compte qu'en m'abreuvant ainsi de reproches trop vagues et trop écrasants pour que je puisse même être tenté de chercher à les démentir, elle m'enjoignait au fond de me comporter comme elle me jugeait ? Que de telles missives équivalaient au commandement de mal faire ? J'étais un fils obéissant et, dans la semaine qui suivit la réception de sa lettre, je me surpassai pour la contenter. Tout d'abord, je courus au cirque. Il fallait, avais-je décidé, que ma *chute* précédât mon départ. Je voulais que maman en me retrouvant pût serrer sur son cœur un être avili par l'expérience de la volupté sans amour, souillé, contaminé peut-être, pour avoir connu la débauche avec une négresse. Ce serait là mon tribut secret à sa perspicacité, une sorte de cadeau de Noël en somme.

A poursuivre deux buts à la fois, on rassemble les conditions à peu près certaines d'un double échec. Il est peu d'obstacles que ne dissolve le fluide de la volonté quand celle-ci est indivise et totale, car la poursuite d'une satisfaction unique s'accompagne d'un irrésistible pouvoir de convaincre, on projette comme un charme un désir dont on n'est plus que l'incarnation, on l'impose. Mais que ce désir se dédouble, s'infléchisse, se complique d'attendus circonstanciels, et l'on ne projette plus que sa propre confusion. Fritzie aurait peut-être été émue par l'élan qui me précipitait vers elle ce jour-là, si elle l'avait reconnu pour purement sensuel. Mais ma véhémence trahissait moins de l'ardeur que de la panique et elle devina qu'au-delà du seul désir physique, je cherchais à assouvir autre chose que je ne lui avouais pas. Il me semble d'ailleurs, à une phrase qu'elle me dit et dont j'ai oublié le tour exact pour n'en garder que l'impression, qu'elle sut, avant que je n'en prenne conscience moi-même, ce qu'il entrait de projet de vengeance dans mon besoin impatient de la posséder. Cela lui déplut, elle en fut sans doute humiliée et elle me rabroua.

J'allais me résigner à ce nouveau fiasco quand je songeai que le billet que m'avait envoyé maman ne comportait pas de retour, qu'il était peut-être dans ses desseins de me retenir près d'elle en alliant aux moyens que lui donnait l'autorité — et qui n'auraient pas suffi — les arguments du chantage à la culpabilité, contre lesquels je me savais sans défense. Dans ce cas, je ne reverrais plus Berlin, ni mes amis, ni Fritzie ; j'allais les perdre et je ne garderais que cette innocence de fait que je commençais à me représenter comme une tare, cette virginite ridicule. Je me mis à pleurer et, tout en hoquetant, j'entremêlais les supplications lamentables et les ultimatums insensés. Fritzie posa sa main froide sur mon front; j'avais réussi à me donner de la fièvre. Elle me commanda de m'allonger sur une sorte de banquette qui lui servait de panière à costumes et dont la housse d'ottomane innommable dégageait une violente et acide odeur que j'imaginais être celle du pipi de tigre. Elle me fit boire un verre d'eau. Peu à peu mes sanglots se calmèrent, je n'étais plus que courbatu de chagrin et envahi par une grande lassitude. Une fois tari le cours des larmes qu'on aurait cru intarissable, on entre dans cet état de sécheresse navrée, de prostration, où plus rien ne vous ferait pleurer car tout vous est indifférent. « Voilà, dit Fritzie, c'est fini, c'étaient les nerfs. » Je fis un effort pour lui sourire, étirant mes lèvres sèches, je n'y parvins pas. Je me levai alors pour partir. Dans ce genre de scènes, le tragique de fond se traduit presque toujours par un comique de contretemps; Fritzie choisit cet instant pour chercher à justifier un refus dont je n'avais même pas songé à lui demander le motif. « Tu as la jeunesse pour toi et tu n'es pas laid, dit-elle, mais vois-tu, tu n'es pas mon genre... D'ailleurs, j'ai quelqu'un et il est très jaloux ! »

Cette confidence fut la source d'une nouvelle inquiétude car j'imaginai aussitôt que l'homme dont elle parlait était l'un de mes camarades qui m'avait pris de vitesse. Était-ce Hornig ? Ce pouvait même être Schnabel, malgré les encouragements qu'il avait fait mine de me donner; je n'excluais pas une telle duplicité de sa part. Ce n'était aucun d'entre eux, m'assura Fritzie en croyant m'apaiser, mais le nain Melchior, de la suite des clowns, qui parodiait les tours de l'otarie savante en se hissant sur un gros ballon de caoutchouc. Depuis trois mois, elle était en ménage avec lui. Un nain ! Et même pas un nain harmonieux, mais un pauvre être difforme au front protubérant, aux bras en anses de cruche et que tout le monde craignait car on le savait méchant comme la gale... C'était cela qu'elle me préférait. Je me rassis, les jambes coupées par la surprise, avec pourtant une satisfaction soudaine de fatuité : si je tenais toujours le mauvais rôle de celui qu'on repousse, je savais au moins figurer par comparaison un splendide cocu avoisinant le mètre quatre-vingts. La conscience de cet avantage se traduisit dans ma question spontanée par une note qui mêlait l'incrédulité, la consternation et la commisération condescendante :

« Mais comment est-ce possible ? m'enquis-je. Pourquoi ?... »

Je m'étais levé à nouveau et je me tenais bien droit, la toisant de toute ma taille. Comme je l'interrogeais, je sentais affleurer sur mon visage ce sourire ironique et cajoleur, ce sourire mufle, qui vient naturellement aux hommes dans ces circonstances, dès qu'ils se sentent investis d'une supériorité quelconque. Fritzie me regarda dans les yeux et j'y vis tant de dureté et de colère, j'y lus tant d'injures contenues, que le sourire se figea.

« Pourquoi ! répondit-elle, haletante, pourquoi ! Mais parce que, *mein Schätzchen...* » et, terminant par un geste explicite la phrase qu'elle laissait en suspens sur ce diminutif plus méprisant qu'affectueux, elle mesura dans l'air, en écartant les deux mains à l'horizontale, un objet qui aurait pu être une tringle d'escalier ou une pompe à vélo.

Cette liaison de Fritzie et de Melchior, que je mettais alors sur le compte d'une passagère et vicieuse aberration, allait durer assez longtemps pour connaître un de ces dénouements dont les tragédies de théâtre, moins sordides que celles que joue la réalité, couronnent les passions sublimes. Une trentaine d'années plus tard en effet, le méchant vieux nain, avec la pleine conscience du sort qui l'attendrait, déploierait toute sa ricanante énergie pour obtenir d'un fonctionnaire complaisant de rejoindre la vieille négresse dans le camp de Prusse-Orientale où elle serait détenue — camp spécialisé dans la purification expéditive d'une race qu'ils n'honoreraient ni l'un ni l'autre.

Je rentrai méditer à Fischerstrasse. J'espérais vaguement, contre toute vraisemblance, y trouver Nils, ou bien Schnabel ou Hornig. Ils avaient l'habitude de passer à l'improviste et, si je n'étais pas là, ils allaient exhumer la clef que je rangeais en permanence à leur intention sous une latte disjointe de la dernière marche de l'escalier. Ils s'installaient en m'attendant, se confectionnaient des *délices de Sibérie,* faisaient du feu, s'endormaient quelquefois dans mon lit que, par paresse, je laissais toujours défait. Mais ce soir-là, je ne trouvai personne. Le poêle avait dû s'éteindre et les montants craquelés de la verrière laissaient passer un courant d'air glacial. Je me souviens que, tandis que je cherchais à tâtons des allumettes pour allumer la lampe, je bousculai un paravent qui s'effondra en en heurtant un autre, lequel s'effondra en en heurtant un troisième et ainsi de suite. Quand j'eus allumé la mèche, la teinturerie m'apparut à nu : un hangar lugubre et invivable, jonché de fragiles écrans de couleurs, abattus comme des canards de tir forain.

Le lendemain, je fus réveillé par des coups frappés à la porte. C'était la propriétaire qui venait percevoir le loyer. Nous gardions l'argent qui servait aux dépenses de la maison dans un pichet à bière à couvercle d'étain, un de ces objets hideux dont la faïence peinte figure en relief une trogne couperosée de buveur. Je le cherchai en remuant les décombres des paravents, je le trouvai enfin, intact, mais il ne contenait que quelques *Groschen*. Or, deux jours plus tôt, j'étais certain d'y avoir vu une liasse de billets de banque. J'inventai une excuse à laquelle la vieille ne fit pas même semblant de croire. Elle se méfiait de nous. Non que nous lui en ayons donné la moindre cause, mais lorsque nous avions signé le bail qu'elle nous offrait, nous n'avions pas même fait mine d'en discuter les termes qui, si modestes qu'ils nous aient semblé, étaient encore trop élevés pour un logement vétuste et presque insalubre. La crédulité n'est pas une recommandation et la facilité avec laquelle nous nous étions laissé rouler par cette femme nous avait privés de sa confiance. Je réussis pourtant à m'en débarrasser en lui promettant qu'elle serait réglée d'ici la fin de la semaine. Elle ne partit pas sans proférer quelques menaces confuses où il était question de police des étrangers et de malfaiteurs arrêtés à la frontière.

Nils réapparut vers la fin de l'après-midi. Il était soucieux et déprimé, autant peut-être que je l'étais moi-même. La vie commune m'avait enseigné à reconnaître les sûrs indices de ses états d'âme et, sans même qu'il eût à prononcer un mot, j'évaluais la couleur de son humeur à un affaissement découragé des épaules, au tour plus ou moins allègre que faisait sa clef dans la serrure.

« Où est l'argent ? » demandai-je à brûle-pourpoint en tendant l'index vers le pichet vide.

Il considéra d'abord la jonchée des paravents renversés et leva vers moi un regard interrogateur.

« La vieille est venue réclamer son loyer. Elle dit qu'elle ira à la police et qu'elle nous fera mettre en prison si elle n'est pas payée d'ici trois jours ! »

Il venait vers moi, enjambant les cadres démantibulés des paravents, il ricana de cette menace outrée.

« Cela te fait rire ? dis-je. Pourtant je ne crois pas qu'elle plaisantait.

— Mais elle sera payée ! affirma-t-il avec une pointe d'impatience. Ne t'inquiète donc pas... »

Son ton s'était radouci, il cherchait à me calmer. Je compris qu'il refusait la querelle à laquelle je m'étais préparé, à laquelle j'aspirais, pour y libérer le trop-plein de l'anxiété et de la rancœur accumulées pendant les heures où je l'avais attendu. Était-ce seulement par lassitude qu'il évitait l'affrontement, ou bien estimait-il que je ne méritais aucune explication, que je devais me contenter de cette assurance molle qu'il daignait me donner ? Si pourtant il y avait consenti, il me semble que bien des choses auraient été changées, que nos griefs, exposés pour une fois au grand jour de la colère, n'eussent pas survécu à cette colère, eussent été dissipés, qu'enfin j'aurais brûlé en injures véhémentes et inoffensives l'énergie mauvaise que j'allais employer dans les heures suivantes à nous punir tous. Mais Nils me signifia que le chapitre était clos, en allant s'étendre sur son lit où il feignit aussitôt de s'endormir.

« Qu'as-tu fait de cet argent ? » interrogeai-je encore, non par curiosité véritable, car je ne doutais pas de connaître la réponse, mais dans un dernier effort pour engager la dispute.

« Je l'ai prêté ! » dit Nils, puis il me tourna le dos et couvrit sa tête de son oreiller.

Confrontés à des situations critiques ou qu'ils imaginent telles, certains se flattent qu'ils décident d'agir. Je sais que je ne décidai pas. Comme à chaque occasion de ma vie où, pour provoquer efficacement le désastre que je n'osais m'avouer désirer, je me donnais l'alibi de chercher à en éviter un autre qui n'avait de réalité que dans mon esprit, c'est l'état d'exaltation où je me trouvais qui décida pour moi.

Je sortis, mais, dans la rue, le grand air et la première neige qui s'était mise à tomber se révélèrent impuissants à me ramener à une plus juste appréciation des choses. Je marchai droit devant moi sans direction précise, longeant le fleuve, les yeux en l'air, le visage offert au fouet du vent glacé qui y faisait ruisseler des larmes seyant à la circonstance. Je traversai le pont de L'Électeur à grandes enjambées tragiques. Comme j'allais, en proie à cette tension nerveuse voisine de la démence, je travaillais avec succès à me persuader que les menaces de la propriétaire n'étaient pas si vaines, que cette mégère qui passait son temps à épier les allées et venues de tout un chacun pour se tenir au fait des moindres événements du quartier, servait sans doute d'indicateur et bénéficiait ainsi d'appuis occultes dans la police, que, d'autre part, Nils ne pourrait remplacer à temps l'argent qu'il avait soustrait de notre pécule commun pour le donner aux Gieselach. La rapacité de ces femmes allait donc nous valoir, au mieux, d'être expulsés d'Allemagne ; au pire — mais était-ce bien le pire, comparé à un retour ignominieux à

Soderköping ? —, d'aller en prison. Pour nous sauver, il n'y avait qu'un seul moyen : il me fallait trouver moi-même la somme qui nous manquait. Il le fallait coûte que coûte, tout de suite. J'aurais pu sauter dans le train de Grünewald et aller la demander à Hornig qui ne me l'aurait pas refusée s'il l'avait possédée et qui, dans le cas contraire, m'aurait sûrement indiqué comment me la procurer. Mais cet expédient trop simple ne m'effleura pas l'esprit. J'avais atteint Alexanderplatz, je croisai de ces filles peintes, de ces filles pauvres, aux bottines crevées, qui se hasardent le soir hors des ruelles du Schenen Viertel pour harponner les chalands autour d'Aschinger. Je les enviais de pouvoir se prostituer pour de l'argent, dans la situation où j'étais, j'aurais aimé avoir ce recours. Au lieu de cela, en dépit du négligé bohème que j'avais adopté insensiblement à l'imitation de mes camarades, mon apparence était encore trop soignée pour que je puisse même prétendre à faire un mendiant convaincant.

Mon regard que je laissais errer autour de moi, peut-être en quête d'un signe, rencontra une horloge de ville. Il était sept heures un quart et j'eus une sorte de sursaut réflexe. Jadis en effet, quand j'apercevais un cadran marquant cette même heure, je savais que j'allais encore arriver en retard pour le dîner à la pension Weidencrantz et qu'il me faudrait essuyer les reproches de Mlle Gertrude sur mon manque persistant de ponctualité. Pour la première fois j'en vins à me repentir d'avoir quitté Wedding ; je regrettai la sollicitude bourrue de Gertrude Weidencrantz, le babillage absurde de sa sœur, et jusqu'aux exaspérantes manigances par lesquelles Fraulein Meissner s'appliquait à provoquer notre pitié, et jusqu'aux discours pompeux d'Herr Ploetz énumérant les splendeurs du restaurant Rheingold... Je fus traversé d'une illumination brusque. Je montai dans un tramway en direction de la gare de Potsdam.

Herr Ploetz exagérait à peine lorsqu'il prétendait que la seule vue du Rheingold était « à couper le souffle ». Les rampes de projecteur qui l'éclairaient de bas en haut jetaient sur la façade comme le reflet d'un brasier gigantesque, faisaient jouer des ombres mobiles dans les coulées de rosaces, les dentelures de flèches et les étagements serrés de figurines minuscules, gnomes, dragons, salamandres, archanges, qui plaquaient sur le bâtiment une croûte ornementale s'apparentant, par l'aspect général, à ces papillomes vénériens dits crête-de-coq, représentés dans les dictionnaires médicaux. Je découvris l'entrée de service : une poterne dans Bellevuestrasse. Je m'engageai dans un tunnel carrelé jusqu'au plafond de faïence blanc et vert, je descendis des marches, traversai des carrefours, j'avais l'impression de me perdre dans un labyrinthe d'hypogée et je me guidais au bruit sourd qui me parvenait des cuisines. Je croisai enfin un marmiton débandé qui m'indiqua le bon chemin et j'aboutis à une espèce de vestiaire où une femme en noir se tenait assise derrière un petit bureau.

« Je voudrais voir Herr Ploetz, lui dis-je, c'est un des employés. »

Après m'avoir informé que le personnel n'était pas censé recevoir de visites, elle voulut bien s'enquérir de la fonction exacte de la personne que je demandais. Je n'étais pas très fixé, je pus seulement lui dire qu'il s'occupait des tables, croyais-je. Elle ouvrit un registre, puis un autre.

« Herr Richard Ploetz, fit-elle avec un hochement de considération, c'est un de nos chefs de rang ! »

Dans une administration militaire, on ne m'aurait pas appris avec un ton davantage empreint de révérence que le matricule que je cherchais parmi la foule des sans-grade était en fait général de corps d'armée. Elle m'escorta jusqu'au seuil des cuisines. Là, elle avisa un commis qui portait avec une nonchalance sans doute répréhensible un plateau chargé de vol-au-vent. Elle lui ordonna de me conduire à Herr Ploetz.

Je suivis le gamin à travers de vastes salles blanches qui m'apparurent comme les cercles de l'enfer de la restauration industrielle. La rôtisserie où des chapelets de poulets tournaient au feu sur des broches automatiques ; le fournil, avec les gueules rougeoyantes des fours ; une autre salle encore, qui tenait de l'étuve, où mijotaient des ragoûts et des soupes dans des marmites profondes comme des baignoires. En chemin, je heurtai du pied un rail et je faillis tomber contre les roues d'un wagonnet charriant des quartiers de viande et des volailles évidées. « *Pass auf!* » hurla le manutentionnaire arc-bouté derrière la benne. Je m'excusai, il me dit quelque chose en italien puis répéta son injonction de *Pass auf!* qui semblait épuiser toute sa connaissance de l'allemand. Enfin, nous atteignîmes l'office où je pus faire passer un mot à Herr Ploetz, par l'intermédiaire du monte-charge. Il me rejoignit presque immédiatement.

« Mais que faites-vous de ce côté-ci ! » fit-il avec une pointe de sévérité mêlée à la surprise et qui me rappela que si Herr Ploetz avait espéré ma visite, c'était en qualité de client.

Je lui livrai tout à trac qu'à la suite de mésaventures imméritées, je me trouvais aux abois, sur le point d'être chassé de mon logement, du pays, peut-être, si je n'obtenais pas, grâce à son patronage, un emploi quelconque au restaurant Rheingold. Il me dévisagea, interdit d'abord, puis consterné. Je me fis la réflexion que le col cassé, la cravate blanche et la redingote à queue de pie lui donnaient un air implacable que je ne lui connaissais pas. De fait, dans les années 20, quand la mode viendrait, au théâtre, de représenter des fantasmagories métaphysiques jouées en costumes modernes dans des décors cubistes, c'est régulièrement à ce même habit queue de pie qu'on reconnaîtrait le portier des enfers. Je me tus, Herr Ploetz continuait à me considérer en hochant la tête :

« Et moi qui vous avais pris pour un fils de famille ! » dit-il d'un ton navré où je sentis peser un reproche dont je ne pus démêler s'il visait ma duplicité ou si Herr Ploetz se l'adressait à lui-même, pour cette défaillance de jugement qui l'avait fait s'abuser sur mon compte.

Je voulus le rassurer : ma famille en effet était honorablement connue en Suède. Mon grand-père avait occupé la fonction d'archiviste du roi. Que pouvais-je dire de mieux ? Simplement — et mes ancêtres n'avaient rien à voir là-dedans —, j'avais besoin d'argent. Je ne demandais que le moyen d'en gagner honnêtement.

« N'importe, persista Herr Ploetz, s'évertuant à me faire toucher du doigt la nuance qui m'échappait, je vous avais pris pour un monsieur, alors qu'au fond, poursuivit-il avec un mépris candide, vous êtes comme moi !

— Il n'y a rien d'humiliant à gagner sa vie », déclarais-je d'un ton sentencieux, comme si je ne voulais pas être en reste de candeur.

Pour la première fois depuis le début de notre entretien, j'arrachai à Herr Ploetz un pâle sourire de commisération où il n'entrait pourtant aucune chaleur et pas la moindre bonté. Par la suite, je devais réaliser l'ineptie de ma réflexion. Herr Ploetz allait veiller à ce que j'apprenne, de la même manière qu'il avait dû l'apprendre lui-même, par la méthode empirique, que la nécessité de gagner sa vie vous exposait au contraire à d'infinies humiliations et que le savoir-faire professionnel, dans les états subalternes, n'était rien d'autre que l'art de les encaisser sans broncher. Ainsi l'exigeait le bon fonctionnement d'une société dans la hiérarchie de laquelle Herr Ploetz avait imaginé que je tenais, par droit de naissance, une place enviable.

L'étiquette qui régissait la vie des sous-sols du restaurant Rheingold, j'allais le découvrir, tendait à reproduire la configuration de cette société : le personnel préposé à la manutention, à l'épluchage et à la plonge, ne prenait pas ses repas à la même table que les cuisiniers et les garçons de salle, lesquels se levaient quand entrait un de leurs chefs de rangs. Une observation adressée à ces derniers par un client mal embouché n'était jamais perdue, mais transmise par la voie hiérarchique, avec une rudesse accrue à chaque échelon. Elle faisait ainsi son chemin jusqu'aux cuisines où le pâtissier réprimandé s'en vengeait sur son sous-ordre immédiat, l'aide-pâtissier, qu'il injuriait. Celui-ci avait encore le recours de gifler à toute volée quelque commis passant par là et qui tenait trop à sa place pour hasarder de se plaindre. Seule échappait à peu près complètement à ce phénomène de rétorsion en cascade, la masse hébétée et poisseuse de ces intouchables qu'étaient les plongeurs. Parqués dans un coin et tout à l'œuvre sans gloire de vidanger les restes de quatre mille repas quotidiens, ils étaient assurés d'une paix relative, du fait même de l'opprobre qui pesait sur eux. Et comme ils ne devaient nourrir aucune espérance de s'élever jamais jusqu'à une condition plus reluisante, ils n'étaient pas tenus non plus de souscrire au contrat social selon les termes duquel il fallait consentir à recevoir quelques gifles en échange de la possibilité d'en donner un jour.

« Je suis disposé à faire n'importe quoi, plaidai-je, les tâches les plus ingrates... »

Je croyais, par cette déclaration dont je n'avais pas mesuré l'incongrue grandiloquence, signifier toute l'étendue de ma bonne volonté. Mais c'était une erreur et j'aurais mieux fait de m'abstenir de cette précision. Car protester que je ne mettais aucune restriction à mon empressement à servir, équivalait à laisser entendre que j'aurais pu naturellement en mettre. C'est en tout cas ce que comprit Herr Ploetz.

« Mais j'espère bien ! me reprit-il. Cela va de soi, puisque vous ne possédez ni l'expérience ni les qualifications. C'est d'ailleurs ce qui rend votre candidature problématique... Évidemment, on pourrait trouver à vous employer à l'économat, vous devez avoir une belle écriture... D'un autre côté, vous présentez bien et ce serait un point en votre faveur pour travailler en salle. Sans doute vous embaucherait-on sur ma recommandation car, depuis trente ans que je suis ici, j'ai donné la preuve de mon jugement. Mais je ne peux pas user à la légère de ce crédit qu'on me fait, par loyauté envers la maison je ne peux pas me risquer à recommander le premier venu pour un poste de confiance. J'ignore ce que vous pouvez donner, je vous connais trop peu. Et d'ailleurs, si vous m'autorisez à être tout à fait franc avec vous, ce que j'ai eu le loisir d'observer de votre caractère quand nous logions tous deux à la même enseigne, n'est pas très recommandable en l'occurrence. Vous ne nierez pas, poursuivit Ploetz avec une espèce de grimace qu'il devait espérer magnanime, mais où je perçus surtout la délectation féroce qu'il éprouvait à me jeter à la face de telles accusations, que vous étiez désordonné, négligent, peu respectueux des autres en général. Et puis, vous vous montriez distant, avec un air de vous moquer du monde. Vous pouviez blesser, parfois, sans le savoir... sans en avoir l'intention, j'en suis convaincu, renchérit-il hypocritement. Pardonnez-moi de vous rappeler ces broutilles, mais il faut bien que je vous parle à cœur ouvert pour que vous compreniez ma position. Tous ces petits travers sont de votre âge et on les passe volontiers à un jeune homme qui vit de ses rentes en faisant l'artiste. Seulement, voyez-vous, on attend plus de discipline et d'affabilité de la part d'un domestique ! »

J'étais atterré. La démarche que j'avais entreprise auprès de Herr Ploetz, dans la certitude qu'il compatirait à ma situation et que, ravi d'étaler son entregent, il ferait tout son possible pour m'obliger, n'aboutissait en définitive qu'à cette révélation surprenante : il me haïssait. Peut-être m'avait-il haï ainsi depuis le tout début, pour des motifs que j'ignorais. Je me fichais de Herr Ploetz et de l'opinion qu'il avait de moi, pourtant la découverte de cette haine, à tout le moins de ce ressentiment, me fut un choc désagréable. Le soupçon me traversa que j'étais peut-être détesté à mon insu par bien d'autres encore, que je me plaisais à imaginer indifférents ou même bienveillants à mon égard. C'était une perspective qui m'effrayait. Je n'avais jamais prétendu à être universellement aimé, mais l'idée de ces ennemis secrets, tapis dans l'ombre de la dissimulation, à l'affût d'une chance de me nuire, me causait une sorte de vertige. On a de ces vulnérabilités exquises, à dix-huit ans. Elles passent. Aujourd'hui que je puis évaluer à cinquante ou cent fois supérieur le nombre des ennemis que je ne me connais pas et qui, pour la plupart sans doute, ne m'ont même jamais rencontré, leurs légions ne m'empêchent pas de dormir.

Un sursaut de colère dissipa mon vertige. Je me repris.

« Excusez-moi de vous avoir dérangé dans votre service, conclus-je, j'avais cru pouvoir me confier à vous... N'en parlons plus, je trouverai un autre moyen. »

Et je le saluai d'une brusque inclination de la tête. Herr Ploetz me retint d'un geste. Il ne m'aimait pas, c'était une affaire entendue, et rien dans son cœur, jamais, ne lui eût inspiré de me venir en aide. Cependant, une sorte de probité épicière réglait son comportement et, dans les échanges, fussent-ils aigres comme celui que nous venions d'avoir, un impératif de pondération frisant la manie et qui le guidait, un souci vétilleux de la contre-valeur exacte, lui commandaient d'équilibrer les prêtés avec les rendus. Il ne serait pas dit qu'il s'était donné gratuitement le plaisir de m'infliger mes quatre vérités, car cela eût fait de lui mon débiteur. Ce plaisir, il entendait le payer au prix qu'il l'estimait et qui n'était autre, en définitive, que la recommandation que j'avais sollicitée de lui.

« Revenez d'ici quinze jours, dit-il, je verrai ce qu'on peut faire pour vous. »

Ainsi je ne m'étais pas laissé accabler en vain puisque, sans le savoir encore, je venais de m'assurer une place au restaurant Rheingold.

Le reste de cette soirée, je l'employai à une autre démarche encore moins glorieuse. Il m'apparaît rétrospectivement que ma visite à Herr Ploetz n'était que le prétexte d'une halte que je m'accordais sur le chemin de l'inévitable, pour reprendre mon souffle, pour rassembler mes esprits en vue du projet qui avait mûri en moi.

Il était environ neuf heures quand j'arrivai à Oranienstrasse. Lodovica vint m'ouvrir. Elle était seule. Je la suivis dans le salon obscur et lorsqu'elle enflamma le bec de gaz, le jaillissement de lumière vive me fit découvrir son visage défait. Ses yeux surtout me semblaient bouffis. Par ailleurs, je la sentais abattue, comme sous le coup d'un choc récent, mais trop préoccupé par ce que j'avais à lui dire, je négligeai d'en conjecturer quoi que ce soit.

« Eh bien, soupira-t-elle en s'asseyant et en me faisant signe de m'asseoir, que puis-je pour vous ? »

Elle ne paraissait pas surprise de ma visite impromptue, ni non plus anxieuse de ce que j'avais à lui dire ; elle était de toute évidence si lasse qu'elle semblait plutôt comme absente.

« Je suis venu pour vous parler de Nils, prononçai-je avec une solennité lugubre.

— Cela, je m'en doute bien, coupa-t-elle, mais tout ce que vous pourrez bien...

— Attendez ! » l'interrompis-je à mon tour, et la violence péremptoire de mon interjection m'étonna moi-même ; je ne me serais pas cru capable d'user d'emblée d'un tel ton avec elle.

C'est qu'une espèce de rage comme j'étais sûr de n'en avoir jamais éprouvé encore, non pas une de ces rages dont le soudain paroxysme vous prend le premier au dépourvu, si bien qu'on les laisse éclater sans discernement ni profit, mais une rage froide, canalisée, construite, une rage experte qui m'emplissait, me donnait pour une fois l'énergie de m'opposer à Lodovica de front.

« Vous savez qu'il a à peine dix-neuf ans, poursuivis-je, qu'il est mineur et que sa famille ne reculera devant aucun moyen de le protéger contre lui-même et contre d'autres. Les Rydqvist ont des appuis considérables, pas seulement en Suède... »

A présent, Lodovica m'écoutait bouche bée. Mon préambule avait eu pour effet de chasser de son visage les marques du chagrin et du découragement, n'y laissant qu'une expression ahurie. C'est ainsi dans les moments d'extrême tension, on n'est jamais qu'à une émotion à la fois, comme les bêtes.

« Je sais, fit-elle, mais pourquoi est-ce que vous me dites cela ?

— Parce qu'il y a des chances que nous payions tous les deux ses imprudences. Il s'est mis dans un mauvais cas, il court de grands dangers et, le pire, c'est que dans l'état où il est il ne s'en rend même pas compte.

— Des dangers ! Qu'est-ce que c'est que cette histoire ? Ah, je vous en prie, mon petit Sven ! Parlez clair ! Vous m'agacez à la fin ! »

Ce sursaut de l'adversaire que je croyais terrassé me prit de court et ce fut moi qui restai interdit. Je n'avais peut-être pas tant de détermination que je m'en flattais ; ce n'était pas par stratégie ou par cruauté que j'avais choisi le tour du demi-mot, de la menace sibylline, c'est le manque de cran qui m'inspirait d'être dilatoire. Un revirement d'attitude de la part de Lodovica me permit de retrouver un peu d'assise. Car c'était elle, brusquement, qui s'affolait.

« Dites-moi ! fit-elle en se levant d'un bond. Il n'a rien tenté au moins ? Le danger dont vous parlez, ce n'est pas un danger réel, n'est-ce pas ? Je veux dire, il n'a pas essayé...

— Essayé quoi ? » questionnai-je.

Elle eut un soupir de soulagement que je ne sus comment interpréter.

« Vous allez me trouver idiote, mais aussi c'est cette tête d'enterrement que vous faites qui vous donne de ces idées... J'ai craint un instant qu'il n'ait essayé de se tuer.

— Non, dis-je, désolé de ne pouvoir faire autrement que de la rassurer, tout en me demandant ce qui avait pu l'amener à cette supposition saugrenue. Non, répétai-je, puisque, je vous l'ai déjà dit, il est inconscient des folies qu'il a commises... Car il a commis des folies depuis deux ou trois mois, *vous le savez bien.* »

Elle me fixa un instant en silence, songeuse, avant de me répondre :

« Je ne crois pas que ce chapitre-là vous regarde. »

J'eus l'intuition que pour la première fois dans ce dialogue confus, nous nous étions compris, nous parlions de la même chose.

« C'est drôle, reprit-elle, quand je vous ai vu arriver, j'ai pensé que c'était lui qui vous envoyait, que vous veniez en ambassadeur. C'est tout le contraire, n'est-ce pas ? »

J'acquiesçai d'un signe.

« Nils ne sait même pas que je suis ici », admis-je.

Elle me considéra d'un air tristement moqueur :

« Et entre nous, vous ne vous trouvez pas un peu jeune, mon petit Sven, pour jouer les pères Duval ? Quoi qu'il en soit, continua-t-elle, vous pouvez être tranquille. La décision que je lui ai annoncée tout à l'heure était prise depuis quelque temps, mais on est lâche dans des cas pareils... D'abord, j'ai espéré que les choses mourraient d'elles-mêmes ; après je me suis donné des délais de grâce, je me disais encore une semaine, encore un jour. J'avais tort, c'est ce qui fait le plus souffrir. Car, croyez-moi, la folie dont vous parlez, ç'aura surtout été la mienne. Nous étions paisibles, toutes les deux, nous étions gaies... Pourquoi a-t-il fallu que nous vous rencontrions ? »

Je la regardais sans rien trouver à dire et je me sentais très proche d'elle tout à coup car nous communiions ensemble dans le regret navré de cette paix et de cette gaieté qu'elle venait d'évoquer. Ce n'était pas une paix particulière ni une gaieté particulière, mais toute la paix et toute la gaieté fragiles contenues dans le monde et qu'il ne nous est jamais donné d'entrevoir qu'un instant, assez longtemps cependant pour que notre mémoire s'imprègne grièvement de leur douceur, pour que s'en fixe la nostalgie. Nostalgie elle-même tout juste assez poignante pour éveiller en nous, par intermittence, la tentation de ressaisir ce dont nous nous languissons, de le reconquérir ; pour nous faire nous dresser, aveugles à notre impuissance, pitoyables dans notre débilité de vivants, contre le tropisme phénoménal qui nous entraîne vers le pire. Cette entreprise vaine suffit enfin à nous donner, avec l'illusion que nous tenons notre sort, le soupçon qu'il y a peut-être de notre faute dans cette harmonie perdue, que nous sommes pour quelque chose dans tout ce qui nous guette et nous frappe, que nous avons mérité nos deuils, que nous avons œuvré à nos regrets... C'était — j'en ai la certitude —, non pas la fuite des heures radieuses de l'été dernier, non pas l'entrelacs de misérables intrigues qui nous avait menés jusqu'au point où nous en étions à présent, mais bien plus idéalement ce vice de l'être, ce cursus malin et inflexible de l'existence, que nous déplorions ensemble, Lodovica Gieselach et moi.

Soudain, bien qu'elle fût assise à deux pas de moi, bien que je n'eusse eu qu'à étendre la main pour la frôler, elle me manqua. Elle me manqua si fort que ce fut à pleurer. Depuis plus d'un mois que je ne les avais pas revues, que j'avais cru les ponts coupés entre nous, j'avais imaginé les Gieselach définitivement évacuées de ma vie. Je m'étais trompé, un dernier mot n'avait pas encore été dit et, pendant ce temps, elles n'avaient été qu'absentes, tout au plus. C'est maintenant qu'elles allaient disparaître. On sait quand les choses finissent, qu'on ne dise pas le contraire, un élément mystérieux s'insinue dans la teneur de l'air, pèse sur les minutes de la rupture ; on est averti. J'avais éprouvé cette même sensation une fois déjà auparavant, je dus faire un effort pour me remémorer en quelles circonstances. Il me revint un petit matin d'été engourdi, la gare de Stettin, des faubourgs fuyant sous mon regard : mon premier départ de Berlin et cette sensation d'arrachement. Et tous ces visages plus ou moins anonymes et toutes ces visions fulgurantes de la ville qui m'avaient ébloui au moment où le train s'ébranlait, comme un grand sursaut désordonné, comme une grande levée fantomatique de tout ce que je m'apprêtais à quitter. Il en alla semblablement en cette minute et Lodovica, près de moi, cessait d'être cette individualité matérielle, cette silhouette aux contours certains qu'elle m'apparaissait quelques secondes plus tôt. Elle se faisait omniprésente et mouvante. Elle débordait d'elle-même, se démultipliait pour me revenir sous tous ses visages à la fois, pour m'assaillir de toute part, avec tous ces visages que je lui avais connus. Elle s'incarnait dans le ressouvenir d'une sensation à laquelle elle était mêlée et ainsi elle s'identifiait encore à des paysages, à des sons, à des saveurs, dans une confusion vertigineuse et bouleversante. La quitter, la perdre, elle seulement, j'avais cru que ce n'était rien ; désirant oublier que les *personnes physiques* que l'on n'aime plus n'en demeurent pas moins la pierre de touche d'un édifice de mémoire, d'émotions, dans l'effondrement duquel on laissera un peu de soi-même. Une partie de moi, en effet, était en ruine.

Ensuite, je ne m'adressais plus qu'à une étrangère. Je voulus me rappeler pourquoi j'étais venu et je me mis à évoquer l'expulsion qui nous menaçait, l'argent dont Nils avait disposé à mon insu. Cet argent, je le réclamais sans conviction, car toute conviction m'avait quitté en même temps que s'était éteinte ma colère. Je voulais seulement aller jusqu'au bout de ma démarche, m'en acquitter au plus vite, par un scrupule automatique, comme d'un pensum dont on découvre l'inutilité trop tard, après qu'on l'a entrepris.

« Quel argent ? demanda Lodovica quand elle eut entendu mon exposé. Vous vous trompez, Nils ne m'a pas donné d'argent... »

Elle prit un temps pour réfléchir.

« Non, conclut-elle, je ne vois pas, et c'est tout de même une petite somme, je m'en souviendrais. Cependant, proposa-t-elle, il me reste encore une centaine de marks sur la vente de *l'Etang aux saules*, je peux vous les prêter pour une semaine ou deux, si vous êtes dans la situation que vous dites. »

Cette solution ne me satisfaisait pas. Quant à la menace qui pesait sur nous, son imminence, si ce n'était encore sa réalité, m'apparaissait soudain comme une projection de mon esprit fébrile. Force me fut de convenir que l'espèce de panique à laquelle j'obéissais depuis le début de la soirée déguisait mon désir d'une confrontation ultime avec Lodovica. C'était chose faite. Pourtant, comme j'allais me retirer, je suggérai encore :

« Peut-être a-t-il donné l'argent directement à Leontine qui n'aura pas pensé à vous en parler...

— Qu'est-ce que Leontine viendrait faire là-dedans ? interrogea-t-elle. Pourquoi lui aurait-elle emprunté de l'argent ? D'ailleurs, poursuivit-elle, je le saurais ; ils ne se rencontrent jamais qu'en ma présence. Et rarement car, depuis qu'elle a repris ses leçons de chant et ses auditions, je m'arrange pour qu'il vienne de préférence quand elle est sortie. »

Je la dévisageai une seconde, abasourdi. Puis le jour se fit. Je repassai sous ce nouvel éclairage des scènes anciennes, la plage de Prerov, les fameuses soirées *commémoratives*... Comment avais-je pu être abusé à ce point ? Bien sûr, Leontine, elle, n'avait été pour Nils qu'une camarade. Et ces attitudes complices, ces airs de cachotteries tendres qu'ils prenaient, où j'avais voulu voir des indices de leur liaison, me semblaient à présent ce qui, au contraire, les disculpait le plus certainement. Il se passa alors entre Lodovica et moi quelque chose de rapide et d'étrange. On aurait dit que nous faisions l'un et l'autre, dans une simultanéité absolue, ce dernier pas qu'il fallait faire pour dissiper le lambeau de malentendu qui nous dérobait encore à chacun une partie de la vérité. A l'instant précis où je revenais de ma méprise, elle réalisait de son côté ce qui m'avait induit à la concevoir.

« Comment ? fit-elle, presque amusée de mon erreur. Vous

aviez cru... ? » J'acquiesçai d'un signe, moins, d'un regard — qui devait avoir quelque chose de contrit, car je n'avais pas à me louer de ma perspicacité, j'en convenais.

« Eh bien non ! » martela-t-elle, en secouant la tête dans un mouvement de dénégation, de protestation plutôt, qui tenait du haut-le-corps.

Et comme elle se dénonçait ainsi, je perçus, à peine atténué par la désolation pourtant profonde, peut-être aussi par quelques tourments de remords, le rayonnement d'un indicible orgueil.

En d'autres temps, moins de deux heures auparavant à vrai dire, une telle révélation m'aurait en premier lieu rempli de stupeur, puis qui sait de quels autres sentiments ? Plus maintenant. J'avais fait mes adieux, la rupture était consommée et cette révélation qui venait trop tard, comme un erratum que je découvrirais seulement en refermant le livre, rejoignait le passé auquel elle avait trait. Passé qui s'était détaché de moi, passé révolu. Aussi elle ne m'inspirait rien ; je n'en pensais rien, sinon peut-être que Nils, toujours conventionnel même lorsqu'il semblait perdre la tête, s'était conformé à la tradition des éducations sexuelles bourgeoises — qui veut que la jeunesse s'adresse d'abord à l'expérience — en couchant quelque temps avec une vieille femme.

Le lendemain, Libbenow vint à la teinturerie. Il cherchait Nils, mais celui-là avait dû sortir dès l'aube. Nous fîmes des efforts louables, Libbenow et moi, pour établir un semblant de conversation. Quand nous nous retrouvions au milieu du groupe, nos rapports étaient d'une grande aisance, nous pouvions même éprouver du plaisir à échanger des idées. Mais seuls, nous n'avions plus rien à nous dire. Le souvenir de notre antipathie première, dont nous soupçonnions, chacun chez l'autre, qu'il devait demeurer quelque chose, nous maintenait sur nos gardes et nous manquions encore de l'habitude qu'il faut du monde pour dissimuler sous un entrain cordial des sentiments mêlés. Il partit sitôt qu'il crut pouvoir le faire sans me donner à penser que le tête-à-tête avec moi lui était odieux.

« A propos, dit-il en me tendant une enveloppe, alors qu'il franchissait le seuil, donne cela à Nils et remercie-le de ma part, c'est l'argent qu'il m'avait prêté. »

Dans les heures qui suivirent, je convins peu à peu qu'il serait opportun, juste, ou tout simplement sage, que je présente à Nils quelque chose comme des excuses. Je craignais qu'il n'apprenne ma visite à Lodovica et je décidai de lui en parler moi-même en minimisant comme je pourrais la banalité de ma démarche. Mais je n'en eus pas l'occasion ; je ne le revis pas de la journée.

Au milieu de la nuit cependant, je fus réveillé en sursaut de la façon la plus désagréable. Je me sentis secoué, étranglé. J'ouvris les yeux sur cette vision méconnaissable, en quoi se changent, dans la proximité des corps à corps de toutes natures, les visages qui vous sont le plus familiers. C'était Nils, l'agresseur dont ma tête heurtait la tête, qui agrippait des deux mains les pointes du col de ma chemise et qui serrait. Puis il cessa et me laissa retomber en arrière. Il exhala une espèce de soupir de répit, comme d'un portefaix qui vient de coltiner une charge trop lourde. Il chassa de côté les cheveux en désordre qui lui balayaient le front, avant de déclarer d'une voix qui me semblait plus exténuée que furieuse : « Ce que tu as fait là, je ne te le pardonnerai jamais ! » Il tourna les talons, s'éloigna dans les ténèbres de la teinturerie agitées de courants d'air froid. Quand il eut soufflé sa lampe, elles l'engloutirent tout à fait. Je l'entendis qui se couchait. Était-ce tout ? D'abord je ne voulus pas le croire. Je ne pouvais concevoir que sa colère se satisfasse si vite et de si peu, d'un simulacre de strangulation, de quelques mots de verdict, pas même hurlés... Pourtant il ne se passa rien de plus et j'attendis en vain que sa voix plaintive ou exaspérée s'élève dans la nuit et m'accable de ses griefs. Mon premier mouvement fut encore d'en vouloir à Nils pour n'avoir pas respecté ce qu'aurait dû être, selon moi, le déroulement convenable d'une scène de dispute : il y eût fallu une manière de prélude, une nerveuse progression symphonique menant par paliers à l'éclatement du thème majeur, un finale rasséréné, peut-être. Au lieu de cela, cette scène « terrible », elle se résumait à un élan de violence absurde, plus absurde de ce qu'il tournait court, et elle me laissait frustré, comme avec l'impression d'avoir raté le début.

Ce fut tout en effet pour la colère, mais ce ne fut pas tout pour la vengeance. Au matin, Nils ne m'adressa pas la parole et son attitude me persuada de faire de même à son égard. L'explication qui aurait sans doute tout sauvé ne vint pas ce jour-là, ni plus tard. Nous prîmes bientôt, au contraire, le pli de nous éviter dans la mesure du possible. Car lorsque nous nous trouvions l'un près de l'autre, cette fausse quiétude sans mots, où même les bruits ordinaires de la vie quotidienne, un éternuement, des pas, un robinet d'eau qu'on fait couler, avaient quelque chose de furtif et d'étouffé, comme dans une chambre où somnole un malade, étaient insupportables. Pour ma part, j'aurais été tout prêt à reconnaître mes torts et à en implorer le pardon, si l'on m'avait donné le plus petit signe d'espoir que je l'obtiendrais. Je trouvais qu'il y avait eu au fond, dans ma démarche, moins de faute réelle que d'inadvertance. J'avais surtout eu la malchance de choisir de l'entreprendre le jour où Lodovica Gieselach venait de signifier à Nils qu'elle mettait fin à leur liaison. Et le lendemain, quand il avait couru chez elle pour la supplier à nouveau, qu'elle lui avait dit que son parti était irrévocable et qu'elle lui avait appris ma visite — je pouvais seulement supposer, alors, que les choses s'étaient passées de cette manière, je n'allais en avoir la confirmation que bien plus tard —, Nils avait eu beau jeu d'imaginer que la détermination intraitable qu'on lui opposait était l'effet direct de cette visite.

Le mutisme est une arme de destruction prodigieuse. Une dizaine de jours de ce régime suffit pour creuser entre nous un gouffre que même l'assurance d'obtenir une réconciliation que je continuais à désirer ne m'aurait pas donné le courage de franchir. D'ailleurs, le temps passant, je ne la désirais plus si fort. On se fait à la séparation, on vaque de son côté du gouffre, de moins en moins soucieux des faits et gestes de l'habitant de la rive adverse. Au début, nous dûmes mettre toute notre application à feindre de ne pas nous voir lorsque par hasard nos regards se croisaient. Puis une habitude dont je n'aurais pas soupçonné qu'elle pût s'installer entre nous facilita les choses et nous permit de relâcher notre vigilance : nous ne nous vîmes véritablement plus.

Vers la mi-décembre, nous partîmes pour la Suède. Le voyage aussi fut silencieux.

Dès mon arrivée, maman m'informa que je n'aurais pas à souffrir trop longtemps cette fois le séjour abhorré de Söderköping et sa seule compagnie. Elle avait arrangé pour nous deux un voyage à Stockholm où elle avait affaire à la légation américaine. Elle s'était en effet résolue, m'expliqua-t-elle, à tenter d'obtenir du gouvernement des États-Unis d'Amérique une compensation pour nos terres perdues de l'Idaho. Ce n'était pas à elle-même qu'elle pensait en engageant cette procédure hasardeuse et compliquée, mais à moi, à mon avenir qui la tourmentait, car qui pouvait dire si je serais jamais en mesure de gagner mon pain ? Je la connaissais suffisamment pour savoir qu'essayer de la rassurer sur ce point et protester de mon désintéressement eût été de la dernière maladresse. Je la remerciai au contraire de la peine qu'elle prenait. Je remarquai aussi qu'en dépit de l'aperçu alarmant qu'elle m'en donnait dans sa dernière lettre, sa santé paraissait excellente, qu'elle-même semblait rajeunie, et je devinai que cette nouvelle entreprise désespérée à laquelle elle avait imaginé de vouer ses efforts, lui rendait un peu de goût à vivre.

Parfois, lorsqu'elle me détaillait ses plans, tout en soulignant ce que leur succès avait d'incertain et ce que leur échec, eu égard à notre situation de fortune, aurait en revanche de fatal, je sentais poindre sous son exposé pessimiste une pugnacité presque joyeuse qui m'avertissait que j'allais momentanément cesser d'être le seul souci dans son existence. Et cette intuition me procurait la même espèce de soulagement qu'on éprouverait à voir soudain virer l'orage suspendu au-dessus des récoltes. Maman avait toujours employé le plus clair de son temps et de son énergie à solliciter d'un destin, qu'elle eût voulu contraindre à se montrer au moins équitable, des réparations impossibles. Elle lui avait demandé un fils parfait en contrepartie de l'époux médiocre qu'elle avait accepté. Ni le destin ni moi-même n'avions mis beaucoup d'empressement à satisfaire cette revendication et j'étais heureux qu'un plénipotentiaire étranger, mieux armé que moi pour résister aux récriminations harassantes dont ma mère faisait, en quelque circonstance que ce fût, sa tactique invariable, détourne sur lui une partie de l'appétit de dédommagement qui les inspirait.

A la faveur de ce voyage à Stockholm, poursuivit maman, nous joindrions l'agréable à l'utile puisque, elle avait voulu m'en garder la surprise, nous passerions les fêtes de fin d'année avec les Rydqvist. Le hasard produit-il d'assez lamentables malentendus ! pensai-je, car il me semblait qu'en m'annonçant cette nouvelle, maman, pour une fois, espérait me faire plaisir.

Les Rydqvist habitaient le quartier de Gärdet et nous traversâmes la ville en fiacre pour nous rendre au « déjeuner de famille » auquel Mme Rydqvist nous avait conviés. Les rues étaient des tranchées pailletées de gros sel, bordées de talus de déblai neigeux, glacés, bleuâtres sous le soleil d'hiver. Je découvrais dans Stockholm une ville plus belle que Berlin par bien des aspects, plus harmonieuse. Mais aussi, avec ses ponts, ses îles, ses collines, un rien trop douceâtre, trop féerique, pour qu'y souffle jamais, estimais-je, le vent de l'esprit qui se nourrit d'une réalité plus âpre.

Mme Rydqvist nous fit visiter sa maison où le pied enfonçait dans une onctueuse moquette ponceau, où la succession des salons aux murs capitonnés de damas groseille, châtaigne, champagne, vous procurait l'impression d'être une mouche engluée dans quelque gâteau fourré aux mille parfums. La grosse femme était tout particulièrement fière d'une sorte d'obus vitré à charpente métallique — paraît-il inspiré du Cristal Palace de Paxton — qui flanquait le corps de logis comme une redoute, où elle conservait des plantes tropicales et des oiseaux en liberté.

Avant que nous y pénétrions, un valet nous distribua des parapluies, à cause des fientes indélébiles que les mésanges de Java lâchaient en plein vol. A l'intérieur, il faisait une chaleur d'étuve et c'est avec la sueur lui perlant au front que Mme Rydqvist nous fit admirer ses caoutchoucs, ses frangipaniers et ses merles parleurs qui se taisaient, intimidés, nous dit-elle, par notre présence. C'était là le temple où la mère de Nils venait se recueillir dans le dépaysement de la faune et de la flore des antipodes, et le spectacle de tant de beautés exotiques lui faisait parfois déplorer, nous confia-t-elle, que la Suède ne possède pas de colonies.

Pendant le déjeuner, Mme Rydqvist ne m'interrogea pas une seule fois sur notre installation à Berlin, n'y fit aucune allusion. Je m'en étonnai d'abord, puis je subodorai que Nils lui avait dit quelque chose de notre discorde et qu'elle évitait le sujet à dessein. Sans songer encore à ce qu'une telle attitude pouvait laisser présager de l'avenir, je craignais pour l'instant qu'elle ne donne l'éveil à ma mère à qui je m'étais bien gardé de faire des confidences. Heureusement, maman, à l'accoutumée plus réservée, s'était lancée dans le récit de ses démarches à la légation des États-Unis et elle était trop absorbée par son propos pour s'apercevoir de rien. Le matin même, une entrevue avec un fonctionnaire subalterne qui ne l'avait pas formellement découragée, l'avait mise de bonne humeur et elle était en verve. C'est-à-dire qu'elle s'appliquait à décrire la réception qu'on lui avait faite comme s'il se fût agi des premiers outrages d'un Golgotha d'un nouveau genre, inventé pour elle par l'administration de Washington. Elle brossa aussi, de notre dénuement qui la forçait à en parcourir les stations, un tableau si désolant et si sordide que j'en eus honte. A considérer la mine condoléante avec laquelle Mme Rydqvist accueillait ces révélations, j'appréhendais que son bon cœur ne lui souffle à la fin de nous proposer un secours. J'étais d'autant plus mortifié que, je m'en rendais compte, les lamentations de maman pouvaient passer pour une façon détournée de le quémander. Je savais bien pourtant qu'une pareille idée ne lui effleurait même pas l'esprit et que si elle étalait à plaisir sa misère — tellement absolue, à ses yeux, que la simple suggestion qu'elle pût être soulagée d'une manière quelconque lui aurait déjà semblé un affront —, c'était parce qu'elle en tirait la même sorte de vanité que d'autres tirent de la fortune.

Après le café, ces dames se retirèrent, nous laissant, Nils et moi, en tête à tête dans le salon groseille. Il ouvrit un coffret de bois posé sur une table basse et qui contenait des cigares. Il en prit un, d'abord sans m'en offrir. Puis, voulant probablement concilier dans ce geste la manifestation du mépris que je lui inspirais et le rien d'égards qu'il pensait devoir malgré tout à un hôte, d'une poussée, il fit glisser la boîte à travers la table et m'invita d'un signe à me servir si je voulais. Il se planta ensuite devant la cheminée, en me tournant le dos, et se mit à souffler la fumée de son cigare vers les flammes.

« Ma mère est en train d'annoncer à la tienne que je ne retournerai pas à Berlin », lâcha-t-il sans me regarder. Je ne m'étais pas attendu à cela.

Je n'osais plus rêver désormais d'une réconciliation claire et nette, mais je n'avais pas encore perdu l'espoir qu'un colmatage de fait puisse intervenir avec le temps. La nouvelle que la rupture était définitive m'atterra, avant même que je commence à envisager les conséquences qu'elle aurait sur mon destin personnel. Celles-ci étaient évidentes : si Nils ne retournait pas à Berlin, je n'y retournerais pas non plus. Maman ne le permettrait pas.

« Tu te rends compte que tu me condamnes également à rester ici ? lui fis-je remarquer. Tu aurais pu attendre un peu avant de faire avertir ma mère. Tu n'avais qu'à parler d'un délai, imaginer un prétexte pour me laisser repartir d'abord. Tu ne m'aurais pas rejoint, voilà tout... »

Il demeura un instant silencieux, modelant par expirations saccadées des anneaux de fumée bleue.

« C'est vrai, convint-il enfin, mais je n'y ai pas pensé. Je n'y ai pas pensé, reprit-il, parce que je m'en fiche.

— Tu as tort de me détester, protestai-je d'un filet de voix plaintif. Si tu comprenais que ce que j'ai fait... »

Il m'imposa silence.

« Je ne veux pas savoir pourquoi tu l'as fait, dit-il, je ne veux même pas en parler. La question n'est pas là, plus maintenant. Et surtout ne va pas te flatter que je te déteste, cela, c'est ta folie des grandeurs ; même si j'étais capable d'un sentiment pareil, je ne le gaspillerais pas pour quelqu'un dans ton genre, mon pauvre Sven. Je ne veux plus habiter avec toi, plus te voir, plus entendre parler de toi... Vois-tu, conclut-il avec une outrageante douceur, tu me dégoûtes... Tu m'ennuies. »

Mme Rydqvist offrit de nous faire reconduire à l'hôtel par son cocher. Mais maman déclina sa proposition d'un ton civil et catégorique. Nous partîmes à pied dans le froid, en quête d'un omnibus.

« Il t'a parlé ? » questionna-t-elle tandis que nous marchions en nous serrant l'un contre l'autre pour nous réchauffer.

Je jugeai inutile de prétendre l'ignorance et j'acquiesçai d'un hochement de tête. J'étais résigné à ce qui m'attendait et l'effondrement de tous mes projets, ce malencontreux détour que venait de prendre mon avenir, me laissait dans un état de commotion presque paisible. Maman pouvait m'annoncer sa résolution, je ne broncherais pas, ce ne serait plus qu'une formalité.

« Il paraît que le climat de l'étranger ne lui réussit pas ! s'exclama-t-elle avec ironie. Il paraît que vous avez la vie difficile ! Est-ce vrai ?

— C'est un peu difficile parfois, admis-je pour excuser Nils.

— Bien sûr ! approuva maman avec satisfaction. A quoi vous attendiez-vous donc ? A une perpétuelle partie de plaisir ?... Il prétend aussi qu'il se languit de sa famille. Cela, au moins, c'est un prétexte que tu ne pourras pas invoquer. Voilà le résultat de ces éducations trop douces, poursuivit-elle, cela vous fabrique des velléitaires qui déclarent forfait au premier obstacle !... Note bien que le petit Rydqvist peut se permettre de changer d'avis comme de chemise, il ne s'en trouvera jamais plus mal, il a les moyens. Toi, mon pauvre enfant, tu ne les as pas. Et, vois-tu, j'en viens par moments à bénir l'incurie de ton père qui nous a laissés sans fortune, car ainsi tu n'as pas la moindre question à te poser. Tu dois persévérer et réussir, un point c'est tout. »

Soudain, elle agrippa mon bras et me força à m'immobiliser.

« Dieu m'est témoin que je ne me suis jamais opposée à ta vocation, tu ne peux pas dire le contraire, et j'aurais pourtant préféré que tu montres des dispositions pour la médecine... En échange, tu as le devoir d'aller jusqu'au bout, tu m'entends !... Et tu y retourneras dans ce Berlin de malheur, même si je suis obligée de t'y conduire par l'oreille. »

Pendant un mois ou deux je devais trouver fréquemment, parmi le désordre que nous avions laissé s'accumuler dans la teinturerie depuis les premiers jours de notre installation, des objets, des vêtements que Nils avait négligé d'emporter, de simples chiffons de papier aussi, où il avait griffonné une adresse, jeté une esquisse, et qui me rappelaient sa présence. Je les rassemblais, ils étaient comme les fragments dispersés d'un fantôme qu'il me fallait reconstituer pour le chasser tout à fait. De ces traces, je fis des paquets et des piles, il y en eut bientôt assez pour remplir une malle que j'expédiai en Suède et dont on ne m'accusa jamais réception.

Nils lui-même me manqua moins que je n'avais craint. Pourtant sa défection conclut en moi une métamorphose aussi profonde qu'indiscernable à première vue. Seul, je devins de plein droit cet étranger parmi les étrangers que j'avais ambitionné d'être. La part la plus limpide de mon histoire, de ma personnalité, sombrait dans l'équivoque. J'étais sans origine attestée, sans passé imaginable, un corps étranger, vraiment, dont on ne peut que supputer de quel alliage il est fait. Et lorsque je pensais dans ma langue maternelle, lorsque je rêvais encore en suédois, il me semblait user d'un code plus impénétrable que le sabir plaisant que Schnabel, Hornig, Libbenow et moi, avions inventé pour communiquer dans les lieux publics. Cette langue dont j'avais désormais l'impression d'être le seul dépositaire, je commençais à douter de sa légitimité, j'étais arrêté par la physionomie de ses mots qui m'apparaissait absurde, par leur saveur à laquelle je ne trouvais plus la moindre pertinence. Faute de les entendre jamais prononcer, faute qu'un écho extérieur me confirme que je ne les avais pas rêvés avec mon rêve, j'en arrivais à me soupçonner de les avoir inventés moi-même de toute pièce en effet, pour que ce qu'il y avait de plus secret en moi s'y renferme.

Il en allait de même de mes souvenirs les plus lointains, depuis que celui qui les partageait n'était plus là pour m'assurer, par sa seule présence, que je ne les avais pas rêvés également. Il me revenait de Christiania dans l'autre siècle, de la maison jaune, de cette grande avenue que je ne me rappelais que déserte et qui menait au palais royal, des images louches comme des mirages. C'est le mode d'usure naturel de la mémoire, que de devenir si évanescente avec le temps, si problématique, qu'elle semble faite de la même substance que les illusions et les délires. Nils, par défaut, hâtait chez moi ce processus et je ne me remémorais plus rien que d'incertain.

Schnabel est celui de mes camarades que je vis le plus durant ce début d'hiver. J'étais assuré de sa visite au moins quotidienne. Il apportait des provisions de bière blanche dont les bouteilles vides s'alignèrent bientôt le long des murs de la teinturerie, si serrées que lorsqu'un courant d'air les faisait s'entre-heurter, le choc se répercutait de verre en verre jusqu'au bout de la rangée, dans un legato cristallin auquel nous trouvions une insaisissable qualité musicale. Lothar me montait aussi de ces saucisses grillées que l'on vendait aux coins des rues, dans des barquettes de carton garnies de moutarde. Il m'enseignait la manière de les manger sans se tacher de graisse, debout, en les attrapant entre le pouce et l'index et en les croquant de biais, afin que le jus qui s'en exprimait coule d'aplomb sur le plancher. Souvent, il restait coucher, par paresse de rentrer chez lui à pied après le passage du dernier omnibus. Un jour, il me proposa de rester tout à fait. Pris au dépourvu par son offre et ne trouvant rien à lui objecter, j'y consentis. Son installation fut succincte. Il amena, pliés dans du papier journal, deux chemises sans col, quelque chose qui avait dû être une brosse à dents, quelque chose qui ressemblait à un rasoir. Le reste de ses affaires était disséminé chez les uns et chez les autres et je me demandais s'il avait jamais eu de domicile fixe. Nous convînmes de partager la charge du loyer mais, le trouvant trop élevé, Schnabel prit à parti la propriétaire quand elle vint le percevoir. Il l'injuria, la menaça et obtint d'elle, en plus d'un rabais substantiel, le respect que Nils et moi, timides et courtois, n'avions pas su lui inspirer.

La cohabitation avec Schnabel présenta ainsi quelques

avantages pratiques, hélas insuffisants pour compenser les inconvénients d'un véritable vice dont j'eus bientôt la révélation. Ce vice consistait en un sens de l'hospitalité développé jusqu'à la manie, que ne tempérait aucune discrimination et qui eut l'effet de transformer peu à peu la teinturerie en asile de nuit ouvert à quiconque, dans Berlin, n'avait pas où coucher. Le premier usager en fut un nihiliste russe, sale et barbu comme un pope, que Lothar avait trouvé somnolant sur un banc public et qu'il voulut montrer au fervent lecteur de Dostoïevski que j'étais. Cet homme s'endormit en tenant à portée de la main le grand couteau avec lequel — il eut le scrupule de nous en avertir — il n'hésiterait pas à se trancher la gorge, en cas de perquisition, plutôt que de se laisser prendre vivant par la police. Nous l'hébergeâmes pendant quarante-huit heures. Puis ce fut, pour une semaine, un petit conscrit du Wurtemberg, morose et boutonneux, qui avait déserté son régiment et qu'il fallait cacher le temps que Schnabel lui procure de faux papiers. Celui-là, au moins, était plus calme et lorsqu'il s'exprimait, c'était dans un patois souabe si inintelligible que je m'en sentais dispensé de tout effort de communication. Les autres, nombreux, qui séchèrent leurs ignobles galoches à la chaleur de mon poêle, qui laissèrent quelques-unes de leurs puces dans mes couvertures et qui s'exercèrent, au détriment de mon plancher, à happer les saucisses frites selon la méthode préconisée par Schnabel, étaient des ivrognes et des vagabonds sans antécédents judiciaires remarquables.

Dès mon retour de Suède, j'étais allé comme convenu revoir Herr Ploetz. Il m'avait reçu avec plus d'aménité que lors de ma visite précédente et m'avait appris que sa recommandation n'avait pas été sans effet : je pouvais prendre mes fonctions au restaurant Rheingold.

Ces fonctions varièrent pendant le premier mois où l'on m'essaya un peu à tout. Je ne me distinguai pas à l'économat, en dépit de ma belle écriture. Je brillai encore moins en salle où la nervosité me faisait imprimer aux plats que l'on me donnait à porter une sorte de secousse sismique continue qui en ébranlait l'arrangement et produisait, paraît-il, le plus fâcheux effet sur la clientèle. Un soir, des dîneurs compatissants, auxquels je livrais un plat en sauce particulièrement houleux, observèrent ma pâleur livide et l'espèce de soubresaut endémique qui me traversait tout le corps. Ils me crurent pris d'un malaise et voulurent me faire asseoir près d'eux. On me renvoya en cuisine.

Ainsi, quelques semaines à peine avaient suffi pour que je

déçoive la confiance que Herr Ploetz avait bien voulu me faire malgré les réticences qu'il avait d'abord exprimées ; pour que je détruise, une à une, les diverses chances qui m'étaient offertes d'entamer une carrière fructueuse dans la restauration. On m'employa un moment à acheminer les commandes de l'office aux cuisines. Mais de cette tâche, pourtant simple, je ne dus pas me tirer à mon avantage non plus ; j'en fus relevé. Comme j'arrivais pour prendre mon service et que je m'apprêtais à enfiler la veste de coton qui constituait mon uniforme, la même femme en noir, qui m'avait reçu la première fois que j'étais venu demander Herr Ploetz, m'arracha cette veste des mains et me tendit en échange un grand tablier grisâtre, sorte de bâche qui vous ceignait de la taille aux chevilles et dont le plastron trop large accrochait les bras. Quand elle eut vérifié que j'étais proprement emmailloté, elle me conduisit à travers les salles de cuisine, avec cette lenteur et cette gravité qui sont la pompe des châtiments publics, jusqu'à la chaîne des damnés qui pataugeaient dans l'eau visqueuse des bacs d'évier, à la plonge. Elle m'y désigna ma place définitive, que je pris d'un cœur rasséréné par la pensée que je ne pouvais pas tomber plus bas et que je n'avais jamais vraiment désiré monter plus haut.

Mon voisin immédiat qui curait les verres m'adressa en signe de bienvenue un clin d'œil cordial et complice où je lus d'emblée toute la dérision du système qui nous écrasait. Il me demanda mon nom, le dit aux autres et bientôt je fus accueilli et congratulé par toute la colonne des forçats qui, selon qu'ils étaient italiens, polonais ou lettons, s'ingéniaient à parer cette syllabe fuyante d'inflexions mélodiques variées.

Le travail à la plonge était fatigant, répugnant, au moins la répétition mécanique des mêmes gestes cadencés laissait-elle l'esprit libre de tout souci. Tandis que le corps exténué s'accordait peu à peu au mouvement de l'ensemble, l'attention avait loisir de se fixer ailleurs ou d'errer.

Dans ce coude à coude de la chaîne, je fis l'expérience d'une promiscuité qui n'était pas répugnante, comme je l'aurais crue, mais vivifiante et douillette au contraire. Je m'habituai à cette odeur particulière qui mêlait les vapeurs d'eau grasse, les sueurs et les haleines, elle me devint chère, comme à l'animal grégaire le fumet de la horde où il se reconnaît en sécurité parmi ses semblables. Je me découvris aussi, par émulation, d'inépuisables ressources de gaieté. La chaîne avait ses débordements de petite classe en l'absence du maître, des fous rires absurdes s'y propageaient comme le feu. Il fallait parler toujours, faire du bruit pour se distraire du vacarme oiseux de la vaisselle manipulée et des borborygmes des tuyaux de vidange. La conversation unanime prenait une forme de va-et-vient confus ; les propos refluaient par saccades d'un bout à l'autre de la rangée des plongeurs, charriant au passage des commentaires qui en multipliaient les perspectives, des protestations joviales qui en fouettaient la vague. C'était dans un allemand élémentaire, fantaisiste, largement ouvert aux apports étrangers, et ma contribution modeste à l'affinement et à l'enrichissement de cet outil de communication exubérant, évoluant sans cesse, me faisait oublier par moments que j'étais payé pour décrotter des assiettes sales ; je me voyais, dignitaire de quelque *Lumpenacademie,* œuvrant au lexique d'une langue nouvelle, non pas sélective et ésotérique, comme celle que nous avions mise au point dans notre groupe, mais expansive et en passe d'embrasser toute l'Europe.

Mon horizon s'élargissait dans ce brouillon de misère cosmopolite, j'attrapais des mots de polonais et de slovène, j'apprenais des coutumes baltes, j'adoptais des superstitions siciliennes. Mes connaissances géographiques s'approfondissaient de ces évocations émues qui vous révèlent des villes et des pays inconnus mieux que ne sauraient le faire les plus détaillés des guides touristiques. Il m'arrivait aussi des échos d'histoire contemporaine. Je sus tout du soulèvement paysan qui avait failli entraîner, en Roumanie, l'effondrement de la nouvelle dynastie Hohenzollern. Panayotis, un Grec de Bràila qui passa quelque temps parmi nous, me raconta comment cette tentative de révolution avait été matée dans le sang.

Et des années plus tard, lorsque je visiterais quelques-uns des pays dont j'entendais parler, me remémorant ceux qui, par leurs récits naïfs, m'en avaient donné à entrevoir une vérité intime, il me semblerait ne pas m'y trouver tout à fait en terre inconnue. Je me sentirais uni aux gens et aux lieux par un précédent impalpable, j'éprouverais avec eux cette familiarité spontanée que laissent toujours les anciennes accointances. Je reconnaîtrais dans l'air de Varsovie, de Prague, de Trieste, ce rien de sombre et de désenchanté qui fait à nos yeux « l'âme slave » et dont certains de mes camarades de la plonge transportaient en eux une parcelle. De la même façon la splendeur de la Sicile, sa douceur tragique, ce mélange qui vous y surprend d'exubérance de terre chaude et de recueillement macabre, me fascineraient sans m'étonner. Les réminiscences, témoignant du même contraste, d'une Palermitaine de Weissensee qui grattait le fond des casseroles, m'y auraient dès longtemps préparé.

Vers la même époque où Schnabel s'installait à Fischerstrasse, je décidai de me passer désormais de l'enseignement de Fackelmann. Je me donnai pour cela plusieurs bonnes raisons. Si je savais avoir encore beaucoup à apprendre, j'estimais, non sans justesse, ne pouvoir l'apprendre que par moi-même. J'avais assimilé les grandes règles de la composition, ma technique du dessin s'était affermie et il n'était pas un compotier de fruits, savamment ombré, que je ne sache rendre. L'heure était venue, pensais-je, de prendre quelques risques pour se trouver. En outre, les séances d'atelier, s'ajoutant au temps que je consacrais à présent à gagner ma vie, ne m'auraient plus laissé le loisir de travailler pour moi. A ces raisons s'en joignait une autre qui fut sans doute la seule déterminante. Le souvenir de Nils, exorcisé partout ailleurs, persistait dans l'atelier. Pendant des mois, il avait installé son chevalet à quelques pas en avant du mien et lorsque je levais les yeux de mon travail, mon regard croisait sa silhouette athlétique tout empreinte d'un air de concentration, où même la courbe des épaules, même le fléchissement de la nuque avaient quelque chose de loyal et d'appliqué. Maintenant, quand je regardais devant moi, il m'arrivait encore de chercher d'instinct ce point de repère familier. Sa disparition me causait un saisissement toujours poignant. Nils ne me manquait qu'à cette place-là, mais à cette place-là qui semblait comme l'abcès de fixation d'une absence dont je m'exerçais à ne pas souffrir, il me manquait d'une manière irrémédiable et il me manquait cruellement.

C'est d'abord par une couleur tranchée que se distingue dans ma mémoire chaque période de ma vie, ou bien encore par une scène fulgurante qui s'impose à moi et la résume tout entière. Celle qui suit immédiatement le départ de Nils fait exception. Elle est d'une teinte indécise, obscurcie comme par un jour qui tombe. Il ne m'en revient pas non plus une image particulière. J'y procède à tâtons comme un aveugle ou, plus exactement, j'y végète comme un fœtus, flottant dans une sorte d'arrière-conscience traversée parfois d'appréhensions informes, de pulsions trop ténues pour déclencher un acte quelconque, d'influx, plutôt que de désirs. Cette phase ténébreuse a une saveur pourtant, par quoi elle se différencie, celle de l'âcre café du restaurant Rheingold, dont, aux alentours de deux heures du matin, on distribue des bols bouillants aux travailleurs de l'équipe de nuit. Une odeur aussi, celle de l'air que nous respirons entre les murs de la teinturerie, corsé par les émanations des boulets de coke bon marché que nous faisons brûler dans le poêle. Pour moi, ce sont la saveur et l'odeur mêmes de l'attente. Car j'attends, avec une patience aussi morne que mon existence, l'intervention extérieure qui viendra me tirer de cette torpeur, interrompre la routine quasi somnambulique qui me précipite à heures fixes de la teinturerie aux sous-sols du Rheingold, puis en sens inverse, comme un galet laminé par les déferlements et les ressacs.

Le taudis où je vis, où je dors, où je côtoie avec indifférence les débris d'humanité que la prodigalité hospitalière de Schnabel a rassemblés au hasard, la salle de plonge où je trime, le dos courbé, dans la vapeur de l'eau de vaisselle et les nostalgies que ressassent autour de moi des personnes déplacées, me sont une seule et même tanière où la bête engourdie par une espèce d'hiver physiologique échappe aux dangers et aux tentations du grand air. D'un lieu à l'autre, je dérive comme entre deux mauvais sommeils, je ne prends plus conscience du jour, je n'aperçois plus la ville, je passe au plus vite, pressé, talonné par une inquiétude sans nom... Je suppose que c'est quelque part le long de ce trajet qu'un jour je suis entré dans ma vingtième année. C'était donc cela, l'âge d'homme ?

Nils avait emporté avec lui la dernière étincelle d'enfance qui subsistait en moi, ou peut-être l'avais-je déjà utilisée, sans m'en rendre compte, à allumer la grande flambée d'enthousiasme qui nous animait tous deux dans les premiers mois de notre séjour. A présent que j'en étais démuni, l'intuition de ce déficit irréparable me laissait, au seuil de la vie adulte, dans le même état de perplexité anxieuse que l'on éprouve parfois face à la toile vierge, lorsqu'on ne sait pas par quel trait commencer le tableau. D'engourdi que j'étais, je devins grave : j'avais mangé le pain blanc de mon insouciance. Avec Nils, nous avions souvent parlé de notre avenir, c'était à la manière dont les enfants se le décrivent entre eux. Nous nous représentions le futur comme un animal improbable et capricieux, une sorte de licorne encline aux emballements et aux ruades, mais dont la conquête, si difficile et si périlleuse qu'elle dût être, nous paraissait assurée. Nous bâtions cette fabuleuse cavale de niaises rêveries à trois sous ; c'étaient les clichés romantiques de la vie d'artiste passionnée, l'abominable sirop des amours fatales qui fouettent l'énergie créatrice et montent l'inspiration en génie comme les œufs en neige. Et puis, après les tourments, venaient les triomphes et ce rayon éblouissant de la gloire qui prend plus volontiers dans son faisceau les grands morts que les grands vivants.

Je crois qu'au fond nous ne nous abusions ni sur la platitude de nos divagations ni sur les chances qu'elles avaient de se trouver jamais réalisées, mais nous nous en abreuvions l'un l'autre, nous nous en exaltions et nous y prenions du plaisir. Je n'avais plus de ces échanges avec Schnabel. Une fois que j'avais prononcé devant lui le mot d'*avenir*, il m'avait ri au nez et m'avait régalé d'une de ses dissertations brillantes et si contournées qu'on en oubliait bientôt, comme Schnabel qui s'égarait le premier dans le labyrinthe de ses digressions l'oubliait lui-même, ce qu'elles avaient d'abord tendu à démontrer ou à réfuter.

Pour lui, m'avait-il déclaré, l'avenir n'existait pas. L'avenir lui semblait, au même titre que Dieu ou l'Ame ou le Destin, une de ces hasardeuses hypothèses que les optimistes et les pessimistes se concertent pour élaborer à seule fin de se définir plus commodément eux-mêmes par les dispositions opposées qu'ils leur prêtent. Schnabel n'était pas optimiste, il n'était pas pessimiste, il était vivant. Et les vivants ne connaissaient que la durée, cet excipient nécessaire au moindre signe d'existence, ce commun dénominateur de tout ce qui surgit, bouge un peu, disparaît.

« La durée, je te la recommande ! avait-il fait, en affectant par dérision une mine de gourmandise. Une sentine fétide, mon cher, la *cloaca maxima* où nous nous ébattons, l'eau jamais changée du bain éternel où tout ce qui a vécu a trempé, avant de s'y noyer et de s'y dissoudre, depuis l'origine des espèces ! Mais nous n'avons pas le loisir de nous montrer délicats, il faut s'immerger ou rien. Remarque bien aussi que les milliards de trillions d'animalcules qui ont tâté l'eau du bain n'en ont pas retiré une appréciation uniforme, non, chacune s'en est fait sa petite idée subjective. C'est ce qui permet à l'éphémère qui naît le matin, aime à midi et pond une heure ou deux plus tard, de rendre son dernier souffle avant la nuit dans une illusion de plénitude et d'accomplissement qui vaut bien l'illusion de la carpe entrant en agonie dans sa deux cent quatre-vingt-dix-septième année. S'il en allait autrement, s'était-il écrié soudain, en feignant d'être saisi d'un horrible doute, ce serait trop injuste ! Nous n'aurions qu'à déplorer, autant que nous sommes, de n'être pas des carpes. Car, toute fonction naturelle étant proportionnée, je suppose, à la longévité spécifique, l'orgasme de la carpe doit bien avoisiner les trois minutes. Et quel avantage inhérent à notre condition pourrait-on mettre en balance avec le ravissement d'un orgasme de trois minutes?

« Notre drame, vois-tu, avait-il poursuivi, et tu en es toi-même un excellent exemple, c'est que, cette durée, nous avons fait l'erreur insigne de prétendre la concevoir. Nous croyons la dominer en évaluant notre temps, en le coupant en tranches, une tranche pour le passé, une tranche pour le futur, ce n'est pas sérieux cela, c'est de la conjugaison... Tu t'imagines que tu as un avenir sous prétexte que tu n'as pas de présent et que l'on te doit quand même une compensation. Mais à l'inverse, si tu te résignais à être sans avenir, tu t'apercevrais que tu vis — et c'est ce que je te conseille de faire. Va, avait-il conclu, il n'y a que le présent, je te dis, et ce n'est déjà pas grand-chose ! »

Par la suite, j'évitai soigneusement d'aborder avec Schnabel tout sujet qui pût l'inciter à se lancer à nouveau dans ses redoutables développements philosophiques. Je savais trop quel effet débilitant ils avaient sur moi. Les démentis ricanants qu'ils opposaient à ce que Schnabel nommait mes spéculations honteusement idéalistes figeaient en moi toute velléité d'échapper à mon marasme, brisaient à l'avance tout élan qui m'eût peut-être permis d'en sortir. Bien que, par conformisme lâche, je fisse profession d'être revenu de tout sans même y être allé, mon désabusement n'était qu'un vernis superficiel sous lequel je continuais à frémir, à la dérobée, d'espérances et d'ambitions désormais inavouables. Mais le scepticisme phénoménologique de Schnabel, d'autant plus corrosif qu'il se dégageait mal d'une tradition nihiliste encore vivace à cette époque, dévastait peu à peu ce jardin secret et, finalement, me gagnait.

Je m'enfonçais plus profondément dans un sentiment d'à-quoi-bon où je retrouvais une manière d'insouciance — sinistre. Par un besoin de perdre conscience, je m'appliquais à dormir le plus possible. Par paresse, je me nourrissais de saucisses frites achetées dans la rue, en bravant l'écœurement que me causait ce régime invariable. Avec la même indifférence, je laissais la poussière et la crasse s'accumuler autour de moi. Je ne prenais pas la peine de raser l'ombreux duvet qui commençait à me couvrir les joues et le menton comme une pellicule de moisissure ; je me négligeais jusqu'à n'avoir bientôt que peu à envier, pour la saleté, aux vagabonds que ramenait Schnabel. Lothar put voir dans cette incurie progressive un signe que je prenais enfin la vie comme elle me venait, que je m'étais résigné à son insignifiance, que j'avais agréé ce temps informe, sans direction, sans perspective — plat unique de la condition humaine. Au contraire, je le rejetais avec une détermination plus forte.

C'était pour y échapper que je me faisais doucement à l'ascèse du néant.

Je découvris dans le travail la seule diversion efficace à mon désarroi et je m'y réfugiai autant que je pus. Je n'avais que de brefs moments à y consacrer, cette restriction s'avéra stimulante, les doutes et les hésitations ne m'étant plus permis, je fus délivré de ceux qui m'inhibaient encore. En outre ces moments, qu'il me semblait détourner d'une existence besogneuse et absurde, prirent par contraste la couleur du plaisir. Le désir de me distinguer, de me faire connaître par mon excellence, qui m'avait aiguillonné surtout, jusqu'alors, et qui m'avait induit à envisager l'art comme le moyen de m'imposer aux autres, céda la place, insensiblement, à la conviction nouvelle que l'acte de peindre comblait d'abord une exigence intime, que mes efforts étaient à eux-mêmes leur propre fin et que j'avais peut-être trouvé dans leur poursuite ce *sens* de la vie que je m'étais évertué sans succès à débusquer ailleurs. Si une telle découverte fut le prix de cette traversée des bas-fonds de l'apathie, à quoi j'occupai tout mon hiver, la traversée n'aura pas été vaine. Je l'avais entreprise bardé d'assurances illusoires dont le miroitement ne me dérobait que ma fondamentale indigence ; elles s'étaient défaites en chemin, mais une autre commençait à voir le jour, qui les valait toutes et qui n'allait plus me quitter : j'étais peintre. Et mes accomplissements à venir ne procéderaient plus de la volonté de prouver que je l'étais, ils découleraient, comme une conséquence, de cette singularité essentielle dont je venais d'avoir la révélation.

Au printemps, j'entrai dans une sorte de convalescence. Je fus pris à nouveau d'une fringale de déambulations. Lorsque je quittais mon travail au Rheingold, je rentrais à pied à Fischerstrasse, par les rues désertes à cette heure avancée de la nuit. Je multipliais les détours à plaisir, étonné de trouver l'obscurité aussi douce. Parfois je prolongeais mon errance jusqu'au petit jour que je voyais se lever sur la rive de Neu Kölln. Je renouais ainsi avec la ville, je la redécouvrais. Ces promenades nocturnes et solitaires perpétuaient les randonnées en tramway à la faveur desquelles Nils et moi nous étions familiarisés avec la ville dans les premiers temps. Il y avait un an et demi, déjà.

Schnabel, à qui j'en parlai, fut aussitôt séduit par l'idée de ces excursions et me proposa de m'accompagner. Nous prîmes l'habitude de nous retrouver au coin de Bellevuestrasse, peu après deux heures. Nous nous mettions en route à l'aventure, descendant une rue puis une autre, comme nous aurions descendu des rivières et des fleuves, en cédant à leur courant dont on sait qu'il vous mènera à la mer. Recueillis, attentifs à la nuit, aux odeurs de l'air, à l'immense silence qui absorbait lentement l'écho du claquement de nos pas, nous nous taisions. Si parfois nous voulions faire halte, quand nous ne trouvions pas de banc nous nous asseyions au bord du trottoir pour partager une cigarette. Nous pouvions marcher ainsi pendant des heures sans rencontrer âme qui vive et lorsque, par extraordinaire, un passant aussi tardif que nous croisait notre chemin, le même réflexe de méfiance nous faisait nous écarter de lui et lui de nous, non sans qu'ait été échangé un coup d'œil rapide et vaguement hostile comme si chaque parti, tenant les rues désertes pour sa propriété privée, voyait en l'autre un intrus dans sa solitude. A l'aube, harassés et heureux, nous gagnions la gare la plus proche ; le buffet venait d'ouvrir et nous nous faisions servir du café.

Une nuit, comme je sortais du restaurant, j'aperçus de loin la silhouette de Schnabel que j'avais accoutumé de voir se détacher seule contre la façade obscure du Rheingold, flanquée d'une autre, plus petite. A distance, le personnage auquel il parlait me fit l'effet d'un gamin déguisé en homme avec des vêtements trop grands pour lui, un vaste imperméable informe, un chapeau mou enfoncé jusqu'aux yeux, des pantalons de clown qui recouvraient ses chaussures. Quand je fus près d'eux, je me rendis compte qu'il s'agissait d'une femme travestie. Ce que le rebord du chapeau trop large me laissait distinguer de son visage était à la fois sans jeunesse et sans âge, si bien que je n'aurais pas su dire si elle avait trente-cinq ans ou cinquante. Schnabel nous présenta. La poétesse Elisabeth Wibner me tendit sa main dans un large mouvement à la *topez là* par lequel, conformant ses façons à son vêtement masculin, elle s'appliquait à singer une cordialité virile. Elle accompagna ce geste d'un sourire qui lui rendit son sexe et son âge ; un sourire où l'on percevait cette volonté inquiète de séduire qui s'exerce sur tout un chacun sans discrimination, dans le seul but de vérifier la persistance de son pouvoir. Bien que Schnabel ne m'ait jamais parlé d'elle, bien que j'aie ignoré jusqu'à ce moment qu'il la connaissait, le nom d'Elisabeth Wibner m'était familier. Une rumeur publique sélective, circonscrite aux cercles de la bohème berlinoise, l'avait répandu du Nollendorff Casino au Café des Westens, dans tous les lieux où l'avant-garde avait établi ses cénacles.

Elisabeth Wibner avait connu un Berlin qu'aucun de nous n'avait connu, celui de la dernière décennie de l'autre siècle, quand les tenants de cette avant-garde qui faisait alors figure de société secrète se réunissaient, au nombre d'une demi-douzaine tout au plus, dans la taverne de Julius Türke. C'est là qu'Elisabeth avait rencontré Strindberg et Munch. Par la suite, elle avait hanté tour à tour chacune des caves et des arrière-salles où se tramait l'art moderne. Son nom était ainsi lié à ceux de divers estaminets mémorables, comme au nom d'un général héroïque sont associés les noms de ses campagnes. Il y avait eu le Café Sezession que fréquentaient aussi le baron de Schennis et les frères Wedekind ; la cave de Dalbelli ; le Café Austria et Zum hungrigen Pegasus, un cabaret borgne où quiconque avait un poème à dire pouvait monter sur la scène pour le réciter.

Ses états de service et ses accointances avec des personnages, dont certains étaient déjà légendaires, faisaient beaucoup pour la gloire d'Elisabeth Wibner, mais ses extravagances y contribuaient plus encore. Elle ne craignait pas de s'habiller en homme à une époque où le travestissement constituait un délit pénal. On la voyait aussi parfois déguisée en janissaire, avec des pantalons bouffants et un turban violet. Ayant conservé toutes les poupées de son enfance, il lui arrivait, dans cet accoutrement, de les promener au Tiergarten et de les asseoir sur un banc, au soleil, pour regarder mollir et se décomposer leurs visages de cire.

La première notoriété d'Elisabeth Wibner dans les phalanstères expressionnistes, comme la réputation sulfureuse qu'elle commençait à avoir auprès des bourgeois et qui allait la suivre toute sa vie, jusqu'à lui causer d'assez graves ennuis, plus tard, lorsque des milices de brutes se mettraient en tête de purger les rues de leurs « éléments malsains », ne se fonda sur rien de plus extraordinaire que ces menus déportements.

C'était bien peu de chose quand on y songe et, à Paris ou à Londres, durant les mêmes années, les excentriques qui faisaient parler d'eux devaient mettre en œuvre une ingéniosité autrement raffinée, pour surprendre encore. Mais c'est aussi que dans ces capitales l'extravagance avait acquis droit de cité et trouvé un public complaisant ; d'abord privilège accordé à la célébrité, elle était devenue peu à peu un moyen parmi d'autres de la conquérir. Les assauts de bizarrerie ostentatoire s'y compliquaient de rivalités de snobisme, y prenaient la forme d'une lutte pour un plus grand prestige social et nombreux étaient ceux qui se disputaient la palme d'une haute excentricité dont le jeu de l'émulation faisait sans cesse reculer les limites.

A Berlin, en revanche, ville capable autant qu'une autre, plus qu'une autre peut-être, de délire et d'audace, mais incapable de rien prendre à la légère, être excentrique demandait davantage de courage et moins d'imagination. Les manifestations de la bizarrerie ne charmaient pas, ne divertissaient pas ; perçues comme les indices d'un état pathologique, comme une menace implicite, elles consternaient et elles effrayaient avant d'étonner. D'ailleurs, les excentriques, qui partageaient avec les citoyens conformes à la norme ce vieux fonds de ferveur sérieuse qui trempe l'âme prussienne, témoignaient, dans leurs défis aux conventions, du même âpre zèle que l'on déployait d'autre part pour imposer le respect de ces conventions et, conscients qu'ils se mettaient délibérément au ban de la société, qu'ils étaient engagés contre l'ordre dans une lutte sans merci, ils se livraient à leurs fantaisies avec une application grave qui donnait à celles-ci la couleur de la démence.

Je ne devais jamais déterminer clairement, chez Elisabeth, jusqu'où allait la folie authentique, en quel point elle était relayée par la pose. Elle-même, sans doute, l'ignorait. Lorsqu'elle me révélait avoir grandi dans la maison d'un rabbin d'Osnabrück, s'être mariée à vingt ans avec un dentiste berlinois qui exerçait toujours sur le Kurfüstendamm, et qu'elle prétendait, dans le même train de confidences, avoir aussi vécu à Thèbes, capitale de l'ancienne Égypte, il y avait plus de trois millénaires, je ne pouvais tout à fait me défendre d'un mouvement d'exaspération assez proche de ce que j'avais éprouvé lors de ma première visite à la villa de Grünewald, en écoutant le babillage insensé de Tissa Hornig. A la lumière de cette même irritation que m'avaient causée les divagations de Tissa et que m'inspiraient, à un degré bien moindre, celles d'Elisabeth Wibner, j'en venais à comparer les deux femmes. Certes, elles possédaient en commun le goût du déguisement et de la mise en scène, mais il était facile de reconnaître la comédienne *hantée* par son personnage et la cabotine sans âme. Mlle Hornig s'acharnait sans grand succès à rendre un rôle d'Ophélie égarée qui convenait fort peu à sa placidité de vache maigre, elle compilait, sans y mettre aucune grâce ni aucune invention personnelle, les clichés de la perdition qui alimentent les romans à scandale ; Elisabeth, en revanche, par une conviction impressionnante, se sauvait in extremis du ridicule où son emphase menaçait parfois de la précipiter du haut des sublimités poétiques. Mi-lucide et mi-somnambule, elle entrelaçait la réalité et les affabulations, l'élan visionnaire et l'artifice de style, au gré de sa veine intime, avec un tel bonheur d'expression que, bientôt, on ne les distinguait plus. Possédant plusieurs registres de sincérité sur lesquels elle jouait avec dextérité, elle pouvait avancer, éblouie, dans son rêve, sans cesser de gérer sa légende avec ce sens de l'à-propos dont on imagine mal qu'il puisse se dissocier de la pleine conscience.

Ce premier soir où je la vis, je me souviens qu'Elisabeth Wibner me tutoya aussitôt, comme si elle m'avait toujours connu. Chaque fois qu'elle s'adressait à moi, elle s'appliquait à redire mon prénom et je finis par deviner qu'elle éprouvait, à prononcer ces quatre lettres sonnant comme un soupir, une espèce de délectation. Dans sa bouche, je découvris à ce prénom une beauté insoupçonnée jusque-là, c'était cette façon qu'elle avait de me le prodiguer comme une caresse, qui me troublait. Elisabeth nous prit chacun par un bras, Schnabel et moi, nous forçant à nous serrer contre elle car, en dépit de son ample manteau, elle avait froid, disait-elle. Parfois, elle posait sa tête contre mon épaule ou contre l'épaule de Schnabel. Ces affectueuses privautés procédaient d'une sensualité innocente, c'était ce même besoin de toucher, de se sentir tout contre, qui s'exprime chez les tout jeunes enfants.

Nous remontâmes la Sieges Allee, entre les masses laiteuses que mettaient dans la nuit les monumentales statues des souverains Hohenzollern; nous traversâmes le Tiergarten en direction de Charlottenburg. Parvenus à la Grande Étoile où plusieurs avenues qui se rejoignent ouvrent entre les futaies des perspectives fuyantes, Elisabeth s'immobilisa et regarda autour d'elle, scrutant l'obscurité, comme si elle y avait perçu l'indice d'une présence, à nous, invisible. Sa voix qui faisait crépiter les finales des mots, s'éleva tout haut dans le silence :

« Ô nocturne envol de l'âme
« Pâtres, nous partions jadis vers des forêts crépusculaires... »

Je supposai d'abord qu'elle improvisait ces vers, mais elle nous dit qu'ils étaient d'un jeune poète autrichien de sa connaissance, un dénommé Trakl dont j'entendais parler pour la première fois; le poème s'intitulait *Chant occidental*.

Il me revient encore, de cette nuit-là, que lorsque nous atteignîmes le Kaiser Damm, un peu avant l'aube, il nous sembla apercevoir un incendie. Pourtant on ne remarquait rien de cette animation de rue qui accompagne les sinistres et nulle part on n'entendait retentir ce son de cloche continu qui signale les voitures de pompiers. La perspective paraissait déserte, ce quartier des confins de la ville était encore presque inhabité. Le grand rougeoiement que nous apercevions provenait de deux immeubles mitoyens, en cours d'achèvement, où l'on entretenait jour et nuit un feu d'enfer pour sécher les plâtres. C'était, nous l'apprîmes ainsi, un expédient courant qu'avaient imaginé les maîtres d'œuvre pressés par le temps, dans une ville dont la population s'accroissait sans cesse.

Les nuits suivantes, à Schmargendorf, à Dalhem, nous cherchâmes d'autres incendies. Dans ces quartiers neufs, c'étaient parfois des rues entières qui semblaient brûler paisiblement. Nous nous arrêtions émerveillés devant des brasiers de six étages. La façade encore à peine montée laissait à nu les alvéoles des pièces dont de grandes flammes éclairaient la profondeur. Ces mêmes flammes léchaient de leurs reflets le visage ravi d'Elisabeth qui croyait voir flamber Carthage, Rome et Moscou.

Au matin, recrus de fatigue, nous retrouvions la teinturerie. Nous échangions encore un moment nos impressions de la nuit, essayant d'en dégager quelque quintessence esthétique. Cet effort de concentration s'ajoutant à l'épuisement physique, nos réflexions étaient coupées de grands silences. A la faveur de l'un d'eux, nous sombrions dans le sommeil. C'est de cette manière qu'Elisabeth s'installa, de fait, à Fischerstrasse. On l'avait expulsée d'une cave où elle avait logé tout l'hiver avec la complicité du portier de l'immeuble. Elle était sans domicile, sans argent et, depuis une semaine, passait ses nuits dans des hôtels borgnes et des salles d'attente de gare. Nous l'aurions volontiers accueillie définitivement, mais elle nous avertit d'emblée qu'elle ne resterait chez nous que le temps qu'il lui faudrait pour reprendre un peu de ses forces. Notre galetas ouvert à tous les vents lui semblait encore trop douillet et trop personnel, trop bourgeois, pour tout dire. Elle ne supportait que les lieux anonymes et tout à fait misérables ; elle haïssait le moindre confort qui invite à la sédentarité ; elle avait sa vie aventureuse à vivre qui lui interdisait de s'attarder nulle part, de crainte de finir par s'y trouver trop bien pour en partir.

Nous lui offrîmes chacun de lui céder notre lit, elle s'obstina à n'accepter qu'une paillasse où elle se coucha entourée de ses poupées. A un clou au mur, elle accrocha une vieille robe de soie trop légère pour la saison, d'un beau jaune safran qui évoquait à Schnabel, ancien passager des cargos au long cours, le jaune des drapeaux de quarantaine. Le jaune était sa couleur, nous déclara Elisabeth.

Un matin que nous nous trouvions, de retour de nos pérégrinations nocturnes, dans cet état de torpeur qui précède le sommeil et s'en différencie à peine, Schnabel, qui me croyait endormi, s'approcha de la Wibner et se mit à caresser sa poitrine et son ventre. J'observai qu'elle le repoussait avec beaucoup de douceur et une détermination égale. Il regagna son lit. Quelques jours plus tard, rampant jusqu'à la paillasse où elle était étendue, je risquai une tentative identique qui fut repoussée avec la même douceur. Je n'en conçus pas un dépit trop extrême, j'étais accoutumé à voir mes avances repoussées. Hedwige, miss Stewart, Fritzie, par leurs refus successifs, m'avaient déjà familiarisé avec le rôle de l'amoureux frustré et je me demande si je n'en étais pas venu à remplacer les satisfactions de la volupté physique dont j'étais privé, par celle, âcre, que je commençais à trouver dans l'humiliation d'être toujours éconduit.

Pourtant, comme j'allais m'éloigner d'elle sans un mot, Elisabeth retint ma main. Écartant les poupées, elle me fit signe de m'allonger près d'elle.

« Toi et moi, murmura-t-elle, nous sommes dans le même cas, nous venons de passer de sales moments, c'est l'hiver qui nous a malmenés et secoués. C'est toujours l'hiver qu'on est le plus malheureux. Vois-tu, nous nous en sommes tirés à présent, mais c'était de justesse, comme chaque fois d'ailleurs... Je suis bien plus vieille que toi et je connais cette maladie, cela m'est déjà arrivé souvent. Si tu savais toutes les caves où je me suis terrée depuis la nuit des temps, avec la peur d'y être ensevelie pour de bon. Et toujours quelque chose m'en a fait sortir pour que je recommence à vivre... Maintenant, nous sommes comme des blessés qui savent qu'ils vont guérir, encore très fragiles. Il ne nous faut qu'un peu de chaleur. Je n'ai rien à te donner, ni énergie ni désir, et c'est cela que tu me demandes, n'est-ce pas ? Tais-toi ! » ajouta-t-elle dans le même souffle.

Mais cet ordre ne devait avoir que la valeur d'une interjection tendre car je ne disais mot et, blotti contre elle, je m'endormais.

Nous ne la vîmes pas partir. Nous ne sûmes pas où elle était allée. Les poupées avaient disparu, la robe jaune ne pendait plus au mur. Il ne restait, posé à notre intention sur la table, qu'une feuille volante où était calligraphié à l'encre violette un assez beau poème parlant d'incendies tranquilles dans les nuits désertes. Elisabeth y avait ajouté en manière de dédicace deux lignes pour nous remercier de l'avoir bercée et nous assurer que nous nous retrouverions tous les trois, c'était fatal.

A quelque temps de là, Schnabel, Libbenow, Hornig et moi, nous commençâmes à échafauder des projets de vacances que nous voulions passer ensemble, comme l'été précédent. Un moment, nous nous crûmes décidés à retourner à Prerov. Puis nous nous ravisâmes car Hornig nous avait convaincus de visiter plutôt l'Andalousie. Pendant un mois ou deux, nous envisageâmes bien des destinations, sans pouvoir nous tenir à aucune plus de quelques jours. Avec un engouement soudain pour l'école florentine ou pour les korês du musée d'Athènes — que nous avions vues reproduites en photographie dans le *National Geographic Magazine* —, il nous venait des envies d'Italie et de Grèce, bientôt supplantées par un intérêt non moins subit pour les paysages suisses. Puis un nouveau revirement nous faisait décréter rebattue et sans surprises cette Europe que nous ne connaissions pas encore et, sous l'influence de Schnabel qui avait visité les antipodes, nous parlions de nous embarquer pour Bornéo, ou encore d'aller à Moscou, y prendre le Transsibérien pour la Chine. Ces projets de voyage, ambitieux et éclectiques, suffirent sans doute à épuiser l'énergie qu'il nous aurait fallu pour entreprendre l'un d'entre eux. En définitive, nous restâmes à Berlin.

Aux beaux jours de l'été continental, quand le soleil réfracté par la verrière commença à transformer la teinturerie en fournaise, nous reprîmes le chemin de Grünewald. Moyennant une diminution de mes appointements, j'avais obtenu du restaurant Rheingold deux jours de congé hebdomadaires pour la durée de l'été.

Ces jours, je les passai chez les Hornig où je retrouvais aussi Libbenow et Schnabel. L'oncle Pribishev, enfin de retour de Russie, se révélait un hôte délicieux et prodigue. Il avait insisté pour que nous ayons nos chambres à la villa et pour que nous y couchions le plus souvent possible. Il avait fait vider un salon de son mobilier pour nous l'offrir comme atelier et nous ne pouvions griffonner devant lui le moindre dessin sans qu'il ne veuille aussitôt nous l'acheter. Nous sachant pauvres, il avait imaginé de nous venir en aide en arguant de son vif intérêt pour la peinture moderne. Cet intérêt, d'ailleurs, n'était pas absolument feint, car l'oncle Pribishev était doué de ce goût pas toujours très sûr, mais au moins sincère et personnel, qui s'exprime, sans avoir conscience de sa propre audace, chez certains parvenus que n'influencent pas les préventions culturelles des bourgeois.

Mais, plus encore que la peinture moderne, Prib aimait la compagnie de la jeunesse, notre présence bruyante et bohémienne, nos interminables et spécieuses discussions, nos manières débraillées, tout l'enchantait. Son seul regret pourtant, il nous l'avoua un jour avec des réticences de confusion, et en ajoutant aussitôt qu'on ne saurait tout avoir, c'était que nous ne pratiquions aucun sport, que nous ne jouions pas au tennis, par exemple, il nous aurait volontiers fait construire un court : c'est si beau, l'été, des joueurs en blanc, sous les arbres...

Les soirs, il nous entraînait dans les restaurants des environs pour des banquets-surprises. « N'allez pas vous habiller surtout ! recommandait-il — quoiqu'il eût lui-même revêtu un frac —, pour prévenir de notre part l'objection que nous ne possédions ni habit ni smoking. Venez comme vous êtes, c'est une gargote toute simple où je vous emmène, on n'y sert que de la friture. » Nous montions aisément à six dans la Daimler Imperia « bois de rose » qui avait remplacé l'automobile Ford. Nous roulions vers Tegel ou Treptow, quelquefois nous allions jusqu'à Potsdam. La gargote annoncée n'était autre que la salle à manger du Stadt Koenigsberg ou du Palasthotel. On nous y avait réservé la meilleure table, près de la baie dominant la Havel. Quant à la friture, c'était un buisson d'écrevisses.

Tissa Hornig faisait son possible pour gâcher l'atmosphère de ces soirées exquises. Elle affectait de trouver mille défauts au service et le choix que proposait la carte, d'une banalité consternante. Elle en tenait pour responsable l'oncle Pribishev qui répondait avec empressement à ses plaintes capricieuses. Elle lui reprochait que le champagne soit trop frappé pour son goût ; qu'un maître d'hôtel maladroit, en passant derrière elle, ait frôlé et dérangé son chapeau ; qu'on ne serve pas d'huîtres en juillet, seule chose dont elle aurait eu un peu envie, pas tant pour les manger d'ailleurs, que pour la chance, peut-être, d'y dénicher une perle.

A quelques jours de là, voulant la consoler de cette déconvenue, Prib imagina de pallier l'absence d'huîtres par un pis-aller de son invention. En guise de hors-d'œuvre, on apporta à Tissa un étui de maroquin grenat sur un plat d'argent. Elle l'ouvrit et y trouva un rang de perles fines.

« Tu ne remercies pas notre bon oncle ? lui fit observer Hornig, comme elle examinait le collier sans rien dire.

— Pourquoi le remercierais-je ? fit-elle. C'est bien la moindre des choses que les cochons vous donnent des perles ! D'ailleurs, remarqua-t-elle en glissant le collier dans son réticule, celles-ci sont si petites qu'il est inutile que je les mette à mon cou, on ne les verrait pas. »

Puis elle se leva et dit qu'elle allait nous attendre dans la voiture car elle se sentait prise d'une migraine affreuse, due sans doute à ce qu'elle avait bu trop d'éther, dans le seul espoir de tromper l'ennui où nous la laissions tous se morfondre. Fritz lui intima de se rasseoir et elle aurait peut-être obéi si Pribishev n'avait eu la mauvaise inspiration de renchérir sur cet ordre par des supplications. Tissa se mit à l'injurier atrocement et, comme le malheureux ne trouvait pas d'autre parade à ce flot d'injures que de saisir la main de la jeune fille pour la baiser, elle se dégagea avec un haut-le-corps, cueillit un verre et lui en jeta le contenu à la face.

Tissa avait joué cette petite scène à voix assez haute pour être entendue du restaurant entier, l'affront qui la concluait n'échappa non plus à personne et je sentais tous les regards fixés sur nous. On n'est pas brave lorsqu'on est très jeune et qu'on se sait ainsi le point de mire d'une assemblée d'inconnus ; on l'est d'autant moins, dans un lieu élégant où les dîneurs sont en tenue de soirée, que des vêtements de ville plutôt râpés vous désignent à tous comme un intrus. Hornig fronça les sourcils, tira une cigarette de sa poche et l'alluma à l'une des bougies qui éclairaient la table, d'une main un peu tremblante. Libbenow, Schnabel et moi, nous restions interdits, incapables d'un mot ni d'un geste, comme fascinés par l'énormité du scandale. Chez moi, le sentiment de honte l'emportait même sur l'espèce de haine que j'éprouvais tout à coup pour Tissa et sur la pitié que m'inspirait l'oncle Prib. Je me risquai à regarder ce dernier à la dérobée, je le vis livide et trop stupéfait sans doute pour songer à essuyer les ruisselets de vin gouttant de son front et de ses joues sur son plastron. J'allais me détourner quand je surpris sur son visage une expression inattendue qui augmenta mon malaise. Au-delà de la consternation, c'était une espèce de béatitude vicieuse qui me répugna. Je compris que s'il était publiquement la victime des fantaisies ignobles de Tissa, il en était aussi le complice et peut-être même le secret instigateur.

Il était étrange que j'aie tardé si longtemps à m'en aviser. La sympathie instantanée que j'avais éprouvée envers l'oncle Prib dont je n'avais voulu voir que la nature généreuse, sympathie à laquelle s'ajoutait un besoin puéril de le trouver, de surcroît, respectable, m'avait rendu aveugle à cette perversion masochiste dont il étalait pourtant à l'envi les symptômes. Contraint de la reconnaître enfin, je pensai devoir retirer à Pribishev mon affection aussi bien que mon estime et j'en conçus une tristesse profonde. L'oncle était assez fin pour s'en apercevoir et pour en deviner la cause. Au retour, comme je me trouvais assis à côté de lui dans la voiture et que je me figeais malgré moi dans une attitude de mutisme et de raideur hostile, il posa sa main sur mon bras dans une tentative d'apaisement.

« Ne vous hâtez pas trop, me conseilla-t-il à mi-voix, de porter sur les autres des jugements injustes pour eux et douloureux pour vous. Vos camarades et vous, vous vous êtes trouvés, sans doute par ma faute, dans une situation pénible, c'est vrai. Mais au fond, à quoi tout cela se monte-t-il ? Un peu de bruit et de scandale, un peu de vin renversé et un endroit où nous ne remettrons plus les pieds d'ici quelque temps — par égard pour votre sensibilité car, en ce qui me concerne, je ne verrais aucun inconvénient à y retourner dès demain et croyez que j'y serais accueilli comme d'habitude. Vous voyez bien que ce n'est pas grand-chose, il n'y a pas de quoi en faire un drame. »

Je ne répondis rien et il poursuivit dans le même chuchotement :

« Tissa est une méchante petite fille ; elle y a des circonstances atténuantes, je ne me suis pas toujours conduit très dignement avec elle. A présent, nous avons nos arrangements qui peuvent vous sembler bizarres mais où nous trouvons tous les deux notre compte, et son esclandre de ce soir ne reflète pas plus les véritables sentiments qu'elle a pour moi, qu'il n'altère un seul instant ceux que je lui porte. Si je vous dis tout cela, c'est dans l'espoir que vous vous ferez à cette idée, car je vous aime bien, mon petit, et je serais désolé de perdre votre amitié. »

Touché par la confiance qu'il me témoignait et aussi par l'aveu qu'il tenait à mon amitié, je m'efforçai de me conformer à sa manière de considérer les choses et rien ne sembla modifié dans nos relations chaleureuses.

Il n'en alla pas de même avec Tissa. Je ne l'avais jamais beaucoup appréciée, mais sa dernière incartade me la fit prendre tout à fait en horreur et, comme si j'avais voulu effacer sa présence de mon horizon, j'affectais de ne la regarder jamais et je ne lui adressais la parole que lorsqu'il m'était impossible de faire autrement. Cette froideur accrue eut sur elle un effet contraire à celui que j'en escomptais. Au lieu de m'ignorer en retour, elle se découvrit pour moi une attirance nouvelle et se mit à me manifester une sorte d'adoration visqueuse qui parut grandir en proportion même de l'éloignement que je lui témoignais. Que sa passion à mon égard fût réelle ou imaginaire importait peu, elle la distrayait de son ennui, elle s'y abandonna. Voyant que ses tentatives de séduction n'avaient pas prise sur moi, que je ne répondais pas à ses avances et qu'autant aurait valu pour elle s'adresser à un mur, elle eut recours à de longues missives qu'elle glissait sous la porte de ma chambre ou dans les poches de mes vêtements. Je parcourais d'un regard à l'avance excédé cette littérature insane où les protestations d'amour s'entremêlaient de propositions crues. Je les détruisais sans prendre la peine de les lire jusqu'au bout. Cette espèce de guerre des nerfs que me livrait Tissa finit pourtant par s'avérer fructueuse, en ce qu'elle me porta jusqu'à ce degré de tension auquel il faut un exutoire, quel qu'il soit.

C'est pour lui cracher mon mépris à la face, pour lui ordonner de me laisser tranquille que, sur sa prière, j'allai un soir rejoindre Tissa chez elle. Mais, sans que mes dispositions envers elle changent en rien, les choses tournèrent autrement.

Je m'étonnai que les caresses fébriles d'une fille qui ne m'inspirait que de la répulsion morale et aucune attirance physique puissent malgré tout faire taire un moment cette répulsion. A demi conscient de ce qui m'arrivait, je l'aimai sans amour, comme on pleure parfois sans chagrin, sous le seul effet de l'énervement — sans davantage d'ardeur non plus que le minimum requis par l'accomplissement mécanique de ce que les chrétiens appellent « l'acte de chair ». Quand ce fut fait, je voulus la quitter aussitôt pour lui marquer que je m'étais laissé aller à un égarement sans suite, ni regrettable ni glorieux d'ailleurs, insignifiant. Elle tenta de me retenir en s'accrochant à moi mais, lucide à nouveau et ayant épuisé l'irritation qui m'avait tenu lieu de désir, je ne la considérais plus qu'avec ennui. Avisant la fiole d'éther posée sur la coiffeuse, je la lui tendis en lui conseillant d'en boire le contenu pour s'aider à dormir.

Je m'étais trompé en imaginant que l'incident ne se répéterait pas. Tissa me guetta dans les couloirs ; au détour des allées du jardin, pour m'entraîner dans un bosquet ou une resserre. Elle ne détestait pas non plus de venir gratter à ma porte la nuit, gémissant à voix étouffée jusqu'à ce que je lui ouvre. Il fallait pour cela que ses plaintes m'aient mis à bout, m'aient fait retrouver cet état d'exaspération qui communiquait bizarrement avec le désir. Alors je lui cédais encore.

Ces brèves retrouvailles clandestines n'influaient en rien sur notre maintien ordinaire et personne ne les soupçonna. C'est avec la plus grande aisance que je gardais envers Tissa, en public, la même réserve teintée d'aversion que je lui avais toujours manifestée. Cette conduite, de ma part, procédait moins d'une volonté de dissimulation que d'une duplicité au sens propre ; ma main droite ignorait ce que faisait ma main gauche et je ne songeais pas à établir de lien entre cette fille volontaire qui nous harcelait de ses caprices imbéciles, et le corps pratique qui s'offrait à mon défoulement et auquel je reconnaissais à peine une identité. Quant à Tissa, elle malmenait Pribishev de plus belle et déployait pour ce faire des trésors de cruauté. A observer l'antithèse saisissante que composait cette dernière attitude avec les assiduités obséquieuses dont elle me poursuivait en secret, je m'interrogeais parfois sur la signification profonde d'un tel comportement. Se vengeait-elle sur Pribishev des humiliations qu'elle supportait avec moi ? Ou bien, plutôt, ne m'avait-elle pas choisi en raison même de l'antipathie qu'elle savait bien m'inspirer, par besoin d'expier avec moi les misères qu'elle lui faisait subir ?

Quoi qu'il en fût, j'éprouvais un peu de dégoût à me sentir partie prenante dans ce cercle vicieux que je ne trouvais pourtant pas la volonté de rompre de ma propre initiative.

Au mois de septembre, l'expiration du congé hebdomadaire que m'avait accordé Herr Ploetz régla la question, je dus retourner habiter à Berlin. Schnabel et Libbenow résolurent d'y rentrer aussi.

L'oncle Pribishev ne voulut pas nous laisser le quitter sans nous offrir un dîner d'adieux. Il avait choisi pour la circonstance le restaurant du Humboldtschloss à Tegel, parce qu'on y avait vue sur l'allégorie de l'Espérance de Thorvaldsen et que c'était sous les auspices de l'espérance qu'il entendait placer notre séparation provisoire. Nous trouvâmes, disposés dans chacune de nos assiettes, quatre rouleaux de papier identiques noués par des rubans de soie. Nous les développâmes avec curiosité, ils étaient imprimés de chiffres et de caractères russes que surmontait une aigle à deux têtes coiffée de couronnes. Il s'agissait de certificats pour dix actions au porteur dans la

Société du Canal de Perekop, parmi les premières émises, que l'oncle Pribishev nous priait d'accepter en souvenir de lui. De notre côté, nous avions arrangé de lui faire cadeau de son portrait et Hornig alla chercher la toile dans le coffre de la Daimler où il l'avait glissée avant de partir, pour en faire la surprise à l'oncle. Ce portrait, nous y avions travaillé de mémoire et à tour de rôle, en cachette de Prib. Nous avions imaginé d'en diviser la composition en quatre rectangles égaux et chacun de nous avait peint son quartier. Nous étions convenus d'être tout à fait libres et de ne pas chercher à soumettre notre vision personnelle à une unité d'ensemble. Ainsi, les deux yeux n'étaient-ils pas tout à fait de la même nuance et le tissu de flanelle bleue à raies blanches qui habillait d'abord le bras gauche se prolongeait-il à partir du coude par un empiècement d'une autre étoffe. Il résultait de ce parti pris une effigie étrangement disloquée où l'oncle Prib apparaissait partagé entre diverses humeurs et, sans cesser jamais d'être lui-même, passait par différentes ressemblances. En examinant à nouveau ce portrait — qui constitue aujourd'hui la seule œuvre véritablement collective de ce qu'on appelle *la Gare de Wannsee* —, nous distinguions mieux, dans l'opposition entre ses quatre zones, ce que chacun de nous y avait projeté de lui-même par le biais d'un regard partial et sélectif. Nous tombâmes d'accord qu'un portrait n'est jamais tant celui du modèle que, d'une manière détournée, celui du peintre.

Le lendemain le chauffeur nous conduisit, Libbenow, Schnabel et moi, au terminus de Spandau. Comme le train roulait déjà, je m'avisai soudain que, dans la précipitation de notre départ de la villa, j'avais omis de dire au revoir à Tissa. Je n'avais mis aucune intention dans cette négligence, elle n'était due qu'à l'oubli. Elle reflète assez bien l'importance que j'accordais à une « liaison » que Tissa Hornig allait un jour relater dans ses Mémoires, avec plus de complaisance que d'exactitude.

Un matin d'octobre, on frappa à la porte de la teinturerie. C'était une femme en robe de crépon jonquille qui se tenait immobile dans la pénombre, au sommet de l'escalier, sa silhouette d'un jaune strident tranchant sur le mur lépreux. D'abord, je ne reconnus pas son visage qui disparaissait à demi sous la corolle ondulée et ruchée d'une large capeline — elle aussi jonquille —, évoquant ces abat-jour de fanfreluche dont une vogue récente commandait d'affubler les lampadaires des boudoirs.

« C'est pour un portrait en pied, fit-elle, en même temps qu'elle esquissait plaisamment en guise de salut une révérence guindée de collégienne. Je me suis laissé dire que vous étiez peintre ?... »

Puis, éclatant de rire, Elisabeth se jeta à mon cou pour m'embrasser.

Quand nous fûmes rassasiés d'effusions, je l'écartai de moi pour l'examiner mieux dans cette tenue de belle des champs de courses, qui ne convenait ni à l'heure ni à la saison. Je me demandais quel sens pouvait avoir une telle métamorphose.

« Tu me trouves élégante ? questionna-t-elle. Je ne plaisantais pas, tout à l'heure, je suis venue poser pour mon portrait. C'est une commande de mon fiancé. Il me voulait tout en neuf et tout en jaune, il m'a emmenée chez Wertheim et nous avons acheté ce qu'il y avait de plus jaune !

« Tu as bien entendu, reprit-elle, je suis *fiancée*. Cela date de moins d'une semaine et je ne parviens pas à y croire moi-même, ou plutôt, je ne sais pas comment j'ai pu trouver l'audace de consentir. Si l'on y réfléchit, ajouta-t-elle, pensive, des fiançailles c'est bien plus qu'un mariage ; pour le mariage, il y a le divorce. Pour les fiançailles il n'y a rien. »

Elle s'assit dans un fauteuil défoncé, sans souci d'accrocher sa robe neuve aux pointes des ressorts qui transperçaient le capitonnage.

Je ne l'avais jamais vue dans cet état d'exaltation, en parfait contraste avec celui, de torpeur illuminée, où je m'étais habitué à me la représenter. Tout en faisant la part de ce qu'il y entrait de comédie, je déduisais de ce changement que les événements qu'elle me relatait à dessein sur le mode d'un feuilleton burlesque l'avaient bouleversée plus profondément qu'elle ne voulait le laisser paraître.

« Il faut que je te parle de lui, poursuivit-elle tandis qu'elle se débarrassait de son encombrant chapeau et donnait l'impression de retirer de son crâne ces longues épingles à tête d'ambre, dont je m'émerveille toujours — de même que des sabres dont le fakir transperce la femme prisonnière du coffre — qu'elles ne ressortent pas dégouttantes de sang. C'est un individu tout à fait louche et fascinant dont j'ai fait la connaissance au Grössenwahn — ainsi surnommait-on dans nos milieux le Café des Westens —, je crois que c'est ce qu'on appelle un chevalier d'industrie, c'est-à-dire un escroc. Mais doublé d'un poète authentique et d'un mécène. Il m'a d'abord aimée pour mon inspiration. Ensuite, il m'a aimée pour moi-même et il a décidé de m'épouser. De force si nécessaire, car il prétend que je suis indispensable à ses projets, qu'il ne peut pas accomplir sans moi les grandes choses qu'il doit accomplir. Au début, j'ai cru qu'il s'agissait d'un fou et, j'ai honte à l'avouer, cela m'a fait hésiter. Qui suis-je en effet pour juger de la démence des autres ? Moi qui n'ai échappé à l'internement, à plusieurs reprises, que de justesse... Mais c'est que précisément, la folie est une chose si personnelle que je craignais l'incompatibilité entre la sienne et la mienne. Il m'assure que non. Au contraire. Et je commence à le croire. Comme je lui ai dit que je n'aimais pas les fleurs mortes, il m'offre des poupées. Je les couche entre nous la nuit, il n'y voit aucun inconvénient. Car, de guerre lasse, je lui ai cédé et, dans un sens, c'est bien le tort que j'ai eu : ce petit homme plus très jeune, pas très beau, est un amant éblouissant. J'étais rouillée et gauchie comme une vieille porte. Je n'avais pas servi depuis longtemps, j'étais redevenue une sorte de vierge si l'on veut, mais sans la curiosité ni l'émoi... Je ne sais pas ce qui s'est produit... Depuis je l'appelle Avenant, car il m'a tirée du sommeil des sens. T'ai-je dit qu'il était malhonnête ? Il l'est, c'est un fait et il a d'ailleurs le bon goût de ne pas chercher à s'en cacher. Mais l'argent que lui procurent ses escroqueries, il le consacre tout entier au combat pour la cause de l'art moderne. Il ne se passionne pas seulement pour la poésie nouvelle, pour la peinture tout autant et je lui ai parlé de la vôtre. Je lui ai dit aussi que vous étiez mes seuls amis. Je lui ai raconté comment vous m'aviez recueillie et comment nous nous étions promenés tous les trois dans Babylone déserte, nuit après nuit. Il s'est mis à me questionner sur vous, jusqu'à me faire lui décrire en détail certaines de vos toiles. Au point que je me suis demandé un instant si ce n'était pas là un détour raffiné que prenait chez lui l'expression de la jalousie. Pas du tout ; il vous rangeait sur ses tablettes, il échafaudait déjà à votre sujet des plans grandioses — il est étrangement beau dans ces moments-là, comme emporté par une sorte de frénésie visionnaire... Il veut vous connaître. »

De toutes les résidences précaires, chambres d'hôtel ou de pension, appartements meublés — certains misérables, d'autres luxueux et décorés par Van de Velde — que je lui connus tour à tour à Berlin, la seule où Elisabeth Wibner m'aura jamais donné l'impression de se trouver chez elle fut ce Café des Westens, « jardin entre les rues de la ville », bordé par le Kurfürstendamm et la Joachimsthalerstrasse, dont elle pourrait dire un jour avec fierté qu'en additionnant les heures qu'elle y avait passées, elle avait vécu là un quart de sa vie.

A l'époque dont je parle, elle n'y régnait pas encore. Elle y était à la fois tolérée et révérée. Tolérée, comme l'était également l'ensemble de cette clientèle artistique qui, investissant le café pour en faire son quartier général, en avait chassé le public bourgeois auquel était destiné à l'origine le faste des lustres à douze branches, des plantes vertes et des banquettes de velours rouge ; révérée, parce que son assiduité, quoique indésirable, en s'élevant peu à peu jusqu'à la dimension d'une sorte de record, forçait la reconnaissance et un respect au moins implicite. C'est à la faveur d'un phénomène semblable qu'à l'échelle des États, certains usurpateurs, pour peu qu'ils se maintiennent longtemps, finissent par asseoir sur une manière de consensus d'accoutumance le pouvoir d'abord ravi par un coup d'audace à son détenteur légitime. C'est ainsi que, s'ils viennent à disparaître, ils sont regrettés presque autant qu'ils ont été haïs.

Lorsque, par extraordinaire, Elisabeth ne passait pas le seuil du Café des Westens pendant deux jours consécutifs, le directeur de l'établissement qui se plaignait que sa présence était trop « voyante » — et, pour cette raison même, affectait de ne jamais voir Elisabeth quand elle était là, afin de n'être pas obligé de la saluer —, mais devait pourtant trouver quelque chose de rassurant dans la régularité de cet inconvénient, dépêchait un membre de son personnel auprès du cercle habituel de la poétesse, dans le but de s'informer si Mme Wibner n'était pas souffrante.

Je me souviens que ce soir d'octobre où Elisabeth nous amena au Café des Westens, Schnabel et moi, parce qu'elle avait arrangé de nous y faire rencontrer son fiancé, le petit groom frigorifié qui gardait l'entrée nous vit venir à distance sur le Kurfürstendamm. Reconnaissant sa cliente, grâce au turban de panne écarlate, piqué d'une plume de héron qu'elle avait substitué depuis peu à la capeline jonquille, et n'imaginant pas que Mme Wibner puisse se rendre ailleurs, il nous ouvrit toute grande la porte, bien avant que nous fussions parvenus à hauteur du café, comme il aurait fait sans doute pour recevoir des altesses royales ou, peut-être, comme la sagesse alliée à la résignation lui aurait commandé d'accueillir la fatalité.

Nous connaissions déjà le Café des Westens pour y être allés deux ou trois fois, mais nous n'en étions pas des familiers. Par économie nous lui préférions des gargotes sans réputation où la bière était moins chère. Elisabeth nous fit honte de cette mesquinerie : le *Grössenwahn* n'était pas un café comparable à d'autres, ce n'était d'ailleurs un café qu'en apparence ; en réalité c'était une ruche, une usine. Ce qu'on y fabriquait ? Mais le XXe siècle, tout simplement ! Et mieux valait demeurer là toute une soirée devant le même verre de limonade, que renouveler les consommations à loisir, loin du seul lieu où se passaient les choses.

Que s'y passait-il donc, dans ce café qui présentait, selon les heures du jour, deux physionomies et deux atmosphères radicalement différentes ? Dès la fin de la matinée, il commençait à se remplir d'une clientèle d'habitués qui y avaient chacun leur table d'élection et prétendaient venir là pour y travailler au chaud sans être dérangés. Les conversations étaient peu nombreuses alors, et se déroulaient à voix feutrée, sur le bruit de fond continu d'un léger cliquetis de verrerie, du pas tranquille des serveurs venant prendre les commandes. A part ce bourdonnement paisible d'un grand café dans son heure creuse, c'était une ambiance de recueillement studieux, assez semblable à celle qui règne dans les bibliothèques publiques. Mais le soir, surtout après la sortie des théâtres, elle cédait la place à une agitation de chaises traînées d'une table à l'autre ; à un tumulte de cris de surprise, d'interpellations à tue-tête et d'effusions dramatiques comme des disputes ; à un va-et-vient de petites cohortes stridentes et bigarrées qui entraient en coup de vent, qui traversaient les salles avec la précipitation d'une impatience portée à son comble, en jetant sur l'assistance rassemblée autour des guéridons et serrée le long des banquettes des regards dédaigneux par lesquels ils signifiaient à cette foule qu'elle n'était pas digne de retenir leur attention, puis qui sortaient, non sans avoir essayé de capter dans les reflets des glaces l'effet produit par leur passage. Au bout de quelques minutes, on les voyait revenir, résignés après tout à prendre part à cette espèce d'insurrection en vase clos, pour la seule raison que, leurs tenues bizarres et leurs cheveux trop longs leur interdisant l'accès de tout autre établissement, ils n'avaient nulle part où aller.

Les peintres qui hantaient ce Café des Westens à l'heure laborieuse, munis de leurs carnets de croquis, y travaillaient-ils vraiment ? Et ceux qui y griffonnaient d'un air absorbé des poèmes sur les serviettes en papier, auront-ils composé là quelques-unes de leurs œuvres majeures ? C'est douteux et peut-être n'étaient-ils pas dupes eux-mêmes des poses qu'ils adoptaient pour la galerie. Peut-être était-ce simplement le désir d'un avant-goût de la reconnaissance universelle escomptée à long terme, au moins le besoin d'une considération minimum immédiate, qui incitait ces artistes las d'être seuls à croire en leur propre génie, ces poètes acharnés à revendiquer l'auréole d'une malédiction essentielle qui ne se manifestait pour l'instant ni dans leurs vies ni dans leurs œuvres, à aller prendre quotidiennement de telles poses devant le seul public qui ne les sanctionnât pas aussitôt par l'ironie ou le mépris ; devant le public de leurs pairs, de leurs semblables.

Si quelque chose s'élaborait pourtant, entre les murs de miroir du Café des Westens, où se refléchissaient nuit après nuit les nouvelles scènes de la vie de bohème, ce fut aux heures en apparence les plus futiles et les plus dissipées. Dans ce grand brassage houleux des soirées finissantes, quand tout le monde se jetait sur tout le monde, quand n'importe qui parlait à n'importe qui et que des inconnus livraient à d'autres inconnus de ces considérations confidentielles, mi-oiseuses et mi-fulgurantes, que favorisent l'anonymat, l'ébriété et la nuit, des rencontres auront eu lieu, des contacts se seront noués, des idées auront surgi, qui ne ressemblaient à rien d'abord, mais qui auront pris forme, se seront affinées et ciselées au fur et à mesure qu'elles se seront transmises. Ainsi, dans cette ruche à laquelle Elisabeth Wibner comparait le Café des Westens, dans cette ruche trépidante et folle où tout ce que Berlin comptait d'abeilles énervées par l'insomnie venait déverser son pollen, aura été distillé, comme par frottement, un peu de cette intangible gelée royale qui revivifie périodiquement l'immémorable courant de l'esthétique.

Pour moi qui allais pendant plusieurs années fréquenter cet endroit, à l'imitation d'Elisabeth et avec presque autant de régularité qu'elle, je ne peux décider encore si j'y ai perdu mon temps ou bien si j'y ai appris le plus clair de ce que je sais de mon art et de l'art en général. A reconsidérer mes longues stations oisives sur les banquettes du Café des Westens quand, pendant des journées entières parfois, je me laissais prendre dans les feux croisés des arguments de quelque dialectique paradoxale, quand, exposé au reflux de tous les délires, bon gré mal gré, j'essuyais les vagues d'élucubrations des innombrables et incertaines connaissances qui venaient s'asseoir un instant à ma table sans y avoir été invités, j'ai peine à croire que cet exercice d'étourdissement ait pu contenir un principe fructueux et je me dis que les idées que j'ai senties germer en moi, là par hasard, me seraient aussi bien venues ailleurs. Pourtant, si à travers un tableau, un poème ou un livre, je retrouve aujourd'hui un ancien habitué — j'étais tenté de dire un ancien condisciple — de ce lieu devenu légendaire, je me découvre aussitôt d'intelligence avec lui. Je décèle entre nous une parenté diffuse attestée par des éléments de style, une concordance ténue de sensibilité, qui me font comparer le Café des Westens dans son âge d'or à ces collèges de prestigieuse réputation, dont les traditions particulières marquent d'une empreinte à jamais visible jusqu'à ceux qui n'en ont reçu l'enseignement que d'une oreille distraite.

Ce soir-là, manœuvrant entre les guéridons avec la précision d'un barreur rompu à prendre la passe, Elisabeth nous conduisit à travers le dédale des différents cénacles jusqu'à un petit homme assis devant une chope et des masses de feuillets épars qu'il annotait d'une main nerveuse. Absorbé dans son travail, il ne nous aperçut pas tout de suite et, de sa tête penchée, je ne distinguai d'abord que le cercle parfait d'une calvitie luisante — reflété par la glace dans son dos — et le grand front pâle, pincé de rides profondes, au sommet duquel se rejoignaient, pour former une espèce de lisière diaphane, deux minces bandes de boucles fauves, d'un reste de crinière. Le tout s'enveloppait, comme une idole des vapeurs de l'encens, de la fumée épaisse des cigarettes mal éteintes se consumant dans trois ou quatre cendriers disposés alentour.

« Hermann von Pasewalk », prononça Elisabeth en nous le désignant. Il y avait dans sa voix une gravité solennelle qui nous surprit. Elle nous assurerait plus tard qu'elle lui avait été dictée par une prémonition du retentissement qu'allait avoir sur nos vies à tous cette première rencontre. Pasewalk leva vers nous un regard d'une indescriptible grisaille. Un regard de bête de nuit qu'éblouirait soudain un soleil radieux. A l'éblouissement, il fit succéder une expression d'incrédulité, irrésistible en ce qu'elle suggérait que nous étions, Schnabel et moi, ceux qu'il avait attendus depuis toujours, au point qu'il hésitait encore, maintenant que nous nous trouvions devant lui, à croire à la réalité d'une présence si longuement espérée. Une impulsion désordonnée et ravie le fit se lever en sursaut, ébranlant la table, bousculant les cendriers et provoquant l'avalanche des feuilles volantes qui s'éparpillèrent à nos pieds. Il ne fit pas mine de les ramasser, ne prêta aucune attention à cet incident que notre miraculeuse venue rendait, par comparaison, négligeable. Dans son empressement à nous congratuler et, déjà, à nous retenir, il nous tendit une main à chacun, dont l'étreinte fébrile nous donnait à entendre que nous ne lui échapperions plus.

Nous n'y songions pas d'ailleurs ; à l'issue de cette entrevue, Schnabel devait m'avouer qu'il avait été, tout comme moi, conquis d'emblée. Il emploierait même un autre terme qui rend plus exactement justice au magnétisme qu'exerçait Hermann von Pasewalk lorsqu'il voulait s'en donner la peine : « messmerisé ».

On entrait dans la vie de Pasewalk un peu à la façon dont on attrape un train en marche, quand l'accélération croissante de la machine vous impose de subordonner vos gestes à une série de décisions précipitées dans lesquelles la réflexion ni la préméditation n'ont aucune part. Nous y entrâmes ce soir-là, étourdis, pantelants, en nous félicitant à part nous de la présence d'esprit qui nous avait permis de reconnaître et de saisir la chance qui passait. Cette chance, nous n'aurions pas su dire encore en quoi elle consistait, mais nous ne doutions pas qu'elle dût être déterminante, telle était la puissance de persuasion de Pasewalk qu'il nous en avait convaincus. Une fois à bord, grisé par la vitesse, on s'en remettait à lui de tout — et c'était bien ainsi qu'il l'entendait. Sa parole saccadée et volubile, l'espèce de hâte qu'on sentait dans le plus anodin de ses gestes, comme celui d'allumer l'une à l'autre les cigarettes qu'il grillait à la chaîne, le nuage de fumée qu'il soufflait avec impatience par la bouche et par les narines, tout en vous parlant, concouraient à fonder la ressemblance de Pasewalk avec une sorte de bolide infernal, lancé à plein régime dans une perpétuelle course contre la montre, qui finissait par se confondre avec son existence.

Il esquissa devant nous les grandes lignes des projets qu'il méditait et auxquels nous serions associés. Il ne s'agissait de rien moins que d'une révolution de l'esthétique. Le public la souhaitait, sans en être tout à fait conscient encore, il ne tenait qu'à notre audace de le lui révéler. Le bouleversement que nous allions entreprendre en entraînerait bientôt d'autres plus vastes, car de tous temps l'art s'était fait le prodrome du changement social... Pasewalk nous rappela les mots qu'avait prononcés le démocrate Südehum à la tribune du Reichstag : « Nous ne voulons pas d'une république des Arts qui ait Guillaume II à sa tête ! » C'était en 1904, déjà, que ces paroles avaient ouvert la voie aux francs-tireurs. Aujourd'hui, la situation était mûre, les moyens d'agir à notre portée, qu'attendions-nous ?... Nous n'aurions pas su dire. Nous n'avions pas réalisé encore que nous étions investis d'une mission si considérable. Il ne nous vint pourtant à l'esprit ni de la décliner, ni de la mettre en doute. Nous ne nous étonnions pas non plus que Pasewalk décide de nous la confier avant même d'avoir vu la moindre de nos toiles. Nous étions entrés avec lui dans le domaine de l'intuition infaillible, de la clairvoyance fulgurante. Il nous avait reconnus pour des visionnaires, nous lui rendions la pareille et notre débat s'en élevait sans peine, haut au-dessus des arguties du sens commun et de la vraisemblance, dans cet éther où les génies échangent librement des prédictions magistrales et improbables.

Rien n'expliquera jamais complètement le pouvoir sorcier que Pasewalk eut sur nous et sur bien d'autres qu'il captiva, utilisa et vola également. Ce pouvoir était assez fort pour vous faire consentir avec avidité, avec exaltation, au profit que vous saviez qu'il tirerait de vous, en échange d'une contrepartie douteuse. Lorsque Pasewalk vous regardait, c'était avec un air d'idolâtrie grave ; il ne voyait plus que vous, il semblait que hormis l'objet de sa contemplation, le monde entier aurait bien pu sombrer dans le néant sans qu'il s'en soucie. Lorsqu'il vous assurait de votre génie, c'était avec une conviction impérieuse, et la modestie qui vous aurait peut-être commandé de lui objecter quelque chose apparaissait un argument bien futile à mettre en balance avec une certitude sur laquelle Pasewalk vous laissait deviner qu'il fondait son bonheur, son avenir, sa vie. Comme on n'est pas de bois et que, dans le for intérieur de tout artiste, une présomption exorbitante se fait l'alliée des flatteries les plus hyperboliques, on cédait bientôt à la fascination de ce reflet par lequel le petit homme savait vous enivrer de vous-même et vous tenir à sa merci. Cette magistrale technique de la manipulation n'était pas chez lui aussi cynique qu'il y paraît. Ce qui distingue les charlatans de haut vol des bonimenteurs à la petite semaine, c'est sans doute le don qui leur permet de croire les premiers à leurs propres fables, dans l'instant précis où ils s'ingénient à vous en convaincre. Pasewalk avait ce don et les chimères qu'il inventa en nous enjoignant de les poursuivre étaient moins le fruit d'une volonté délibérée de nous abuser que celui d'une sincérité intermittente et opportuniste. Il eut bel et bien foi en notre génie, dans toutes les occasions où une telle foi se révéla nécessaire à ses intérêts; l'affection qu'il nous témoignait alors n'était pas feinte non plus; il nous aimait, à proportion même qu'il se servait de nous et qu'il nous grugeait, d'un amour jaloux pour la chose possédée.

Aussi souvent qu'il le voulut, nous nous lançâmes dans les entreprises aléatoires qu'il nous assigna. Car de tout ce qu'il semble avoir accompli, Pasewalk n'accomplit à peu près rien lui-même et cette révolution de l'art moderne à laquelle son nom est aujourd'hui lié, il la fit faire tout entière par d'autres.

Certains esprits démiurgiques pressentent, provoquent, orientent, et ne jouent que ce rôle; du moins savent-ils quelles énergies ils déchaînent et quelles formes ils feront lever de leur recréation du monde. Ma conviction demeure que Pasewalk, pour sa part, l'ignorait et ne se souciait aucunement de le savoir. Ses goûts en matière de peinture, aussi bien que ses préférences en matière de littérature, restent à ce jour une énigme — si tant est qu'il ait eu des goûts et des préférences. Je crois plutôt que son association avec les milieux où s'élaborait l'art moderne repose sur des circonstances historiques fortuites. Dans ces années de paix sociale de la fin de l'ère wilhelminienne, dans ces années de prospérité et d'immobilisme, le monde turbulent de la bohème artistique et intellectuelle fut, dans toute l'Allemagne, l'abcès de fixation d'une secrète aspiration au désordre, la seule voie offerte à la libre expression d'une humeur de révolte réprimée dans les autres domaines. Une impatience inhérente à sa nature, un appétit de bruit et de fureur, la nécessité de trouver à employer l'énergie vibrionnante dont il était possédé, attirèrent d'instinct Pasewalk au cœur de ce désordre, à la source de cette révolte. Il s'y fixa comme dans l'œil du cyclone et, par ses transports d'activité brouillonne, se donna à lui-même et donna à d'autres l'illusion qu'il en orchestrait les mouvements spontanés.

Des drames expressionnistes sur le thème du parricide ou de l'inceste, qu'il fit monter dans ses théâtres, des poèmes abscons et des pamphlets corrosifs qu'il publia dans sa revue, il appréciait d'abord l'aptitude à susciter l'intérêt au moyen du scandale. Dans un tableau, je ne crois pas qu'il ait su distinguer d'autre qualité que la potentielle valeur vénale qui pouvait se déduire de l'effet de surprise et de nouveauté produit par le choix du sujet ou la violence des couleurs contrastées — il est vrai cependant qu'un tel flair mercantile, à l'époque où Pasewalk commença à l'exercer, relevait de la prémonition pure. De même, dans un artiste, il ne vit jamais qu'une espèce de machine susceptible ou non de peindre de tels tableaux. Pourtant, il ne s'y trompa pas une seule fois et lorsqu'il lui fallut, à maintes reprises, opter pour l'une ou l'autre des tendances résultant des innombrables schismes qui divisaient de mois en mois les cénacles de poètes et les groupes de peintres, l'intuition marchande qui lui tenait lieu de jugement lui fit donner ses suffrages et son soutien à la faction qui allait l'emporter dans la faveur du public. Ainsi, le sens des affaires, qui seul le guidait dans de telles prises de position, eut à la longue toutes les apparences et tous les effets d'une sensibilité artistique supérieure, d'un discernement visionnaire.

La soirée commencée au Café des Westens se termina à la teinturerie. Pasewalk légèrement essoufflé d'avoir tenu la parole pendant trois heures, presque à lui tout seul, aurait volontiers remis à un autre jour de découvrir nos toiles. Mais nous insistâmes pour les lui montrer. Nous lui présentâmes des tempêtes indigo que nous avions peintes d'après des aquarelles ramenées de notre séjour à Prerov. Il vit le grand portrait d'Elisabeth que j'avais exécuté sur sa commande, celui qu'on appelle à présent *la Femme en jaune;* il en vit un autre, de la mulâtresse Fritzie dressée sur son cheval apalousa, que Schnabel n'avait pas tout à fait achevé alors et qui se révélerait avec le temps une de ses toiles dominantes de cette période...

Pasewalk allait d'un tableau à l'autre en hochant la tête. Il devait être à court de compliments car, après nous avoir encensés au café, après avoir accueilli par des transports d'enthousiasme la moindre des banalités que nous y avions proférée à propos de l'art moderne, il ne trouvait, semblait-il, rien à dire de nos œuvres. Il ne manifestait ni surprise, ni plaisir, ni déception d'ailleurs, et ce mutisme indéchiffrable nous inquiétait un peu. Nous ne savions pas que penser non plus de la rapidité avec laquelle il les passait en revue. Était-ce que sa perspicacité lui permettait de les juger d'un coup d'œil, d'un seul ? Ou fallait-il voir dans cette précipitation l'indice d'un désintérêt immédiat qu'il n'avait même pas la patience de nous dissimuler ?

Il se retourna vers nous et conclut de son examen : « Je vois que vous êtes prêts ! » Ce verdict laconique nous soulagea et nous émut mieux que ne l'aurait fait aucun éloge. Sa concision nous sembla d'un homme de métier qui sait aller droit à l'essentiel. Pasewalk avait raison d'être économe de ses impressions devant des œuvres qu'il ne comprenait pas. Il était assez fin pour deviner que toute appréciation qu'il aurait portée sur elles risquait de nous dévoiler son ignorance et son incurie véritables. La nécessité de les camoufler et l'inspiration d'un savoir-faire instinctif le conduisirent à adopter, au contraire, l'attitude qui permet de distinguer les amateurs sérieux et experts, des badauds. Une longue carrière d' « artiste à succès » m'a en effet fourni, depuis, des occasions fréquentes de vérifier qu'un intérêt sincère se manifeste sobrement : par l'offre d'une exposition et d'un contrat, de la part d'un directeur de galerie, par le choix d'un tableau et par un chèque, s'il s'agit d'un collectionneur privé. Les marchands qui vous parlent de votre travail avec trop d'éloquence entendent en général atténuer, par cette dissertation, l'amertume du refus qu'ils se diront navrés de devoir vous opposer en définitive et, dans les vernissages, les visiteurs qui protestent le plus fort de leur admiration et détaillent, sur deux pages du livre d'or, leurs impressions délicates sont aussi, presque à coup sûr, ceux qui partiront sans rien acheter.

Pasewalk ne devait jamais se départir de cette impénétrable réserve dont il imagina bientôt de faire un des traits caractéristiques de son personnage public. Confronté à des œuvres nouvelles dont il ne penserait rien a priori, mais dont il saurait vite se former une opinion intéressée en observant l'effet qu'elles produiraient sur d'autres, il prendrait une fois pour toutes le parti de jouer les sphinx. A peu d'années de là, lorsqu'il serait devenu le marchand attitré et prospère de l'avant-garde, il arriverait pourtant que les circonstances le contraignent à formuler un avis immédiat. Il aurait élaboré pour de telles éventualités un code d'appréciations sibyllines, lequel se composerait de quelques mots seulement, qu'il laisserait tomber dans ce silence anxieux qui guette les prononcés irrévocables.

Des toiles qu'il pressentirait pouvoir négocier avec avantage et, partant, devoir admirer, il dirait entre haut et bas, de l'air d'un homme qui ne se rend pas compte qu'il parle tout seul : « Bien !... Très bien ! » De celles, en revanche, qu'il devinerait invendables parce qu'il n'y reconnaîtrait aucun des éléments prisés par le goût contemporain, il estimerait, dans une inflexion familière et joviale, propre à laisser entendre qu'il n'était pas ennemi de la polémique et qu'on pouvait toujours plaider sa cause : « Un peu mou, n'est-ce pas ? » Et il serait rare que l'artiste qu'accablerait une telle remarque trouve en lui assez de cette fermeté dont on l'accusait de manquer, pour contredire un des premiers marchands de Berlin. Devant l'œuvre construite, mais dénuée d'éclat, d'un honorable tâcheron à propos duquel Pasewalk pourrait déjà prévoir que la critique ne « donnerait » pas, il s'en tiendrait à un éloge invariable — et insolite en ceci qu'on le décerne plus couramment aux chambres d'hôtel ou même aux commodités publiques, qu'aux œuvres d'art. « C'est très propre ! » complimenterait-il. Enfin, quand d'aventure on lui présenterait quelque chose qui lui semblerait échapper à toutes ces catégories à la fois, il s'en tirerait de la façon la moins compromettante possible en statuant par un « Très personnel... » ou par un « Très singulier... » dont rien ne permettrait de conclure s'il était admiratif ou, au contraire, sarcastique. Il s'arrangerait néanmoins pour garder provisoirement le tableau qu'il laisserait bien en vue dans sa galerie, mais posé par terre contre une plinthe, afin de maintenir l'équivoque quant au sort qu'il lui réservait, et il attendrait pour former sa décision définitive d'avoir été éclairé par les commentaires.

Au moment de nous quitter ce soir-là, Pasewalk qui franchissait le seuil fit volte-face, à la manière d'un homme incapable de résister à une impulsion soudaine. « Je ne sais pas ce qui me retient, dit-il, de vous consacrer mon prochain éditorial dans *Caliban !* » Comme nous le fixions, interdits, n'osant pas croire encore que notre peinture pourrait être promue aux honneurs de la presse, il ajouta, en agitant l'index dans notre direction pour donner plaisamment à sa déclaration le tour d'une menace : « C'est décidé ! Ce sera vous ! »

Nous ne doutions pas que *Caliban,* dont nous étions un peu honteux de n'avoir jamais entendu parler, fût, à l'instar de la revue *Pan* qui commençait alors à paraître, un des organes majeurs de l'avant-garde. Notre erreur, en l'occurrence, n'était au fond que de l'anticipation, car c'est cela que *Caliban* deviendrait un jour, partageant avec *Pan,* avec *Der Sturm* et avec *Die Aktion* — toutes publications dont la clientèle du Café des Westens s'arracherait sur le coup de deux heures du matin la première livraison pour la commenter tandis que l'encre n'en était pas encore sèche — l'honneur de faire triompher la cause de l'art moderne. Mais quand Pasewalk nous fit miroiter la perspective d'un article dans sa revue, nous étions excusables de ne pas la connaître, pour la raison qu'elle n'existait pas encore. Et l'on nous aurait bien étonnés si l'on nous avait prédit, alors, que Libbenow, Schnabel, Hornig et moi, aidés d'Elisabeth Wibner, allions en rédiger, en illustrer et finalement en subventionner le premier numéro.

Hornig et Libbenow se déclarèrent curieux de voir de près ce fameux personnage dont nous avions sans cesse le nom à la bouche. Schnabel et moi, en effet, nous laissions aller à leur parler de Pasewalk avec trop d'enthousiasme pour qu'ils ne s'en irritent pas et ne cherchent pas à se venger, en professant à son endroit une certaine méfiance a priori, d'avoir été tenus à l'écart de notre première rencontre avec lui. La confrontation eut lieu sous les lambris du Café des Westens et Pasewalk les séduisit aussi facilement qu'il nous avait séduits. Il se réjouit du renfort de talent qu'ils apportaient et il nous félicita de constituer tous ensemble un petit groupe solidaire dans son refus des valeurs esthétiques établies. Notre commune direction de recherche représenterait un atout inestimable dans la conquête de la reconnaissance publique, et notre nombre rendrait plus aisé le recours à cette stratégie qui consiste à s'imposer par le tumulte et par une impression d'effervescence. Pasewalk se faisait fort de les susciter autour de nous. A telle enseigne que les plans qu'il avait médités jusque-là étaient périmés et qu'il lui fallait en concevoir de nouveaux, d'une tout autre ampleur... Il ne pouvait nous en dire plus pour l'instant; il avait besoin de réfléchir... Mais nous ne perdions rien pour attendre!

Au moment même où Hornig et Libbenow se laissaient fasciner à leur tour, Schnabel et moi, qui n'avions encore vu se réaliser aucun des projets mirifiques de Pasewalk, commencions à déchanter et à mesurer tout ce qu'il entrait de hâblerie peu scrupuleuse dans ses inépuisables promesses. Mais cette réticence de notre part venait trop tard. Le mal était fait et Pasewalk nous était devenu indispensable. C'était là le résultat d'une accoutumance traîtresse, comparable à celle de la drogue.

Et nous continuions à sacrifier deux heures par jour au plaisir de l'entendre nous mener en bateau en discourant des grands desseins qu'il échafaudait à loisir dans le vide. Nous n'avions même pas besoin de croire à ceux-ci pour nous doper des ondes galvanisantes qui émanaient de Pasewalk lorsqu'il parlait. Ses représentations frénétiques nous distillaient une mescaline propice à la création. Force nous était de constater qu'éperonnés par ses chimères, nous n'avions jamais si bien travaillé, ni si ardemment.

Une nouvelle idée s'était fait jour, celle d'une audacieuse tournée à travers l'Allemagne, qui combinerait une exposition et un récital poétique. Nous y participerions tous, portant, à la faveur de notre périple, le ferment de la mutation dans la profondeur du pays. Nous débuterions par les villes les plus civilisées : Dresde ou Hambourg, puis nous nous risquerions dans des provinces obscures, hostiles. Ce serait, déclara Pasewalk, l'épreuve du feu.

Nous nous laissions encore ravir par ce projet de voyage, tout en convenant qu'il n'était qu'un autre de ces rêves que Pasewalk, pour nous tenir, imaginait de nous jeter comme un os à ronger. Certains jours, quand nous venions de remanier une fois de plus le plan des étapes, de fixer les derniers détails de l'exposition — c'était dans ce havre du Café des Westens dont l'ambiance toute saturée de folie des grandeurs se prêtait bien à ces préparatifs insensés —, Pasewalk concluait en levant la séance qu'il ne restait plus qu'à décider de la date.

Il en décida lui-même et nous l'annonça un soir, en s'excusant de devoir nous mettre devant le fait accompli : il nous restait huit jours pour faire nos malles et rassembler les toiles que nous voulions montrer. Constatant que nous n'accordions pas à cette nouvelle sensationnelle tout le crédit qu'elle méritait, il fit mine d'être blessé de notre scepticisme et, sans prononcer un mot de plus, il tira de sa poche une épaisse enveloppe qu'il jeta devant nous sur la table, nous invitant à prendre connaissance de son contenu. Nous y trouvâmes six billets de train de première classe et des lettres de divers hôtels, accusant réception des arrhes que Pasewalk avait versées pour retenir des chambres. Quand il nous estima suffisamment confondus par ces preuves, il nous donna encore à lire la réponse que venait de lui adresser, sous forme de contrat, la galerie Arnold, de Dresde. Cette galerie qui s'était rendue célèbre pour avoir organisé la première rétrospective allemande des œuvres de Van Gogh, pour avoir exposé des Seurat, des

Gauguin, abrité les artistes de la Sécession de Vienne et, avant toute autre, accueilli les fauves, confirmait qu'elle laissait, aux conditions arrêtées d'un commun accord entre les deux parties et pour une durée de dix jours, l'entière disposition de ses cimaises à M. Hermann von Pasewalk, afin qu'il y présente une exposition collective de jeunes peintres.

Nous ne nous demandâmes pas, alors, par quels moyens Pasewalk s'était procuré les capitaux qui lui permettaient de jeter les bases de cette espèce de croisade. Il était intéressé dans nombre d'affaires assez louches, il ne l'avait pas caché à Elisabeth, et il avait imaginé d'investir dans le marché prometteur de l'art moderne les profits importants mais irréguliers qu'il y réalisait. Peu nous souciait de savoir à quelle aubaine frauduleuse nous devrions au juste de voir nos tableaux accrochés sur ces mêmes murs de la galerie Arnold, qui avaient porté les tournesols et les champs de corbeaux... Nous apprendrions cependant, quelques années plus tard, que Pasewalk avait dévolu au financement de cette première exposition la ristourne empochée sur la cargaison d'un morutier de Terre-Neuve, qu'il était parvenu à négocier après qu'elle fut restée longtemps en souffrance dans le port de Flensburg.

Depuis, j'ai repensé souvent à cette anecdote et son sens augural s'est peu à peu révélé à moi. Aujourd'hui, j'ai plaisir à songer que nos brillantes carrières se fondèrent à l'origine sur quelques tonnes de poisson pourri.

L'avant-veille de notre départ, j'eus la surprise d'une visite de miss Stewart que je n'avais pas vue depuis presque un an et à laquelle je ne me souvenais pas d'avoir fait part de mon adresse. Je crus d'abord contre toutes probabilités, tant sa présence immaculée et balsamique produisait un effet incongru dans le taudis de la teinturerie, qu'elle était arrivée là par erreur. Quelque chose d'égaré dans la contenance d'Arabella semblait d'ailleurs confirmer cette supposition. Elle la dissipa pourtant très vite en se plaignant du mal qu'elle avait eu à trouver la rue, puis la cour, puis l'immeuble, dans ce dédale moyenâgeux de la vieille ville.

« C'est donc ici que vous vivez ? » fit-elle en regardant autour d'elle.

Ignorant l'invitation que je lui faisais de s'asseoir, elle dit encore :

« Votre ami Lothar n'est pas là ?... C'est sans doute mieux ainsi, autant vaut que je vous parle à vous. Il m'a dit que vous alliez quitter Berlin pour plusieurs mois peut-être, est-ce vrai ? »

J'acquiesçai machinalement. L'attitude et les questions de miss Stewart me jetaient dans une sorte de stupeur interrogative quant au motif de sa visite et aux circonstances qui lui avaient fait apprendre de Schnabel notre prochain voyage. Elle remarqua bien ma perplexité mais jugea superflu de m'éclairer.

« Bien sûr, reprit-elle, je lui ai interdit de partir et nous nous sommes disputés. C'était il y a près d'une semaine et je ne l'ai pas revu depuis... C'est vous qui allez lui parler, résolut-elle, lui montrer son devoir : il faut qu'il soit près de moi quand cet enfant naîtra... »

Elle ne m'apparaissait pas implorante et désemparée, comme elle eût été excusable de l'être dans la situation que je commençais à entrevoir, mais pleine, au contraire, de la calme fermeté d'une personne qui sait les usages de ses droits.

« Enfin ! conclut-elle, on ne traite pas une jeune fille de la sorte ! Je compte sur vous pour le lui dire. »

Ce ton d'exigence, d'ultimatum, presque, cet aplomb que n'entamaient pas le « déshonneur » ni l'abandon, finissaient par m'agacer. Je refusais ma sympathie à miss Stewart, non par un retour de dépit amoureux, mais parce que je sentais bien qu'elle n'en avait pas besoin, son égocentrisme et son altière bêtise la rendant de toute façon invulnérable. Sous l'empire de l'irritation, je faillis même avoir la goujaterie de lui objecter que l'événement auquel elle faisait allusion lui interdisait de prétendre encore, *stricto sensu,* aux égards que commande l'état de *jeune fille.* Elle ne devina rien de cette irritation ; convaincue qu'elle avait assez fait valoir ce qu'on lui devait et qu'elle m'avait nettement dicté ma mission, elle en vint à s'informer de questions pratiques :

« Et d'abord, interrogea-t-elle, qu'est-ce que c'est que ce voyage ? Quand partez-vous et pour où ?

— Nous devons être à Dresde après-demain, dis-je, pour accrocher l'exposition...

— C'est bien, j'irai à Dresde !

— Mais nous n'y resterons que quelques jours, protestai-je, nous avons le projet de parcourir toute l'Allemagne...

— Et je vous suivrai encore, puisqu'il ne me laisse pas d'autre choix, repartit-elle avec la même résignation implacable, partout où vous irez, vous me trouverez... Il importe qu'il le sache ! »

Elle me quitta sur cet avertissement à transmettre, en me tendant la main pour un distant shake-hand comme en échangent, à la fin d'un match de tennis, le vainqueur et le vaincu. Elle était si sûre d'elle qu'elle avait dédaigné de me faire le semblant de confidences qui m'aurait peut-être rendu sensible à sa cause. Je pressentais que je ne saurais jamais rien des péripéties de cette surprenante liaison dont je pouvais seulement faire remonter l'origine à ce jour déjà lointain où, de la terrasse du Nollendorff Casino, j'avais vu Schnabel s'élancer dans la rue à la poursuite de miss Stewart.

Je ne saurais jamais non plus — et c'était là pourtant une énigme qui eût valu d'être percée — sur quelle connivence — dont la révélation avait dû être aussi immédiate pour les intéressés qu'elle demeurait un mystère pour toute personne extérieure — s'était établi le vivant contresens que figurait leur couple. Car si Arabella Stewart et Schnabel possédaient un trait en commun, un seul, c'était un art consommé de décourager les questions.

Nous dûmes à l'imprévoyante munificence de Pasewalk huit jours, à peu près, de griserie sans mélange. Dresde nous apparaissait comme la véritable capitale du goût progressiste, pour la seule raison qu'elle faisait plus de cas de notre présence que n'en avait jamais fait Berlin. Le vernissage à la galerie Arnold nous valut en effet quelques articles brefs, mais élogieux, dans des journaux d'opposition, et les compliments de Max Lehrs qui acheta de chacun de nous un bois gravé pour la collection du Kupferstichkabinett. Notre peinture avait remporté un succès d'estime, on nous l'assurait, on nous le répétait, et nous étions encore trop novices dans le milieu du commerce de l'art pour reconnaître que la formule « succès d'estime » est l'euphémisme dont on convient de qualifier les fiascos.

Nous logions à l'hôtel de New York, dans Pragerstrasse, où le confort du dernier cri, après les mois passés dans le froid et la saleté de la teinturerie, m'était une inépuisable source d'enchantement. Les matins, nous traînions voluptueusement, macérant à loisir dans des bains brûlants et parfumés, puis nous rendant visite de chambre à chambre et jouant à passer par le téléphone intérieur d'anarchiques commandes qui faisaient parfois succéder les petits déjeuners aux apéritifs. Quand nous nous décidions à sortir enfin, c'était pour nous rendre au Belvédère, à deux pas, où nous avions transporté nos habitudes du Café des Westens. Nous y retrouvions Bleyl et Heckel, membres du groupe *Die Brücke,* qui s'étaient institués nos correspondants. Ils nous faisaient visiter le musée d'Auguste III et nous entraînaient dans des promenades sur la terrasse de Brühl d'où la vue dominait le cours sinueux de l'Elbe. Comme nous longions le Palais des États, nous les écoutions nous parler avec un enthousiasme éclectique des pointes-sèches d'Hercules Seghers et des sculptures des indigènes de l'île Palau.

Au soir tombant, nous nous acheminions vers la Schlossstrasse, pour y faire notre quotidienne visite à la galerie. Nous investissions la salle d'exposition comme s'il se fût agi d'un café encore et nous y restions jusqu'à l'heure de la fermeture. Dans cette grande pièce qui ouvrait sur la rue par une vitrine de toute la largeur de la façade, la réunion, sous les toiles aux couleurs éclatantes, d'une assemblée composée de miss Stewart dont la qualité décorative n'était pas contestable non plus, d'Elisabeth Wibner qui s'était remise à la mode de Soliman le Magnifique, en substituant cependant au chibouk malcommode un anachronique fume-cigarette de jade long de vingt-deux centimètres, d'Hornig qui avait imaginé d'assortir ses cravates aux turbans de la poétesse — gageure qui donnait lieu entre eux à un délicat partage des vieux bouts de tenture sur lesquels l'un ou l'autre avait le bonheur de mettre la main —, de Libbenow, de Schnabel et de moi-même qui nous signalions au moins par nos cheveux trop longs et nos allures dépenaillées, était un spectacle suffisamment pittoresque pour retenir un instant les passants. Sous leurs regards qui s'attardaient, nous avions conscience de figurer l'Avant-Garde, ses pompes et ses œuvres, comme à travers la paroi d'un gigantesque aquarium. Le chatouillement de vanité que nous en retirions et le feu des discussions où nous étions engagés nous empêchaient de nous apercevoir que personne ne se risquait à pénétrer à l'intérieur.

Au bout de huit jours, Pasewalk nous confirma que nous n'avions pas vendu un seul tableau. Ce bilan ne le décourageait en rien, s'empressa-t-il d'ajouter, pourtant il le forçait à réviser ses plans pour l'avenir immédiat. Les frais de notre séjour et ceux de l'exposition avaient épuisé le plus clair de ses disponibilités. Il avait prévu d'ailleurs qu'il en irait ainsi, mais il avait voulu tenter le banco, comptant sur des ventes pour renouveler ses fonds et financer la prochaine étape. Nous n'avions plus devant nous que de quoi tenir une quinzaine de jours encore sur un pied plus modeste, que la ressource de nos talents et l'inébranlable détermination d'un homme qui ne cesserait de mettre toute son ingéniosité au service de notre triomphe. Ce n'était pas peu, nous fit remarquer Pasewalk... En définitive, la décision nous appartenait : ou de rentrer à Berlin, ce qui équivaudrait à perdre la guerre avec la bataille, ou bien de poursuivre notre voyage, sans engagements, sans plans arrêtés, en improvisant à partir des circonstances et en nous débrouillant pour trouver dans chaque ville où nous arriverions un café, un fumoir de music-hall, un hangar désaffecté au besoin, où accrocher nos toiles.

C'est ce dernier parti que nous prîmes et il ne témoignait même pas d'une audace ou d'une ténacité particulières. Mises en balance, la perspective de cette équipée hasardeuse et celle d'un retour à Berlin où nous nous retrouverions avec nos rêves derrière nous ne formaient pas une véritable alternative à nos yeux. Notre acquiescement, que nous donnâmes à Pasewalk sans réfléchir, était à peine le résultat d'un choix.

Nous n'avions qu'une idée vague de ce qui nous attendait. Pour ma part, je me flattais que les mois passés depuis mon retour de Suède m'avaient aguerri à toutes les duretés. Il y avait loin pourtant de l'existence bohémienne prise dans le mouvement et la diversité d'une grande métropole, à cette errance de parias d'emblée suspects, traqués au moindre prétexte, dans laquelle nous allions nous lancer à travers des provinces où l'on se couche tôt... Il y eut Chemnitz, Zerbst, Zwickau, Erfurt où nous exposâmes dans la salle d'un manège en faillite que Pasewalk s'était arrangé pour sous-louer au syndic de liquidation. Une autre fois, à Hildesheim, je crois, ce furent les murs d'un gymnase que couvrirent nos toiles et elles s'y imprégnèrent d'une odeur d'embrocation plus tenace encore que celle du vernis. Il était impossible en outre, d'où qu'on se tienne, d'avoir d'aucun tableau une vue sans obstacle : la ligne flottante d'une corde à nœuds, l'ombre portée d'un trapèze ou les montants des barres parallèles en divisaient la composition. Mais il ne nous déplaisait pas d'accrocher nos œuvres à ces cimaises de fortune. Le fond d'un décor utilitaire, souvent lépreux, nous révélait mieux leur puissance. Les fruits d'une inspiration fragile n'auraient pas résisté à un cadre aussi grossier.

Il était régulièrement fait mention de notre passage dans les gazettes locales ; non plus à la rubrique des arts, mais dans celle des faits divers où l'on nous signalait à la vigilance des édiles et des particuliers comme des visiteurs indésirables, des fauteurs de visions obscènes, usurpant à des fins de désordre et de corruption morale la noble qualité d'artistes.

Ces accusations diffamatoires valurent à nos tableaux d'être vus par un plus grand nombre de bourgeois ricanants que n'en avaient fait défiler devant eux, à Dresde, les commentaires favorables d'une presse éclairée. Il y eut même, à Gera, l'achat providentiel d'un nu, discrètement négocié par un médecin de la ville. Ce praticien nous confia, en ne doutant pas que nous l'entendrions comme un compliment, qu'il collectionnait pour son plaisir les peintures « salées ». Ceci se passait juste avant qu'un décret vertueux de Heinrich XXVII, prince régent de Reuss-Schleiz, nous expulse de ses États où nous ne nous serions pas avisés sans cela que nous nous trouvions, tant ils étaient, à l'instar du monarque qui les gouvernait, minuscules et obscurs.

Bientôt Pasewalk dut nous informer qu'il ne lui restait plus un sou ; pas même de quoi acheter des billets de train pour Berlin, ce qui nous dispensait heureusement, dans un sens, de considérer à nouveau la possibilité d'un retour. Il nous suggéra de mettre en commun toutes nos ressources pour continuer plus loin.

La veille, à Marbourg où nous avions tenu notre exposition dans la salle de billard du café Markees, une douzaine d'étudiants balafrés, qui entendaient s'opposer à la dégénérescence de l'art allemand, avaient lancé des ordures et des pierres contre les vitres. La police était intervenue et avait décidé, pour éviter de nouveaux troubles, de fermer l'établissement jusqu'à ce que nous en ayons déménagé nos tableaux. C'est de cet incident, qui nous avait laissé une déprimante impression d'injustice, qu'arguait Pasewalk pour nous exhorter à persévérer dans notre entreprise. Si notre peinture possédait le pouvoir de déchaîner dans une morne bourgade une manière d'émeute, s'il se trouvait des gens que l'originalité de notre vision exaspérait au point de les faire recourir à de semblables coups de main, on pouvait estimer qu'il s'en trouverait d'autres qu'à l'inverse elle transporterait d'enthousiasme. Nous aurions des défenseurs puisque nous avions des détracteurs — et la violence de ceux-ci faisait présager la ferveur de ceux-là. Il nous recommanda de ne pas trop nous émouvoir des manifestations haineuses que nous rencontrerions encore ; la haine du public est moins redoutable que son indifférence et cette haine qui accueille les novateurs est aisément désarmée par une réputation grandissante. La nôtre, il nous le prédisait, nous vaudrait dans quelques années la considération de ceux mêmes qui lançaient des pierres contre les vitres du café Markees — considération aussi bornée, aussi irréfléchie, que l'était aujourd'hui leur hostilité, puisqu'elle ne se fonderait, comme elle, que sur le préjugé dominant, lequel aurait alors tourné en notre faveur. On pouvait donc voir dans l'incident de Marbourg le premier pas accompli sur le chemin du triomphe. Car amener les gens à changer d'opinion n'est rien, toute la difficulté consiste d'abord à leur en inspirer une. Et cela, Dieu merci, l'incident en question démontrait que c'était chose faite.

Sur l'instant, nous vîmes un nouveau sophisme de sa mauvaise foi dans ces représentations de Pasewalk dont le temps allait nous révéler la justesse. Cependant, nous y cédâmes encore. Je versai à la caisse commune ce que j'avais gagné pendant dix mois de travail au restaurant Rheingold et que j'avais imaginé de mettre de côté en cas de malheur, craignant toujours que ma mère n'en vienne à interrompre l'allocation qui assurait ma subsistance. Hornig télégraphia à l'oncle Pribishev qui voyageait en Russie. Schnabel plaida auprès de miss Stewart que nous savions riche, mais en vain. Elle avait trouvé tout naturel, dans les débuts, de partager avec nous les bénéfices de la générosité de Pasewalk, elle continuait à partager notre existence malgré le tour adverse que celle-ci avait pris, sans s'en plaindre, sans même, semblait-il, en être affectée, mais elle s'indigna qu'on prétende la mettre à contribution. Je me souviens qu'un certain jour d'extrême disette où nous avions dû choisir entre des billets de chemin de fer et un repas, comme nous attendions notre train, assis sur un banc de la gare, et que nous en étions réduits à nous partager une tablette de chocolat, miss Stewart n'hésita pas à se rendre toute seule au buffet voisin où nous pouvions l'apercevoir, à travers le brise-bise, qui se faisait servir à déjeuner.

Il avait fallu renoncer à nous loger dans des pensions décentes, les plus modestes d'entre elles excédaient encore nos moyens. A chaque étape, il s'agissait de dénicher l'hôtel borgne où, pour le même prix, on nous permettrait de nous entasser tous dans une *Doppelzimmer*. Pasewalk, Schnabel, Hornig, Libbenow et moi, nous couchions par terre, enveloppés dans nos manteaux et roulant la carpette innommable pour nous en faire un repose-tête. Les deux femmes prenaient le lit. Cet arrangement fut d'ailleurs à l'origine d'une scène honteuse où miss Stewart accusa la poétesse d'avoir profité de son sommeil pour voler de l'argent dans le sac à main qu'elle gardait près d'elle. Un peu plus tard l'argent fut retrouvé dans une poche, mais miss Stewart négligea de présenter des excuses.

Nous avions perdu notre insouciance du début, nous ne puisions guère de réconfort non plus dans le sentiment d'être ensemble pour faire front commun contre l'adversité. Cette adversité nous submergeait et l'intimité de tous les instants à laquelle nous avions trouvé un goût si délicieux, pendant les semaines passées à Prerov, ne nous apparaissait plus qu'une promiscuité sordide. Contraints de dormir étroitement serrés en nous disputant parfois un pan de la même couverture, de procéder ensemble à notre toilette en nous répartissant l'eau tiède du même broc, nous en venions à éprouver les uns pour les autres une véritable répulsion physique et nous nous évertuions malaisément, dans ces chambres exiguës où la nécessité nous parquait, à ne pas nous toucher, à ne pas même nous frôler. En secret, nous n'aspirions plus qu'à nous séparer et si nous ne le faisions pas, c'était faute d'en avoir les moyens.

Seuls Elisabeth et Pasewalk semblaient résister au découragement et au dégoût de cette existence misérable. Elle, parce que n'ayant rien connu d'autre depuis longtemps, elle en avait l'accoutumance. Lui, parce que l'énergie qu'il devait mettre en œuvre sans désemparer pour nous maintenir à flot, et les mille projets qu'il ne cessait de perfectionner pour un avenir qu'il était le seul à apercevoir, l'entretenaient dans un état de fébrilité qui détournait son esprit des tribulations de l'immédiat. Mais surtout, ce qui les rendait l'un et l'autre inaccessibles aux attaques des mauvaises vicissitudes, c'était l'exaltation dont on est transporté par une passion partagée. Les lyriques protestations d'amour de la poétesse à Pasewalk, comme les déchaînements de la jalousie possessive de ce dernier, auxquels nous assistions malgré nous et par lesquels leur passion se révélait dans toute sa violence, nous éberluaient et nous faisaient sourire.

A l'âge que nous avions alors, l'amour ne se conçoit que sous les traits flatteurs de la jeunesse ; on ne se défend pas du réflexe du spectateur de cinéma qui subordonne la crédibilité de telles émotions à l'apparence des protagonistes qui les inspirent. L'image impudique que nous en donnaient une presque vieille femme et un nabot roussâtre dont nous avions observé qu'il avait toujours les ongles sales, nous déconcertait comme une parodie grinçante, et nous affections d'imaginer qu'il ne s'agissait, entre la Wibner et Pasewalk, que d'improviser pour notre divertissement une de ces saynètes comme il s'en représentait sur la scène du cabaret néo-pathétique.

Dès lors que nous y voyions un simulacre de théâtre, l'expression de cette passion ne nous choquait plus, car c'était dans une intention de dérision que les acteurs accentuaient leurs traits grotesques. Eussions-nous admis qu'elle était sincère et que c'était leur vie intime que ces deux malheureux jouaient par force devant nous, qu'il aurait bien fallu reconnaître, en nous, une vague répugnance fondée sur un préjugé esthétique.

Pourtant, de toutes les liaisons tumultueuses dont j'aurai été à l'occasion le témoin, c'est celle-là, je le devine, qu'inspirait le désespoir le plus authentique. Et il me semble pour cette raison que le hasard qui avait produit la rencontre d'Elisabeth et de Pasewalk était d'une espèce moins fortuite, moins aveugle, que celui qui fait la plupart des couples. Ces deux-là s'étaient trouvés avec la conviction de se chercher depuis longtemps ; le poids accumulé des déceptions et de la lassitude, en précipitant l'élan qui les avait entraînés l'un vers l'autre, lui avait donné l'apparence d'un mouvement dont l'origine se perdait dans la nuit de la prédestination. A présent, ils se tenaient comme on se tient lorsqu'on croit aussi tenir, l'un par l'autre, quelque chose de la vie qui vous avait toujours échappé. Elisabeth reconnaissait dans Pasewalk, tout à la fois, Eros et l'apprenti sorcier qui avait su découvrir en elle un fonds de sortilèges incompris ; elle s'en remettait à lui pour les révéler au grand jour, les déchaîner afin qu'ils servent leur gloire commune. Il ne devait pas la décevoir sur ce point puisque la légende d'Elisabeth Wibner qui persiste aujourd'hui est, de toutes les créations qu'on attribue au génie de Pasewalk, la seule indubitable.

C'est l'éclat prémonitoire de cette légende, laquelle n'en était encore tout au plus, à l'époque où eut lieu leur rencontre, qu'au stade d'une réputation de bizarrerie, dont fut ébloui Pasewalk. L'aptitude à anticiper, si développée chez lui qu'elle lui faisait confondre la réalité et ses projets dans le même mode de conjugaison, lui représenta d'emblée Elisabeth telle qu'elle serait quand il en aurait fini avec elle : auréolée des prestiges dont le temps et lui-même auraient été les artisans. Cette miteuse Schéhérazade enturbannée de vieux rideaux, cette habituée fourbue des *Literatencafés,* usée dans les parlotes, le frappa comme l'incarnation radieuse de l'éternel poétique et la figure de proue idéale d'une révolution à laquelle, par elle, il associerait son propre nom. Il décida de l'épouser, de l'emporter et, si nous fûmes aussi du voyage, c'est qu'il voyait en nous un peu les enfants qu'elle lui avait donnés.

De ces amours dont une bibliographie critique s'applique, depuis, à détailler la relation — en même temps qu'elle prétend mesurer l'influence qu'exerça la rencontre d'Elisabeth Wibner et de Pasewalk sur le cours de la littérature et de l'art moderne —, il m'a été donné de surprendre une image que j'aurais préféré ne pas apercevoir. Un matin, un bruit léger me fit entrouvrir les yeux sur la chambre où commençait à s'insinuer un soupçon de jour. Ils s'étaient rejoints derrière le paravent qui dissimulait la table de toilette. Ils s'y tenaient debout, nus, pesant l'un contre l'autre, inertes, évoquant deux noyés que la dérive aurait réunis dans un enlacement. Je refermai vite les yeux, voulant me persuader qu'il s'agissait d'un cauchemar. En vain, car c'est la vision de cette étreinte que devait faire lever à nouveau la lecture des poèmes imités du Cantique des cantiques, qu'inspireraient plus tard à Elisabeth les réminiscences de sa liaison avec Pasewalk...

J'étais plongé dans la perplexité par les étranges manifestations de la passion amoureuse que j'observais autour de moi. Car c'était bien cela qu'il fallait voir dans l'espèce d'avachissement extatique auquel s'abandonnaient, pressés l'un contre l'autre dans un recoin de chambre surpeuplée, deux silhouettes grelottantes. Ce devait être cela aussi qui déterminait miss Stewart lorsqu'elle s'attachait à poursuivre jusque dans les bas-fonds de l'errance, avec une opiniâtreté où nous aurions peut-être fini par reconnaître du courage si elle nous avait été moins odieuse, un amant qu'elle considérait comme sa propriété.

L'argent envoyé de Russie par l'oncle Pribishev, en réponse au télégramme d'Hornig, arriva quand nous ne l'attendions plus. Depuis près d'un mois déjà le mandat nous suivait de poste en poste avec toujours une ville de retard. Nous nous crûmes sauvés car, à son habitude, l'oncle s'était montré généreux. Pasewalk décida qu'il fallait frapper un grand coup et il suggéra la rédaction et la publication sous forme de tract d'un manifeste virulent, « art de regarder », plus encore qu'art de peindre, où nous divulguerions les contours essentiels de cette révélation du monde moderne qui nous avait induits à rompre avec les traditions. Largement répandu, ce manifeste tiendrait lieu de réponse à nos détracteurs et préparerait le public à la découverte de nos tableaux. Elisabeth et Schnabel convinrent de s'associer pour en élaborer la teneur : c'était joindre la provocation du paradoxe exaspérant au flou de l'allégorie lyrique. Comme il était à prévoir en effet, ces propensions qu'accusaient les auteurs à des rhétoriques divergentes se trouvèrent reflétées dans l'amalgame de leurs styles et condensées en trois paragraphes de charabia. Ce n'est pourtant pas le texte lui-même qui fut à l'origine, entre nous, d'une âpre controverse, mais le choix de la couleur du papier sur lequel il serait imprimé. En désespoir de cause, Pasewalk décida pour nous mettre d'accord qu'il serait reproduit par fractions de deux cents dans des teintes variées.

Nous étions arrivés à Stuttgart, capitale du Wurtemberg. Pasewalk redevenu munificent nous entraîna dans le meilleur hôtel et s'assura d'un lieu d'exposition qui, s'il n'était pas à proprement parler une galerie, s'en rapprochait cependant davantage que tout ce que nous avions connu depuis longtemps.

Au moment de « frapper un grand coup », nous nous avisâmes que nous avions oublié de songer à un moyen de faire distribuer les tracts. Elisabeth eut une illumination qu'elle communiqua à Pasewalk : nous les distribuerions nous-mêmes, il suffirait pour cela de disposer d'une voiture.

Pasewalk commanda deux taxis automobiles où nous nous répartîmes et il ordonna aux chauffeurs de faire un grand tour de la ville. Comme nous roulions lentement, vitres baissées, nous jetions par poignées sur notre chemin les papillons mauves, vermillon et pistache qui portaient la prose absconse de Schnabel et de la Wibner. C'est à un artifice semblable qu'aurait recours, quelques années plus tard, le poète Marinetti en visite à Berlin, lorsqu'il imaginerait de répandre dans les rues la parole futuriste. Il en serait finalement empêché par la police du roi de Prusse, comme nous n'allions pas tarder à l'être nous-mêmes par celle du roi de Wurtemberg.

Au poste, on nous confisqua ce qui restait des tracts et l'officier de service nous soumit l'un après l'autre à un interrogatoire sévère. Miss Stewart et moi fûmes avertis que les étrangers convaincus de participation à des menées activistes encouraient l'expulsion. Puis vint le tour d'Elisabeth qui déclina, outre son patronyme, celui de son ancien mari, ceux de quelques autres qu'elle avait failli épouser, et une demi-douzaine de noms de plume. Comme l'officier, coupant court, l'interrogeait sur le lieu et la date de sa naissance, elle ne lui fit pas mystère qu'elle était née à Thèbes en Egypte, sous le règne d'Amenhotep III. Et l'officier nous confisqua aussi nos papiers.

Pasewalk fit des excuses, plaida, parlementa, offrit tous les dédommagements qu'on exigerait. L'étude du contenu des tracts n'ayant pas permis de conclure formellement à leur caractère subversif, notre délit s'apparentait en gros au dépôt de détritus sur la voie publique. C'était un chef d'accusation trop mince pour nous retenir plus longtemps et l'on se résigna à nous relâcher contre le payement d'une amende. Pasewalk parvint à se faire restituer nos papiers que les policiers parlaient de garder jusqu'à ce que nous quittions la ville. Comme il me rendait mon passeport après y avoir jeté un coup d'œil, il me dit :

« A propos, je voulais vous en parler depuis longtemps, ce nom, Oxenholm... c'est un nom impossible ! Il va falloir faire quelque chose...

— Quoi ? demandai-je.

— Eh bien, en changer, par exemple... Vous ne serez pas le premier. »

Or, si mon nom me déplaisait, il me déplaisait tout autant d'en prendre un autre, usage que j'imaginais réservé aux actrices et aux vedettes de music-hall. Pasewalk balaya cette objection :

« Les artistes et les poètes, qui sont au même titre que les actrices des personnages publics, se doivent d'avoir des noms publics... Croyez-vous que Nolde s'appelle Nolde ? Que Van Hoddis s'appelle réellement Van Hoddis ? Et moi-même, vous figuriez-vous que j'étais né comme cela Hermann von Pasewalk ? Voyons !... Est-ce que j'en ai la tête ? »

Elisabeth, consultée, déclara qu'Oxenholm était en effet un nom pesant et en quelque sorte ténébreux qui ne convenait ni à mon physique ni à ma peinture. Il m'en fallait un évocateur de clarté, au contraire, assez bref, fluide, elle y songerait. Pendant le dîner à l'hôtel, tout le monde se mit en tête de me rebaptiser et cela devint un jeu. On proposait pêle-mêle des noms de villes, de fleuves ou d'animaux exotiques, on en improvisa de plus invraisemblables à partir d'adjectifs. Ce qui comptait avant tout, c'était de trouver la couleur juste, car chaque nom propre a une couleur particulière. Ainsi, Schnabel était d'un gris métallique, tandis qu'Hornig était indiscutablement un nom jaune. Il fut impossible de s'entendre sur la nuance exacte de Libbenow que je voyais violet améthyste et que d'autres prétendaient fauve. A moi, en tout cas, il me fallait un nom bleu, convint-on, c'était l'évidence, avec peut-être une touche de vert. Elisabeth promit qu'elle en rêverait un et serait en mesure de me le livrer à son réveil. Je me couchai en me faisant l'effet d'être provisoirement aussi anonyme que l'Inconnue de la Seine, entre une identité périmée et une autre pas encore découverte. Au matin, j'appris que je m'appelais Sven Clarand.

Nous avions prévu d'exposer à Stuttgart pendant une semaine. Le premier jour, il ne vint pas une âme. Le second jour, la relation, sur le mode humoristique, qu'avait donnée un grand quotidien de l'épisode du lâcher des tracts et de notre mésaventure policière, attira des curieux devant nos toiles.

Parmi les visiteurs de ce jour-là, il en est un que nous revîmes le lendemain et qui reparut encore le jour suivant. C'était un garçon de notre âge environ, fluet, d'apparence banale, auquel une timidité invétérée inspirait un comportement furtif. Il entrait, faisait rapidement le tour de la pièce, puis s'arrêtait en contemplation devant un tableau de Schnabel intitulé *le Repas du soir*. Cette toile montrait une famille de petits-bourgeois dans un intérieur. Le père, la mère, le fils et la fille, réunis autour de la table du dîner. Au mur de la salle à manger était suspendu le portrait d'une majesté en grand uniforme. C'eût été une représentation assez réaliste de l'intimité des foyers moyens, si Schnabel n'avait affublé ses personnages de têtes de porcs, comme il avait fait aux passagers de l'autobus, sur la petite toile qu'il m'avait donnée autrefois.

Au bout de trois jours de ce même manège, l'amateur du *Repas du soir* osa s'adresser à Schnabel :

« Pardon, monsieur, fit-il, c'est bien vous qui avez peint cela ? »

La confusion, ou peut-être un tic nerveux qui lui crispait par intermittence le coin de la bouche, faisait chevroter sa voix ; il désigna le tableau d'un geste court qui ressemblait à un spasme. Schnabel acquiesça et l'autre se recula d'un pas comme s'il avait voulu lui exprimer sa considération par cette distance qu'il mettait entre eux. Il glissa alors la main dans la poche intérieure de son pardessus et en retira un petit flacon qu'il tint serré dans son poing. L'instant d'après, balançant le bras en avant, il faisait le geste d'en projeter le contenu au visage de notre camarade. Déconcerté par ce simulacre d'agression, Schnabel n'avait pas la présence d'esprit d'esquiver et il restait figé de surprise, comme attendant la suite. Personne à vrai dire, au moins pendant quelques fractions de seconde, ne réalisa ce qui se passait. Et l'agresseur pas plus que les autres, qui s'était mis à trembler comme une feuille et fixait Schnabel d'un air éperdu. Puis son regard se reporta sur le flacon qu'il tenait toujours au bout de son bras et il s'aperçut que l'affolement lui avait fait négliger d'en ôter le bouchon. Il n'eut pas le temps de répéter sa tentative, un grand garçon athlétique, du type du dandy, qui avait remarqué la scène et compris avant nous de quoi il retournait, s'était approché de lui à la dérobée et lui avait assené un fort coup de canne sur le poignet. Le flacon tomba par terre, se brisant et répandant un acide grésillant qui se volatilisait en fumée âcre. Le dandy athlétique n'avait eu aucun mal à maîtriser le fou. Il le maintenait contre lui, un bras passé sous ses aisselles à la manière d'un verrou, menaçant de lui casser le coude s'il se débattait tant soit peu. Simultanément, il tendait sa main libre à Schnabel dans un geste cordial et se présentait :

« Riedler, disait-il, peintre, comme vous... Enchanté ! »

Riedler insista pour nous inviter tous à dîner le soir même. Il nous emmena dans une brasserie du centre où il avait ses habitudes. Son arrivée y donna lieu à une effervescence joyeuse parmi la valetaille. On s'empressait autour de lui pour prendre sa canne, le débarrasser de sa pelisse. Puis on nous escorta comme en grande pompe jusqu'à une table spacieuse et bien située. Riedler en ayant formulé le souhait, le chef sommelier partit fouiller sa cave à la recherche d'un cru rare et, pendant que nous dînions, divers dignitaires du personnel vinrent s'enquérir s'il ne nous manquait rien. Je me fis la réflexion que ni les généreux pourboires de l'oncle Pribishev, ni l'autorité magnétique qu'irradiait Pasewalk à ses meilleurs moments ne nous avaient jamais valu un traitement semblable. Les égards que suscitait Riedler sans rien faire pour cela se différenciaient de la servilité professionnelle, ils étaient l'expression d'un dévouement enthousiaste, d'une sollicitude presque amoureuse. Ils me firent mieux mesurer l'étonnant pouvoir que confèrent en toute occasion et sur ceux mêmes qui sont le moins conscients de céder d'abord à une séduction physique, l'avantage d'une stature bien découplée, la chance d'illustrer assez idéalement, dans un pays où dominent les complexions pâles, le type du « beau brun », et celle de pouvoir promener sur le monde autour de soi un regard d'une rare nuance céladon, empreint d'un ennui bienveillant.

Comme Schnabel prenait peu de part à la conversation et que son attitude morose trahissait le contrecoup de l'incident de l'après-midi, Riedler lui fit remarquer :

« Qu'est-ce qui vous attriste ? De quoi vous plaignez-vous ? Vous devriez au contraire vous réjouir de ce qui vient de vous arriver. La peinture que vous pratiquez est une agression en soi, elle appelle la riposte. Le fou de tout à l'heure ne s'y est pas trompé... Je me demande d'ailleurs parfois, poursuivit-il, si tout art qui s'écarte de la représentation servile et trouve ses sujets dans la révélation d'aspects du monde et de la conscience que la société conspire à laisser dans l'ombre, n'est pas avant tout l'exutoire d'une compulsion meurtrière. Ce serait d'autant plus vrai en peinture où la morale de l'esthétique s'affronte à celle des convenances... Moi-même je peins, je vous l'ai dit. Des moyens de fortune me donnent l'apparence d'être un bourgeois comme les autres, « un des leurs » ! Je préserve cette fiction en montrant peu ou rien. Ce n'est pas par lâcheté, du moins je ne crois pas, plutôt par lassitude et dégoût a priori. Je n'ai pas besoin de leur jugement pour savoir que la beauté telle que je l'entends, telle que *nous* l'entendons, est un délit... Certains jours, quand je travaille bien, le degré ultime de la concentration est un étrange état de conscience que je décrirais comme une rage sereine. Alors, ce n'est plus un pinceau que je tiens dans la main, me semble-t-il, c'est un grand couteau affûté. Et je les frappe posément, sans haine... En regardant vos tableaux, j'ai tout de suite eu le pressentiment que vous aviez dû faire vous aussi l'expérience de cet état-là... Et voyez-vous, ce qui s'est produit cet après-midi, c'est une espèce de miracle : ils ont compris, ils ont senti le froid contact du couteau... Il n'est même pas surprenant, si l'on y réfléchit, que, de toutes les villes de l'empire, cette intuition se soit fait jour dans la plus rétrograde, la mieux calfeutrée contre les courants de l'esprit — j'en sais quelque chose : j'y suis né. Dans d'autres lieux que ne caractérise pas un obscurantisme aussi entier, l'action d'un semblant de progrès s'est exercée au détriment des réflexes primitifs de défense, elle les a émoussés. Tandis que la bestialité intraitable de mes concitoyens leur a permis de conserver les leurs dans toute leur fraîcheur... Vous vous demandez sans doute ce que je fais ici quand rien ne m'empêche de partir, de voyager ? Je me le demande moi-même... Je dois avouer que le spectacle quotidien d'une médiocrité si absolue qu'elle confine au prodige recèle un pouvoir de fascination. Il faudra pourtant que je m'arrache à cette fascination avant qu'il ne soit trop tard... Bientôt... Pensez que j'ai déjà vingt-trois ans ! »

Dans les jours qui suivirent, la ville de Stuttgart ne nous apparut pas si adverse à l'art moderne que nous avait dit Riedler. « L'attentat au vitriol », largement exagéré, publié et commenté par les journaux, fut cause d'un intérêt subit pour notre peinture et d'une affluence de visiteurs comme nous n'en avions jamais vu. A notre insu, notre réputation se propageait dans l'Allemagne du Sud grâce à ce fait divers. Elle attira l'attention d'un marchand de Munich qui fit tout exprès le voyage pour nous proposer d'exposer chez lui.

L'offre était providentielle. Pasewalk avait dû s'absenter pour aller, toute affaire cessante, dédouaner à Memel de litigieux wagons de charbon polonais. Nous nous étions séparés de lui sur des adieux émus. Nous avions découvert un peu plus tard qu'il s'était déchargé sur nous du soin de payer la note d'hôtel. Ce qu'il nous avait laissé de l'argent de l'oncle Pribishev après un partage équitable y suffisait tout juste. Nous nous retrouvions de nouveau sans un sou.

Depuis notre première rencontre et jusqu'à la fin de notre séjour à Stuttgart, Riedler fut toujours avec nous. D'abord, son assiduité nous avait charmés et flattés. Mais vite elle nous causa de l'agacement, et du dépit quand nous comprîmes qu'elle reflétait moins un irrésistible mouvement d'amitié, que le souci d'exploiter à fond le dérivatif à l'ennui de la vie de province que représentait notre compagnie. Cette assiduité s'assortissait d'un sans-gêne irritant. Riedler se comportait comme s'il était devenu l'un des nôtres, adoptant avec chacun de nous le même ton de familiarité un peu rude qu'il observait dans nos rapports, ne doutant pas qu'une connaissance de quelques jours lui donnait les mêmes prérogatives qu'une intimité de plusieurs années et des épreuves partagées.

Tout en professant son admiration de principe pour notre peinture, il s'était mis à la critiquer dans le détail, et cela d'une manière désinvolte à la « moi, ce que j'en dis... », que nous aurions admise entre nous, mais qui nous paraissait déplacée de la part d'un étranger. Le fait que ces critiques, nous devions en convenir, portaient toujours juste, n'arrangeait rien à l'affaire.

Je n'aimais pas non plus qu'après qu'il avait échangé quelques propos avec miss Stewart — laquelle, sous le charme, s'était exceptionnellement mise en frais pour lui —, il me prenne à part et s'enquière, avec une expression de curiosité détachée et pour ainsi dire sociologique, des motifs qui nous avaient inspiré de transporter une pareille idiote dans nos bagages. Il m'était plus désagréable encore de l'entendre me parler d'Elisabeth en faisant gentiment référence à elle comme à « votre amie la vieille »...

Quand il se rendait compte qu'il était allé trop loin, il en exprimait le regret par une protestation impatiente : il disait les choses comme elles étaient, brutalement mais sans malignité. Nous avions tort de prendre pour des jugements de valeur ses jugements de fait. Nous avions tort de voir une intention péjorative dans des remarques qu'inspirait l'objectivité stricte... En effet, il faisait preuve, d'autre part, de trop de finesse pour qu'on songe à mettre son manque de tact sur le compte de la balourdise ; l'objectivité élevée au rang d'impératif catégorique était une excuse plus plausible. C'est d'ailleurs celle qu'invoquent, pour justifier leur brutalité, les gens qui n'ont pas de cœur. Et c'était son cas.

Je ne veux pas dire par là qu'il était cruel ou malveillant, je veux simplement dire qu'il n'avait pas de cœur ; c'est par une carence que se définissait son caractère, non par un vice. Ce déficit ajoutait à la séduction qu'il exerçait de prime abord, l'attrait supplémentaire de l'inaccessible ; mais tout le pouvoir de cette séduction ne parvenait pas à vous dissimuler longtemps combien Riedler était au fond peu aimable ou, plus exactement, « inaimable ». Des sentiments que l'on aurait peut-être été enclin à lui porter, on réalisait bientôt qu'ils ne s'adresseraient à rien, qu'ils ne pourraient que se dissoudre dans ce grand vide sans y trouver d'écho, sans même y être reconnus.

Riedler n'aurait pas eu beaucoup de peine pourtant à déguiser cette espèce d'impuissance affective, mais il ne s'en souciait pas, ayant décidé une fois pour toutes qu'elle importait peu puisqu'elle n'était d'aucun retentissement sur la seule entreprise qui lui paraissait mériter ses soins. Il aurait peut-être été étonné si on lui avait dit que miss Stewart et lui possédaient après tout un trait en commun : cette application à poursuivre, elle avec l'opiniâtreté de l'instinct, lui avec l'intransigeance d'une détermination froide, un projet personnel unique au regard duquel rien d'autre ne comptait, surtout pas les êtres, ce qu'ils ressentent et ce qu'ils pensent.

Ce projet commandait pour le moment que Riedler s'intègre à notre groupe. Il aurait pu y parvenir en usant de son seul charme mais — et c'était là un trait qu'il fallait mettre à son crédit — si ce charme travaillait en sa faveur quelle que soit la circonstance, c'était malgré lui. Riedler n'y recourait jamais délibérément. Pour nous amener à l'admettre parmi nous, il préféra la manière forte qu'il jugeait mieux appropriée à son projet ultime, tout en ayant conscience qu'elle serait moins expéditive. Il avait résolu de faire éclater le noyau de notre association, afin d'en réorganiser la structure à sa convenance et d'y trouver sa place. Aussi bien, cette place qu'il voulait n'était-elle pas de celles que l'on se voit accorder mais de celles qu'on prend, puisque c'était la place du chef et qu'il avait déjà prévu de substituer son impérialisme à notre anarchie. Quand nous nous aviserions de ce changement de régime, il serait trop tard pour y objecter, trop tard pour expulser Riedler de notre groupe sans courir le risque, en nous séparant de lui, de n'être, nous-mêmes, plus rien.

Le jour précédant celui de notre départ, il nous proposa de nous montrer sa peinture. Auparavant, chaque fois que nous lui avions demandé à la voir, il avait éludé notre requête. Il gardait cet argument pour la fin. Il nous conduisit chez lui. C'était un vaste appartement dans un immeuble cossu et sans caractère, bâti en triangle à l'intersection de deux avenues, dont les façades se rejoignaient pour former une rotonde dominant le carrefour. Riedler nous fit traverser une suite de pièces spacieuses et blanches, vides de meubles mais qui abritaient une collection d'objets hétéroclites disposés de place en place comme des pièces rares. Dans l'une, c'était un grand cor à piston, couché par terre au centre de l'espace ; dans une autre, des instruments aratoires, râteaux et tridents, appuyés en haie contre le mur. Nous vîmes encore une pyramide faite avec des boîtes de cigarettes et un mannequin de couturière, dont on avait mis à nu et ciré la carcasse de bois. Ce qui se rapprochait le plus de l'objet décoratif conventionnel, c'étaient quelques calendriers des postes reproduisant en vignette des chefs-d'œuvre des maîtres anciens.

Riedler avait installé son atelier dans la rotonde, tout au bout de l'appartement. A l'exception d'une nature morte inachevée qui se trouvait sur le chevalet — étrange appareil de sa fabrication, évoquant une machine de torture, qu'il avait muni de bras mobiles supportant des lampes et un fil à plomb —, les tableaux s'entassaient les uns contre les autres, tournés vers le mur. Riedler les feuilletait en faisant pivoter les châssis et sortait ceux qu'il voulait bien nous laisser voir. Il profitait de ce tri pour mettre au rancart certaines toiles dont il n'était pas du tout satisfait et qu'il allait repeindre. L'examen des cartons à dessins fut le prétexte d'une sélection plus impitoyable et lorsqu'il eut terminé, les trois quarts de ce qu'ils contenaient précédemment avaient été déchirés et jetés, au mépris de fréquentes protestations de notre part.

Riedler nous montra ce jour-là une centaine de dessins préparatoires et une trentaine de toiles parmi lesquelles l'*Autoportrait sur fond bleu et jaune* qu'on peut voir aujourd'hui au musée de Bâle, les *Deux Femmes accoudées à une balustrade* et l'*Ours endormi dans un zoo*...

J'ai la certitude que chez aucun de nous un soupçon de jalousie ou d'envie ne se mêlait à l'émerveillement que nous éprouvions. Nous ne le savions pas encore, mais nous n'en connaîtrions plus jamais d'aussi pur devant l'œuvre d'un peintre vivant. Il tenait à cette qualité de désintéressement que retenait encore à cette époque notre passion pour l'art. Désintéressement qui apparaît, si l'on veut, comme l'ultime séquelle de l'amateurisme, puisqu'il ne résistera pas aux soucis d'une carrière personnelle. Nous étions transportés de joie à constater que les recherches de Riedler allaient dans le même sens que les nôtres et qu'il les avait menées plus loin. C'est avec enthousiasme que nous lui rendions les armes, que nous accueillions l'ombre que jetait sur notre génie collectif le sien, singulier et d'une teneur plus forte.

L'évidence s'imposa à nous que les prodiges de l'artiste infirmaient les défauts que nous reprochions à l'homme, que la piètre opinion que nous avions fini par nous faire de Riedler était le résultat d'un malentendu. Nous avions commis l'erreur de le juger dans la vie, croyant qu'il y était tout entier alors qu'il y déléguait seulement de lui-même une apparence rudimentaire dont les comportements tranchants et les volontés quasi mécaniques ne reflétaient pas, comme nous l'avions cru, une sécheresse intrinsèque, mais bien l'indisponibilité de son âme. Il réservait celle-ci pour d'autres œuvres que les commerces humains ; c'était ailleurs qu'il avait choisi de donner quelque chose de lui-même.

Nous lui proposâmes de nous accompagner à Munich.

L'exposition de Munich ressembla fort au triomphe que n'avait cessé de nous prédire Pasewalk. Il avait été convenu d'abord qu'elle durerait quinze jours. Une critique d'Auguste Endell publiée dans *Jugend,* qui la louait sans réserve, la fit prolonger d'une semaine. *Simplizissimus* aussi nous consacra un important article. Nous vendîmes toutes nos toiles. Si nous en voulions encore à Pasewalk de nous avoir faussé compagnie en nous laissant sans un sou, nous regrettions pourtant qu'il ne puisse assister à ces succès. Nous aurions au moins aimé l'en avertir, mais nous ne savions pas où le joindre, personne n'ayant reçu de ses nouvelles, pas même Elisabeth.

Une autre surprise nous attendait à notre retour à Berlin : les échos de nos pérégrinations nous y avaient rendus célèbres. Ce n'était pas encore la gloire bien sûr, ni même la reconnaissance absolue, mais cette réputation subite et volatile qu'il faut exploiter sur-le-champ si l'on ne veut pas en perdre tous les bénéfices. C'est ce que nous fit valoir Cassirer en prenant contact avec nous. Il s'apprêtait à abriter dans sa galerie l'exposition annuelle des peintres de la *Sécession ;* il méditait de nous faire rejoindre leurs rangs, au moins à titre d'invités. Il ne pouvait cependant s'engager définitivement, nous expliqua-t-il, avant d'avoir l'accord du comité qu'il allait réunir pour consultation ; nous serions bientôt fixés.

Quelques jours plus tard en effet, il nous rendit la réponse du comité : c'était un refus.

« J'ai plaidé votre cause, nous dit Cassirer, et c'est mon enthousiasme qui vous a desservis. Ce n'est pas vous que ces messieurs ont voulu sanctionner, c'est la tentative d'ingérence qu'ils ont cru voir dans ma proposition. J'aurais dû m'y prendre autrement... »

Nous allions éprouver d'autres déceptions et d'autres rejets, au cours de notre carrière, mais ce refus-là marqua la fin de quelque chose, il fut la dernière désillusion de l'innocence. Car nous n'avions pas douté un instant d'être accueillis à bras ouverts par des peintres dont nous nous imaginions les continuateurs, par ceux mêmes qui avaient les premiers introduit la modernité dans l'art allemand en s'élevant contre la suprématie sclérosée des Klinger et des von Lenbach. Leur attitude nous peinait et nous semblait inexplicable, il nous fallait bien l'avouer à Cassirer.

« Mais c'est que vous pensez aux jeunes gens de 1889, en révolte contre leurs aînés qui leur barraient la voie, nous fit-il remarquer, ces jeunes gens ne sont plus. Ils ont fait place à des hommes de cinquante ans, passablement aigris et imbus d'eux-mêmes, jaloux des prérogatives qu'ils ont conquises, et qui barrent à leur tour la voie à leurs cadets. Ne vous en indignez pas trop vite ; vous verrez qu'un jour vous agirez de même avec les jeunes gens de 1930. »

Avant de nous quitter, Cassirer nous confia en manière d'adoucissement que nous avions eu des défenseurs parmi les membres de la *Sécession :* Nolde, Feininger, le jeune Beckmann surtout. Mais leurs avis favorables avaient été sans influence sur la décision du comité qui suivait les diktats de Liebermann.

C'est dans cette conjoncture de désarroi que Pasewalk fit sa réapparition. Pour couper court aux reproches qu'il attendait de notre part, il imagina de nous en faire d'autres, plus véhéments. Il suffisait donc qu'il ait le dos tourné pour que nous le trahissions, pour que nous nous offrions à l'ennemi qui hésitait et, en définitive, ne voulait pas de nous... Ah ! ç'aurait été trop drôle si ce n'avait pas été à pleurer ! Qu'avions-nous cru ? Qu'il nous abandonnait ? Loin de nous, c'était encore pour nous qu'il travaillait... Et pour qui d'autre ? Voyons ! Il rassemblait les capitaux nécessaires à la réalisation d'un projet dont il avait l'idée depuis longtemps mais dont il tenait à nous faire la surprise... Tout était arrangé, non sans peine, il rentrait à Berlin, heureux de nous annoncer la nouvelle, imbécile qu'il était !... Et il en recevait une autre, comme un coup de couteau en plein cœur : nous complotions contre lui avec cette canaille de Cassirer !

Il continua pendant une heure sur ce ton, gesticulant et criant dans un nuage de fumée. A certains moments, nous pouvions croire qu'il allait nous battre, à d'autres, il nous pardonnait, jurait qu'on n'en parlerait plus, bien qu'il ne fût pas sûr de se remettre jamais du coup que lui avait porté notre ingratitude. Nous le laissions jouer sa scène, de moins en moins émus par ses invectives, mais retombant insensiblement sous le charme de l'acteur.

Il nous apprit enfin ce qu'il était venu pour nous dire : il s'était assuré de locaux d'exposition. Il ne les avait pas sous-loués momentanément, comme il avait fait à Dresde et à Stuttgart, mais bel et bien loués, à son nom, avec un bail. Et il ne s'agissait pas non plus d'un entrepôt au diable vert, dans les faubourgs, mais de deux étages en plein centre de Berlin, à deux pas du Café des Westens : un rez-de-chaussée spacieux, avec des vitrines, et un entresol. Dans l'entresol, Pasewalk installerait la rédaction de *Caliban;* du rez-de-chaussée, il ferait *sa* galerie qui rivaliserait avec la galerie Cassirer. Et il l'inaugurerait dans moins d'un mois avec une sensationnelle exposition de nos toiles.

Il fallait d'ailleurs que nous puissions lui remettre un projet d'affiche d'ici trois jours... Et autre chose, puisque la *Sécession* ne voulait pas de nous, il fallait faire savoir que nous ne voulions pas d'elle non plus et, pour cela, nous constituer en groupe concurrent. Trouver un nom à ce groupe était notre tâche la plus urgente.

Nous y consacrâmes la soirée et le reste de la nuit. Je nous revois encore, prenant des airs de conspirateurs, nous essayant à la démocratie directe, proposant des motions que ceux mêmes qui les avaient proposées s'empressaient de rejeter. Nous n'avions pas vraiment hâte de trouver, nous avions toute la nuit devant nous et il convenait que les délibérations fussent longues et difficiles. Nous nous abîmions dans un délire collectif, l'imagination fouettée par la précipitation des événements, savourant l'exceptionnel de la circonstance, retrouvant notre intimité des temps forts. C'est une des dernières fois que nous devions être tous réunis dans la teinturerie de la Fischerstrasse.

Nous songeâmes un moment à nous baptiser *le Groupe de Prerov,* mais c'était exclure Riedler que nous ne connaissions pas à l'époque de Prerov. Pasewalk suggéra que nous prenions le titre d'un de nos tableaux et nous faillîmes nous appeler *la Femme en jaune*. Puis nous réfléchîmes que *la Femme en jaune* ferait par trop pendant au *Cavalier bleu.*

Nous passâmes nos toiles en revue en énonçant leurs titres,

dans l'espoir que l'un d'eux s'imposerait comme le bon. Ensuite nous en vînmes aux dessins que nous jetions pêle-mêle à même le plancher, sous l'éclairage de la suspension.

« Qu'est-ce que c'est que ça? demanda Pasewalk en se baissant pour cueillir un lavis à l'encre de Chine de la main de Libbenow, ce ne serait pas mal pour l'affiche...

— Ça, dit Libbenow, c'est la gare de Wannsee... »

Des années passèrent, dont j'ai longtemps cru qu'elles avaient été très pleines et très intenses, dont je dus me dire parfois, obéissant au préjugé commun qui identifie le bonheur au succès, qu'elles étaient les plus belles de ma vie. Jusqu'à ce que je m'avise de me les remémorer exactement et m'aperçoive que leur évocation n'éveillait en moi qu'un sentiment d'ennui, que j'avais fort peu à en dire. Car, en définitive, ce ne furent que des années fastes.

Tout commença avec la première exposition berlinoise de *la Gare de Wannsee*. Je dis *tout commença* et c'est bien ainsi qu'alors je voulus le comprendre. Le dynamisme fébrile qui nous possédait, l'appétit d'une renommée plus vaste et mieux assurée ne laissaient, pas plus chez moi que chez mes camarades, de place pour un regret. Nos pensées, nos espoirs, nos forces se fixaient sur cet avenir glorieux que les prodromes de la réussite nous faisaient entrevoir. Aujourd'hui pourtant, si je regarde en arrière, je prends conscience de tout ce qui finissait avec ce commencement et je ne suis plus sensible qu'à cela.

L'exposition se tint dans la galerie que Pasewalk venait d'aménager à l'angle du Kurfürstendamm et de Fasanenstrasse, vis-à-vis de la vieille synagogue. La mode suivie par les marchands de tableaux, à cette époque, consistait à charger des cimaises tendues de brocart uni, vieux bleu ou écarlate, d'autant de toiles richement encadrées qu'elles en pouvaient tenir. Cet écrin trop somptueux distrayait l'attention des œuvres qu'il était censé mettre en valeur et celles-ci, du fait de leur proximité, se tuaient les unes les autres. Pasewalk innova, sur notre instigation, par un accrochage aéré que supportaient des murs blancs crépis. Les toiles n'étaient ceintes que d'une mince baguette de bois naturel, à peine visible, et l'on trouva audacieux ce parti pris de pauvreté. Ainsi, les grands aplats de couleurs pures dont aucune ligne arbitraire ne brisait la coulée se développaient comme en suspens sur le fond uniforme ; elles y gagnaient en puissance.

Puissance est d'ailleurs le mot qui résuma le plus fréquemment, sous la plume des critiques, l'impression produite par notre exposition. Ils déclarèrent puissant l'*Ours endormi dans un zoo,* puissantes *la Femme en jaune* et *la Mulâtresse Fritzie.* C'était le signe, de la part de ces administrateurs circonspects du panthéon de l'art contemporain, qu'ils nous en entrouvraient la porte. Mais l'éloge de notre seule puissance ne représentait qu'une manière de visa provisoire et il faudrait, pour garantir notre droit de séjour dans cet espace distingué, y justifier notre présence par une définition moins lapidaire de la spécificité de nos œuvres.

Hélas, la peinture moderne se définit malaisément, pour la simple raison qu'un art qui rompt avec son passé rend du même coup caduc le jargon critique qui le parlait jusqu'alors et que, pendant un instant, tout ce qui est trop neuf est indicible. C'est là un handicap terrible quand on veut en faire le dithyrambe. Certains critiques démunis, mais de bonne volonté, nous interrogèrent sur nos intentions. Ils nous priaient de leur livrer les premiers éléments d'une terminologie inédite qui leur permettrait de divulguer nos recherches, en même temps qu'elle leur donnerait l'apparence de les comprendre. Nous avions pensé, avec quelque ingénuité, que ce que nous exprimions se lisait d'évidence, que notre éventuel message — mais nous n'aurions pas imaginé de nous-mêmes de lui donner ce nom — était contenu dans nos toiles. Aussi n'avions-nous pas envisagé la nécessité d'en transmettre un double par le biais d'un langage parallèle, forcément artificiel. Riedler nous fit honte d'une telle omission, il nous en montra le danger : elle équivaudrait à réduire la critique au silence. Silence funeste, si l'on songe qu'une œuvre, quelle qu'elle soit, ne trouve de légitimité durable que dans la littérature plus ou moins pertinente qu'elle suscite ; qu'il lui faut se prêter de bonne grâce à la glose comme au résumé, car le public avant d'admirer exige des explications. Non qu'il tienne tant que cela à être éclairé, précisa Riedler, mais le contact immédiat de l'œuvre d'art ayant sur le bourgeois moyen le même effet révulsant que le crucifix sur le vampire, il importe d'installer entre eux, en guise de protection — et c'est là que la critique s'avère de quelque utilité — le filtre édulcorant de la paraphrase.

Nous nous reposâmes donc sur Riedler du soin de nous faire comprendre. Il se révéla, dans cet office de porte-parole, un très habile agent de publicité. Le jovial mépris qu'il éprouvait pour les prétendus *connaisseurs* dicta sa politique à leur égard ; loin de viser à dissiper les malentendus, elle consistait au contraire à en favoriser la multiplication. Nous admirions l'aplomb cynique dont il faisait preuve face aux fauteurs d'opinion en matière d'art moderne, lorsqu'il leur renvoyait, sur le ton d'une assertion inspirée par une illumination soudaine, les hypothèses oiseuses qu'ils avaient émises rien qu'un instant auparavant. Cette attitude de Riedler, dont nous craignions toujours que ses interlocuteurs perçoivent enfin ce qu'elle contenait de moquerie à leur endroit, dissimulait la poursuite d'une maïeutique sournoise : il accouchait ces braves gens de l'idée fausse qu'ils voulaient avoir de nous et, dès qu'elle prenait forme, il y souscrivait avec une conviction mêlée de gratitude. Le principe de l'échange équitable réglant les rapports sociaux, ces critiques qu'il semblait remercier de leur perspicacité ne crurent pas pouvoir faire moins que d'accorder à Riedler, en retour, un certain génie. Il acquit en outre la réputation d'être de ces rares artistes chez qui le tumultueux foisonnement de l'inspiration n'exclut pas la conscience des motifs profonds, d'être le seul *intellectuel* d'entre nous, en somme. Il s'en autorisa pour suggérer à ceux qui avaient vanté notre puissance un assortiment d'épithètes de rechange, dans lequel ils n'auraient qu'à puiser pour continuer à nous louer jusqu'à nous consacrer.

Nous le fûmes bientôt autant que des peintres vivants — et dont pas un n'avait encore atteint la trentaine — pouvaient espérer l'être. En chemin, nous avions rencontré la faveur du public, c'est une lame de fond dont le premier choc vous prend par surprise et vous fait chanceler. Les expositions suivantes de *la Gare de Wannsee* avaient provoqué l'affluence d'une foule d'amateurs toujours plus considérables et nous étions devenus presque riches. En quelques mois, notre célébrité entretenue et propagée par les soins de la revue *Caliban* où toute une intelligentsia qui se piquait de rébellion recueillait, avec les mots d'ordre de l'avant-garde, les éléments constitutifs d'un nouveau conformisme, avait dépassé les frontières de l'empire.

Quelques petits phalanstères comme le nôtre, sans se concerter et presque sans se connaître, avaient jeté l'amorce d'une révolution dont nos spéculations les plus folles n'avaient pas encore appréhendé toute l'ampleur. Notre mouvement avait trouvé ses zélateurs, des fidèles s'étaient révélés qui atteignaient bientôt par leur nombre aux proportions d'un véritable peuple formant ses États dans les États, d'une nation spirituelle militant à travers les nations. Berlin était leur capitale.

A constater le changement survenu dans l'atmosphère de la ville, dans la physionomie de ses foules et de ses rues ; à voir avec quelle rapidité la nouvelle mystique du modernisme y gagnait jusqu'aux couches de la population qu'on aurait crues les plus réfractaires à une telle influence, nous ne pouvions nous défendre d'une impression désagréable qui tenait de la dépossession et du dépaysement. Nous savions dans quelle mesure nous avions œuvré à cette transformation et pourtant, dans la nouvelle ville qui naissait, il nous arrivait de nous sentir aussi étrangers que des voyageurs de passage. Nous appartenions au Berlin de naguère, provincial et bourgeois, où les rares cénacles d'artistes se calfeutraient dans les arrière-salles de quelques cafés. Nous nous rappelions avec un commencement de nostalgie, déjà, l'époque où notre apparence débraillée, les théories hérétiques que nous clamions suffisaient à nous distinguer du reste du monde. Depuis, nous avions perdu l'exclusivité du genre bohémien et nos propos audacieux d'hier étaient devenus les lieux communs du jour. On nous avait arraché des mains le flambeau qui faisait notre singularité et l'embrasement dont il avait été la source nous rejetait dans un anonymat relatif.

Le Café des Westens était un des lieux les moins changés. J'y retrouvais souvent Elisabeth et Pasewalk. Ils ne manquaient pas d'y faire une apparition quotidienne. A présent, ils arrivaient conduits par leur chauffeur, un Éthiopien noir d'ébène, du nom de Samir, qui ne parlait aucune langue connue et avec lequel ils communiquaient par signes. Cet exotique factotum, affublé en hiver d'une pèlerine à col d'ocelot, donnait la note au récent apparat dont s'entouraient les Pasewalk. Le chasseur posté à l'entrée de l'établissement, qui avait toujours marqué un faible pour Elisabeth, même à l'époque où elle était moins splendide, se précipitait pour ouvrir la portière de la limousine. A travers la grande salle aux miroirs, pleine de monde, un bref silence se faisait sur le passage de ce couple célèbre, tandis qu'ils gagnaient leur table attitrée en distribuant çà et là leurs congratulations sonores. Le turban que la Wibner piquait de cabochons et de plumes de volatiles divers ne prêtait plus à rire, il frappait de respect, il était l'insigne de sa nouvelle dignité. Car Pasewalk, tenant le pari qu'il s'était proposé, avait fait d'Elisabeth la grande prêtresse incontestée de cette moderne Renaissance que nous étions en train de vivre.

Il s'était attribué près d'elle le rôle du consort convenant mieux à son tempérament peu enclin au hiératisme. Le demi-effacement d'une telle position lui garantissait la pénombre nécessaire à la poursuite de ses complots, elle l'enveloppait cependant d'assez de prestige pour que l'on s'accorde à voir dans ses mauvaises manières, dans ses ongles sales et dans le choix des costumes de tweed purée de pois ou tomate qu'il imaginait de revêtir, autant de provocations expressionnistes.

La table des Pasewalk au Café des Westens, où n'étaient admis à s'asseoir que quelques élus triés sur le volet, figurait une manière de cour suprême jugeant sans appel des talents et des intentions. Il s'agissait, parmi les sectateurs accrédités, de prévenir les déviations et les transfuges, et, dans la foule des nouveaux aspirants au génie qui se révélaient tous les jours, de partager le bon grain de l'ivraie. On graciait parfois au bénéfice du doute, il arrivait que l'on porte aux nues, mais le plus fréquemment on condamnait ; un article à paraître dans la revue *Caliban* exécuterait la sentence.

Un certain idéal avait disparu des conversations, les considérations absolues semblaient désormais bien fades, comparées aux débats que suscitait la conduite d'une *Realpolitik*. Si l'on évoquait encore à l'occasion les noms d'Hölderlin, de Nietzsche, de Goya ou de tel autre génie du passé en qui nous avions reconnu un précurseur magistral, ce n'était que pour le citer comme témoin à charge au procès d'un vivant. Le règne des Pasewalk était arrivé, leur royaume était sur la terre. Invoquant la raison d'État dont s'assortit tout pouvoir temporel, ils le gouvernaient sans faiblesse.

C'était là leur visage public, ils en avaient un autre mais il fallait, pour le découvrir, s'aventurer dans l'appartement blanc et or qu'ils avaient loué tout meublé sur le Kurfürstendamm. Là, dans ce morbide capharnaüm où la forme des portes et des fenêtres, les moulures de plâtre décorant les panneaux, et même la silhouette des lampes, répétaient jusqu'à l'écœurement le motif du champignon, Elisabeth se laissait aller à ces emportements d'hystérie typiques des personnes qui auraient « tout pour être heureuses », n'était la conscience lancinante qu'elles ne le sont cependant pas. Elle injuriait ses bonnes qu'elle accusait de coucher avec Pasewalk et jetait à la tête de celui-ci les précieux bibelots *Jugendstil* qui lui tombaient sous la main. Ces saccages l'apaisaient, elle se sentait soudain plus légère et plus libre, dans un espace que sa fureur avait rendu aussi inhabitable que les taudis où elle avait vécu au bon vieux temps. Au milieu de ce champ de bataille que jonchaient des débris de pâte de verre et des meubles culbutés, les amants scellaient une paix provisoire. Pasewalk était infidèle, c'est vrai, mais il ne trompait que la femme qu'il se rappelait à peine, à présent, avoir aimée d'un amour charnel. Quant à l'espèce d'idole en quoi la révérence d'une foule avait changé cette femme, elle était trop sa création pour qu'il ne lui soit pas dévoué corps et âme. C'est grâce à une telle duplicité que les choses tenaient encore, entre Elisabeth et Pasewalk.

Aucune ombre, en revanche, ne semblait troubler la félicité étale du ménage Schnabel.

Dès notre retour à Berlin, Lothar nous avait tous surpris en épousant miss Stewart. Une fille leur était née peu après. Le mariage avait été résolu en secret et nous n'y fûmes pas conviés. Schnabel se borna à nous avertir incidemment du fait accompli. Il ne nous dit pas non plus quels motifs l'avaient décidé et nous conclûmes qu'il avait dû obéir à ce goût de la dérision parfaite qui inspirait certains de ses actes et lui avait fait voir dans un tel mariage le prétexte d'une farce insurpassable.

Les Schnabel s'installèrent au dernier étage d'un immeuble moderne de la Klopstockstrasse, entre le Tiergarten et la Sprée. Je n'imaginais pas mon camarade susceptible de se laisser acclimater à la vie familiale. D'autre part je me figurais mal Arabella l'immaculée recevant dans son home les épaves avinées et pouilleuses que Schnabel avait eu l'habitude d'héberger à la teinturerie. Je m'étais attendu à ce que des drames éclatent bientôt et trouvent leur dénouement dans un divorce.

Rien de semblable ne se produisit. Fallait-il voir dans la docilité apparente de Schnabel la révélation de la faiblesse véritable de son caractère, ou bien était-ce que le cynisme persifleur qu'il affichait autrefois et dont les manifestations s'estompaient, évoluait vers celui, plus discret, plus profond, qui vous permet de vous accommoder de tout ?

Il me traversa l'esprit qu'Arabella pouvait bien être en définitive l'artisan majeur de l'harmonie qui régnait dans leur couple. Je la connaissais volontaire et sotte, mais justement, dénuée de cette intelligence qui vous rend curieux des autres et du monde, et par quoi on donne plus de prise au malheur ; sauve de la malédiction de l'absolu, telle celle qui faisait de la vie d'Elisabeth un enfer secret dans le triomphe ; favorisée au contraire de cette grâce des esprits bornés qui ne veulent rien que de médiocre mais savent exactement quoi et, quand ils l'ont obtenu, s'en contentent, il n'était pas impensable qu'épanouie par la satisfaction, elle fût devenue dans l'intimité une femme délicieuse à vivre.

Le mariage rasséréna Schnabel, le rendit peu à peu moins anguleux, au moral comme au physique ; son rictus même finit par s'effacer pour faire place à une expression de gravité flegmatique. Un jour, je le rencontrai dans la rue sans le reconnaître tout de suite. Il s'était laissé pousser une barbiche à la Nietzsche et portait une cravate noire sur un col cassé. Je crus d'abord à une blague, résultat d'un pari idiot, avant de réaliser qu'il venait de prendre précocement son visage de l'âge mûr. Ce visage vous fait l'effet d'une mascarade saugrenue, la première fois qu'on le voit substitué à celui, familier, de la jeunesse.

A mesure que Schnabel s'embourgeoisait et travaillait à ressembler au directeur de l'Académie des beaux-arts qu'il serait sans doute un jour, Frau Schnabel perfectionnait à l'inverse le rôle de l'égérie d'avant-garde. Elle avait son salon qu'elle peuplait d'une coterie d'artistes secondaires et de provinciaux éblouis. Elle les séduisait par sa grâce impérieuse ; son épouvantable prononciation de l'allemand les faisait se pâmer. C'était un grand jour pour le jeune poète tchèque en visite dans la capitale, que celui où il passait pour la première fois le seuil de l'appartement de la Klopstockstrasse. Arabella le recevait en robe *réforme ;* comme il s'inclinait profondément afin de baiser le bout de ses doigts, elle inhibait son plongeon à mi-parcours en lui attrapant la main pour la secouer, à la mode anglaise. Un instant, elle l'entretenait pieusement du vorticisme ou des pulsions sexuelles primaires, lui confiant par exemple ce fait saisissant, que sa fille Viktoria, qui ne parlait qu'à peine, s'essayait déjà à la masturbation à l'aide des jouets en celluloïd qu'on mettait dans son bain. Puis elle offrait à l'élégiaque médusé, mais d'emblée conquis par cette liberté de propos qui dénotait la femme supérieure, le choix entre une tasse de thé et un verre d'absinthe.

Hornig, Libbenow et moi étions parfois de ces soirées, c'était une occasion de nous retrouver tous. En dehors des périodes d'expositions, il ne s'en présentait plus de tellement fréquentes. Si nous échappions à l'ambiance de mondanité du salon pour nous retrouver tous les quatre dans l'atelier de Lothar et que Riedler vînt nous y rejoindre, notre conversation s'interrompait malgré nous quand il entrait. « Oh ! pardon ! s'excusait-il avec une pointe d'ironie, mais pleine d'indulgence. Je vous dérange... » Nous protestions avec plus d'embarras que de conviction, nous avions un peu le sentiment d'être coupables. Ce n'était pourtant pas de lui que nous étions en train de parler, nous évoquions au contraire un passé auquel il n'appartenait pas. Il le comprenait bien, il ne nous en faisait aucunement grief, il s'en fichait, au fond. Simplement, cette tendance à la réminiscence dont il observait la manifestation lorsqu'il nous surprenait entre nous, et aussi le manque de hardiesse qu'il reprochait à nos œuvres récentes, lui avaient inspiré un sobriquet affectueux ; il nous avait surnommés *les retraités*.

Le relâchement qui s'installait dans nos relations, ces signes d'effritement que donnait notre amitié et, de manière plus significative, l'écart qui se creusait entre nos conceptions artistiques respectives — depuis que nous poursuivions notre travail chacun de notre côté — et qui mettait en péril l'argument d'une vision commune sur lequel s'était établie notre première notoriété —, nous en étions conscients, mais nous ne savions comment lutter contre. Avons-nous seulement essayé d'ailleurs ? D'autres questions occupaient notre esprit : les choix auxquels nous confrontait l'évolution de notre œuvre en soulevaient de plus graves, les préparatifs d'une nouvelle exposition en amenaient de plus urgentes. Le souci de notre réussite prenait la forme d'une obsession exclusive et nous savions que nous continuerions à nous entendre vaille que vaille, aussi longtemps au moins que de cette entente dépendrait notre carrière.

Serai-je compris si je dis que les développements prodigieux que connaissait celle-ci excédaient notre attente sans répondre à nos espérances et, surtout, sans les combler. Car le succès nous avait plongés trop subitement dans une autre espèce de vie et il était résulté de cette transplantation brusque une sensation de discontinuité proche du désarroi. Nous avions perdu le fil de nous-mêmes, il nous était impossible de relier nos efforts passés à notre fortune présente dans un rapport de conséquence favorable à la paix de l'âme. C'était abusivement, nous semblait-il, que nous nous prévalions de ce qu'avaient enduré et accompli des jeunes gens que nous avions cessé d'être. Ainsi aux satisfactions escomptées du triomphe, se substituait l'impression désagréable de ne nous voir fêtés qu'à la faveur d'une méprise et de voler à d'autres les succès qui auraient dû payer leurs peines.

Quelque chose survivait pourtant en nous de ces artistes

obscurs et trop tôt disparus. C'était, comme ces zones de sensibilité inexplicables en certains points du corps vierges de cicatrices, où les adeptes de la métempsycose veulent voir les traces de tourments subis dans une existence antérieure, le ressentiment des humiliations et des rejets qu'ils avaient essuyés et que rien ne vengerait plus. Cet imperceptible héritage allait alimenter chez chacun de nous une amertume croissante. Amertume à laquelle les années à venir paraîtraient s'appliquer à dénier le moindre élément de justification en nous prodiguant toujours de nouveaux succès.

Pour ma part, la conscience que le malaise dont s'assortissait la prospérité tenait à une rupture définitive avec notre ancienne vie, ne fut pas immédiate. J'en eus la révélation grâce à une de ces inadvertances de comportement, moins comiques qu'elles ne paraissent si l'on songe que, comme dans les lapsus, des aspirations méconnues s'y font jour. Un soir de début d'automne, après avoir assisté à une représentation au Théâtre Lessing, j'avais décidé de rentrer à pied chez moi et mes pas avaient pris la direction de Fischerstrasse. C'est seulement en arrivant au pont de Monbijou que je me rappelai avoir déménagé de la teinturerie depuis deux ans déjà. Mon passé proche lui aussi était une manière d'île, mais beaucoup moins accessible que celle qui s'étendait de l'autre côté du pont. Ce passé n'était pas mort, comme on dit parfois, il était inachevé, et c'était bien pire. L'histoire qu'il racontait restait en suspens et je ne devais pas espérer la voir reprendre, car un coup de vent absurde en avait balayé les décors et dispersé les protagonistes entre deux répliques. Je n'en saurais jamais la fin.

La part que Pasewalk s'était résigné à m'accorder sur le produit de la vente de mes toiles, lors de la première exposition de *la Gare de Wannsee,* je l'avais employée à me loger plus décemment. J'avais trouvé au numéro 10 de la Vorbergstrasse, dans Schöneberg, une confiserie périclitante dont j'avais racheté le bail à bon compte. On m'avait offert de louer aussi le logement situé au-dessus de la boutique et je les avais réunis par un escalier intérieur. Je restais ainsi fidèle aux fonds de commerce tout en m'assurant les avantages du confort bourgeois. Dans le magasin dont j'avais voilé les vitrines mais conservé le comptoir d'acajou, j'avais fait mon atelier. Il communiquait par une arrière-boutique avec une cour de briques roses, étroite, mais ensoleillée, à laquelle quelques plantes donnaient un faux air de jardin. Dans la plus grande des pièces du premier étage, j'avais arrangé ma chambre. J'avais assigné aux deux autres des destinations équivoques. J'y rangeais pêle-mêle mes toiles, mes livres et mes vêtements, pas de meubles ; l'idée d'être quelqu'un qui possède une salle à manger et un salon m'inspirait de l'horreur.

Depuis que j'habitais Vorbergstrasse, j'avais renoué avec les bruits spécifiques de la grande ville et je m'apercevais combien ils m'avaient manqué. A la teinturerie, on n'entendait que le chant des coqs picorant dans l'impasse et les cris des enfants qui jouaient à la marelle sur les pavés disjoints. C'était désormais le vacarme des voitures de laitiers dévalant la Hauptstrasse, qui me réveillait le matin, et la cloche de l'église Saint-Paul-Apôtre qui égrenait les heures de ma journée.

Cette nouvelle installation aurait été idéale si j'avais pu m'accoutumer à vivre seul ; faute que j'y parvienne, elle était tout au plus un pied-à-terre. Parfois, l'angoisse de la solitude était telle qu'elle me faisait me relever au milieu de la nuit, m'habiller et sortir dans les rues à la recherche d'un fiacre qui me conduise chez Elisabeth et Pasewalk ou bien chez les Schnabel. Je les tirais eux-mêmes de leur lit pour leur demander asile en prétextant d'un malaise soudain. Souvent aussi, j'allais à Grünewald chez les Hornig et je finis par m'y installer à moitié, occupant la chambre de l'oncle Pribishev qui voyageait à nouveau en Russie. Je payais cette hospitalité, qu'on ne demandait pas mieux que de m'offrir indéfiniment, en couchant à l'occasion avec Tissa. Fritz s'en aperçut. J'avais craint de sa part une réaction de jalousie, mais cette découverte sembla au contraire l'enchanter. Bientôt, il imagina de susciter entre nous des ébats collectifs. Je refusai d'abord, puis cédai de guerre lasse à son insistance. La première fois que nous nous sommes retrouvés tous les trois nus dans le lit de Pribishev et qu'Hornig, après s'être amusé un moment avec Tissa, posa la main sur moi, j'affectai de prendre ses avances comme une plaisanterie. C'était, sinon un véritable désir, du moins une curiosité de longue date qui les lui inspirait. Suivit une tentative laborieuse, pénible, que je m'appliquai à subir. Hornig finit par se décourager et conclut lui-même au fiasco en bouffonnant.

L'épisode ne devait pas se reproduire et Fritz et moi allions nous efforcer d'agir comme s'il n'avait jamais eu lieu. Pourtant, l'impression désagréable qu'il nous avait laissée installa entre nous une gêne persistante et une impondérable réticence marqua désormais nos rapports.

Dans un ordre bien différent, un événement survenu vers la même époque ne nous permit plus de feindre d'ignorer le processus de désagrégation dont notre groupe était atteint.

Pasewalk, soucieux d'étendre encore au domaine de la musique l'autorité qu'il exerçait sur les mouvements artistiques et littéraires, méditait depuis quelque temps de produire un opéra moderne. Son choix se fixa sur cette étrange *Bataille d'Iena*, œuvre inédite d'un jeune musicien plus fou, sans doute, que génial, et qui portait comme sous-titre : *Féerie unanimiste chantée et hurlée.* En dépit de ce que l'on aurait été enclin à supposer, le livret de *la Bataille d'Iena* ne faisait aucune allusion à la défaite de la Coalition, il amalgamait en revanche des séquences d'action si ténues et si disparates qu'il était impossible d'y distinguer un fil unificateur. Quant à la partition, elle donnait plus de place aux trompes d'autobus, aux machines à écrire et aux balais mécaniques, qu'aux violons. Pasewalk nous demanda de peindre les décors. Il s'agissait de concevoir un lieu qui évoquât tout à la fois une grande artère de Berlin, un asile d'aliénés, les bureaux d'une administration publique, l'enfer. L'obligation de susciter cette multiple équivoque, au seul moyen de quelques éléments mobiles, nous affranchissait par contrecoup des servitudes qu'impose une représentation réaliste. Nous avions quasiment sujet libre et nous nous mîmes au travail avec l'intention de faire de la scène de *la Bataille d'Iena* un témoignage ultime de l'esprit indivisible du Wannsee. Si une telle occasion d'accomplir une œuvre collective nous avait été offerte deux ou trois ans plus tôt, quand cet esprit nous animait encore, nous n'aurions eu qu'à nous fier à lui pour qu'il nous guide jusqu'à un unisson de prouesses. Mais l'heure de l'accord spontané était passée et nos efforts pour la retrouver ne nous conduisirent qu'à pasticher notre première manière. La conscience d'un échec dont chacun de nous se sentait responsable, tout en en accusant les autres, aigrissait le climat de nos relations et lorsque nous étions contraints de peindre ensemble, dans le sinistre hangar de Weissensee où Pasewalk avait fait monter les décors, nous observions un silence renfrogné. Nous nous appliquions à ne pas regarder ce que faisait le voisin, de crainte qu'il ne décèle dans ce regard un jugement dépréciatif.

Il se produisit pourtant une sorte de miracle, le dernier dont nous devions bénéficier : l'auteur, qui s'apprêtait à diriger lui-même son œuvre, en fut empêché par une aggravation soudaine de son état mental et Pasewalk, assez sage pour ne pas poursuivre une entreprise qu'il voyait s'engager si mal, décommanda le spectacle. Ainsi la seconde bataille d'Iena échappa à la chronique et ne fut que pour nous seuls une défaite dont nous allions garder le secret.

A partir de là je mis encore quelque temps à reconnaître que je n'aimais plus ma vie, que tout me semblait fade et que même de Berlin je commençais à me lasser. Les progrès de mon travail et la conduite de ma carrière, si fort que m'importent les premiers, si complètement que je me consacre à la seconde, ne suffisaient pas à satisfaire un besoin d'imprévu et de changement qui parlait en moi. Alors je reçus la lettre de Nils.

Il m'apprenait qu'il venait de se marier et qu'après une interruption de plusieurs années durant lesquelles il croyait avoir renoncé définitivement à ses aspirations artistiques, il avait puisé dans son nouveau bonheur le courage de se remettre à peindre. Au-delà d'une certaine durée l'absence ne se résume pas, surtout pas par lettre, il en convenait, aussi ne m'en dirait-il pas plus de ce qu'avait été son existence depuis notre séparation. Si pourtant j'étais curieux d'en savoir encore quelque chose, comme il serait heureux lui-même d'apprendre de ma bouche les détails d'un succès dont l'écho lui était parvenu, il me suffisait de le rejoindre dans l'île de Rügen où il passait l'été, les parents de sa femme y ayant loué une villa. Je devais connaître, au moins de réputation, le père de Marianne Rydqvist, c'était le dramaturge Ragnarsson dont j'avais peut-être vu représenter à Berlin les pièces admirables et sinistres. L'homme était de ces génies tortueux comme je les aimais et si la perspective de retrouver celui qui n'avait pas cessé, malgré tout, d'être de cœur mon plus vieil ami, ne me semblait pas une assez bonne raison pour entreprendre ce voyage, celle de connaître Ragnarsson devrait m'y décider.

A l'exception de l'euphémique *malgré tout* dont il assortissait sa déclaration d'amitié, Nils ne faisait aucune allusion à la brouille qui avait causé notre rupture et cette discrétion de sa part laissait libre cours à mes conjectures quant au motif qui lui avait inspiré de renouer avec moi et de m'accorder si tardivement son pardon implicite.

Nils m'attendait comme convenu à la gare de Sassnitz. Sa haute taille me fit le repérer avant que lui-même ne me vît ; il se tenait immobile à l'autre extrémité du quai, fouillant des yeux la foule des voyageurs descendus du train. M'ayant enfin aperçu, il avait marché à ma rencontre. Mais quand nous n'avions plus été séparés que par une dizaine de mètres, nous avions marqué ensemble une halte et nous nous étions dévisagés, interdits, comme si nous hésitions après tout à nous reconnaître. Ce n'était pas vraiment cela, nous nous efforcions seulement de déceler et de résumer en un regard les éléments disparates de cette transformation qui nous frappait l'un chez l'autre. Était-ce le bonheur conjugal ou simplement l'été et l'effet d'un léger hâle creusant et affinant ses traits, qui avaient ôté à la physionomie de Nils cette lourdeur que je me rappelais ? Il m'apparaissait plus fringant, plus racé. Sa silhouette et son maintien avaient dépouillé la raideur de gaucherie qui donnait à Nils adolescent de faux airs d'homme mûr. Il portait un costume en lin écru et une cravate blanche sur une chemise d'un bleu-gris assez pâle — cette élégance en deux tons avait une raison précise qui me serait bientôt révélée. Je m'étais avancé vers lui et nous nous étions étreints sans rien dire.

Un fiacre stationnait devant la gare, dont le cocher vint prendre mes bagages. Comme nous approchions de la voiture, j'entrevoyais, sous la capote relevée contre le soleil, la forme d'une femme. Je ne distinguais encore que le bas de sa robe blanche. Marianne Rydqvist avait tenu à venir elle aussi m'accueillir, mais elle avait laissé Nils entrer seul dans la gare, ne voulant pas troubler nos retrouvailles.

« C'est donc vous ! fit-elle quand Nils nous eut présentés. C'est drôle, ajouta-t-elle, en excusant d'un sourire la bizarrerie de la remarque qu'elle s'apprêtait à faire, j'ai tellement entendu parler de vous que je ne parvenais plus à vous imaginer, au point que j'avais fini par douter que vous existiez réellement. Savez-vous bien que vous êtes presque une légende, cher monsieur ?... »

J'ai peine à me remémorer en détail l'impression que j'eus de Marianne, ce jour-là. Je ne saurais plus dire si je la trouvai de prime abord jolie ou quelconque, si elle m'apparut plutôt intelligente ou plutôt sotte, sympathique ou indifférente. Je fus sensible, en revanche, à une qualité d'intensité qui émanait d'elle si distinctement que, mieux que ne l'auraient fait des traits ou un esprit exceptionnels, elle désignait d'emblée Marianne Rydqvist comme une personne à part. Quand j'en viendrais à la connaître davantage, j'identifierais cet éclat de sa présence à l'intrépide élan de vie qui la possédait, à l'attente impatiente d'événements fabuleux dont elle semblait toujours se promettre la prochaine surprise, à cette précipitation enfantine, trahie par sa voix, ses gestes, qui lui ferait saisir toutes les occasions hasardeuses de s'émerveiller ou de se divertir, pour la séduction de la part d'inconnu et de risque qu'elles impliqueraient et qui aurait découragé quelqu'un de moins imprudent qu'elle. Cette analyse du caractère de Marianne ne m'apprendrait rien que n'ait contenu ma première intuition : celle d'une nature saturée de forces dangereusement disponibles.

Pour ce qui concerne son apparence physique, il me semble avoir seulement noté, en peintre, qu'elle avait des couleurs assez rares. Ses cheveux et ses yeux étaient deux interprétations de la châtaigne pas encore mûre et dont l'écorce fond ensemble, dans une nuance sans dominante, du brun, du blond, du roux.

Nils et Marianne me déposèrent à l'hôtel où j'avais choisi d'habiter plutôt qu'à la villa, par souci de préserver mon indépendance.

« Je reviendrai te prendre à six heures, me dit Nils, la maison n'est pas loin, nous pourrons faire le trajet à pied et j'en profiterai pour te montrer le port. Nous ne dînons jamais avant sept heures. A propos, ajouta-t-il, avec une pointe d'embarras qu'il déguisa d'un sourire, il faudra que tu changes de veste. Mon beau-père s'est mis en tête qu'à la mer on ne devait porter que du blanc et du bleu. Si tu n'as rien dans ces couleurs, je te prêterai quelque chose. Je sais que cela peut paraître étrange, s'excusa-t-il, mais Ragnarsson y tient beaucoup. Il termine une pièce en ce moment, cela le rend assez irritable et nous évitons de le contrarier. »

« Mon père est un auteur dramatique représenté et fêté dans toutes les capitales d'Europe, me confia à son tour Marianne Rydqvist, sans mettre dans cette constatation de vanité perceptible, mais il n'en tire aucune satisfaction et voici deux ans environ qu'il s'est inventé le regret d'une carrière militaire. Il est parvenu à se convaincre lui-même que la seule vie qui lui aurait convenu, c'est celle d'un obscur officier de cavalerie en campagne... Pauvre papa qui ne sait même pas monter à cheval ! Il vous expliquera sans doute qu'on trouve chez l'humble soldat une loyauté dont font rarement preuve les acteurs, et qu'un officier met son honneur dans sa parole, alors qu'un directeur de théâtre, n'ayant aucun honneur pour commencer, reviendra sur celle qu'il a donnée autant de fois que l'exigera son intérêt... Quoi qu'il en soit, ces nostalgies de la vie de caserne ont inspiré à mon père de soumettre la nôtre à toutes sortes d'inimaginables règlements. Nous essayons de nous y plier dans la mesure du possible, puisque l'observance de cette discipline absurde semble l'apaiser. »

Dûment vêtu dans les couleurs réglementaires, je gravis à la suite de Nils le sentier qui conduisait à la villa des Ragnarsson. C'était une grande maison de bois, en haut d'une colline, dont la masse claire se détachait contre la lisière d'une forêt de hêtres. Nils me fit entrer dans un salon du rez-de-chaussée et m'y laissa seul tandis qu'il allait avertir Mme Ragnarsson et Marianne de mon arrivée. Il ne m'avait quitté que depuis un instant quand une porte s'ouvrit entre le salon et ce qui m'apparut un sombre petit bureau ; un homme se tenait dans l'encadrement, en qui je reconnus Ragnarsson, pour avoir vu sa photographie sur un programme de théâtre. Il portait une redingote noire et c'est ce détail qui me frappa d'abord. S'il veillait à faire respecter par son entourage le code vestimentaire de son invention, j'observais qu'à l'instar de la plupart des législateurs, il se dispensait d'obéir lui-même aux lois qu'il édictait. Je crus d'abord qu'il ne m'avait pas remarqué car il entreprit de traverser la pièce comme si elle était vide. Je me levai pour le saluer et il ne put continuer à feindre d'ignorer ma présence.

« Vous devez être le jeune homme ami de cet autre jeune homme qui a épousé une de mes filles ? » fit-il.

Je hochai la tête et m'avançai vers lui pour me présenter, mais il m'en empêcha d'un signe qui m'imposait silence.

« Ne me dites pas votre nom ! pria-t-il avec lassitude, je vous promets que de toute façon il me sortirait de l'esprit, je réussis même parfois à oublier les noms de mes enfants et celui de ma femme. Mais comme j'ai naturellement une excellente mémoire, cela me donne un mal fou. Épargnez-moi celui d'avoir à oublier le vôtre, voulez-vous ? »

Voyant que je restais interloqué, il précisa :

« Ne prenez pas ma requête comme une offense personnelle, je n'ai rien contre vous, c'est seulement que je ne veux plus connaître personne. J'en ai fini avec les gens ! N'est-ce pas une chose que l'on peut admettre ? »

Il me fixa à cet instant, dans l'expectative d'une réponse franche, et ses beaux yeux de juste tourmenté par la canaille humaine imploraient un signe d'assentiment que je n'eus pas la force de lui dénier.

« J'accepte de les coudoyer dans la rue, concéda-t-il d'un ton calmé par la marque que je venais de lui donner de ma compréhension. Je veux bien les laisser produire et jouer mes pièces, puisqu'il le faut... Mais je ne veux plus les connaître... Qui que vous soyez pourtant, reprit-il après avoir observé un bref silence et en affectant tout à coup une cordialité allègre qui contrastait avec ces étranges propos de bienvenue, considérez-vous chez vous dans la maison du malheur ! »

Nils me conduisit au salon pour m'y présenter à Mme Ragnarsson. Elle s'y tenait avec ses filles — j'en dénombrai précipitamment six — qu'elle avait disposées autour d'elle à la manière d'un chœur. C'était un spectacle charmant en effet que cette pléiade de femelles claires comme les nuits d'été, qui semblaient illustrer, de la petite enfance de la benjamine à la maturité resplendissante de la mère, tous les âges de la beauté scandinave. Elles gardèrent la pose jusqu'à ce qu'on vienne annoncer à Mme Ragnarsson qu'elle était servie.

Le dîner fut sinistre. Mme Ragnarsson ayant demandé à son mari, avec une pointe d'ironie dérisoire, me sembla-t-il, comment se présentait son troisième acte, il lui répondit en ricanant : « Par le siège ! » et lui reprocha de faire des métaphores de sage-femme. Puis, il lui fit remarquer d'un ton sévère que la discussion de son travail ne lui paraissait pas un sujet propre à s'insérer dans les banalités de table entre la poire et le fromage. Il voulait bien l'informer néanmoins que le troisième acte, pas plus que les deux précédents, ne contiendrait de rôle pour elle et que si elle voulait remonter sur les planches, elle n'avait qu'à jouer Ibsen ! Ce préambule cinglant fut cause que personne n'osa s'aventurer le premier à proférer de ces banalités de table auxquelles il avait été fait allusion et qui auraient peut-être détendu l'atmosphère.

Le dîner se déroula dans le silence, à l'exception de quelques brèves observations adressées par Mme Ragnarsson à la plus jeune de ses filles, sur la façon convenable de manier sa fourchette. Cette ribambelle d'enfants, que l'on se serait attendu à voir exubérantes et qui gardaient le nez dans leurs assiettes, cette maîtresse de maison aux yeux embués de larmes, cet invité consterné, évoquaient assez les convives d'un repas mortuaire où, à part l'homme au regard absent qui présidait au bout de la table, tout le monde eût porté le deuil en blanc. Je me risquai pourtant à faire un compliment à Mme Ragnarsson ; je venais de me rappeler l'avoir vue sur scène, dix ans plus tôt, dans *la Reine Marguerite* d'Oehlenschlaeger, lorsque le Théâtre Royal en tournée avait joué à Söderköping. Je lui dis avoir gardé de cette représentation un souvenir impérissable. C'était presque vrai, à ceci près qu'il s'agissait d'un souvenir d'ennui, car j'appréciais peu l'œuvre du grand romantique danois. Mme Ragnarsson me remercia sans mot dire d'un sourire crispé. Je surpris un coup d'œil inquiet entre Marianne et Nils et j'eus le pressentiment que je venais de commettre un impair. L'ancienne carrière d'actrice de Mme Ragnarsson, j'allais l'apprendre trop tard, était un sujet tabou. Mon évocation malheureuse coïncidait avec l'arrivée du dessert en l'espèce d'un compotier de fraises. Or le domestique qui l'apportait n'était pas celui qui nous avait servis jusque-là ; il avait dépêché à sa place un jeune garçon de cuisine assez rustique d'apparence et qui, ignorant l'ordre de préséance, présenta tout bonnement le plat à la personne qui se trouvait le plus près de la porte par laquelle il était entré, c'est-à-dire à Ragnarsson.

« Servez d'abord la baronne ! » lui intima ce dernier en désignant sa femme.

Mme Ragnarsson eut un haussement d'épaules agacé.

« Quoi ? protesta l'auteur dramatique avec une fausse candeur. Cela vous ennuie que je vous donne votre ancien titre ? Vous étiez pourtant bien baronne quand je vous ai connue... »

Mme Ragnarsson se leva brusquement en jetant sur la table sa serviette qui renversa un verre. Elle s'enfuit en appuyant son mouchoir contre ses lèvres pour contenir des sanglots d'exaspération que nous entendîmes éclater sitôt qu'elle fut hors de la pièce. Marianne se leva à son tour pour la suivre, non sans avoir lancé à Ragnarsson un regard de reproche auquel il répondit par une mimique accablée avant de conclure : « Qu'ai-je donc encore dit qui a contrarié ta mère ? »

« Tu comprends à présent pourquoi je n'ai pas trop insisté lorsque tu m'as déclaré que tu préférais habiter à l'hôtel ? me dit Nils en me raccompagnant en ville. Je savais que tu y serais en tout cas plus tranquille qu'en demeurant avec nous. Et tu n'es même pas tombé sur un jour exceptionnel, c'est ainsi constamment. Depuis que nous sommes arrivés, Marianne et moi, je ne crois pas avoir assisté à un seul repas de famille qui ne se soit terminé par des larmes ou des imprécations. Ma belle-mère est assez magnanime pour excuser son mari. Elle prétend que lorsqu'il s'ingénie à la pousser à bout, comme tu l'as vu faire tout à l'heure, ce n'est au fond que pour puiser dans une scène de ménage des idées qu'il met dans sa pièce. Il s'agit d'un homme et d'une femme qui se disputent pendant deux actes et divorcent au troisième. La malheureuse craint que la fiction ne prépare la réalité. Car elle reste attachée à lui en dépit de ce qu'il lui fait supporter ; et lui aussi, à sa manière abominable, je crois qu'il l'aime toujours. Ils n'ont pourtant pas été heureux ensemble. Marianne m'a confié qu'elle pouvait se rappeler des éclats semblables entre ses parents, aussi loin que sa mémoire portait. Elle ne m'a jamais dit dans quelle mesure son enfance et sa jeunesse en avaient été affectées, mais on le devine aisément. Quand je lui ai demandé de m'épouser, je soupçonne que la perspective d'échapper enfin à ce climat empoisonné a été pour quelque chose dans son consentement ; ce n'est pas drôle de vivre sous la tutelle d'un monstre et d'un tyran, même s'il se trouve qu'il a du génie, ce que je ne lui conteste pas. Il le sait bien d'ailleurs ; le génie lui a été donné en partage comme une malédiction personnelle, c'est ainsi qu'il lui plaît de voir les choses, c'est ainsi également qu'il se justifie de réprimer sans pitié les aspirations artistiques de ses proches. Il a contraint sa femme à abandonner le théâtre dont elle continue à se languir ; il lui répète sans cesse qu'elle ne pourrait plus prétendre qu'à l'emploi comique de la vieille coquette... T'ai-je dit de quelle détermination Marianne a fait preuve, dès le début de notre mariage, pour m'exhorter à peindre à nouveau ? J'ai fini par déceler dans son insistance un désir de revanche dont elle n'est peut-être pas même consciente. Car elle a manifesté autrefois des dons certains et Ragnarsson s'est employé à les combattre. Non seulement il s'est opposé à ce qu'elle étudie le dessin avec un maître, mais quand il s'est aperçu qu'elle persistait à travailler en cachette, il est allé jusqu'à lui confisquer ses crayons. Il te dira volontiers que s'il existe quelque chose de plus bas que l'artiste, dans l'échelle humaine, ce ne peut être que le romancier, auquel seul l'auteur dramatique pourrait en remontrer encore en ignominie. D'après lui, il n'y a que les métiers manuels qui élèvent l'homme, à condition toutefois qu'ils ne requièrent qu'une habileté mécanique, que l'on n'ait pas à y faire usage d'imagination. Il a décrété un beau jour que sa fille serait infirmière. Quand j'ai rencontré Marianne, elle faisait son apprentissage dans un hospice de vieillards où elle vidait les vases de nuit. Tel en avait décidé Ragnarsson dans une illumination. C'était ce qu'il appelait *la protéger contre elle-même !* »

Je m'informai encore de savoir pourquoi Ragnarsson surnommait sa femme *la baronne* et pourquoi cette dernière semblait l'entendre comme une injure.

« C'est parce que, lorsqu'il a fait sa connaissance, m'expliqua Nils, elle était mariée à un baron finnois. Il semble que la passion se soit déclarée au premier regard, entre Ragnarsson et elle. Ils n'étaient pas gens à ne pas y céder. Ils se sont enfuis, poursuivis par des policiers que le cocu avait lancés à leurs trousses. Le divorce a paraît-il provoqué un énorme scandale : une comédienne célèbre qui quittait un mari richissime pour un petit écrivaillon obscur, car il n'était rien de plus, à l'époque. Pendant deux ou trois ans, elle a dû courir le cachet à travers les provinces en le traînant dans ses bagages. Le baron, rancunier, s'était servi de ses relations pour lui faire interdire les grands théâtres de Stockholm. Aujourd'hui, Ragnarsson s'est pris à l'égard de cet homme d'une jalousie rétrospective, comme si sa femme l'avait trompé avec lui avant qu'il ne la connaisse. C'est triste, quand on y songe, conclut Nils, que des amours pareilles finissent si misérablement. »

Mais en énonçant ce cliché frappé au sceau de son incurable romantisme, sa voix marquait seulement la pitié distante d'un homme certain que ses propres amours sont à l'abri d'un dénouement semblable.

Devant l'hôtel, comme nous nous disions bonsoir, mon camarade retint la main que je lui avais tendue et, pendant un instant, parut chercher ses mots pour une déclaration grave.

« Je n'en crois pas encore mes yeux de te voir ici, murmura-t-il enfin. Jusqu'à la dernière minute j'ai douté que tu viennes. Tout à l'heure, à la gare, j'en avais le souffle coupé. C'était la joie de te retrouver, bien sûr, mais aussi la joie d'éprouver que tu m'avais pardonné... »

J'avais envisagé une telle scène d'explications émues, je m'y étais préparé. Mais comme elle ne s'était pas produite à mon arrivée, je m'étais mis à espérer que j'allais en être quitte. A présent, elle me prenait de court et je demeurais figé par l'espèce de terreur que m'inspirent toujours les transports sentimentaux. Heureusement, je compris que Nils n'attendait de moi aucune réponse, que ma muette passivité lui suffisait. S'apercevait-il même de mon absence de réaction ? L'opération qui consiste à ouvrir son cœur demande une concentration entière chez celui qui l'accomplit, il n'a guère le loisir d'être attentif à autre chose.

« Si tu savais, poursuivit Nils, combien de fois je t'ai écrit ! Et puis il me revenait à la mémoire mon attitude abominable lors de notre dernière rencontre, à Stockholm, les mots cruels que je t'avais dits alors. Toi non plus tu ne pouvais pas les avoir oubliés... Je ne terminais jamais la lettre. Je finissais par me persuader que ton absence, c'était ma punition, qu'il ne fallait pas que je m'y dérobe. Mais tout a changé à cause de Marianne. Son amour a fait de moi un homme nouveau. Et celui-là ne voulait plus se résigner à vivre sans ton amitié. »

Les années de notre séparation, Nils les avait donc employées à se convaincre qu'il avait eu envers moi tous les torts. Et je devinais qu'il s'était arrangé pour souffrir davantage de cette culpabilité illusoire, que je n'avais souffert moi-même de mes remords fondés. J'en étais désolé et irrité à la fois. Car un des effets de sa généreuse amnésie, quant au rôle que j'avais joué dans les événements cause de notre rupture, était de me dénier tout droit à un pardon qui m'aurait rasséréné, en même temps qu'il aurait permis à notre relation de se rétablir sur des bases équitables La magnanimité mal inspirée de mon camarade m'affligeait doublement ; comme une injustice et comme une erreur.

Ce soir-là, malgré l'épuisement du voyage, j'eus du mal à m'endormir. Les retrouvailles avec Nils et surtout la scène sur laquelle nous venions de nous quitter m'avaient étourdi. J'évoquai un moment quelques fantômes de notre passé ; Lodovica et Leontine Gieselach dont je comprenais qu'il ne serait plus jamais question. Puis, à la faveur d'une torpeur croissante, elles cédèrent la place à de furieuses ombres blanches que je croyais voir s'agiter autour de moi et qui me ramenaient les commotions de la soirée chez les Ragnarsson. L'air saturé de drame que j'avais respiré là-bas me semblait plus vivifiant que celui de la mer.

J'accompagnais Nils et Marianne dans les excursions qu'ils improvisaient de jour en jour. Nils s'était assuré en alternance les services d'une voiture automobile et d'un canot à moteur. De cette manière, nous prenions tantôt la route et tantôt la mer; nous partions à la recherche de villages typiques ou de criques perdues. Nous ne négligions pas non plus les sites et les lieux fréquentés par les touristes. Nous nous baignions à Lauterbach et à Thiessow, nous faisions souvent halte à la terrasse du Fürst Blücher, pour le thé, un orchestre y noyait le bourdonnement de la foule estivale sous des valses guillerettes de Benatzky et sous les syncopes neurasthéniques des premiers tangos argentins. Un après-midi, nous montâmes au sommet de la tour du Jagdschloss d'où l'on apercevait la côte de Poméranie, par-dessus les cimes des hêtres. On ne voyait pas Prerov, bien que tout proche, observa Nils, car la pointe du Mecklembourg faisait écran, et ce fut sa seule allusion à nos vacances lointaines.

J'aurais imaginé des jeunes mariés plus jaloux de leur intimité, plus avides de solitude à deux, que ne l'étaient Nils et Marianne. La discrétion m'incitait à leur mesurer ma présence, mais ils combattaient cette discrétion et je sentais bien que leurs protestations n'étaient pas que de pure politesse. J'entrevoyais que je leur étais nécessaire. C'était moi du coup qui ne me sentais plus libre et qui aspirais à des moments de solitude. Pourtant leur entente était parfaite, mais c'était justement cette perfection que n'entachait jamais une ombre passagère qui faisait parfois s'interroger. Elle ressemblait à l'harmonie que s'appliquent à entretenir dans leurs relations deux personnes forcées par les circonstances à une intimité provisoire, qui savent que tout les sépare et n'en appréhendent que mieux de quel retentissement fatal serait l'aveu entre eux du moindre désaccord. *Tout* ne séparait pas Nils et Marianne, mais rien ne les unissait vraiment non plus, qu'une sorte de fuite en avant, à l'aveuglette, dans laquelle ils se donnaient la main.

Sans doute Nils aimait-il Marianne, mais il ne devinait d'elle que peu de chose; sans doute aussi croyait-elle l'aimer en retour, mais elle voulait ignorer que c'était moins pour lui-même tel qu'il était, que pour ce qu'elle espérait de lui et *par* lui. Lui, l'effervescence qu'elle mettait dans leur vie le saoulait délicieusement. Il applaudissait à ses initiatives aventureuses, à ses coups de tête, s'émerveillait des curiosités qu'elle s'inventait, s'enthousiasmait des projets qu'elle formait pour l'avenir et qu'il faisait aussitôt siens. Il s'était accroché à la queue d'une vivante petite comète lancée de toute sa puissance dans une course aux surprises. Il ne s'apercevait pas que cette précipitation joyeuse de Marianne donnait déjà des signes de tourner à vide. Il ne comprenait pas qu'elle n'attendait que de lui seul quelques-unes des surprises qu'elle semblait chercher partout ailleurs si fébrilement. Ou peut-être le comprenait-il au contraire, mais il se savait incapable de surprendre, seules la docilité et la complaisance étaient dans ses cordes.

Une requête que me faisait souvent Marianne dépeint son attitude profonde et résume le rôle que Nils et elle, à mon insu, m'avaient assigné auprès d'eux ; elle me disait : « Distrayez-moi... » Quand nous nous connûmes mieux, c'est par cette injonction affectueuse qu'un jour elle passa soudain au tutoiement et ce « Distrais-moi » me sembla, je ne sais pourquoi, un ordre plus irrésistible.

Elle voulait que je lui parle de Berlin, que je lui décrive en détail le Café des Westens et sa faune. Elle m'interrogeait sans fin au sujet d'Elisabeth et de Pasewalk, elle voulait entendre encore le récit de notre odyssée à travers l'Allemagne, ses péripéties les plus sordides l'enchantaient surtout. Je remarquai, en revanche, que même lorsqu'il nous arrivait de nous trouver seuls, elle ne me demandait jamais d'évoquer l'époque correspondant au séjour de Nils. Était-ce que, par Nils lui-même, elle en avait déjà appris l'essentiel, ou bien réservait-elle sa curiosité tout entière à « la période héroïque » qui avait suivi ? Par ses questions, je comprenais qu'elle trompait son impatience, à la manière des enfants transportés à l'idée d'aller pour la première fois au théâtre et qui se font à l'avance raconter la pièce et décrire les décors. Elle avait résolu de passer à Berlin le prochain automne et peut-être aussi l'hiver. Nils, à son accoutumée, avait acquiescé.

« J'ai hâte d'y être, disait Marianne, nous partirons tous ensemble dès septembre. Car, d'ici là, tu restes avec nous, on ne te lâche plus ! »

Et Nils, dont elle sollicitait l'appui contre mes protestations molles, se dépêchait de renchérir qu'il ferait beau voir que j'essaye de leur fausser compagnie !

Je n'étais venu que pour quinze jours, je restai plus de six semaines, j'en profitai pour peindre un grand portrait de Ragnarsson. Comme autrefois le maître Fackelmann, Ragnarsson m'avait séduit par son comportement odieux et le peu de cas qu'il faisait de moi. Il arrivait que lorsque je me trouvais en sa présence, je ne puisse détacher mon regard de son visage, fasciné par la puissance que donnaient à ses traits délicats et jadis avenants la hargne et les tourments. Je m'étais enhardi jusqu'à lui demander de bien vouloir poser.

« Pourquoi ? s'était-il enquis d'un ton sarcastique qui n'excluait pas un soupçon de fatuité. Vous me trouvez donc si beau que ça ? »

J'avais répondu avec diplomatie — car si les hommes ne détestent pas qu'on soit sensible à leur apparence physique, à l'inverse des femmes ils ont l'hypocrisie de ne pas vouloir l'entendre — que lorsque l'on peint un portrait, c'est *l'âme* qu'on cherche à saisir.

« Dans ce cas, avait-il dit, puisque vous êtes sourcier, vous devriez faire le portrait de la baronne, et si vous lui trouvez une âme, soyez aimable de m'en avertir ! »

Mais il avait fini par accepter de poser chaque matin pendant une heure, celle qu'il consacrait à dicter à un secrétaire des lettres de récriminations et de menaces à l'adresse des directeurs de théâtre où se jouaient ses pièces.

Tout en travaillant, je dégustais au passage les fleurs de rhétorique de sa verve acide. Car le style ne perd pas ses droits dans l'invective passionnée et celui de Ragnarsson atteignait à une sorte de quintessence, faisant éclater la colère et l'amertume en ellipses si fulgurantes que le malheureux secrétaire s'en interrompait parfois d'écrire, comme tétanisé par ces soudaines décharges de violence que devait conduire sa plume. Les mots avaient aussi le pouvoir de réactiver chez Ragnarsson les sentiments qu'ils s'employaient à traduire. Dans le moment où il les exprimait, il s'abandonnait à nouveau à ses indignations et à ses fureurs, elles tremblaient dans sa voix, elles lui faisaient monter des larmes aux yeux. S'il en venait à donner des indications de mise en scène ou de jeu, l'analyse qu'il improvisait alors des caractères de ses personnages laissait entrevoir ce qu'il avait projeté en eux de lui-même et la part qu'il continuait à prendre à leurs états. De cette façon, Ragnarsson se dévoilait devant moi, mais se dérobait dans le même mouvement sous la multiplicité et la diversité de ses humeurs. Je m'appliquais à fixer quelque chose de chacune. La conception que je m'étais faite a priori de ce que devrait être le portrait du dernier

« grand naturaliste » suédois, s'effaçait peu à peu, brouillée par l'afflux de tant de révélations contradictoires. Je m'effaçai à mon tour, me contentant de jouer le rôle d'un médium, me bornant à les laisser s'inscrire sur la toile à mesure qu'elles me frappaient. Ragnarsson le comprit, quand il vit le tableau achevé. Il me rendit grâce de n'avoir pas cherché à peindre une *âme* cohérente là où il n'y avait, il était bien obligé d'en convenir lui-même, qu'un désordre d'âme. Il ajouta qu'il était fort peu sensible aux représentations de l'art mais que j'avais fait mieux que cela et que le tableau s'approchait assez de ce que la science médicale nomme un portrait clinique.

La perspicacité diagnostique qu'attestait mon œuvre lui inspira de se livrer plus avant, de se confier à moi comme il aurait fait à un médecin qui ne lui avait pas caché la vérité sur son état. Comme il s'était habitué à nos séances quotidiennes et qu'à s'interrompre elles lui auraient manqué, il imagina pour poursuivre ses confidences le prétexte d'un second portrait.

« Je sais bien, me disait-il, qu'on me fait la réputation d'un tyran domestique et je me rends compte dans quelle mesure je l'accrédite par mon attitude ordinaire. Mais ne vous y trompez pas, ce sont eux les plus forts. Et ils puisent justement dans le sentiment de leur supériorité les ressources de cette sainte patience qu'ils m'opposent en apparence. Ils ont dû vouloir vous y convertir aussi. Je connais leur stratégie ; il s'agit de me faire passer pour un fou inspiré, de s'arranger pour que toute résistance se dérobe devant moi, c'est une façon ingénieuse de ridiculiser mes emportements légitimes, de me donner toujours l'air de don Quichotte contre les moulins... Je suis dans leur piège. Au fond, il y a des années que je désire m'enfuir. Mais au début, ce désir m'effrayait, je le combattais, j'ai perdu ainsi le plus clair de mes chances. Car de leur côté, ils assuraient leur prise, je voyais s'agrandir le cercle de nos relations utiles, s'édifier mon personnage social, s'installer des maisons, y naître des enfants. J'assistais à tout cela, horrifié, avec l'impression de n'y être pour rien... A présent, je les ai quittés, en secret. Parfois même, je suis saisi de les voir autour de moi, ils m'apparaissent si incertains, si anachroniques, ces transfuges d'une autre vie, ces erreurs... Ma femme vous dira que je la torture à plaisir. C'est sans doute vrai, mais les avanies que je lui inflige sont le seul moyen qui me reste de lui reconnaître encore un peu d'existence et de le lui manifester. Bientôt je cesserai de les lui infliger, alors, quand nos regards se rencontreront, elle pourra lire dans le mien la surprise que j'éprouverai à voir une revenante surgie d'une hallucination.

« C'est dans mon travail que je leur échappe le mieux, quelques heures par jour. C'est encore trop, ils me traquent, ma femme conduit la battue. Elle y est devenue très experte. L'autre jour, je m'étais attardé à terminer une scène difficile qui venait enfin. On aurait dit qu'elle le sentait. Elle sait aussi que dans de tels moments la moindre interruption me fait perdre à coup sûr le bénéfice de plusieurs heures de concentration. C'est bien ce qu'elle escomptait quand elle m'a dérangé sous le prétexte qu'une de nos filles avait la fièvre et qu'elle me réclamait. Or je connais suffisamment mes enfants pour savoir que, même à l'article de la mort, il ne viendrait à l'esprit d'aucun d'eux de me réclamer. C'était elle qui en avait soufflé l'idée à la malheureuse. Je n'avais plus que le choix de rater mon acte ou de passer pour un père dénaturé.

« Elle est férocement jalouse. Autrefois, elle l'était des comédiennes qui me jouaient. Elle se mêlait derrière mon dos de leur donner des conseils d'interprétation, dans le but de les rendre mauvaises et de m'inciter à les remplacer. Cela a duré jusqu'au jour où je lui ai fait comprendre que d'avoir épousé une comédienne me dissuadait à jamais d'en approcher une autre, fût-ce avec des pincettes. Ensuite elle est devenue jalouse de mes pièces. Elle ne voit aucune objection à gaspiller en luxe inutile l'argent qu'elles me rapportent, mais elle les déteste pour le plaisir qu'elle me soupçonne de prendre à les écrire. C'est à ce plaisir au moins qu'elle voudrait que je renonce, comme elle a renoncé à sa carrière, pour l'amour de moi, prétend-elle. Ce qui est faux. Elle n'y a renoncé que parce que sa gloire était sur son déclin. Un tel renoncement aurait pu être élégant, de sa part, si un souci mesquin de profit ne lui avait pas inspiré d'essayer d'en retirer quelque chose. Elle a décidé alors qu'elle me sacrifiait les succès qu'elle n'avait plus. C'était une manière de s'ouvrir un crédit, de gagner le droit de me demander en retour un sacrifice équivalent. Depuis, elle m'accable de ses revendications et comme elle a dressé ses enfants à faire de même, je suis le prisonnier d'une tribu de créanciers. N'allez pas croire qu'ils n'aient que des exigences matérielles. C'est bien autre chose qu'ils veulent. Chacun d'eux médite quelque brillante carrière, car ils ne doutent pas un instant que le génie soit transmissible, et s'il s'avère qu'il ne l'est pas après tout, ce sera encore ma faute, je les aurai spoliés de quelque chose. Ma femme trompe son désœuvrement à organiser par avance l'exploitation de ce fabuleux patrimoine génétique La plus jeune de mes enfants, qui n'a que cinq ans, se prépare déjà à triompher dans *Hedda Gabler*. Sa mère l'encourage d'autant plus dans cette vocation théâtrale qu'elle n'ignore pas que j'y suis opposé, et elle l'entraîne à des exercices de singe savant devant l'armoire à glace de la nursery. Une autre s'était mis en tête de devenir peintre. Je ne doute pas qu'il s'en trouve une encore, dans le lot, chez qui sommeille la romancière à succès, puisque le succès fait partie de leur héritage et que, comme le talent, je le leur dois... Croyez-en mon expérience infortunée, si vous soupçonnez l'existence en vous ne serait-ce que d'une once de génie créateur, prenez l'habitude d'éjaculer dans le creux de votre main. Les gens comme nous ne perpétuent pas le meilleur de l'espèce humaine ; nous n'engendrons jamais que des ayants droit. »

Vers la fin du mois d'août, les préparatifs de départ commencèrent à remplacer les randonnées en voiture et en canot. Marianne aidait sa mère à fermer la maison. Nils fit un saut à Stockholm, le temps d'y régler quelques affaires en perspective d'une longue absence. Il ne repasserait dans l'île que pour y chercher Marianne et nous ferions tous ensemble le voyage de Rügen à Berlin, comme il avait été convenu.

« Qu'est-ce que j'apprends ? me dit Ragnarsson lors d'une de nos dernières séances de pose. Vous les laissez vous accompagner, vous accaparer ? Méfiez-vous qu'ils ne vous dévorent. Ils auront tout leur temps pour cela, puisqu'ils n'ont rien d'autre à faire. Vous choisissez mal vos fréquentations ; ce n'est pas la société de ces deux-là qui vous sera bénéfique. Lui est un mou, de l'espèce des voluptueux contemplatifs. Il a peut-être le talent que vous dites, mais il n'en fera jamais rien. Quant à elle, elle est trop ma fille, malgré tout, pour que je ne la devine pas plus nocive encore. Pour le moment, sa turbulence lui donne un grand charme, on en oublie parfois de quel désordre incurable elle est le symptôme. Elle usera de ce charme contre vous et vous n'y résisterez pas. Elle vous convertira à son mode de vie qui est la dispersion. J'ai été le premier à percevoir le tour hystérique et instable de sa nature, le premier à m'en inquiéter. Confiant dans le principe que les accomplissements admirables ne sont pas le résultat de nos fragiles et tièdes qualités, mais l'expression sublimée d'un vice de tempérament où nous puisons autrement d'énergie, j'ai imaginé de canaliser ce défaut et de le faire servir à une cause. Si Marianne était devenue infirmière, comme je le souhaitais, je n'aurais pas désespéré qu'il se transforme à la longue en une exaltation de dévouement. Les misères naturelles étant sans limites et sans fin, elle aurait peut-être trouvé une sorte de paix à s'employer à les soulager. Elle a gâché cette chance. Elle ne trouvera pas ailleurs ce qu'elle cherche et qu'elle ne connaît pas. Comme elle manque de l'humilité qui permet de se résigner à vivre pour rien, elle sera à jamais une espèce de mystique en quête de croyance, brûlant la ferveur sans objet qui est en elle, dans une agitation toujours plus intense et plus vaine. »

Une fois encore nous retrouvions la gare de Stettin, la douceur nocturne du début d'automne, la théorie des fiacres dans Invalidenstrasse, l'odeur et les bruits de la ville. Comme au soir lointain où nous étions arrivés là tous les deux, Nils et moi, nous nous immobilisions sous le grand portique et nous guettions chez Marianne les signes de cette même griserie qui nous avait saisis avec la première bouffée de Berlin.

Pour moi, c'était une sensation bien différente que j'éprouvais à présent. Le hasard qui me replaçait, à des années de distance, dans les mêmes lieux, à la même heure, à la même saison, me faisait mesurer en un éclair l'écoulement du sablier qui comptait mon temps intime. La révélation était plus déconcertante de ce que, autour de moi, rien ne confirmait cet égrènement impalpable. Moi seul avais varié, moi seul avais changé ; encore n'était-ce qu'imperceptiblement puisque, l'apparence de la jeunesse s'attardant, je n'avais même pas tout à fait fini de ressembler à celui que j'étais alors. Le vertige dont je faisais l'expérience, chacun l'éprouve un jour ou l'autre à la faveur d'un de ces innombrables retours qui jalonnent les vies ordinaires. On devine qu'il est sans remède, on le souffre en silence. Mais c'est par lui que nous commençons doucement à nous séparer du monde. L'intuition que nous n'existons pas sur le même rythme — ce que nous avons toujours su, mais jusque-là sans y croire —, que l'univers immuable qui portait déjà nos primes élans, marque la rupture. Le leurre de pérennité machiné pour notre bénéfice, dans le paysage des villes et des foules familières, par l'incessante substitution du semblable au semblable, nous fait sentir par contraste à quel mouvement nous sommes en proie. Nous entrevoyons que ce que nous appelons tranquillement notre vie n'est en dernier ressort, sous les masques successifs des diversions illusoires qu'on s'invente, que le passage de ce sable immatériel.

Devant Berlin qu'elle découvrait, Marianne témoigna du ravissement que nous avions espéré. Nils, pour dissimuler l'émotion que lui causait ce retour dans une ville qu'il avait aimée, affecta l'aplomb assez pathétique du provincial qui se targue d'une vieille connaissance avec la capitale, mais s'y perd à chaque tournant, confond les noms des rues, ne sait plus où mènent les autobus. Quant à moi, je rentrais simplement chez moi. Depuis longtemps, il est vrai, Berlin ne me semblait plus *l'étranger,* mais je n'avais jamais perçu comme en cet instant à quel point mon existence s'y était ancrée. J'avais cessé d'être suédois, je n'étais pas allemand, j'étais pourtant berlinois. J'accueillais avec mélancolie encore cette nouvelle révélation. Je devinais trop bien, pour me réjouir de cette assimilation parfaite, ce que mon premier enthousiasme à l'égard de cette ville avait dû au sentiment de n'y être attaché que par un lien incertain et provisoire.

La présentation des Rydqvist au Café des Westens eut lieu dès le lendemain. Je ne sais ce qui m'avait autorisé à espérer que Schnabel, Hornig et Libbenow fêteraient avec transports le retour de Nils. Ils ne lui marquèrent qu'une cordialité qu'on sentait de pure politesse et, passée l'évocation laborieusement enjouée des souvenirs de l'atelier Fackelmann, ces artistes conscients du chemin parcouru depuis lors juqu'à leur position présente ne trouvèrent rien de plus à dire à un amateur qui, pendant le même temps, avait vécu de ses rentes.

Les Pasewalk agirent plus mal encore en manifestant à Nils une condescendance méfiante. Une telle attitude ne le visait pas à titre personnel ; la méfiance des Pasewalk s'exerçait à l'égard de tout nouveau venu sans discrimination. Ils avaient contracté cette maladie symptomatique des absolutismes menacés que l'on définit sous le nom d'espionnite, et sa qualité d'ancien membre de notre groupe ne suffisait pas à disculper à leurs yeux l'inconnu que je leur amenais du soupçon d'être, au mieux un intrigant, au pire, l'agent de quelque faction séditieuse de l'avant-garde. En outre, la présence de Marianne indisposait Elisabeth pour une raison qui n'avait rien à voir avec la politique expressionniste ; elle se savait abondamment trompée et s'était mise à voir en toute jeune femme une rivale heureuse en puissance. Cet état de choses lui avait d'ailleurs donné l'idée d'un nouveau sketch que les Pasewalk jouaient pour leur tablée du Westens. Elisabeth entreprenait Pasewalk sur le sujet de ses bonnes fortunes. Celui-ci niait avec une véhémence burlesque qui faisait partie de la pantomime. Elisabeth, hors d'elle, l'assurait alors que si elle le surprenait avec l'une de ses maîtresses, elle les abattrait tous les deux comme des chiens. Elle exhibait le petit revolver qu'elle avait acheté en vue de cette éventualité et qu'elle gardait toujours dans son sac. Pasewalk l'exhortait à ranger l'arme en lui remontrant que, maladroite comme il la connaissait, elle pourrait blesser quelqu'un. Il se risquait enfin à essayer de le lui arracher et Elisabeth résistait en poussant des cris. Ces dangereuses manipulations avaient lieu au su et au vu d'une centaine d'habitués qui n'y prêtaient plus attention. Le divertissement aux allures d'impromptu sembla amuser Marianne, il lui donnait la sensation d'être au spectacle. Pour ma part, il m'affligea et je me demandai si quelque chose survivait encore de l'Elisabeth que j'aimais, de la vagabonde, de l'illuminée, dans ce pitre sans pudeur que j'avais sous les yeux.

Nils ne chercha plus à revoir ses anciens camarades et, après cette première entrevue, Marianne n'émit pas le désir de retourner au Westens. Ni l'un ni l'autre ne me dirent rien de leur désappointement mais, par un accord tacite, nous nous tînmes à l'écart des cercles d'artistes. Je passais tout mon temps en leur compagnie et nous eûmes, sur un rythme touristique, quelques semaines qui me donnèrent l'impression de prolonger les vacances de Rügen. Je visitai avec eux des musées où je n'étais pas entré depuis des années ; nous fîmes l'excursion de Potsdam et même, avec le sentiment, pour Nils et pour moi, d'accomplir un pèlerinage, nous reprîmes nos anciennes randonnées en tramway à travers la ville, d'un terminus à l'autre.

Nils s'accusait parfois de distraire à son profit des journées que j'aurais dû consacrer à des occupations plus sérieuses, comme la préparation de la prochaine exposition de *la Gare de Wannsee*. C'était vrai, mais je n'étais pas encore rassasié de ce répit à ma vie ordinaire dont le séjour de Nils et de Marianne m'offrait le prétexte, et je laissais aller les choses avec une insouciance qui m'étonnait tout le premier. Comme on ne me voyait plus au Westens, il me revint aux oreilles l'explication que les Pasewalk y donnaient de mon absence : j'avais renoncé à la peinture pour me faire le cicérone de provinciaux en voyage de noces.

L'exposition du groupe eut lieu comme d'habitude à la galerie Pasewalk au début d'octobre. Le retour de cet événement annuel m'intéressait tout à coup si peu qu'il fallut la lecture des comptes rendus de presse pour me faire réaliser la signification nouvelle qu'il venait de prendre. Notre récent accrochage, l'éditorialiste de *Caliban* en convenait avec ses confrères, marquait l'accomplissement d'une phase car, s'il ne fallait rien retrancher aux éloges qu'on nous avait toujours prodigués, si même on pouvait noter qu'un subtil processus de maturation de nos qualités intrinsèques se faisait jour à travers nos dernières toiles, chez chacun de nous simultanément, on était pourtant fondé à s'interroger sur ce qui justifiait encore la réunion à la même enseigne d'artistes dont les chemins divergeaient désormais d'évidence. La critique, avec ensemble, nous faisait grief de notre dénomination collective, comme si celle-ci avait constitué un passe-droit à des faveurs spéciales.

Sans doute aurais-je dû comprendre que notre aventure commune finissait là et me réjouir, au fond, qu'un diktat de journaliste, plutôt que notre volonté formelle, lui impose un terme. Mais je manquais du courage qui m'eût permis cette clairvoyance et cette sagesse.

Marianne, vers cette époque, se remit à donner des signes de fébrilité et à caresser de nouvelles perspectives de voyage. L'accueil qu'avaient reçu les Rydqvist au Café des Westens et leur subséquent bannissement de fait de la scène de l'avant-garde n'était pas, elle me l'assura, la cause de ses désirs de départ. D'ailleurs, dans ce domaine, depuis peu, les choses étaient en train de se modifier car j'avais eu l'idée de présenter Marianne à Arabella Schnabel et cette dernière, envisageant le parti mondain qu'elle pourrait tirer du lignage d'une telle recrue, avait décidé de faire de la fille de Ragnarsson le clou de ses réceptions de l'automne. Marianne se défendait d'être déçue par Berlin. Elle n'en était pas même positivement lasse. Au contraire, elle s'était prise à aimer cette ville telle que Nils et moi, nous la lui avions fait voir, et elle se déclarait enchantée des accointances formées, sous l'égide de Frau Schnabel, avec quelques poètes hirsutes qui confiaient l'expression de leur génie à des langues aussi exclusives que le lituanien ou le bulgare. Mais il lui apparaissait que ville et gens n'étaient encore qu'un reflet prometteur, un avant-goût trop ténu pour qu'elle s'y attarde davantage, de lieux et de rencontres plus extraordinaires qui l'attendaient ailleurs. En l'écoutant, je songeai aux prédictions de Ragnarsson.

Paris était la ville dans laquelle Marianne mettait à présent ses espoirs. Une grande rétrospective des œuvres de Cézanne devait s'y tenir chez Vollard vers la fin de l'année. Les Rydqvist fixèrent la date de leur départ en fonction de cet événement dont ils prirent aussi prétexte pour me persuader de les accompagner.

J'étais sans projets personnels et cette disponibilité dont j'avais perdu l'habitude me rendait vulnérable à la tentation de fuir. Je me surpris à accepter presque aussitôt. Il peut paraître insensé que je n'aie pas hésité à tout planter là au moment précis où ma carrière donnait des signes de s'engager dans un tournant capital. Je ne puis l'expliquer autrement que par une relâche inopportune de ma nature inquiète qui, pour une fois, ne me faisait pressentir aucune urgence. Je ne pouvais pas non plus me résoudre à l'idée d'être séparé de Nils et de Marianne. Je comprenais que notre intimité de ces derniers mois était plus qu'un intermède dans mon ancienne manière de vivre ; elle m'avait désintoxiqué de la routine des cafés et des cénacles, révélé la mesquinerie des manigances qui s'y tramaient et que je ne pouvais plus confondre avec le mouvement du monde. Une solitude que je redoutais par-dessus tout m'apparaissait devoir être la sanction d'une telle prise de conscience, dès que je serais privé de la compagnie des Rydqvist.

A Paris, nous commîmes d'emblée deux erreurs. La première fut de nous loger dans un hôtel du boulevard Raspail, en plein cœur de Montparnasse. La seconde, de ne pas observer vis-à-vis de la petite colonie d'artistes allemands et scandinaves qui tenait ses états au Café du Dôme la même réserve qu'à l'égard des milieux de la bohème berlinoise. Ma réputation nous ouvrit ces positions avancées de l'empire expressionniste, en même temps qu'elle excita contre moi a priori la jalousie et la méfiance de ceux qui les défendaient. C'étaient, regroupés autour d'Hans Purrmann, quelques peintres de second ordre qui se donnaient à Paris des allures de gouvernement en exil et s'évertuaient à maquiller en dissidence la mollesse fondamentale de leurs conceptions, encore abâtardies par les influences ambiantes, fauves et cubistes.

Les préventions que nous nourrissions réciproquement empêchaient qu'aucun lien autre que superficiel s'établisse entre ces gens et moi. Il n'en allait pas de même en ce qui concernait Nils qu'ils accueillirent à bras ouverts, pour la seule raison sans doute que, comme eux, il était tout à fait obscur. Et mon camarade vit dans ces amitiés qui s'offraient l'occasion d'une revanche aux humiliations subies à Berlin, lorsque ceux qu'il croyait les siens lui avaient à peine fait l'honneur de le reconnaître.

Hans Purrmann lui signala un atelier à louer dans la lugubre rue Boissonnade. Nils m'invita à le partager et, pour y recevoir nos connaissances du Café du Dôme, il le meubla d'un divan marocain, d'une peau de tigre achetée à un marchand ambulant, ainsi que de quelques-uns de ces fétiches nègres qui commençaient à faire fureur. Les soins de cet aménagement ne m'amusèrent qu'un instant, avant que je discerne à quel absurde projet il répondait. C'était la teinturerie de la Fischerstrasse que Nils s'appliquait à ressusciter. Quand j'en eus conscience, cette tentative m'attrista autant qu'elle m'émut. L'impossibilité de reprendre notre histoire au point où elle s'était interrompue jadis ne m'apparaissait en effet que trop clairement : nous n'avions plus dix-huit ans, Paris n'était pas Berlin et la compagnie de Purrmann et de ses séides était un bien misérable substitut à celle d'Hornig, de Schnabel et de Libbenow. Si je ne commençai pas un seul tableau pendant notre séjour à Paris, la cause en est peut-être le dégoût que m'inspirait cette parodie nostalgique dont je refusais d'être complice.

Faute de peindre, je posai avec Marianne pour un grand portrait que Nils fit de nous, assis face à face devant le contre-jour de la fenêtre. Il entreprit ensuite une série de natures mortes à l'atelier, auxquelles les zébrures de la peau de tigre servaient de lignes de force. Je m'efforçais de lui dissimuler la consternation que je ressentais devant ces toiles. Les préceptes néfastes de Purrmann étaient pour quelque chose dans leurs compositions spectaculaires, mais je devinais que le mal était plus profond et je constatais peu à peu que Nils, de son ancien talent, n'avait gardé que cette sorte d'habileté manufacturière qui perd d'autant plus sûrement un artiste qu'elle lui permet de se fixer confortablement dans ses vices. S'il avait persévéré pourtant, il aurait sans doute obtenu à Paris un peu de cette reconnaissance qu'il ambitionnait en matière de réparation. Quelques semaines avaient suffi pour que les Rydqvist conquièrent parmi les cercles du Dôme la place que ceux du Westens n'avaient pas daigné leur accorder. Leur jeunesse, l'apparence agréable du couple qu'ils formaient et que rehaussait le pittoresque du contraste entre le flegme un peu mélancolique de Nils et l'exaltation désordonnée de Marianne, l'air de fraîcheur qu'ils apportaient dans ce milieu confiné, les faisaient rechercher de tous. Enfin, certains marchands aptes à négocier le tout-venant de l'art moderne, auxquels Hans Purrmann avait présenté Nils, manifestaient un début d'intérêt pour sa peinture facile... Mais Marianne eut soudain froid et exprima le désir d'aller vers le sud. Paris, pas plus que Berlin, ne la retenait. A nouveau elle éprouvait la nécessité impérieuse d'échanger pour les hasards de la quête de l'inconnu les demi-satisfactions qu'elle avait trouvées là et qui ne valaient pas qu'elle s'y arrête plus longtemps. Nils n'opposa aucune résistance à ce caprice qui l'arrachait à son travail. La fuite en avant continuait à s'affirmer la seule vocation véritable de l'existence des Rydqvist.

Je me souviens qu'un jour de février exceptionnellement radieux, je me tenais sur un balcon, près de Marianne. Nous étions accoudés à la balustrade et perdus dans cette torpeur qui vous gagne lorsqu'on regarde la mer. C'était à Corfou où nous étions arrivés la veille. Une évidence qui cherchait à m'atteindre depuis des mois, mais que nos déplacements incessants avaient retardée à la manière de ces lettres urgentes qui cheminent derrière vous, de poste restante en poste restante, venait de me rattraper. Je compris que lorsque je me donnais l'alibi de suivre Nils et Marianne, c'était surtout elle que j'avais suivie. Cette révélation me troubla à peine, elle avait travaillé à se faire jour en moi, elle venait d'emporter les dernières défenses de mon aveuglement ; mais celles-ci, qui cédaient bien davantage à l'érosion qu'au choc, s'étaient effondrées sans provoquer de commotion.

Je me félicitai qu'une telle découverte ne m'ait pas surpris plus tôt dans ma vie. Si j'avais eu quelques années de moins, je n'aurais pas résisté à la tentation de nommer à la hâte ce que je reconnaissais éprouver et je l'aurais sans doute appelé de l'amour. Plus prompt encore à confondre l'amour avec la passion, je me serais alors cru dans l'obligation d'en souffrir. J'aurais eu tort, car le sentiment dont Marianne était l'objet n'imitait que la tendresse d'attachement en quoi le temps change les flammes trop vives, pour la plus grande paix de l'esprit et des sens. Je devinais aussi que, comme des cours d'eau s'additionnent pour faire un fleuve, divers mouvements de mon cœur avaient trouvé là le moyen de se conjuguer. Mon amour pour Marianne, si c'était là le nom simplificateur qu'il fallait donner à un tel sentiment, était fait pour une part de la dévotion obscurément filiale que m'avait inspirée Ragnarsson ; le souvenir délicieux de l'été de Rügen y trouvait sa place. Nils n'y était pas étranger non plus : ce n'était pas la première fois que mon affection pour lui prenait le détour d'une émotion inavouable.

Au fond, j'étais soulagé d'y voir clair. Il me semblait qu'avec la pleine conscience des motifs qui m'avaient entraîné à la suite des Rydqvist, je reprenais possession de moi-même, je redevenais libre de les quitter. J'aurais dû saisir le vent de cette intuition et partir en effet. Mais je remis encore à plus tard

Il y eut ensuite ces villes du Levant où nous échappions à l'hiver, Smyrne et Alep, Damas et Alexandrie. A chaque étape je me jurai de ne pas aller plus loin, de rentrer. Je n'en faisais rien. Quand je me croyais sur le point de prendre enfin des dispositions décisives dans ce sens, j'étais submergé par un immense doute aggravé d'une immense fatigue. Ce n'était pas là le résultat d'un combat en profondeur entre ma volonté raisonnable et mes désirs. Je me sentais sans volonté mais j'étais également dénué de désirs. Le rythme, à la longue hypnotique, de notre errance sans but m'avait mené jusqu'au degré d'incertitude où l'on n'est plus même capable de ce réflexe préalable au moindre accomplissement, qui consiste à se projeter en imagination dans les actes que l'on médite. Le seul fait de m'enquérir d'un bateau ou d'un train représentait déjà un effort hors de mes moyens; envisager ce que serait mon retour à Berlin, quand cette ville à laquelle m'attachaient naguère tous les fils de l'habitude m'apparaissait plus improbable que si j'en avais été séparé, non pas seulement par la largeur de l'Europe, mais par des millions d'années-lumière, était impossible. Toute vision de mon avenir se dérobait; mes souvenirs ne me ramenaient de mon passé le plus proche que des images inertes. Je sentais bien que c'est dans ces dimensions mentales de la perspective et de la mémoire que l'on tient la clef de soi-même et que, tant que je n'en aurais pas retrouvé l'accès, je demeurerais égaré.

J'avais déjà fait l'expérience d'un état semblable. C'était à Fischerstrasse, pendant l'hiver qui avait suivi ma séparation d'avec Nils. Mais la diversion du travail et les soucis d'une existence précaire, par lesquels la réalité se rappelait à moi, m'avaient retenu alors de me laisser aller complètement. A présent je ne peignais plus et notre luxueuse dérive, exempte de préoccupations triviales, ne m'offrait le secours d'aucun garde-fou.

A la faveur de ce voyage, je découvrais la Méditerranée et l'Orient que je voulais depuis longtemps connaître. Mais on aurait dit que mes dispositions languides frappaient de mort le paysage autour de moi. Je le considérais sans rien en percevoir vraiment. Il se développait comme une image glacée et sans profondeur, comme une immense carte postale sur laquelle je glissais.

Chez mes compagnons, je discernais peu à peu des signes d'un même désenchantement. Nils, qui s'appliquait à le dissimuler, était sans doute le plus à plaindre car, à son propre malaise, s'ajoutait la souffrance de deviner Marianne toujours davantage altérée d'une révélation providentielle que le monde, partout, lui refusait. L'impatience de Marianne avait pris une autre teinte, il s'y mêlait depuis peu une perceptible détresse et, parfois, comme la rancœur de quelqu'un qui s'apercevrait qu'on lui en a fait accroire. A Alexandrie, un soir que nous nous étions arrêtés dans un de ces cafés arabes où l'on sert un thé à la menthe trop fort et trop sucré, une remarque qu'elle fit donna forme à ce que je ressentais aussi. Sans détacher son regard de la ruelle grouillante d'une foule indigène, elle avait déclaré brusquement :

« On nous a trompés, il n'y avait rien à voir... Au fond, le monde est vide. »

Comme le printemps avançait, la chaleur torride nous décida à regagner l'Europe. Les Rydqvist parlaient de louer une maison pour l'été dans les montagnes du Tyrol. A Port-Saïd, nous prîmes le bateau pour Trieste.

Pendant la traversée, Nils fut saisi de courbatures et de violents maux de tête. Quelques heures après notre arrivée à Trieste, il était si mal que nous envoyâmes le portier de l'hôtel chercher un médecin. Celui-ci conclut à une attaque de typhoïde et recommanda le transport immédiat à l'hôpital.

Le lendemain, quand on nous admit à le voir, Nils ne nous reconnut pas. Il délirait, se croyait en Suède, se plaignait d'un courant d'air froid et demandait pourquoi l'on n'avait pas encore installé les doubles vitres à la fenêtre de sa chambre, comme on le faisait d'habitude au début de chaque hiver. Le médecin-chef, un Slovène, ne nous cacha pas que l'issue d'une fièvre typhoïde était toujours douteuse. Cependant le malade était jeune et d'une constitution robuste, c'était là notre meilleur espoir.

De retour à l'hôtel, Marianne ne voulut pas rester seule et je l'accompagnai dans sa chambre. La nuit tombait, elle alluma une lampe de chevet dont l'abat-jour de tulle lilas répandit dans la pièce une lumière triste. Nous nous assîmes côte à côte au bord du lit. Elle prit ma main, voulut la serrer mais n'en eut pas la force, et elle éclata en sanglots. Je m'étais mis à pleurer aussi. Les convulsions du chagrin vous agitent de soubresauts incontrôlables, comme les cahots des trains qui vous jettent parfois contre le passager le plus proche. Ce sont les spasmes de notre détresse partagée qui nous firent glisser l'un vers l'autre.

Par la suite, j'allais m'accuser d'avoir délibérément choisi un dénouement bien infâme à cet incertain épisode de ma vie qu'avaient inauguré mes retrouvailles avec Nils, et qui finissait là. J'allais à loisir m'inventer des préméditations perverses, me convaincre qu'au moyen d'une trahison exemplaire, j'avais imaginé de mettre enfin un terme à l'espèce d'errance ensorcelée dans laquelle Nils lui-même m'avait entraîné. Mais sur le moment, notre abandon ne nous apparut, à Marianne et à moi, que quelque chose comme ces accidents absurdes qui arrivent aux somnambules ; il ne regardait que nous puisque nous en étions les seules victimes ; qu'il constituât accessoirement une *faute,* nous traversa à peine l'esprit. D'ailleurs, le souci de l'état de Nils excluait toute autre préoccupation et tant que celui-ci prêta à inquiétude, l'inquiétude ajourna mes remords.

Pendant quelques semaines, je fus l'ami de toujours qui veillait au chevet de Nils, qui guettait la moindre tombée de sa fièvre, le moindre répit dans son délire, et harcelait médecins et religieuses pour qu'ils lui confirment qu'on pouvait interpréter ces améliorations temporaires comme des signes de guérison. Puis un jour, on nous apprit qu'il était hors de danger. Alors, rassuré, je commençai à me sentir moins innocent.

Les tourments de la culpabilité, en croissant à mesure que je le voyais se rétablir, me gâchèrent la joie de sa convalescence. Quand il fut assez remis pour quitter l'hôpital, ce malaise, aggravé du dégoût que je m'inspirais à moi-même, était devenu intolérable. Bientôt j'annonçai ma décision de rentrer à Berlin. Nils, qui comptait que nous passerions ensemble l'été en Autriche, en fut surpris et peiné mais Marianne, cette fois-ci, ne s'associa que pour la forme à ses protestations.

Comme je faisais mes bagages, Nils vint me trouver dans ma chambre pour me montrer la lettre qu'il venait de recevoir d'une agence d'Innsbruck et qui contenait la description de diverses villas offertes en location. Il me demanda timidement si rien ne pourrait me persuader de remettre encore un peu notre séparation. La maladie qui l'avait amaigri l'avait rendu presque méconnaissable ; sa carnation sanguine s'était changée en une pâleur cireuse et ses traits creusés par l'épuisement faisaient ressortir des yeux agrandis, d'un bleu fané. Cette nouvelle apparence de Nils, en s'opposant à l'image que j'avais de lui depuis toujours, était la cause d'un malaise supplémentaire : la révélation de la vulnérabilité de mon camarade, pour quelque obscure raison, redoublait la mienne. J'entendis sa requête comme l'appel au secours qu'elle se cachait à peine d'être et j'envisageai toute l'ironie de la situation. Moi parti, en effet, rien ne détournerait plus Nils et Marianne de considérer en face la fragilité constitutive du lien qui les unissait dans la fuite ; je le savais, mais je venais de décider que je ne voulais pas de rôle dans leur drame personnel et cette résolution, bien que tardive, m'apparaissait comme la première manifestation chez moi de la maturité. Pour décourager les supplications de Nils, j'eus recours à une cruauté gratuite : Marianne et lui, lui objectai-je, pouvaient sans doute se permettre de voyager indéfiniment mais, pour ma part, j'avais une carrière à poursuivre et je ne l'avais que trop négligée.

« C'est vrai, convint-il, tu nous as déjà donné beaucoup de ton temps et je ne devrais pas me plaindre. »

Il tendit alors la main pour toucher mon épaule, mais je fis semblant de ne pas apercevoir son geste et j'esquivai le contact. Un instant, Nils garda son bras suspendu dans le vide à quelques centimètres de moi, tandis qu'il disait :

« Tu vas nous manquer terriblement, tu sais... »

« Nous avons attendu ton retour, dit Riedler. Nous ne voulions pas faire de déclaration définitive sans que tu y sois associé. D'ailleurs, pour qu'elle ait le retentissement que nous en espérons, il faut qu'elle engage tous les membres du groupe sans exception. Il y a plus de six mois que tu es parti, observa-t-il, tu reconnaîtras que nous avons fait preuve de patience. »

Cela se passait à Klopstockstrasse, dans l'atelier de Schnabel. J'étais rentré à Berlin trois jours plus tôt et j'avais trouvé dans mon courrier un mot de Cassirer déjà vieux de plusieurs semaines, ainsi rédigé : *Si ce que j'entends raconter est vrai, venez me voir. J'aurai quelque chose à vous proposer.* J'avais appelé Schnabel pour savoir par lui à quels bruits Cassirer faisait allusion. Lothar s'était montré distant et évasif; j'avais deviné qu'il imaginait ainsi de me punir de mon absence prolongée. Il n'avait rien voulu m'apprendre par téléphone et il m'avait fixé ce rendez-vous auquel j'avais été surpris de trouver aussi les autres.

A présent, Riedler marchait de long en large à travers la pièce, les mains enfouies dans ses poches, ne me regardant qu'à peine tandis qu'il s'adressait à moi. Il avait dû préparer soigneusement ce qu'il avait à me dire, les mots lui venaient sans l'ombre d'une hésitation. Hornig, Schnabel et Libbenow se taisaient, ils s'en remettaient à lui pour me convaincre. Je maudis la lâcheté qui les faisait s'effacer ainsi devant l'autorité insensible de Riedler. Il me semblait que ce que j'avais à entendre m'eût été moins pénible si je l'avais entendu de la bouche de mes plus anciens camarades et il me semblait que ceux-ci m'auraient bien dû cet infime ménagement. Je cherchai à préciser ce qui me déplaisait tant ce jour-là dans l'attitude de Riedler. Rien de nouveau pourtant dans ses manières abruptes dans le ton tranchant de ses affirmations *objectives,* rien à quoi je ne sois déjà habitué. Soudain je compris qu'il était pressé d'en finir et que c'était cela surtout qui me révoltait. Nous étions réunis pour la dernière fois peut-être, confrontés à la décision la plus grave que nous ayons jamais eu à prendre ensemble; Riedler n'y voyait qu'une formalité et mesurait le temps qu'il avait à y consacrer. Je le lui fis remarquer avec quelque amertume. Il ne releva pas le reproche :

« C'est vrai, admit-il avec beaucoup de simplicité en consultant sa montre, j'ai un autre rendez-vous dans une heure... Mais, reprit-il, tu te trompes si tu crois qu'il y a matière à de plus longues délibérations. Nous sommes depuis longtemps tombés d'accord pour admettre qu'en pratique la rupture est accomplie. Car, qu'est-ce qui nous rassemble désormais ? A qui pourrions-nous espérer faire croire que nous continuons à former un groupe cohérent ? »

Il eut un geste impérieux pour contenir les objections que je ne songeais pas à lui faire, avant de poursuivre :

« La seule question est de savoir si nous prenons à l'unanimité l'initiative d'une rupture publique éclatante, afin de bénéficier de l'effet de sensation qu'elle peut encore produire, ou bien si nous laissons les choses suivre leur cours. En définitive, nous en arriverons toujours à la dissolution du groupe, mais dans ce dernier cas, nous ne pourrons même plus nous donner l'air d'en avoir décidé librement. Tu ne ressusciteras pas *la Gare de Wannsee* à toi tout seul, assura-t-il, du ton dont on essaie de ramener un insensé à la raison, et pas seulement parce que Libbenow et moi n'y participerions pas... »

Je me tournai vers Libbenow pour l'interroger du regard. Il me confirma d'un hochement de tête qu'il nous quittait effectivement. A cet instant j'eus l'impression d'avoir su depuis toujours que la trahison viendrait de lui. Je lui en voulais bien davantage qu'à Riedler dont les manœuvres opportunistes ne constituaient pas vraiment une trahison à mes yeux, puisque je n'étais jamais parvenu à le considérer comme l'un des nôtres.

« Detlev a accepté l'offre d'une exposition individuelle chez Mathilde Rabl, m'informa Schnabel

— Et il a eu raison, ajouta Riedler, nous devons tous en faire autant. C'est bien ce paradoxe de notre situation dont il faut tirer profit : nous n'intéressons plus personne en tant que groupe, mais il n'y a pas une galerie à Berlin ou en Allemagne qui ne soit prête à monter une exposition de n'importe lequel d'entre nous.

— Que faites-vous de Pasewalk ? dis-je en soupirant, résigné que j'étais à utiliser les arguments de la dernière mauvaise foi. Il me semble que nous lui devons quelque chose... Sans Pasewalk, il n'y aurait pas eu de *Gare de Wannsee* et alors, où en serions-nous aujourd'hui ? »

Riedler me considéra avec un sourire amusé et pitoyable, comparable à celui par lequel un joueur d'échecs émérite signifie à un adversaire novice qu'il a deviné sa pauvre stratégie et qu'il aura la magnanimité de n'en pas prendre avantage.

« Crois-tu qu'il n'a pas été parmi les premiers à sentir le vent tourner ? Il est bien trop malin. Il ne veut plus en entendre parler, de *la Gare de Wannsee.* D'ailleurs, pour l'instant, il a d'autres soucis en tête avec ce nouveau peintre autrichien qu'il a entrepris de lancer, sans parler des drames du divorce...

— Tu n'es donc pas au courant de cela non plus ? questionna Hornig qui me voyait stupéfait. Il a plaqué Elisabeth pour cette fille qui faisait la critique théâtrale dans *Caliban.* Ils sont obligés de se terrer pour échapper à la fureur de la Wibner qui les menace de mort — et cette fois-ci ce n'est pas pour rire...

— Au fond, conclus-je après un silence, nous en sommes au même point qu'il y a cinq ans lorsque nous avons tous été rejetés par la *Sécession...* et c'est bien parce que nous sommes restés solidaires alors, parce que nous avons constitué le groupe... »

Riedler me coupa la parole avec impatience :

« Tu ne vois donc pas que la situation est exactement inverse ! A l'époque dont tu parles, personne ne contestait la légitimité de notre association, c'était notre peinture dont on ne voulait pas. Aujourd'hui, nos œuvres sont accueillies partout, c'est le groupe en tant que tel qui est contesté et rejeté. Et puis, ajouta Riedler, tu l'as dit toi-même, c'était il y a cinq ans, nous avions le bénéfice de la nouveauté et de la jeunesse. Jusqu'à quel âge prétends-tu rester un enfant prodige ? »

Il devina qu'il venait de m'atteindre au vif, il s'approcha de moi et reprit d'un ton radouci de conciliation :

« Je comprends ce que tu éprouves. Tu penses que tu as encore besoin de nous, du groupe, mais ce n'est que ton vieux complexe d'orphelin qui te fait te l'imaginer. Tu n'as plus besoin de personne, tu voudrais seulement perpétuer l'histoire ancienne par fidélité au passé. Ce n'est pas forcément le bon moyen d'être fidèle. Quelquefois, au contraire, il faut savoir tuer les choses qui vous quittent. En les achevant, on fixe leur forme définitive, celle sous laquelle, d'une certaine manière, elles peuvent continuer à exister. En tout cas, c'est plus sage et plus charitable que de laisser survivre un fantôme. Tu vois, conclut-il, qu'il ne s'agit pas du tout de nous renier... »

Libbenow venait de ramasser son chapeau et se dirigeait vers la porte.

« Qu'est-ce que tu fais ? intervint Schnabel.

— Je m'en vais, déclara Libbenow sombrement. Excusez-moi, mais je ne peux même plus faire semblant de vous prendre au sérieux. Je vous trouve admirables d'inconscience, tous. On croirait que vous êtes vraiment en train de débattre de questions importantes, qu'il ne se passe rien de plus grave dans le monde... alors que demain il y aura peut-être une guerre.

— Une guerre ! fis-je en dévisageant Libbenow pour discerner s'il plaisantait ou s'il était devenu fou. Où veux-tu qu'il y ait une guerre ?

— Ici, et probablement dans l'Europe entière. Depuis combien de temps n'as-tu pas lu un journal ? »

Je haussai les épaules.

« Tu es tombé sur la tête, dis-je, nous sommes en mille neuf cent quatorze, pas au Moyen Age ! »

Nous fûmes interrompus par l'arrivée de la petite Schnabel, tout juste réveillée de sa sieste de l'après-midi, qui venait embrasser son père. Libbenow en profita pour s'esquiver et Hornig le suivit. Je voulus les rejoindre, mais en sortant je croisai Arabella et elle me retint un instant pour s'enquérir de mes voyages.

Finalement, Riedler et moi étions partis ensemble. Nous avions descendu l'escalier sans échanger un mot puis, dans la rue, avec la même satisfaction qu'un homme qui retrouverait l'air pur et le soleil après la nuit d'un interminable tunnel, il avait remarqué :

« Nous voilà redevenus des individus à part entière. »

Prenant alors conscience de ce que sa visible jubilation pouvait avoir d'indélicat, il avait prétendu en rattraper l'effet en m'assurant, d'un ton de sociabilité un peu trop désinvolte :

« Mais au fond, il n'y aura rien de changé dans nos habitudes ; je suis certain que nous continuerons à nous voir aussi souvent...

— Je ne crois pas, avais-je prononcé avec indifférence, que toi et moi ayons beaucoup d'occasions de nous revoir. Et, sincèrement, je ne crois pas que cela me manquera. »

Riedler ne s'attendait pas de ma part à ce petit éclat de franchise in extremis. J'avais eu le plaisir de le planter là, un peu saisi.

Dans la soirée, j'avais laissé mes pas me conduire au Café des Westens. Le chasseur, en m'ouvrant la porte, m'avait adressé le même salut que s'il m'eût vu la veille. A l'intérieur, j'avais été accueilli par le brouhaha ordinaire et par ce relent douceâtre d'effervescence animale qui composait, avec la fumée montant des cigarettes, l'odeur particulière des nuits du Westens. J'avais reconnu l'assemblée hétéroclite de onze heures du soir, dont les glaces dédoublaient les poses abandonnées sur les banquettes. Choses et gens étaient tellement comme je me souvenais les avoir laissés ou, plutôt, la reconstitution était si parfaite, que j'avais pu douter m'être absenté plus d'une seconde.

Puis mon regard avait exploré la foule, en quête d'un repère qui se dérobait. C'était, dans l'agitation tumultueuse et colorée, ce point névralgique que figurait d'habitude la présence d'Elisabeth, signalée par ses déportements vestimentaires et vocaux. Mais ce soir-là, la table qu'elle avait occupée avec Pasewalk était prise par un groupe de jeunes gens, visiblement des artistes. Je n'en connaissais aucun.

Achevé d'imprimer en novembre 1988
sur presse CAMERON,
dans les ateliers de la S.E.P.C.
à Saint-Amand-Montrond (Cher)
pour le compte des éditions Grasset
61, rue des Saints-Pères, 75006 Paris

N° d'Édition : 7789. N° d'Impression : 2330.
Première édition : dépôt légal : août 1988.
Nouveau tirage : dépôt légal : novembre 1988.

Imprimé en France

ISBN 2-246-37371-9